中国诗歌研究动态

第十七辑·新诗卷

教育部人文社会科学重点研究基地
首都师范大学中国诗歌研究中心 主办

学苑出版社

图书在版编目（CIP）数据

中国诗歌研究动态．第十七辑，新诗卷/赵敏俐主编．—北京：学苑出版社，2016.11
ISBN 978－7－5077－5127－7

Ⅰ．①中… Ⅱ．①赵… Ⅲ．①新诗－诗歌研究－中国－当代 Ⅳ．①I207.22

中国版本图书馆 CIP 数据核字（2016）第 266020 号

出 版 人：孟　白
责任编辑：刘　丰
出版发行：学苑出版社
社　　址：北京市丰台区南方庄 2 号院 1 号楼　100079
网　　址：www.book001.com
电子信箱：xueyuanpress@163.com
销售电话：010－67601101（营销部）、67603091（总编室）
印 刷 厂：北京京华虎彩印刷有限公司
开本印张：787×1092　1/16
印　　张：24.5
字　　数：380 千字
版　　次：2016 年 11 月第 1 版
印　　次：2016 年 11 月第 1 次印刷
定　　价：85.00 元

编 委 会

主　　编：赵敏俐
执行主编：孙晓娅
编　　委：（按姓氏笔画为序）
　　　　　　王光明　王兆鹏　方　铭　左东岭
　　　　　　刘福春　李昌集　吴伏生　吴思敬
　　　　　　吴相洲　林　莽　施议对　钟振振
　　　　　　钱志熙　徐　炼　黄卓越　蒋　寅
　　　　　　蔡　毅
编　　务：马富丽

目 录

青年学者沙龙
"诗歌——冲破界限和语际的错置"讲座
交流会录音整理 ◇整理者:田 伊/1

论文索引
2014 年新诗期刊研究论文索引 ◇李秀荣/14
2015 年新诗期刊研究论文索引 ◇许敏霏/92

诗集与诗学论著叙录
新诗著作书目(2013—2014) ◇刘福春/172

专题:慕白诗歌研究
诗与感觉的命运
　　——慕白诗集《行者》中的三种生命诗化形式 ◇薛 梅/242
旷达之意与远观之美
　　——由诗集《行者》论慕白诗歌 ◇刘 波/251
"行者"物语
　　——慕白诗歌的"慢哲学"思维镜像论 ◇陆 健 朱林国/258
慕白论
　　——以《行者》为个案 ◇孙榕璐 张立群/265
行者,在路上
　　——读慕白诗集《行者》 ◇王 永/274

书　评

"多种声音的奇妙混合"
　　——《彼岸之观——跨语际诗歌交流》推介
　　　　　　　◇洪子诚　◇张清华　◇罗振亚/284

体验、对话与仰望
　　——读《冯至评传》　◇刘　剑/290

"现代汉诗"是如何发生的？
　　——读荣光启《"现代汉诗"的发生：晚清至五四》　◇刘　奎/300

建构中的新诗地理学图景
　　——评张立群《新诗地理学》　◇孙　佳/305

学术会议综述

诗人与时代同在
　　——"张志民诗歌创作研讨会"综述　◇许敏霏/309

孙绍振诗学思想研讨会综述　◇王炳中/315

"纪念新诗诞生百年：新诗形式建设学术
　　研讨会"综述　◇许敏霏/320

于明诠诗歌创作与书法艺术研讨会
　　录音整理　◇整理者：庄绪成　贺嘉钰/328

北岛诗歌创作研讨会综述　◇王　颖/363

"穆旦与百年中国新诗：21世纪中国现代诗第九届
　　研讨会"综述　◇卢　桢/370

学术会议与活动

首都师范大学驻校诗人慕白诗歌创作研讨会
　　在京召开　◇晓　芒/377

首都师范大学第十二位驻校诗人冯娜入校仪式
　　在京举行　◇郭建超/378

《张枣译诗》发布暨研讨会在首都师范
　　大学召开　◇吴　昊　张凯成/379

日本著名诗人、女性学批评家水田宗子在首师大
　　举行讲座　◇周素子/380

首都师范大学驻校诗人冯娜对话会在京举行　◇李　扬/382

"诗的互文性"对话交流会在京举行　◇李　扬/383

"诗歌——冲破界限和语际的错置"讲座交流会录音整理

主 持 人：[马其顿] 尼古拉·马兹洛夫（Nikola Madzirov）
翻　　译：胡续东、西　川（马兹洛夫的发言无特殊标注的均为胡续东翻译）
主 持 人：孙晓娅
整 理 者：田　伊
时　　间：2015 年 11 月 19 日
地　　点：首都师范大学

孙晓娅：大家下午好！今天我们请来了尼古拉·马兹洛夫。他是诗人、散文家、译者。他 1973 年生于前南斯拉夫的马其顿，斯洛文尼亚诗人萨拉蒙和波兰的扎加耶夫斯基对他都有十分中肯的评价，把他看成是中东欧诗歌的接班人，也是后苏联时期非常优秀的诗人。德国《明镜》周刊（*Der Spiegel*）甚至将马兹洛夫和特朗斯特罗姆相提并论。

今天的活动分为三个部分，第一部分由主讲人尼古拉·马兹洛夫做主题报告；第二部分是尼古拉和中国当代著名的诗人、翻译家们的对话；第三部分是尼古拉·马兹洛夫作品的朗诵会。有朋自远方来，不亦乐乎，首先我们用掌声欢迎来自马其顿的诗人尼古拉·马兹洛夫。今天我们还请来了北京大学的胡续东教授担任翻译。到场的嘉宾有：西川、王家新、树才、罗德炜、西渡、蓝蓝、潇潇、安琪、爱斐儿、张光昕、罗伯特（Robert Tsaturyan）。

尼古拉：这是我第一次到中国，到北京。我们刚才还在交谈，很多诗人都遇到过类似的情形：作品先来到某处，随后诗人本人像影子一样追随着作品来到这里。首先感谢孙晓娅老师的邀请，感谢今天莅临的各位诗人、朋友，我很珍视各位的诗人兼译者的身份。我今天想谈一些关于生活和写作的隐喻化问题，还有我们改变我们的时间和空间的驱动力、生命本能的问题，也会笼统地谈到其他与诗歌有关的话题。

我来自巴尔干半岛，祖先是战争难民，我前些年才得知自己的姓氏"马兹洛夫"（Madzirov）这个词来自于阿拉伯语，意为"漂泊的人、无根的人"。接下来我想和各位分享我的报告《语言和诗歌的沉默边界》。

带着每一个写就的词语，我出发前去寻找遗失的沉默，寻找在女人分娩的哭喊和婴儿的啼哭之间、在作家的不确定性和政客的言之凿凿之间、在寺庙里的祈祷和寺庙门槛上的疑问之间的寂静。或许出于对词语里疼痛的真理的恐惧，真真假假的先知们用诗歌书写他们的预言。在安全墙的后面，诗歌已经祛除了伟大叙事的神秘感，并使得官方历史和民族界定的层级制发生了变形。柏拉图的"理想国"和今天的"全球共和国"的区别在于，在柏拉图的时代诗人被逐出了社会权力领域，而今天，正是诗人在尝试把国家逐出他自身。关于距离的现代美学就是这样建立起来的。每一次旅行都关涉到与我童年语言的距离，让我一直保持活力的是这样一种观念——诗歌安静地反抗着所有强化了民族和历史先决性的理论。在诗歌中，仍有无须杀戮就可征服的空间。与此相反，自从科学标注出世界地图上的每一个脚步，人类的本性就开始无情地撕毁当前方位和身份的羊皮书，去征服能征服的一切，并同时以逝者和未出生者的名义许诺和杀戮。每个入侵者的目标首先是擦除记忆。甚至连河流的河段也被重新命名——同一条河流在穿过边界时从一个名字流向另一个名字。这是在地图集的同一页上，以重命名而不是页码替换的方式，对身份进行翻译。军事命令是最难翻译的，因为它们只会被它们的喧响所铭记。它们的确不需要让人知道含义就可以杀戮。

我们该不该相信权力的传声筒传出来的被修改过的诗歌的声音？诗歌能否成为飘扬的旗帜上看得见的风？在大自然中，宝石不会以单体的形式出现，然而诗人被认为是绝无仅有的孤独的种类，是他们自身的恐惧和渴望的密钥持有者。在过去，他们被认为是帝王的良心（或耻辱），而后又被认为是人民的……当他们写下永恒，写下被种植到信仰的花盆里的身份时，他们往往被加冕。今天，这一切都由媒体来承担了。然而，在一些国家，你依然能够听到人们像这样招呼着诗人们："诗歌万岁！革命万岁！"1941年，苏联的一份报纸在头版刊发了康斯坦丁·西蒙诺夫的挽歌《等着我》，诗句"等着我，我会回来，但请耐心等待"像祈祷词一样在成千上万年轻的苏联士兵口中传诵，他们正用肉身筑起法西斯不可逾越的边界。如果不和那种继承下来的归属意识保持距离，诗歌可能仍然仅仅是一个地缘政治的参考指标，其中承载着明确的行政边界之内全能的神话。我相信疆界和诗歌的演变，相信他人的记忆里那个转瞬即逝的世界，相信一个人未完成的马赛克留下的考古学意义上的在场。我奋力寻找着每一个至少能让我离沉默、离那种与"缺席的本质"截然相反的"本质的缺席"更接近一点的词语。我想要属于世界，因为我不想世界属于我。我没有在梦中描画或者涂在脸上的旗帜。当我书写逃离时，我不想眼望窗外；当我谈论成熟时，我不想从家庭相册里取出一张照片；当我说到"非战"时，我不想变成一个士兵。

柏林墙倒塌之后，某种界限分明的美学的砌石也随之垮塌。我开始意识到词语的易损性，以及它们在强制阅读的教科书之外的活力。波兰诗人塔德乌什·鲁热维奇（Tadeusz Różewicz）在一首名为《未知字符》的诗中，提到当马太、马可、路加和约翰靠近耶稣的时候，耶稣是如何覆盖并永久擦除了他用手指写在地面上的字。就连从未写下任何东西的他，也深知词语的暗示性力量。我并没有幻觉般地认为自己在讲什么新鲜东西。比起战争的秘密，我更相信藏起来的玩具。有时候，为了写作，一个人有必要置身于孤独之中，这孤独带来的恐惧和记忆不会比死亡更多。回想你刚做的梦的最妥帖的方式，是你醒来之后不要往窗外看。我是一个战争移民的后裔，我四处迁徙不是要去寻找一种更好的生活，而是源于存在的迫切需求。因此我并不清楚什么是更好或者更糟——我只能说，什么是更远的。我相信复述的迫切需求仍将存在，因为离开和返回的神秘感依然存在，悲痛依然是生存的一种普遍状态——在被征服或者被殖民的土地上悲痛只是一种回答，它并不意味着软弱。

诗歌打开了一个新的沉默空间，在巴尔干半岛上，人们往往在边界上保持沉默。有时候，是出于对历史的恐惧，有的时候是源于对古老的文化遗存的敬意。苏珊·桑塔格（Susan Sontag）在《沉默的美学》中罗列了那些以极为不同寻常的方式归于沉默的艺术家和知识分子：兰波前往阿比西尼亚，试图在奴隶贸易中大发横财；维特根斯坦一开始选择去做一名医院护理员；杜尚转而迷上下棋。我经常问我自己,翻译只是一种保持沉默或者转移沉默的方式吗?它或许是在不属于我的住所和语言之间安静地穿行的唯一方式。

翻译是与被遗弃的词语们进行生动的对话——在一个新的文学家园中复活它们易碎的身份。阅读本质上是一种翻译,翻译本质上是一种写作,写作本质上是对词语的遗弃。当某人去世的时候,我们说他离开我们了,就好像我们承认逝去的人是离开这一行为的施动者,而我们不过是满怀恐惧的活着的观察者而已。在经历了如此多的战争和灭绝之后,害怕被留下来的恐惧感在我身上越来越强烈,我发展出了一种迅速埋葬我所拥有之物的迫切需求,而不是把它们转移到另一个地方。翻译帮助我认识到,转移也是一种贮藏,它是一种安顿下来之前的离开,而不是相反。如果批评是被另一支蜡烛点燃的蜡烛,那么翻译就是让烛火能够持久燃烧的氧气。有时候,词语会在新的语言领地里迷失自己,就像一个过于好奇的孩子在一扇扇敞开的大门之间迷了路。回家的愿望,也就是去看熟悉的画面、去听熟悉的意思,在翻译和返乡这两种行为中都是成倍出现的。翻译就是让词语返回到沉默中,并让它们重生于另一种环境。由于缺少会说马其顿语的翻译,每次我出示护照、每次我穿越我"继承来的安全感"的边界的时候,都不得不说英语。我的母语因而得以仅仅被保留为我的写作语言,远离各种持存的身份。米沃什和维特根斯坦都说过语言是家园或者故乡,但就我的情况而言,诗歌已成为我的语言的唯一故土。

我的发言就是这样,希望接下来就写作和翻译的问题与在座的朋友们展开对话交流。

孙晓娅:马兹洛夫的主题发言与我们分享了他的翻译和诗歌语言观,以及其四海为家的迁徙流浪方式。接下来,希望大家就他谈到的话题,或者由此引发的问题,进行互动对话。

王家新:我想了解一下我们手上这份译诗,译者是从马其顿文翻译的,还是从英文转译的?

尼古拉:可以确定的是有一个译者会马其顿语,她住在香港,但是从译文看第一个译者的翻译应该是建立在英文的基础上,然后再请那位马其顿译者对照着马其顿语进行校对的。一般情况下,翻译都用英语作为桥梁语言、校对语言,但是这次情况特殊,是直接从英语翻译过来之后用马其顿语的作品作为参照译本。

我也考虑过用英语来写诗,但是转念一想,为什么要这么做呢?

对我来说这么不自然，背离了母语的书写状态，这种差别太大了。布罗茨基也通英语，但仍坚持用俄文写作。

王家新：我不懂你的原文，也没看到英译，读这个译本感觉还可以，但缺乏生气，也无法从中听出你的音调。

尼古拉：我猜测是因为翻译的过程中缺少诗人的触摸。布罗茨基和阿赫玛托娃在一次对话中提到，翻译其实是天才之间的一种合作，在好的翻译里，一个作者需要一个与其心智状况均等的译者。幸运的是，我的英译本的出版编辑在美国，他本身是一位诗人。另外，德语、西班牙语译本的译者也都是诗人，所以翻译出来以后我和我的朋友们都说好。希望能有汉语诗人的加盟，让我的作品在中文中也火起来。我十分感谢我的译者！

在上海，我第一次听到自己的诗歌被汉语朗诵出来的时候，我有一种强烈的、奇怪的感受，仿佛这些诗回到中文里一样，尽管我从没在汉语的语境中生活过，尽管我也读了很多被译介的中国古典诗歌、中国当代诗歌，甚至包括今天在座的一些诗人的作品。因此，我以为"回来"从某种意义上来讲是个契机，可以由此开启和中国诗人进行对话。

西川：你不需要担心你的诗歌翻译出来是什么效果，因为从刚才我看到的你的诗歌译文中，我依然可以感觉到诗意和你写作的分量。能找到好的译者，像合作伙伴一样的译者非常难得，也比较罕见，但我这里引用博尔赫斯的一句话——好的文学可以打败糟糕的翻译。布罗茨基也表达过这样的意思——每当我学会一种新的语言的时候，我都会被我诗歌翻译成这种语言的样子吓一大跳。

蓝蓝：尼古拉虽然四海为家，但现在在哪里居住生活呢？

尼古拉：虽然之前我四处漂泊，体会如奥地利作家托马斯·伯恩哈德（Thomas Bernhard）所说的"你想要生活在你不懂其语言之所在"的那种特殊的孤独感，不过我现在回到家乡了，一个只有4万人的小城镇。明年我会去巴黎和柏林居住，又是和自己语言不通的地方。

蓝蓝：我十分关注尼古拉现在的身份对其写作的影响，尤其是前些天巴黎发生那样一件事情①，而且这几年连续不断地发生暴力的民族的、宗教的冲突事件，这些都是大事，还有小事，小到我们日常生活

---

① 这里指的是 2015 年 11 月 13 日巴黎发生的恐怖袭击事件。

中与亲人朋友之间发生的善与恶的冲突。我在想一个诗人怎么处理这些事情。

尼古拉：2001年爱尔兰诗人谢默斯·希尼（Seamus Heaney）受邀去马其顿参加"斯特鲁加诗歌之夜"，刚好那一年马其顿爆发内战。大家都担心希尼不会去了，然而他来了，并且就在开幕仪式的现场依然可以听到子弹呼啸声。当他被问到"你感觉如何"时，希尼回答说，"就好像回到我自己家一样"。

至于我，我是一个经常在边界游走、在壁垒边缘徘徊的人，从一个国家（南斯拉夫）变成另一个国家（马其顿）的人，从一种社会形态（社会主义）走向另外一种意识形态，不停在各种冲突尖锐的身份的边界来来回回。所有这些因素都塑造着我的身份，可以这样说，在我这里，最确定的一件事就是身份的不确定性。并且我深切地感觉这种游走于各种边界的情形与卡夫卡的经历相类似，就像是生存的迫切要求。也许这就是我相信诗歌的原因。我也曾到各地去参加各种活动，有一次在伊拉克战争严峻的时候去巴格达，体会到诗歌在那样的状况下的出现。我个人认为诗歌本身没有道德价值，但写诗是一件具有道德意味的事情。

前南斯拉夫诗人查尔斯·斯米克（Charles Simic）出于对战争的厌恶到美国去了，后来有人问他，是作为战争难民的经历使你成为诗人的吗？他十分睿智地回答说，不是这样的经历使我成了诗人，而是这样的经历使我成了这样的诗人。所以漂泊的方式对我而言至关重要。

我们能想象出没有保罗·策兰的世界会是什么样子吗？还有Miklós Radnóti这位匈牙利诗人，他本来诗名不盛，直到在纳粹大屠杀中丧生。他死后，人们在他的衣服口袋里发现了他写下的动人诗篇，不久后把它们发表出来，又被翻译，广泛传播。通过他写在明信片上的诗歌我们才更多地了解到集中营里到底发生了些什么，这些诗篇发出的声音与历史相应和，警示着我们不要重蹈历史的覆辙。

不仅巴黎发生了恐怖袭击事件，就在今天，就在我的家乡附近，萨拉热窝也发生了恐怖袭击，已经有两个士兵牺牲了，更多的情况还不清楚。而且大家都不知道这件事，你看，我们其实活在另一个欧洲。战争中武器的语言带着它们的强度，但是我们也有另一种语言来对抗。新的一期《查理周刊》上有个漫画不知你们看过没有，画上是一个法国人喝着香槟，但他肚子上都是孔，酒就从中飙出来。他却说，你们的子弹可以打穿我，但去你妈的，我有我的香槟。

在巴尔干半岛，语言的暴力问题就变得非常有意思，而且情况具有特殊性。巴尔干半岛上很多语言都属于斯拉夫语族，其实很相近，关键在于你怎么发音。发音不同有时候决定彼此是朋友还是敌人，如果在战争中，可能就是同一个词，但由于你的发音方式不同，人家就会把你干掉。斯洛文尼亚的著名哲学家希德克也以斯洛文尼亚和巴尔干地区的情况为例，谈过有关语言暴力的问题。

有一个波黑人，作为战争发动者，既是独裁者又是诗人，他找了一批诗人来颂扬他的战争的合法性。现在和以前不一样了，现在有很多人会通过媒体宣布拥有权力，同时又通过显示出他热爱诗歌的一面以证明自己还有良心。我非常喜欢像策兰这样的诗人的作品，作为一种历史的见证，让人无法遗忘。诗歌的美妙之处就在于，即使你对一首诗写作的背景一无所知，但是读的时候还依然为之一振。

王家新：虽然我们手里这份译文还不甚完美，但这些诗还是给我留下了很深的印象，他谈到的在当今这个社会，如何辨认我们自己的身份的问题，关于语言暴力和冲突的问题，是我十分赞同的。接下来我想谈一些和翻译有关的。刚才你谈到你的母语是一个大约200万人使用的小语种，你有一种困境之中的危机感，比如你说到每次跨越边境的时候都必须使用英文，而马其顿语作为支持你写作的语言是唯一的家园，其实中国诗人也是这样。虽然讲汉语的人十几亿，汉语是大语种、超级语种，但是我们用英语依然是一样的。我一直不赞同把一个诗人的生命固定化。中国文化源远流长，但是我们作为当代诗人，新的身份是创造出来的。我特别欣赏一句诗"为了杜甫，我们必须成为卡夫卡"。卡夫卡作为一个犹太裔德语作家，他有一句话我印象很深，他说"我是一个中国人，我要回家"。我一去布拉格马上就想到这句话。问题在于，我们是中国人，但是我们的家在哪里？这个问题需要通过我们一生的写作来回答。所以我们需要重视翻译。你刚才谈到翻译是保留，是转移，在我看来还不仅如此：翻译不仅是一种保留，还创造另一种语言、另一个自己，或者说自己的另一个声音。我们不可能通过翻译原样保留什么，翻译就是一直在变化、在创造。比如说，有人用创造性的方式来翻译我的诗，如果翻译得好，我完全赞赏，绝不会说你的翻译是错的，译者有这样的权利。我们翻译其他语言的作品，同样也可以给自己的语言带来新的冲击、新的元素。我非常赞赏庞德的一句话："翻译会教给你你自己的语言。"所以翻译并不像我们想象得那么简单，还有很多奥秘需要慢慢体会。汉语虽然有深厚的传统，但在今天这个时代仍有待发现，有待借助外来的冲击激活它——我们用来写作的母语。你刚才谈到保罗·策兰，我也是策兰的中文译者之一。我为什么翻译策兰？就是因为我看重他的诗歌带来的语言的冲击和刺激。普鲁斯特曾经讲过，"伟大的作品看起来好像是用外语写的"。对于诗人来说有一点十分重要，就是对待自己的母语应该像对待外语一样。

尼古拉：谈到这个问题我很开心，并且十分赞同这种"翻译是发现、创造另一种声音、语言"的表述。我常有一种强烈的意识，通过翻译来寻找另一种至关重要的、更接近沉默的语言。有时我担心翻译的时候不是在写作，但也许就是通过这样的方式，我隐藏了我自己，面对了我自己。以前我不太理解瓦尔特·本雅明在《译者的任务》一文中所谓的"通过重复，在翻译中保留一种语言的原创性"这种说法的奥秘，但后来我体会到这种重复不是简单的"再说一遍"，从某种程度上说，重复意味着创造。

树才：初读你的诗歌给我留下了很深刻的印象。你的诗歌是第一次被介绍到汉语中，而且你的译者也不是我所喜欢的诗人，甚至不是大陆人，但我认为这个翻译整体来说是好的，因为诗歌的整体气息和声音都能从中辨认出来。有些译句被创造得很好，比如"蜘蛛网缝合墙壁"，我感觉谁也无法把这句翻译得更好了。家新刚才提到的是翻译的最高要求，是理想化的状态。如果真的要探讨诗歌翻译，我认为诗人必须用母语表达，译者也必须在场。离开母语探讨翻译，有些像半空中的对话。英语对你来说是副语，这些诗也是从英语转译过来的，不再具备特别的滋生能力，但考虑到这是你的诗第一次被翻译成汉语，基本上算是成功的。而且这一次主要是你亲自来到中国，不管是现在还是之前在成都或深圳，大家能在安静的氛围中感受诗歌——无论是你听到诗人们在现场朗读你的诗歌译文，还是你朗诵你的诗歌，这种直接的接触是最好的。

胡续东：刚才树才说也许以后会遇到家新提到的理想译者，尼古拉回应说也许他死了以后就碰到一个。

尼古拉：我不懂汉语，在座的朋友又不懂马其顿语，我们现在没有办法，只能采用中立的语言来谈论诗歌。也许我们以为依靠中间语的方式是安全的，但这也会带来致命的恶果，这情形就好比塞尔维亚和克罗地亚打仗的时候，波斯尼亚是它们的中间地带，没想到战争的结果是把中间地带彻底摧毁了。尽管如此，我还是要感谢第三方语言，也就是英语，因为通过它，我才触摸到汉语诗歌。刚才西川跟我交流的时候，我们发现彼此都很喜欢对方所写的关于雪的诗，甚至不曾见面，我们就已经达成了这种默契。

西渡：如树才所说，我也同意这个译文是很不错的。通过这个翻译，我能感受到马兹洛夫是一个有冲击力、有分量的诗人。虽然家新刚才说他听不出原诗作者的语调，但我认为这个译文本身有稳定的语调，它具有一定的整体性。之前几位译者对于诗歌都有敏感的感受力，不知我的感受是否准确，我读后感觉是沉重的，也许是北京今天的坏天气影响了我的判断。在我看来，马兹洛夫诗歌的一个宝贵之处在于他特别善于处理看似日常的、普通的事物，他重新照亮了这些普通的主题。这种能力对于一个诗人来说非常重要。举个例子来说，面对本身富有诗意的东西，比如梅花，中国诗人拿它入诗处理起来得心应手，但是如何把土豆也写得有诗意，这就体现能力了。我看到有人把他和特朗斯特罗姆相提并论，我本人还是喜欢马兹洛夫的诗。

马兹洛夫：谢谢你。德国的《明镜》周刊（*Der Spiegel*）做了这样的比较，也许是因为他们看到特朗斯特罗姆的创作中也提到"有色彩的记忆""移动的阴影"之类，也可能我们创作的诗歌的神韵有相近之处，但诗学观还是不同的。

西渡：特朗斯特罗姆处理的题材是更富有诗意的，但在汉语中，从中国古典的、当代的诗歌中来看并没显得特别有新意或创造性。

马兹洛夫：对欧洲人来说，他的创作很独特，甚至通过把诺贝尔奖颁给他来宣告欧洲现代主义的终结。

西渡：马兹洛夫的诗给我带来了一种看待事物、看待世界的新方式。

马兹洛夫：非常感谢。奇怪的是，尽管我们相离甚远又素未谋面，却感觉如此贴近。甚至当我读到在座朋友们的一些诗歌时，都很有认同感，仿佛我们在讲同一种语言，也许这正是诗歌本身的力量所在吧。

安琪：因为最近发生在巴黎的事情，微信上很多文章都在讨论欧洲的问题，其中有人提出欧洲最后会被穆斯林统一。我比较好奇的是，你的《在我们出生之前》这首诗的第二节写到"欧洲正在统一"，请问你当时是什么想法？

马兹洛夫：就地理意义、地缘政治而言，如果你看欧洲地图，会发现在那些不属于欧盟的国家，穆斯林占很高的人口比例。你看巴尔干地区，塞尔维亚、阿尔巴尼亚、马其顿、科索沃……科索沃有90%的穆斯林。但我们平时只注意到另外那半个欧洲，而那个欧洲有意地以一个隐蔽的帘幕（就像以前铁幕时代的铁幕似的，只是这个比较隐秘）把这些穆斯林人口很多的国家挡在欧盟旗号之外。近年来发生的，尤其是这一次的恐怖袭击事件的爆发，无疑使得整个事态更敏感了。我确信一些欧盟国家现在有充分理由关闭边境线。

我的这首诗被刊登在德国的一家日报上，我很不理解，于是就给我的出版商打电话，问他我的诗歌怎么会被搞到日报上发表？他说因为他们认为这是首政治诗。看吧，只是因为这首诗是个来自巴尔干地区的诗人写的，它就有政治性，而这如果是个法国人写的，就不算是什么政治诗了。

王家新：翻译也许有差异。

安琪：不知道你写下"欧洲正在统一"这句话的时候原本的意图是什么，是从语言方面还是政治等其他方面考虑的呢？

马兹洛夫：我写这句的时候考虑的主要是"欧盟"这个概念。实际上，即使在欧盟这个概念形成之前，斯蒂芬·茨威格（Stefan Zweig）、埃利亚斯·卡内蒂（Elias Canetti）、米兰·昆德拉（Milan Kundera），甚至卡夫卡等许多作家就已经在谈论"（整体的）欧洲"，他们寻找一个摆脱国籍的囚笼、冲破民族主义的藩篱的方式。后来才有了欧共体这个经济意义上的联合，然后有了政治意义上的欧盟。而奇怪之处在于，当经济和政治的力量席卷而来，人们就忘记了所谓欧盟的形成其实是滞后于文化、艺术、诗学观的。并且也许这会带来新的文化身份认知的变化。

王家新：这里中文翻译是"欧洲正在统一"，而在英文中是过去进行时。而且这首诗的"少女"在英文的译文里是"woman"（妇女），这差别挺大的。

马兹洛夫：这个问题确实有探讨的必要，因为过去时这个时态是很重要的。尽管马其顿花了好多年时间与欧盟进行谈判，然而我的国家直到现在都不属于欧盟，只是属于巴尔干地区。有时候说自己来自巴尔干地区会因为别人恶意的联想而引起不必要的麻烦，所以以前我去美国的时候就说我从马其顿来，美国人都不知道马其顿是什么，我只好说我从欧洲来，他们倒也乐于接受。而更诡异的是，我到欧洲其他国家去，竟然还要向他们申辩自己来自欧洲！我们分明在欧洲地图上，可欧洲人才不这么想。如果你问一个荷兰人，捷克和葡萄牙哪个离你们更近？他大概下意识地会说葡萄牙。欧洲人管我们叫东欧，这跟马其顿是否真的在东边无关（事实上马其顿的地理位置处在南欧），这些"东""西"的指称无关乎地理方位，只是出于理念的建构。要知道欧洲人是通过美国才读到20世纪塞尔维亚最伟大的诗人瓦斯科·波帕（Vasko Popa）的诗歌的！虽然诗人一辈子都在欧洲，没去过美国，但他的诗通过斯米克在美国翻译出来之后，欧洲人才意识到这里还有个诗人。

王家新：萨拉蒙、扎加耶夫斯基也都是在美国出名的。

西川：第一个问题，似乎来自巴尔干地区，或者所谓的"东欧"诗人们有独特的共性，和世界其他地方的诗人们，或者说至少和另一半欧洲诗人不同的一些特质。扎加耶夫斯基、萨拉蒙、斯米克、波帕、米沃什等等他们似乎形成了一个体系、一个诗人群，而中国读者现在对东欧诗人的创作越来越熟悉，你如何看待这个现象？第二个问题是，一方面你认为美国人、西欧人都不够了解马其顿，你总需要澄清自己、介绍自己，但另一方面，似乎你和其他诗人们又确信彼此间存在共性，这中间是否存在矛盾？

马兹洛夫：也许和斯拉夫神话这个共同的语境有关，泛斯拉夫主义统摄之下产生了巨大的斯拉夫帝国，北到俄罗斯，南到马其顿（也就是前南斯拉夫最南的边界）。这种共同性一直很强烈，但是有很多作家却不肯相信这种共识存在，比如米沃什、昆德拉。这些诗人都拥有"跑路"① 的冲动，想寻找一个新的空间、新的起点。因为国家对他们而言是筑起的高墙，即使跑出来，腿上依然有被缚感，然而越有禁锢感，越让人产生跑开的欲望。有时候发现波罗的海周围的国家有好的诗人出现，可一细究其背景发现也有东欧的印迹，比如波兰、爱沙尼亚、立陶宛。东欧的跑路精神里隐藏着一种新的变形记，他们从小就有要不停地置换自己的意识，包括空间的置换还有通过写作进行的精神置换。只要跑出去就打开了新的空间，有一种空间的壮大感。以前

---

① 这里王家新认为应该翻译成"跑开"。

总会担心传统在这个绳索的束缚下会迷失，但真正跑出来的人不会害怕切割传统。

西川：你认为在写作风格上东欧、西欧之间存在什么差异？

马兹洛夫：从我的阅读谱系来说，没有刻意地区分东欧和西欧。我读伊丽莎白·毕肖普（Elizabeth Bishop）、米沃什、巴克曼、策兰、赫伯特……恐怕我无法指认出东欧风格的写作。但是我觉得他们营造了一种共同的氛围，他们分享共同的历史，这两种共同也许大于他们在风格上可能的统一。而且共同的氛围和历史造就了不同的思考问题的方式，进而导致描写手段和审美效果的差异。比如斯洛文尼亚诗人萨拉蒙，他的诗经常被认为具有某种超现实主义成分，但其实很多细节又和超现实无关，他写成这个样子是有其特定原因的，他经常不用"我"，而是直接用"萨拉蒙"做人称，这都是特殊的指涉。还有刚才提到的波兰诗人扎加耶夫斯基，他的写作和萨拉蒙很不一样，他的诗歌里布满了知识性的指涉，比如音乐、建筑等等。如果你说这两个人的风格不一样，但他们又好像属于一个共同的空间。这个空间里，他们思考问题的方式确实很独特。我个人不太想过多强调东欧诗人的共同之处，或者相近的风格之类的问题，我期待一种更开阔的视野，多接触非东欧，甚至非欧洲的作品。然而每当我产生扩宽阅读空间的想法的时候，现实又把自己拉回来。比如，只要我在欧洲、美国参加活动，每每必会被问到那几个特定的问题——巴尔干战争的细节、为什么我的诗歌里没有描述这些冲突和血腥。虽然我刚才也说到逃离的问题，但通常我们谁也逃不开，因为无论到哪里都一样被追问这些话题。这种逃离的第一个层面是对实体国家的逃离，另一层指的是摆脱与国家有关联的上下文，而这一层是难以逃离的。我们现在都是元叙述的囚徒。

潇潇：在我理解中，他的生活空间不断改变着，也就是没有固定的家。我跟他相比就算是有家了，但其实在我内心深处并没有家的感觉，我也疑问过家到底是什么？我读到他的诗很受打动，尤其是这首《家》，我认为他诗中的气息和我作为一个在中国生活的写作者、诗人产生相通之感。比如诗中这句"就像雪并不知道它究竟属于/大地还是空气"，我读时体会到一种好像有家但其实还是没有家，不知道家在哪儿的感受。我有个问题，也许问得有些奇怪：之前他提到"写作的本质是对词语的丢弃"，那么在这首《家》里，他丢弃的是哪些词？

马兹洛夫（西川译）：以前我的亲人总跟我保证说离开家之后还会回来，但事实上他们没有回来过，从没有！因此我知道如果我要成长就必须摒弃这种保证，否则我肯定会陷入记忆中无法自拔，就像颈上压着石头一样。使我得以生存下去的，恰恰就是这份"遗弃"的警醒。和我们的"现在"关系甚密的是所居住的地方，无论是生活实际意义上还是精神上的。你想通过居住来定义"家"这个概念，不过在我看来，离开家之后的回望比住在家里这个状态更重要。在希腊神话还有其他国家的神话传说中都有类似的故事，讲述对家的回望。比如俄狄浦斯的故事里，回到家之后发现一切都消失了。对我而言，时时刻刻，此时此刻，距离保证了一份没有归属的安全感，这种安全感可以战胜躲藏的恐惧。我的祖父母从没有胆量说"我们再也不会回来"这样的话，甚至他们搬到新的住处还是像原先一样安置家具，因此他们都被困在了过去的时间里。我拒绝这种生活状态，我不想拿着一把打不开任何门的钥匙。

孙晓娅：感谢马兹洛夫的精彩发言，感谢胡续东和西川的翻译，感谢所有嘉宾的参与。尼古拉和上一次来首师大驻校的斯洛文尼亚诗人阿莱什都来自前南斯拉夫，两位都是1973年生人，他们对语言、政治、地缘文化，还有对诗歌的理解都视野开阔且颇富洞见，这给我们带来许多思考的空间，同时开启了日后继续研讨的话题。

2014年新诗期刊研究论文索引[①]

◇李秀荣

【说　明】　个别文章在发表时文字或标点不甚规范或有错误，但为了与发表时的原貌保持一致，故不做修改。

一月

1.《20世纪80年代末诗歌精神书写的"光晕"——从西川、戈麦、多多、王家新诗歌文本解读出发》，周俊锋，《楚雄师范学院学报》，2014年第1期，第49—55页。

2.《20世纪上半期中国散文诗的审美现代性发现与建构》，张翼，《福建论坛》（人文社会科学版），2014年第1期，第139—145页。

3.《背负苍茫歌未央——评李森〈屋宇〉》，王新，《作家》，2014年1月号（下半月刊），第19—21页。

4.《本色生活——从外表到内心》，赵卫峰、李南，《星星》（下半月），2014年第1期，第76—87页。

5.《"必须赞美这残缺的世界"——读2013年〈诗刊〉年度诗选》，霍俊明，《南方文坛》，2014年第1期，第104—109页。

6.《卞之琳的爱情书写与女性想象》，汪云霞，《读书》，2014年第1期，第114—121页。

7.《持久的象征——〈今天〉海外出刊一百期有感》，于坚，《作家》，2014年1月号（上半月刊），第126—127页。

8.《传奇诗人海子——浅析海子的诗》，刘晓文，《青年文学家》，2014年1月（下），第11页。

[①] 本文为2016年度教育部哲学社会科学研究后期资助项目"景观视域与空间构境——新世纪十五年新诗发生现场及创作研究"（16JHQ043）的阶段性成果。

9. 《从行走开始，又在哪里结束——略读蒋兴刚》，霍俊明，《诗林》，2014年第1期，第63—64页。

10. 《从新诗之"新"到新诗之"诗"——胡适诗学思想新解》，陈培浩，《中国文学研究》，2014年第1期，第91—94页。

11. 《大化·空灵·圆形之美——〈十四行集〉的化转意识、时间体验与诗美建构》，程国君，《南开学报》（哲学社会科学版），2014年第1期，第63—72页。

12. 《当代诗歌"公共性"想象的政治边界》，何同彬，《郑州大学学报》（哲学社会科学版），2014年第1期，第125—126页。

13. 《当代新诗教育中艾青"经典"身份的丧失与重构》，黄晓东，《当代作家评论》，2014年第1期，第100—107页。

14. 《地方主义诗群的崛起：一场静悄悄的革命（一）》，谭克修，《星星》（下半月），2014年第1期，第28—40页。

15. 《第一代学院新诗批评者：沈从文与苏雪林比较》，陈卫、陈茜，《武汉大学学报》（人文科学版），2014年第1期，第56—61页。

16. 《东南亚华文诗歌复杂的文化认同——以若干代表性诗歌为例》，陈涵平，《暨南学报》（哲学社会科学版），2014年第1期，第7—14页。

17. 《独白，徘徊在诗与美之间》，谢克强，《诗刊》，2014年1月号（下半月刊），第60—61页。

18. 《读周亚平的摄像头组诗》，陈霖，《诗歌月刊》，2014年第1期，第9页。

19. 《对话——评海容的诗》，林宗龙，《诗林》，2014年第1期，第68—69页。

20. 《多维视野中的汉语新诗——"新诗国际研讨会"综述》，王实玉，《当代作家评论》，2014年第1期，第96—99，95页。

21. 《多元化建造中的纵深景观——本时代若干诗歌问题的描述与回应》，燎原，《诗刊》，2014年1月号（上半月刊），第49—58页。

22. 《多重二元格局中的写作策略》，方文竹，《散文诗》，2014年1月（上半月），第90—92页。

23. 《访谈：臧棣：诗歌就是不祛魅》，木朵、臧棣，《诗歌月刊》，2014年第1期，第24—28页。

24. 《飞行在天空中的诗人——读李森诗集〈屋宇〉》，宋家宏，

《作家》，2014年1月号（下半月刊），第17—18页。

25.《废名新诗理论新探》，王泽龙、尚文祥，《星星》（下半月），2014年第1期，第43—63页。

26.《烽火诗心——塞尔维亚文版〈中国现代诗选〉面世始末》，晓钢，《诗刊》，2014年1月号（上半月刊），第66—68页。

27.《工业，速度，一部分事物已成传统 李建春的诗集〈出发遇雨〉》，刘奎，《上海文化》，2014年第1期，第17—23页。

28.《功夫在诗内》，朱零，《诗刊》，2014年1月号（上半月刊），第4页。

29.《"还没有爱够这纷飞的尘土"——论宋晓杰的诗》，冯雷，《渤海大学学报》（哲学社会科学版），2014年第1期，第12—16页。

30.《海子诗歌〈日记〉别解》，张厚刚，《名作欣赏》，2014年1月（中旬），第24—26页。

31.《忽然之间，这生命与世界相遇——读宋晓杰的诗》，邢海珍，《渤海大学学报》（哲学社会科学版），2014年第1期，第6—11页。

32.《互文、典故与女性抒情——从〈预言〉一诗看何其芳早期诗歌创作的三种手法》，杨宁宁，《三峡大学学报》（人文社会科学版），2014年第1期，第75—79页。

33.《怀乡：解读〈屋宇〉的一种方式》，杨绍军，《作家》，2014年1月号（下半月刊），第1—5页。

34.《积微散论——与散文诗有关或无关的思考》，周庆荣，《诗潮》，2014年第1期，第72—75页。

35.《尖锐的开阔》，周瓒，《诗刊》，2014年1月号（下半月刊），第8—11页。

36.《江南文化的诗意解码——潘维诗歌论》，赵思运，《南京理工大学学报》（社会科学版），2014年第1期，第17—23页。

37.《精微的平衡——子川近年诗作印象》，黄梵，《星星》（下半月），2014年第1期，第108—114页。

38.《静水深流或隐逸的诗学——读子川诗集〈虚拟的往事〉》，唐晓渡，《厦门文学》，2014年第1期，第55—60页。

39.《"冷暴力"和"大众性"——关于当前散文诗发展的思考》，章闻哲，《星星》（下半月），2014年第1期，第91—97页。

40.《两岸四地新诗文体比较研究的缘由、意义及方法》，王珂，

《广东社会科学》，2014年第1期，第151—162页。

41.《刘大白在白马湖的新诗创作》，路慧艳，《绍兴文理学院学报》（哲学社会科学版），2014年第1期，第21—24页。

42.《露珠之后是阳光——陈所巨的现实主义》，沈天鸿，《安徽文学》，2014年第1期，第140—142页。

43.《论〈再别康桥〉的自然与节制之美——兼谈文学审美的传承与接受因素》，贺仲明，《吉林师范大学学报》（人文社会科学版），2014年第1期，第56—59页。

44.《论梁实秋的新诗文体观》，赵黎明，《中国文学研究》，2014年第1期，第27—31页。

45.《论新诗成长期的诗体探求》，骆寒超，《常熟理工学院学报》，2014年第1期，第19—26页。

46.《论中国现代主义诗歌中的恶之美》，吕周聚，《广东社会科学》，2014年第1期，第163—172页。

47.《"没有诗歌，就没有未来"——二〇一三年诗歌创作与现象考察》，霍俊明，《当代作家评论》，2014年第1期，第108—114页。

48.《媒介技术的艺术想象：公共性与透明》，王艺涵，《郑州大学学报》（哲学社会科学版），2014年第1期，第127—129页。

49.《母语写作·散步之什》，邵燕祥，《诗刊》，2014年1月号（上半月刊），第18—21页。

50.《"暮年写作"或刻画姿态》，李路平，《星星》（下半月），2014年第1期，第140—142页。

51.《内在于现代诗的公共性》，唐晓渡，《郑州大学学报》（哲学社会科学版），2014年第1期，第119—120页。

52.《牛汉：困守在铁笼中的华南虎》，李东海，《绿原》，2014年第1期，第126—128页。

53.《评〈致橡树〉》，李海英，《扬子江诗刊》，2014年第1期，第38—40页。

54.《奇幻仙境里，和缪斯妹妹谈情说爱——读李森的诗集〈屋宇〉》，蔡丽，《作家》，2014年1月号（下半月刊），第5—7页。

55.《浅谈席慕容诗歌中的游戏精神》，刘宗铱，《青年文学家》，2014年1月（中），第26页。

56.《缺少稚气、血气、野气的诗》，阿西，《诗刊》，2014年1月号（下半月刊），第11—13页。

57.《人教版、苏教版高中语文必修教材中新诗选文比较研究》，刘千秋，《内江师范学院学报》，2014年第1期，第123—126页。

58.《如何认识新世纪诗歌？》，李少君，《星星》（下半月），2014年第1期，第8—24页。

59.《散文诗诗点营造举例》，张庆岭，《诗潮》，2014年第1期，第78—81页。

60.《少小离乡终未归，白发思家情更切——试论徐訏的乡情诗》，张洪滨，《甘肃高师学报》，2014年第1期，第26—28页。

61.《身体的反光——憩园诗歌的一种阅读》，黄涌，《安徽文学》，2014年第1期，第122—125页。

62.《沈从文新月派属性考辨》，黄红春，《名作欣赏》，2014年1月（中旬），第104—107页。

63.《审美与道德融合》，龙彼德，《散文诗》，2014年1月（上半月），第88—89页。

64.《诗歌的好故事……——张枣论》，颜炼军，《文艺争鸣》，2014年第1期，第41—63页。

65.《诗歌的属性与汉语的属性——周作人对于现代汉语诗歌可能性的诠释》，孟泽，《长沙理工大学学报》（社会科学版），2014年第1期，第67—75页。

66.《诗歌其实就是梦想——读李黎〈诗是什么〉有感》，谢冕，《艺术评论》，2014年第1期，第31—34页。

67.《诗人的名声》，陈家坪，《上海文化》，2014年第1期，第24—28页。

68.《诗如何为一座村庄立传——关于大解的长诗〈史记〉》，刘波，《星星》（上旬刊），2014年第1期，第16—18页。

69.《诗心、诗体与汉语诗性——对新诗及当代诗歌的几点反思》，沈奇，《诗潮》，2014年第1期，第93—95页。

70.《时代之诗的去蔽与可能》，董迎春，《星星》（下半月），2014年第1期，第65—74页。

71.《世纪之交现代汉语诗歌语言问题研究述评》，王士强，《长沙理工大学学报》（社会科学版），2014年第1期，第82—88页。

72.《似水流年中的生命心语——简析宋晓杰的诗歌主题》，张立群、张艺萱，《渤海大学学报》（哲学社会科学版），2014年第1期，第17—20，114页。

73．《抒情，且不止于抒情——叶舟长诗〈陪护笔记〉读后》，王若冰，《南方文坛》，2014年第1期，第114—117页。

74．《唐德亮抒情长诗〈惊蛰雷〉研讨会综述》，钟新文，《文艺理论与批评》，2014年第1期，第75—79页。

75．《逃往山水理想国的"移民"——评郁颜诗集〈山水诗〉》，赵思运，《星星》（下半月），2014年第1期，第124—132页。

76．《剔清那不洁的千层音——论诗歌语言的声音配置》，赵飞，《长沙理工大学学报》（社会科学版），2014年第1期，第76—81页。

77．《通向抒情的道路——从一则诗学日记管窥海子诗学观》，马文明，《现代语文》（学术综合版），2014年第1期，第59—60页。

78．《透过这一缸金鱼——对当前散文诗的思考》，桂兴华，《诗潮》，2014年第1期，第75—78页。

79．《挽歌质地的诗意情怀——论李荣的长诗创作》，芦苇岸，《创作与评论》，2014年1月号（下半月刊），第78—81页。

80．《温暖之诗，疼痛之诗，大义之诗》，江雪，《星星》（下半月），2014年第1期，第137—139页。

81．《"文学空间"转向：现代汉诗文体研究的理论契机》，黄雪敏，《安徽理工大学学报》（社会科学版），2015年第1期，第45—48页。

82．《闻一多新诗实践得失刍议》，徐晓蕾、程继龙，《楚雄师范学院学报》，2014年第1期，第44—48，55页。

83．《"我不悔我的痴情"——徐志摩诗歌中的中国古典诗歌艺术》，孙荣，《青年文学家》，2014年1月（中），第31页。

84．《现代汉诗：谁来英译？》，张智中，《诗刊》，2014年1月号（上半月刊），第59—61页。

85．《现代汉语诗歌语言的研究现状与思考》，钱韧韧，《湖南大学学报》（社会科学版），2014年第1期，第114—118页。

86．《〈现代中国诗歌的城市抒写〉序》，罗振亚，《星星》（下半月），2014年第1期，第115—118页。

87．《心灵深处的那一声呼唤——海子诗歌〈日记〉赏析》，刘广涛，《名作欣赏》，2014年1月（中旬），第21—23，26页。

88.《新诗"公共性"问题的学理背景》，向天渊，《广东社会科学》，2014年第1期，第173—178页。

89.《新世纪冯至〈十四行集〉研究的回顾与反思》，夏强，《长沙理工大学学报》（社会科学版），2014年第1期，第125—129页。

90.《徐志摩——被误读的偶像》，孔令娜，《绵阳师范学院学报》，2014年第1期，第59—61，76页。

91.《砚边灯下》，寇宗鄂，《诗刊》，2014年1月号（上半月刊），第22—24页。

92.《叶延滨：时代永远的歌者》，王琪，《诗选刊》，2014年第1期，第104—110页。

93.《一部作品是一种法则——说李森组诗〈屋宇〉》，龙晓滢，《作家》，2014年1月号（下半月刊），第22—23页。

94.《一匹马，就是自己的远方——与诗人宋晓杰的对话》，林喦、宋晓杰，《渤海大学学报》（哲学社会科学版），2014年第1期，第1—5页。

95.《因为风的缘故》，李海英，《作家》，2014年1月号（下半月刊），第8—12页。

96.《用"祷辞"重建空间与秩序——读雷平阳长诗〈春风祷〉》，霍俊明，《扬子江诗刊》，2014年第1期，第30—34页。

97.《有意味的诗歌生成机制——丁及和他的诗歌》，小海，《作家》，2014年1月号（上半月刊），第130—131页。

98.《于坚的诗歌之路及其大成之象》，鲁守广、马维，《楚雄师范学院学报》，2014年第1期，第38—43页。

99.《逾越限度的探险——关于骆英诗歌的对话》，何言宏、翟月琴、李章斌、汪云霞，《扬子江诗刊》，2014年第1期，第65—69页。

100.《〈雨巷〉经典化现象研究》，王蕾，《桂林师范高等专科学校学报》，2014年第1期，第124—128页。

101.《语言的语言迷途——当代诗歌考察笔记之五》，董迎春，《南京理工大学学报》（社会科学版），2014年第1期，第24—31页。

102.《在"磁场"中行走》，尘轩，《散文诗》，2014年1月（上半月），第93—95页。

103.《"在逃的一股香"——读陈仲义〈现代诗：语言张力论〉》，贾晓晓，《厦门文学》，2014年第1期，第61—65页。

104. 《怎样阅读一首诗：貌似简单的问题——以艾青译维尔哈伦〈城市〉的讲读为例》，倪文尖，《南方文坛》，2014年第1期，第12—18页。

105. 《"站在脆弱的门槛上"——关于灯灯的诗》，霍俊明，《诗刊》，2014年1月号（上半月刊），第46—48页。

106. 《政治的私密性与诗歌的公共性》，耿占春，《郑州大学学报》（哲学社会科学版），2014年第1期，第121—124页。

107. 《〈中国瓷〉：闪光的碎片——我读唐朝晖》，耿林莽，《散文诗》，2014年1月（上半月），第85—88页。

108. 《中国当代诗需要危机感》，明迪，《诗歌月刊》，2014年第1期，第94—96页。

109. 《中国现代诗语的发生与完善》，许霆，《常熟理工学院学报》，2014年第1期，第31—39页。

110. 《"中间代"诗评家研究——以罗振亚为中心》，邵波，《南方文坛》，2014年第1期，第110—113页。

111. 《周庆荣：堆积是海，放开是江——读周庆荣散文诗集〈有远方的人〉》，李犁，《星星》（下半月），2014年第1期，第98—106页。

112. 《主体性的隐在表达——阅读李森组诗〈春水〉》，纪梅，《作家》，2014年1月号（下半月刊），第13—16页。

113. 《追求美和善的蔡其矫》，彦火，《上海文学》，2014年第1期，第65—67页。

114. 《自语、失衡之美和灵魂摄影术》，育邦，《星星》（下半月），2014年第1期，第134—136页。

115. 《最后的精神净土——浅论凉山彝族现代诗歌》，邓明英，《作家》，2014年1月号（下半月刊），第54—55页。

二月

116. 《2013："散文诗嘉年华"的几点观察》，邹岳汉，《星星》（下半月），2014年第2期，第96—102页。

117. 《2013年诗歌：良好的气节与风范》，梁平，《星星》（下半月），2014年第2期，第115—121页。

118.《20世纪80年代诗歌"大历史"与"小历史"的双重命名——解读董迎春〈走向反讽叙事：20世纪80年代诗歌的符号学研究〉》，孙婷婷，《名作欣赏》，2014年2月（下旬），第72—73，81页。

119.《21世纪中国现代诗第七届研讨会综述》，马春光，《中国现代文学研究丛刊》，2014年第2期，第216—219页。

120.《爆炸与宣泄——诗歌〈天狗〉的朗诵》，申定羽，《名作欣赏》，2014年2月（下旬），第170—172页。

121.《"不能在辽阔的大地上空度一生"——戈麦诗歌研讨会录音整理》，西渡，《诗探索》（理论卷），2013年第4辑，第144—164页。

122.《不在场的镣铐——许悔之〈遗失的哈达〉评点》，郑慧如，《诗探索》（理论卷），2013年第4辑，第108—113页。

123.《超脱外衣下的忧郁诗情》，贾钊，《青年文学家》，2014年2月（中），第21页。

124.《沉潜岁月的精神履历——"中间代"前史研究》，邵波，《岭南师范学院学报》，2014年第1期，第87—92页。

125.《从脱离到返本：新诗与古典诗歌格律》，李丹，《文艺评论》，2014年第2期，第150—154页。

126.《从旋转的风车到春的歌谣——李森诗论》，明飞龙，《作家》，2014年2月号（下半月刊），第5—9页。

127.《"大诗歌"视角，才是散文诗的希望所在》，王西平，《散文诗》，2014年2月（上半月），第94—95页。

128.《代际命名视野下"80后"与中生代诗人的比较》，罗小凤，《诗探索》（理论卷），2013年第4辑，第46—58页。

129.《"当代"的构思——关于"30年来中国新诗"的一种考察》，张立群，《星星》（下半月），2014年第2期，第6—18页。

130.《当代诗歌的平庸：批判性、关爱性和艺术性的整体缺失》，沈达明，《诗刊》，2014年2月号（上半月刊），第65—66页。

131.《当代诗学"命名"的操作、意义及反思——以"中生代"为例》，王学东，《诗探索》（理论卷），2013年第4辑，第22—30页。

132.《倒流的河——析周航诗集〈背影〉》，余玲，《长江师范学院学报》，2014年第1期，第133—136页。

133.《地方主义诗群的崛起：一场静悄悄的革命（二）》，谭克修，

《星星》（下半月），2014年第2期，第20—36页。

134．《独特的单纯——梁小斌诗歌论》，沈天鸿，《安徽文学》，2014年第2期，第158—160页。

135．《读〈我的失恋〉（四首之四）诗稿札记》，王世家，《鲁迅研究月刊》，2014年第1期，第91—92页。

136．《读李山的〈青堆〉》，李拜天，《星星》（下半月），2014年第2期，第130—132页。

137．《对岁月的怅望与告别——戈麦〈我们日趋渐老的年龄……〉解读》，林东，《诗探索》（理论卷），2013年第4辑，第139—143页。

138．《访谈：严力：你同时踏入了两条河流》，严力、李天靖，《诗歌月刊》，2014年第2期，第32—37页。

139．《飞得起来落不下——读欧阳江河长诗〈凤凰〉》，师力斌，《诗探索》（理论卷），2013年第4辑，第92—107页。

140．《飞升的鹰，在霹雳中焚化——悼诗人牛汉》，屠岸，《新文学史料》，2014年第1期，第27—30页。

141．《非逻辑的逻辑——诗意与语言游戏》，钟文，《诗探索》（理论卷），2013年第4辑，第4—20页。

142．《非诗时代的诗歌困境与生长空间——兼论中生代诗人的命名现象及创作特征》，王巨川、黄伶，《诗探索》（理论卷），2013年第4辑，第31—45页。

143．《丰收·战士·死火——郭小川诗性与政治性的生与死》，吴蓉蓉，《名作欣赏》，2014年2月（中旬），第22—23页。

144．《风格的洗礼——评李森诗集〈屋宇〉》，方婷，《作家》，2014年2月号（下半月刊），第16—18页。

145．《冯新民的散文诗》，耿林莽，《散文诗》，2014年2月（上半月），第87—89页。

146．《感兴》，龙彼德，《散文诗》，2014年2月（上半月），第91—92页。

147．《给万物的第一次命名及其嬗变——胡弦诗歌阅读印象》，呼岩鸾，《山花》，2014年2月（B），第99—101页。

148．《孤独：从身体打捞自我》，冯强、梁峰，《星星》（下半月），2014年第2期，第134—136页。

149．《海子诗歌〈阿尔的太阳〉赏析》，刘广涛，《名作欣赏》，

2014年2月（中旬），第10—12页。

150.《汉语中的栖居与守护——〈屋宇〉解读》，朱彩梅，《作家》，2014年2月号（下半月刊），第10—12页。

151.《胡怀琛与〈尝试集批评与讨论〉》，卢永和，《北华大学学报》（社会科学版），2014年第1期，第79—84页。

152.《互否的言说，或成功的逆袭——叙述中的"中间代"诗歌》，王士强，《岭南师范学院学报》，2014年第1期，第83—86页。

153.《灰娃诗中的空间意义解析——以1966—1979年的创作为主》，李贞玉，《诗探索》（理论卷），2013年第4辑，第177—184页。

154.《激昂歌声下的卑微——郭小川的〈秋歌〉之思》，孙娜，《名作欣赏》，2014年2月（中旬），第21—22页。

155.《简论川籍诗人覃子豪与商禽对台湾诗歌的卓越贡献》，陶德宗、陶兰，《长江师范学院学报》，2014年第1期，第76—79，139页。

156.《简述苏金伞农村诗歌创作的三个高峰》，赵战委，《安阳师范学院学报》，2014年第1期，第90—92页。

157.《讲坛上绽放的诗歌花朵——读段升群的课文咏唱》，吕家乡，《诗探索》（作品卷），2013年第4辑，第139—146页。

158.《精神的伦理与灵魂的表情——高晖〈冬天里的春天〉读札》，张学昕，《作家》，2014年2月号（上半月刊），第117—120页。

159.《可爱的朋友——徐志摩》，李莉，《青年文学家》，2014年2月（中），第4—5页。

160.《雷平阳：乡愁是诗歌永远的来路》，牛殿庆，《名作欣赏》，2014年2月（中旬），第4—5页。

161.《两极张力间的诗性写作——论沈苇诗歌中的背反与融合》，叶赛，《石河子大学学报》（哲学社会科学版），2014年第1期，第52—57页。

162.《林徽因〈平明日报〉佚诗及重刊诗考证》，陆红颖，《新文学史料》，2014年第1期，第185—189页。

163.《灵魂的云游：龙彼德与他的诗歌》，刘忠，《诗探索》（理论卷），2013年第4辑，第166—176页。

164.《鲁迅〈野草〉的语言节奏及魅力》，王淑平，《作家》，2014年2月号（下半月刊），第49—50页。

165.《论"中间代"的"中间"位置——基于诗人个案的分析》，

张桃洲,《岭南师范学院学报》,2014年第1期,第78—82,92页。

166.《论二十世纪三十年代中国现代派诗论》,王锺陵,《江苏社会科学》,2014年第1期,第173—184页。

167.《论郭沫若早期诗歌创作中的自恋情结》,田茂东,《鸭绿江》(下半月版),2014年第2期,第7—8页。

168.《论穆旦诗歌中的存在主义精神》,刘纪新,《兰州学刊》,2014年第2期,第73—79页。

169.《论唐湜"兼及现实关怀"的诗歌批评实践》,李华、向林,《兰州学刊》,2014年第2期,第80—83页。

170.《论新世纪诗歌写作的叙述策略》,赵金钟,《岭南师范学院学报》,2014年第1期,第62—66页。

171.《论徐玉诺早期诗歌中的小诗创作》,单学帮,《天中学刊》,2014年第1期,第89—91页。

172.《论雪莱对徐志摩诗艺观的影响》,惟钰、王立群,《枣庄学院学报》,2014年第1期,第38—42页。

173.《论郑小琼打工题材诗歌的特质》,陶禹含、黄晓宁,《鞍山师范学院学报》,2014年第1期,第72—74页。

174.《论朱英诞与林庚的师承关系——以同题诗〈夜〉为例》,邱婕,《星星》(下半月),2014年第2期,第49—57页。

175.《矛盾重重的诗篇——郭小川〈秋歌〉重读》,叶颖,《名作欣赏》,2014年2月(中旬),第18—19页。

176.《每一种风都有他的方向——21世纪的青海诗歌风景》,刘晓林,《雪莲》,2014年第1期,第102—111页。

177.《面具的面孔》,徐钺,《诗刊》,2014年2月号(下半月刊),第8—10页。

178.《内外形式交织中的诗歌围城:诗歌空间内质论》,鄢冬,《岭南师范学院学报》,2014年第1期,第67—71,105页。

179.《浅谈文体溢出和散文诗的文体特质——以昌耀、北岛、西川为例》,陈培浩,《星星》(下半月),2014年第2期,第86—95页。

180.《〈秋歌〉:不平则鸣的背后》,王丽丽,《名作欣赏》,2014年2月(中旬),第23—24页。

181.《〈秋歌〉:为谁而歌?——关于〈秋歌〉的反思》,齐志伟,《名作欣赏》,2014年2月(中旬),第19—20页。

182. 《〈秋歌〉的文本结构》，李博宇，《名作欣赏》，2014年2月（中旬），第24—25页。

183. 《散文诗的叛逆与重建》，郑小琼，《散文诗》，2014年2月（上半月），第93—94页。

184. 《散文诗身份尴尬的现状与成因》，灵焚，《诗探索》（理论卷），2013年第4辑，第60—71页。

185. 《散文诗文体特征探微——以"我们"散文诗群作品为例》，陈亚丽，《诗探索》（理论卷），2013年第4辑，第72—82页。

186. 《生活的隐喻或内敛的抒情——续小强诗集〈反向〉的另一种解读》，秦宗梁，《名作欣赏》，2014年2月（下旬），第36—37页。

187. 《诗歌：心灵的困顿与精神的回归》，牛殿庆，《名作欣赏》，2014年2月（中旬），第8—9页。

188. 《诗歌创作与文学编辑的融合——从戴望舒的编辑活动透视其诗歌创作思想的演变》，李艳，《长城》，2014年第2期，第119—120页。

189. 《诗歌中的"身体"：追寻一种温度》，许泽平，《星星》（下半月），2014年第2期，第140—142页。

190. 《诗人的写作与生活——胡弦访谈》，胡弦、梁雪波，《山花》，2014年2月（B），第94—98页。

191. 《石民诗歌基本结构模式探析》，刘佳慧，《诗探索》（理论卷），2013年第4辑，第116—124页。

192. 《时间的证词——简论蓝角》，宋遂，《安徽文学》，2014年第2期，第137—139页。

193. 《时间屋宇上的一片青瓦——读李森诗集〈屋宇〉》，一行，《作家》，2014年2月号（下半月刊），第1—4页。

194. 《熟悉的陌生　屋宇的世界》，朱振华，《作家》，2014年2月号（下半月刊），第13—15页。

195. 《"睡与醒"的对立统一——〈秋歌〉再解读》，沙亮，《名作欣赏》，2014年2月（中旬），第20—21页。

196. 《松弛的状态与诗的魂魄》，韩作荣，《诗刊》，2014年2月号（上半月刊），第43—45页。

197. 《他把肉体安置到远离人群的地方》，商震，《西湖》，2014年第2期，第68—71页。

198．《童心爱心点燃诗心——夏吟儿童题材诗的审美特点》，夏坤、陈永华，《昭通学院学报》，2014年第1期，第83—86页。

199．《痛苦的血肉与黄金的歌唱——戈麦诗歌论》，颜炼军，《诗探索》（理论卷），2013年第4辑，第126—138页。

200．《闻一多〈红烛〉〈死水〉批评接受史综论》，陈澜、方长安，《贵州社会科学》，2014年第2期，第129—135页。

201．《我对"叙述性诗歌"的简单认知——在"21世纪中国现代诗第七届研讨会"上的发言》，北野，《诗探索》（作品卷），2013年第4辑，第108—117页。

202．《我们需要入心的诗歌》，刘波，《星星》（下半月），2014年第2期，第122—129页。

203．《我与〈野草〉的研究之缘——〈叩询"诗心"：《野草》整体研究〉前言》，汪卫东，《鲁迅研究月刊》，2014年第2期，第86—96页。

204．《席慕容诗歌中的古典意境浅析》，刘明森，《名作欣赏》，2014年2月（下旬），第131—132页。

205．《细读晓桦的〈梦幻与现实〉》，慈明亮，《作家》，2014年2月号（上半月刊），第46—49页。

206．《向诗评家、当代诗歌史家谏一言》，陆健，《西湖》，2014年第2期，第79—80页。

207．《像牛汉先生那样真实生活》，洪子诚，《新文学史料》，2014年第1期，第17页。

208．《新诗研究及其批评的伦理——论罗振亚新诗批评与研究》，刘波，《诗探索》（理论卷），2013年第4辑，第186—200页。

209．《学故而知新——中西诗歌传统与当下绝句写作》，李心电，《星星》（下半月），2014年第2期，第59—69页。

210．《寻常人生的秋与冬——读爱斐儿〈木兰围场的秋天〉与〈柔软的冬季〉》，王琦、孙晓娅，《星星》（下半月），2014年第2期，第103—113页。

211．《一棵大树》，王家新，《新文学史料》，2014年第1期，第18—20页。

212．《用诗歌的方式介入存在》，宋宝伟，《星星》（下半月），2014年第2期，第137—139页。

213.《用诗意反抗绝望》,陈志勇,《诗刊》,2014年2月号(上半月刊),第4页。

214.《欲说是,先说否——关于董迎春〈走向反讽叙事〉》,孙金燕,《名作欣赏》,2014年2月(下旬),第70—71页。

215.《云里云外,计算机的写诗时代》,戴潍娜,《诗刊》,2014年2月号(下半月刊),第11—12页。

216.《在抽屉里藏下一面镜子》,赵卫峰、王夫刚,《星星》(下半月),2014年第2期,第71—83页。

217.《在生活的难处里写作——论毛子的诗歌》,刘波,《诗探索》(作品卷),2013年第4辑,第26—32页。

218.《在太阳痛苦的芒上——解读海子〈阿尔的太阳〉》,杨玉霞、姚汝勇,《名作欣赏》,2014年2月(中旬),第13—15页。

219.《在语言中漂流——北岛诗歌立场的一个侧面》,翟朋,《名作欣赏》,2014年2月(中旬),第128—129页。

220.《赵景深佚著〈复旦大学中国诗歌原理讲义〉》,闫月珍,《新文学史料》,2014年第1期,第196—199页。

221.《铮铮风骨 大美诗魂——深切缅怀诗人牛汉先生》,孙玉石,《新文学史料》,2014年第1期,第14—16页。

222.《拯救自然:诗人的义愤与诗歌的使命》,牛殿庆,《名作欣赏》,2014年2月(中旬),第6—7页。

223.《知识分子身份的瞬间照亮——郭小川〈秋歌〉再解读》,徐志伟,《名作欣赏》,2014年2月(中旬),第17—18页。

224.《至情至性人的浅唱低吟——论朱英诞的亲情诗》,何江瑞,《星星》(下半月),2014年第2期,第40—48页。

225.《周航的"冒犯"——兼谈诗人的写作目的》,吴平,《长江师范学院学报》,2014年第1期,第131—132页。

三月

226.《1980年代朦胧诗在台湾的接受情况:以世代为考察核心》,甘能嘉,《新诗评论》,2014年(总第十八辑),第148—170页。

227.《"80后"诗歌——在时代与人生的重叠中展开》,冯雷,《长沙理工大学学报》(社会科学版),2014年第2期,第74—79页。

228.《爱之极致与幻想之真》，李犁，《诗刊》，2014年3月号（上半月刊），第4页。

229.《百年汉语诗歌审美范式研究的必要性》，高蔚，《新疆大学学报》（哲学·人文社会科学版），2014年第2期，第98—101页。

230.《北岛的文本意义》，钟文，《南方文坛》，2014年第2期，第74—83页。

231.《比喻的进化：中国新诗的技艺线索》，王凌云，《江汉学术》，2014年第1期，第51—61页。

232.《变迁的知觉模式与现代诗歌——以梁宗岱和卞之琳为例》，王飞，《河南师范大学学报》（哲学社会科学版），2014年第2期，第157—160页。

233.《"彩笔曾绘气象篇，江郎一梦竟谁传？"——何其芳诗歌中的"夜/梦"意象》，赵思运，《星星》（下半月），2014年第3期，第34—44页。

234.《陈官煊两千首爱情诗管窥》，李明泉、赵璐，《文学自由谈》，2014年第2期，第149—154页。

235.《"成为一个茧人，缩身于乡愁"——关于雷平阳〈春风祷〉的讨论》，汪政、何平、傅元峰、张宗刚、何同彬、育邦、梁雪波、韩松刚，《扬子江诗刊》，2014年第2期，第65—69页。

236.《抽丝织锦：绘制现代诗语的张力关系——陈仲义〈现代诗：语言张力论〉》，邓艮，《海南师范大学学报》（社会科学版），2014年第3期，第73—77页。

237.《穿越庞杂而暧昧的诗歌现场——霍俊明〈无能的右手〉读后》，王士强，《诗探索》（理论卷），2014年第1辑，第188—191页。

238.《纯诗与新诗形式的现代性想象》，龙扬志，《诗探索》（理论卷），2014年第1辑，第51—60页。

239.《纯诗与真情的蝶变——论王学芯的诗歌创作》，银进康，《当代文坛》，2014年第2期，第84—86页。

240.《从生到死：诗对现实的划破》，侯平，《星星》（下半月），2014年第3期，第133—135页。

241.《当代诗歌史上被忽视的两个热点"现象"》，张立群、刘晓丽，《石家庄学院学报》，2014年第2期，第61—66页。

242.《当下诗歌三十年概观》，谭五昌，《星星》（下半月），2014

年第 3 期，第 6—20 页。

243.《都市化与本土性：港澳诗歌的一种经验》，卢桢，《北方论丛》，2014 年第 2 期，第 35—38 页。

244.《读左翼诗人施善继的〈毒苹果札记〉》，陈昭瑛，《世界华文文学论坛》，2014 年第 1 期，第 31—34 页。

245.《杜运燮："轻体诗"的"轻"与"重"》，李章斌，《诗探索》（理论卷），2014 年第 1 辑，第 93—106 页。

246.《繁华与寂静——谈谈谢山晓的诗》，席云舒，《诗探索》（作品卷），2014 年第 1 辑，第 27—33 页。

247.《访谈：中国当代文学的海外传播（节选）》，西川、胡少卿，《诗刊》，2014 年 3 月号（上半月刊），第 9—11 页。

248.《给诗歌一个"是"》，江非，《诗刊》，2014 年 3 月号（下半月刊），第 9—11 页。

249.《固守优美还是走向崇高？——无形式境遇中的散文诗美学谱系问题》，赖彧煌，《星星》（下半月），2014 年第 3 期，第 86—95 页。

250.《关于青藏高原和散文诗》，祁玉良，《散文诗》，2014 年 3 月（上半月），第 93—94 页。

251.《光阴冰凉的痕迹——陈巨飞诗歌印象》，何冰凌，《安徽文学》，2014 年第 3 期，第 128—130 页。

252.《海外游子的歌——余光中诗论》，温世林，《鸭绿江》（下半月版），2014 年第 3 期，第 44 页。

253.《何其芳〈预言〉艺术奥秘探寻》，谭德晶，《当代文坛》，2014 年第 2 期，第 44—48 页。

254.《贺敬之：大写的"人"，写向万里长空——观文献艺术片〈诗人贺敬之〉》，李云雷，《文艺理论与批评》，2014 年第 2 期，第 104—105 页。

255.《黑夜中的一颗星——评缅甸华文新诗集〈五边形诗集〉》，涂文晖，《世界华文文学论坛》，2014 年第 1 期，第 28—30 页。

256.《"红色"背景上的"白色"表达——柏桦论》，赵飞，《诗探索》（理论卷），2014 年第 1 辑，第 108—114 页。

257.《"荒诞主义"与"意识流"下的"狂想写作"》，赵目珍，《作品》，2014 年第 3 期，第 116—122 页。

258.《黄海〈律诗与新诗合集〉读后》,周思明,《文学自由谈》,2014年第2期,第144—148页。

259.《或在平凡中,或离开……》,陈亮,《星星》(下半月),2014年第3期,第136—138页。

260.《或者是灯盏,或者是阳光——2013年的中国诗歌》,郁葱,《诗选刊》,2014年第3期,第70—110页。

261.《建国初新诗形式讨论中的"传统"问题》,吕东亮,《中国现代文学研究丛刊》,2014年第3期,第123—133页。

262.《节制和内敛之美——评柏桦〈往事〉》,刘波,《诗探索》(理论卷),2014年第1辑,第115—119页。

263.《解析胡适译作〈老洛伯〉的文本功能及翻译策略》,余蕾,《安徽农业大学学报》(社会科学版),2014年第2期,第118—121页。

264.《精神弥留之际的写作难度——对王学芯诗歌的抽样描述》,张德明,《当代文坛》,2014年第2期,第87—89页。

265.《静默如谜:一个诗写者的乌托邦——读俞昌雄近作》,霍俊明,《诗林》,2014年第2期,第49—50页。

266.《抗日战争的终结与穆旦的诗歌转变》,徐钺,《新诗评论》,2014年(总第十八辑),第193—215页。

267.《理想光辉与诗的格调》,蒋登科,《诗选刊》,2014年第3期,第20—21页。

268.《梁秉钧(也斯)作品年表:创作、评论、研究、翻译、编汇、展览及录像作品目录》,郑政恒,《新诗评论》,2014年(总第十八辑),第56—66页。

269.《梁秉钧:面向世界的香港诗人》,郑政恒,《新诗评论》,2014年(总第十八辑),第35—52页。

270.《梁秉钧佚诗二首》,郑政恒,《新诗评论》,2014年(总第十八辑),第53—55页。

271.《论杜运燮诗文创作中的双重经验》,许文荣,《诗探索》(理论卷),2014年第1辑,第80—92页。

272.《论穆旦诗歌"荒原"意识的演绎方式》,杜正华,《名作欣赏》,2014年3月(下旬),第134—136页。

273.《论新诗写作的语类运用和语象采集特色》,王昌忠,《诗探索》(理论卷),2014年第1辑,第12—22页。

274.《穆旦诗歌中的战争与史诗性》,吴向廷,《新诗评论》,2014年(总第十八辑),第171—192页。

275.《"难于直说"的声音——读鲁迅〈影的告别〉》,赵飞,《星星》(下半月),2014年第3期,第96—103页。

276.《"叛军"的领舞:论北岛、芒克与〈今天〉的关系》,张琳琳,《现代语文》(学术综合版),2014年第3期,第66—67页。

277.《平庸与神奇,或日常生活的诗学想象》,杨有庆,《星星》(下半月),2014年第3期,第139—141页。

278.《评〈悬崖边的树〉》,狄霞晨,《扬子江诗刊》,2014年第2期,第35—37页。

279.《千败剑客的美学:论杨泽诗》,杨佳娴,《新诗评论》,2014年(总第十八辑),第107—127页。

280.《浅谈现代诗的本土性》,草树,《星星》(下半月),2014年第3期,第22—30页。

281.《让羞涩成为一种能力》,李见心,《诗歌月刊》,2014年第3期,第187页。

282.《认识自己、寻求意义与空间拓展——与诗学有关或无关的札记》,庄伟杰,《粤海风》,2014年第2期,第76—78页。

283.《熔古典与现代于一炉——漫谈辛笛的诗》,刘士杰,《信阳师范学院学报》(哲学社会科学版),2014年第2期,第125—127页。

284.《如何影响 怎样传承——海峡两岸现代诗关系摭谈》,吴鹇,《福建师范大学学报》(哲学社会科学版),2014年第2期,第44—49页。

285.《色彩·形态·生命——简论"历史物象诗"文本的语言特征》,王巨川、张盛男,《诗探索》(理论卷),2014年第1辑,第23—35页。

286.《善守中期待辉煌》,鲁绪刚,《散文诗》,2014年3月(上半月),第94—95页。

287.《审美"现代性"的译介与发现——从袁可嘉的一篇译文说起》,赵禹冰,《文艺争鸣》,2014年第2期,第117—122页。

288.《生活的感慨与生命的感悟——王立世诗歌论》,谢幕,《诗探索》(理论卷),2014年第1辑,第174—186页。

289.《生命体悟与神性超验》,杨匡汉,《诗潮》,2014年第3期,第 75 页。

290.《声音的诗学与诗歌的意味——评江湖海诗歌》,苏文健,《创作与评论》,2014 年 3 月号(下半月刊),第 68—74 页。

291.《诗,本质于未来:就〈蜀中过年十绝句并记〉与江弱水商榷》,西渡,《新诗评论》,2014 年(总第十八辑),第 3—12 页。

292.《诗歌,精神生存术——读朱英诞新诗》,程继龙,《扬子江诗刊》,2014 年第 2 期,第 28—31 页。

293.《诗歌中的客观对应物》,许环光,《诗探索》(理论卷),2014 年第 1 辑,第 38—50 页。

294.《诗人的"主观个体"与萧开愚的"综合意识"》,梁小静,《江汉学术》,2014 年第 1 期,第 62—69 页。

295.《诗人们活出来了,诗歌呢?》,狄青,《文学自由谈》,2014 年第 2 期,第 55—59 页。

296.《诗学广场 对话 远航诗海的老水手——飞白访谈录》,飞白、赵四,《诗刊》,2014 年 3 月号(上半月刊),第 64—72 页。

297.《诗意的检验:论帕斯捷尔纳克精神对中国当代抒情诗之影响》,陈静,《新疆大学学报》(哲学·人文社会科学版),2014 年第 2 期,第 102—106 页。

298.《试论"新月派""现代诗派"诗歌的音乐性探索》,李青峰,《赤峰学院学报》(汉文哲学社会科学版),2014 年第 3 期,第 167—169 页。

299.《抒情与翻译之间的"呼语":重读早期郭沫若》,王璞,《新诗评论》,2014 年(总第十八辑),第 67—90 页。

300.《"树"的意象:中国 20 世纪诗歌中的知识分子形象》,王明科,《新疆大学学报》(哲学·人文社会科学版),2014 年第 2 期,第 111—115 页。

301.《水的精灵诗的魂——肖黛诗集〈一切与水有关〉风格浅论》,张红波,《青海湖》,2014 年第 3 期,第 92—96 页。

302.《唐捐的反讽诗学:论〈无血的大戮〉》,林巾力,《新诗评论》,2014 年(总第十八辑),第 128—147 页。

303.《天地之间 诗人何为——海子诗歌〈麦地与诗人〉主题阐释》,刘广涛,《名作欣赏》,2014 年 3 月(中旬),第 36—38 页。

304.《文化人类学视域与砂劳越情结——马华诗人吴岸的本土化

写作及其诗性空间》，庄伟杰，《诗探索》（理论卷），2014年第1辑，第128—138页。

305.《我理解的当代诗歌与现实》，辛泊平，《诗选刊》，2014年第3期，第22—23页。

306.《"我们共有一种奇异的忧伤"——读莫卧儿》，霍俊明，《诗刊》，2014年3月号（上半月刊），第46—48页。

307.《我与诗歌的跨界传播实验与探索》，从容，《诗探索》（理论卷），2014年第1辑，第72—78页。

308.《先女性后诗歌，还是先诗歌后女性》，安琪，《诗歌月刊》，2014年第3期，第1页。

309.《现代汉语虚词与胡适的新诗体"尝试"》，王泽龙、钱韧韧，《中国现代文学研究丛刊》，2014年第3期，第134—147页。

310.《现代汉语虚词与现代汉语诗歌》，王泽龙，《诗探索》（理论卷），2014年第1辑，第4—11页。

311.《现代诗形式论美学》，陈仲义，《星星》（下半月），2014年第3期，第105—113页。

312.《现代诗需要一次回望传统的招魂》，王单单，《诗探索》（作品卷），2014年第1辑，第114—117页。

313.《现代译诗对中国新诗文体观念的践行》，熊辉，《扬州大学学报》（人文社会科学版），2014年第2期，第83—89页。

314.《孝：人生的美与力——贾真诗集〈心中的乾坤〉序》，马晋乾，《黄河》，2014年第2期，第131—135页。

315.《谐音瀑布的鱼悦——论王敖诗歌的读法》，艾洛，《山花》，2014年3月（B），第102—108页。

316.《写诗的孩子必定是早熟的》，欧阳文章，《诗刊》，2014年3月号（下半月刊），第7—9页。

317.《心灵的史诗：新左翼现实主义诗歌的叙事与抒情——评唐德亮的长诗〈惊蛰雷〉》，杨四平，《文艺理论与批评》，2014年第2期，第110—112页。

318.《新诗的现代主义转向：现代诗派中的唯美主义影响》，赵鹏，《当代文坛》，2014年第2期，第40—43页。

319.《新诗史视野中的"草根性"诗学及其走向》，吴投文，《诗探索》（理论卷），2014年第1辑，第61—69页。

320.《新世纪诗歌：存在的诗意——以几个诗歌选本为例》，范云晶，《星星》（下半月），2014年第3期，第58—69页。

321.《形象的抒情——评柏桦〈唯有旧日子带给我们幸福〉》，薛红云，《诗探索》（理论卷），2014年第1辑，第120—123页。

322.《"形象思维"论与钱锺书的宋诗研究》，周景耀，《中国现代文学研究丛刊》，2014年第3期，第148—159页。

323.《延安时期何其芳诗歌创作综论》，张立群，《星星》（下半月），2014年第3期，第45—56页。

324.《杨炼论》，张立群，《南方文坛》，2014年第2期，第83—89页。

325.《"夜"与"梦"里话〈野草〉——读张洁宇〈独醒者与他的灯——鲁迅《野草》细读与批评〉》，周翔，《诗探索》（理论卷），2014年第1辑，第192—197页。

326.《一个"南方的汉子"眼里的新疆——读安谅诗集〈沙枣花香〉》，吴思敬，《绿风》，2014年第2期，第125—128页。

327.《一个等待着被完成的女人——读李见心的诗》，灵焚，《诗探索》（理论卷），2014年第1辑，第151—166页。

328.《一个诗歌身份的暧昧指认——杨炼"中文性"诗学评析》，张辉，《长沙理工大学学报》（社会科学版），2014年第2期，第80—84页。

329.《以"进取"瓦解"焦虑"：中西方文化下焦虑的异质解读——昌耀与卡夫卡的创作评介》，卜红，《青海社会科学》，2014年第2期，第149—151页。

330.《映照汉语诗歌的近景与远景——读西渡著〈壮烈风景：骆一禾论 骆一禾海子比较论〉》，张桃洲，《中国现代文学研究丛刊》，2014年第3期，第214—219页。

331.《游动在词语里的记忆——靳晓静诗评》，程一身，《诗探索》（理论卷），2014年第1辑，第167—173页。

332.《越界的本土诗学：论梁秉钧》，陈智德，《新诗评论》，2014年（总第十八辑），第23—34页。

333.《载着风雨的红桅船——诗文集〈第九条建言〉读后感（评论）》，王晓静，《朔方》，2014年第3期，第102—106页。

334.《在向心力下的诗歌写作——朱永良诗歌勾勒》，耿玉妍，

《诗林》，2014年第2期，第92—95页。

335.《真正的诗人，有一个算一个——王敖访谈》，王敖、郑瞳，《山花》，2014年3月（B），第99—101页。

336.《直接的力量：读凌越诗集〈尘世之歌〉》，连晗生，《新诗评论》，2014年（总第十八辑），第91—106页。

337.《中国现代诗学中的"肌理说"》，陈越，《中国现代文学研究丛刊》，2014年第3期，第107—122页。

338.《重新学习说人话》，赵卫峰、刘川，《星星》（下半月），2014年第3期，第71—83页。

339.《逐渐被遗忘的"三美"式的爱国诗》，孟利，《青年文学家》，2014年3月（下），第6页。

340.《作为语言的诗——臧棣"丛书诗"的艺术历险论》，余文翰，《诗探索》（理论卷），2014年第1辑，第140—150页。

四月

341.《"80后"在前进》，张德明，《诗选刊》，2014年第4期，第109—110页。

342.《80后诗人的想象力——读唐不遇的诗》，张德明，《作品》，2014年第4期，第117—119页。

343.《搬运蚂蚁的诗句与个体的命运书——陈德根诗歌简论》，周根红，《文学港》，2014年第4期，第133—135页。

344.《边缘的守持——以同题诗〈夜〉探讨林庚诗作的创作转向》，李莹，《牡丹江师范学院学报》（哲学社会科学版），2014年第2期，第56—58页。

345.《卞之琳诗歌英文自译翻译伦理之透视》，梅阳春、汤金霞，《北京工业大学学报》（社会科学版），2014年第2期，第75—80页。

346.《昌耀的诗：大西北星云中一颗耀眼的星星》，张永健，《创作与评论》，2014年4月号（下半月刊），第40—45页。

347.《城市境遇下的"70后"诗歌》，霍俊明，《岭南师范学院学报》，2014年第2期，第57—62页。

348.《传统与现代的交融——细读废名的诗〈灯〉》，倪志娟，《星星》（下半月），2014年第4期，第17—26页。

349.《创造社诗人写作的"个人性"与"公共性"——以穆木天为例》，易亚云，《湖北文理学院学报》，2014年第4期，第67—70页。

350.《从文化寻根到文化身份认同——浅谈羊子的〈三重天〉》，阿荣，《草地》，2014年第2期，第75—80页。

351.《大堰河的凄苦解读》，陶茹静，《青年文学家》，2014年4月（下），第55页。

352.《"当代"诗歌生产与消费中的"倡懂"现象》，巫洪亮，《北京工业大学学报》（社会科学版），2014年第2期，第56—60，74页。

353.《当代台港澳新诗的现代性中国形象建构》，赵小琪，《社会科学战线》，2014年第4期，第147—164页。

354.《当代乡土诗学的另一种向度——简论鲜圣的创作》，王学东，《星星》（下半月），2014年第4期，第103—113页。

355.《当代中青年诗人佳作赏读（二篇）》，刘洁岷，《星星》（下半月），2014年第4期，第124—130页。

356.《地方主义，中国诗歌的又一次崛起》，程一身，《诗歌月刊》，2014年第4期，第88—93页。

357.《地方主义诗群的崛起：一场静悄悄的革命》，谭克修，《诗歌月刊》，2014年第4期，第4—11页。

358.《读〈"胜利"三部曲〉有感——浅析周洪成诗作〈胜利颂〉〈胜利赋〉〈胜利魂〉》，廖永葆，《青海湖》，2014年第4期，第94页。

359.《感人心魄的亲情，温婉动人的乡音——读皇泯长篇散文诗集〈七只笛孔洞穿的一支歌〉》，王平，《散文诗》，2014年4月（上半月），第86—89页。

360.《高天厚土写大诗——序谷溪诗选〈天声地籁〉》，叶延滨，《延安文学》，2014年第2期，第223—227页。

361.《"古老的敌意"——北岛诗歌的精神内核》，王正印，《作家》，2014年4月号（下半月刊），第15—28页。

362.《关于〈他手记〉的手记》，安琪，《山花》，2014年4月（B），第99—101页。

363.《关于散文诗》，高博涵，《散文诗》，2014年4月（上半月），第92—95页。

364.《和诗歌一起穿行在城市的外乡人——陈忠村诗歌印象》，梁平,《安徽文学》,2014年第4期,第132—133页。

365.《胡适诗歌翻译与创作的多元互动研究》,刘玲慧、熊德米,《桂林师范高等专科学校学报》,2014年第2期,第92—95页。

366.《湖畔诗社史实的还原与重构》,张直心、王平,《文艺争鸣》,2014年第4期,第114—119页。

367.《江河"现代神话史诗"的英雄转化与叙事思维》,陈大为,《江汉学术》,2014年第2期,第55—68页。

368.《客体感受力》,龙彼德,《散文诗》,2014年4月(上半月),第89—90页。

369.《口语写作十宗罪》,张德明,《星星》(下半月),2014年第4期,第6—14页。

370.《论"70后"诗歌的现代性特征》,熊辉,《岭南师范学院学报》,2014年第2期,第51—56页。

371.《论"70后"诗歌中的城市空间》,卢桢,《岭南师范学院学报》,2014年第2期,第63—67页。

372.《论顾城的"自我"及其诗歌的语言》,岛由子,《江汉学术》,2014年第2期,第69—77页。

373.《论海子〈给萨福〉的诗美品格》,隋清娥,《名作欣赏》,2014年4月(中旬),第27—29页。

374.《论洛夫诗歌的自然意象》,张春艳、方忠,《长江师范学院学报》,2014年第2期,第89—92页。

375.《论马华当代诗歌的后现代色彩》,朱文斌,《暨南学报》(哲学社会科学版),2014年第4期,第17—22、163页。

376.《论穆旦诗歌翻译对其诗歌创作主题内涵的影响》,吕夏萌,《赤峰学院学报》(汉文哲学社会科学版),2014年第4期,第160—161页。

377.《略论胡风现实主义理论的形成》,赵金钟,《星星》(下半月),2014年第4期,第30—40页。

378.《略论王家新不同时期的诗歌艺术特点》,陈爱梅,《鸭绿江》(下半月版),2014年第4期,第61—62页。

379.《略论中国现代散文诗的文体选择和文化策略》,赵薇,《星星》(下半月),2014年第4期,第75—84页。

380.《秘响旁通:现代禅诗的反讽突围——以沈奇"天生丽质"

诗歌实验为例》，孙金燕，《作家》，2014年4月号（上半月刊），第135—138页。

381．《目睹一位青年诗评家的成长》，吴思敬，《星星》（下半月），2014年第4期，第97—102页。

382．《酿荒凉之蜜燃刀锋之舞——评寒烟的近作》，房伟，《诗刊》，2014年4月号（上半月刊），第56—57页。

383．《〈女人〉："完成"之后的"未完成"——重读翟永明〈女人〉组诗》，陈江茹，《名作欣赏》，2014年4月（下旬），第103—104页。

384．《浅水深流静无声——韩玉光诗歌作品研讨会侧记》，蔺红，《五台山》，2014年第4期，第30—32页。

385．《浅析胡适对白话自由诗的设计》，胡江飞，《郧阳师范高等专科学校学报》，2014年第2期，第47—49页。

386．《日常经验的书写与生命存在的反思——论新世纪天津的诗歌创作》，张辉，《名作欣赏》，2014年4月（上旬），第95—98页。

387．《生活是生活 诗歌是诗歌》，赵卫峰、荣荣，《星星》（下半月），2014年第4期，第62—72页。

388．《生命同构式写作——"写作如写命"——诗人安琪与她的〈极地之境〉》，林馥娜，《星星》（下半月），2014年第4期，第114—123页。

389．《诗的形成：向内的表达、抵达与"语言游戏"》，覃才，《星星》（下半月），2014年第4期，第50—60页。

390．《诗歌的价值观写作与纯粹写作》，李森，《作家》，2014年4月号（上半月刊），第159—160页。

391．《诗歌生存的肯定者——序苗雨时诗论、诗评集〈雨时博客〉》，薛梅，《廊坊师范学院学报》（社会科学版），2014年第2期，第13—15页。

392．《诗就是让万物在文字里安身立命》，韩玉光，《五台山》，2014年第4期，第37页。

393．《诗人的天职是返乡——谈昭通诗人尹马及其诗作》，邱勇雷，《青年文学家》，2014年4月（下），第53页。

394．《死人复活的时候——世纪潮头话胡风》，甘浩，《星星》（下半月），2014年第4期，第41—48页。

395.《他把肉体安置到远离人群的地方》，商震，《诗选刊》，2014年第4期，第106—108页。

396.《为了遗忘的记忆——关于2013年诗歌的随感》，张清华，《山花》，2014年4月（A），第151—155页。

397.《为诗消得人憔悴——新诗研究者东南大学王珂教授访谈录》，王珂、王觅，《廊坊师范学院学报》（社会科学版），2014年第2期，第5—12页。

398.《文学的魔咒与海子的时代》，张晶晶，《名作欣赏》，2014年4月（下旬），第147—149页。

399.《"我"应该在哪里?》，潘维，《诗刊》，2014年4月号（下半月刊），第10—11页。

400.《〈乡愁〉及其传播中的多重民族主义》，薛梅，《青年文学家》，2014年4月（中），第29—30页。

401.《一部中年诗人的灵魂史——读吴昕孺的长诗〈原野〉》，段晓磊、吴投文，《创作与评论》，2014年4月号（下半月刊），第46—51页。

402.《一个捕光者——读韩玉光诗集〈捕光者〉》，青蓝格格，《五台山》，2014年第4期，第33—36页。

403.《一颗诗心与地久天长的友情"——痛悼老友韩作荣》，李松涛，《诗选刊》，2014年第4期，第100—103页。

404.《依偎月光，拥抱火炬——悼念诗人韩作荣》，张同吾，《诗选刊》，2014年第4期，第104—105页。

405.《隐喻性经验叙述：心灵拷问的自我正义》，杨四平，《诗刊》，2014年4月号（下半月刊），第8—10页。

406.《袁可嘉与新诗现代化》，蒋洪新，《中国文学研究》，2014年第2期，第103—106页。

407.《在情的深处——宋长玥诗歌印象》，清香，《雪莲》，2014年第2期，第111—115页。

408.《在文明的传承中捍卫人性——侯马访谈》，侯马、王士强，《山花》，2014年4月（B），第93—98页。

409.《致莱斯沃斯岛上的月亮——海子诗歌〈给萨福〉主题阐释》，刘广涛，《名作欣赏》，2014年4月（中旬），第24—26页。

五月

410.《20世纪90年代诗歌价值的三种取向——基于"民间写作"与"知识分子写作"的考察》,张厚刚,《山东文学》,2014年第5期,第71—73页。

411.《20世纪90年代诗歌价值取向探析》,张厚刚,《山东文学》,2014年第5期,第70页。

412.《被悲痛击中的命运——漫读曾蒙的几首诗》,赵卡,《山花》,2014年5月(B),第97—98页。

413.《被遮蔽的新诗与歌之关系探析》,吕周聚,《文学评论》,2014年第3期,第33—45页。

414.《不要在衣服上挠痒——70后与80后Q聊90后》,王单单、刘年,《诗刊》,2014年5月号(下半月刊),第33—34页。

415.《禅境与诗境的合一——论从容诗中的禅韵》,罗小凤,《安徽理工大学学报》(社会科学版),2014年第3期,第54—58页。

416.《从〈十四行集〉谈起》,张雨,《星星》(下半月),2014年第5期,第34—44页。

417.《从戴望舒诗歌中的女性形象看其诗歌创作心理——以〈雨巷〉为例兼谈其他诗歌》,王怀昭,《唐山师范学院学报》,2014年第3期,第14—16页。

418.《从穆旦到纪弦:"现代性"的认知偏失与"民族性"的诗体缺位》,谢力哲,《绥化学院学报》,2014年第5期,第49—52页。

419.《大视野·大情怀·大境界——评柳忠秧的长诗〈天下洞庭天下楼〉和〈天下江山黄鹤楼〉》,余三定,《文艺争鸣》,2014年第5期,第139—141页。

420.《当代散文诗的五种倾向》,徐后先,《散文诗》,2014年5月(上半月),第94—95页。

421.《当代诗歌的弊端及其未来》,吴小虫,《星星》(下半月),2014年第5期,第59—71页。

422.《当代诗歌的跨界演绎与视听阐发——2013年"第一朗读者"诗歌活动综述》,张德明,《诗歌月刊》,2014年第5期,第10—11页。

423.《当代诗歌中的"看"》,温丽姿,《诗刊》,2014年5月号

（上半月刊），第59—61页。

424.《当粮食没有转化为酒——关于影白的诗》，霍俊明，《诗刊》，2014年5月号（下半月刊），第9—11页。

425.《当诗歌面对"无边的现实主义"》，沈苇，《诗刊》，2014年5月号（上半月刊），第55—58页。

426.《党性的光辉——阮章竞同志在〈诗刊〉》，尹一之，《新文学史料》，2014年第2期，第60—63页。

427.《低处的光亮（评论）——原上草近期诗歌创作中的"忧患"主题及其他》，阿甲，《青海湖》，2014年第5期，第13—16页。

428.《东西交汇下的涅槃之舞——海子〈亚洲铜〉赏析》，刘俊杰，《名作欣赏》，2014年5月（中旬），第32—34页。

429.《对生活，女人般的热爱和体贴——关于影白的几首诗》，田冯太，《诗刊》，2014年5月号（下半月刊），第7—9页。

430.《反讽时代的孤寂诗写——再论海子诗歌精神》，董迎春，《南方文坛》，2014年第3期，第27—31，2页。

431.《反讽时代的诗歌批评语言——董迎春诗学研究述评》，姜永琢、李心释，《南方文坛》，2014年第3期，第32—36页。

432.《"凤凰涅槃"：一个经典话语丰富内涵的建构历程》，孙绍振，《中国现代文学研究丛刊》，2014年第5期，第24—31页。

433.《复兴"大武汉"的诗歌预言》，李遇春，《文艺争鸣》，2014年第5期，第147—148页。

434.《"个人化写作"与新时期先锋诗歌批评》，崔修建，《北方论丛》，2014年第3期，第29—33页。

435.《顾彬访谈录》，马铃薯兄弟，《诗选刊》，2014年第5期，第103—108页。

436.《郭沫若〈女神〉与浪漫主义中国化》，张德明，《内江师范学院学报》，2014年第5期，第39—41页。

437.《郭沫若新诗史地位形成中的〈女神〉版本错位问题》，余蔷薇，《文艺争鸣》，2014年第5期，第13—20页。

438.《郭沫若与金斯堡诗歌创作的人文社会影响》，廖飞，《青年文学家》，2014年5月（下），第12—13页。

439.《海子的矛盾创作心态》，陈连锦，《楚雄师范学院学报》，2014年第5期，第37—40页。

440.《汉语新诗："整齐"为何可能及其意义》，张中宇，《文艺争鸣》，2014年第5期，第70—77页。

441.《何来诗歌悖论话语的理性沉思与艺术张力》，刘镇伟，《宜宾学院学报》，2014年第5期，第79—82，87页。

442.《畸形的年代 诗性的呈示——北岛早期诗歌的认知价值》，夏俊华，《南都学坛》，2014年第3期，第64—67页。

443.《揭开人生的本相》，罗小凤，《星星》（下半月），2014年第5期，第135—137页。

444.《节奏的魅力——林庚新格律诗实验对传统的再发现》，罗小凤，《山西大学学报》（哲学社会科学版），2014年第3期，第17—22页。

445.《聚散由诗——"汉园诗人"的聚散及其艺术风格比较》，张洁宇，《山西大学学报》（哲学社会科学版），2014年第3期，第10—16页。

446.《空白的运动与结构论〈空白练习曲〉及张枣的元诗写作》，蕨弦，《上海文化》，2014年第5期，第50—60页。

447.《梁宗岱〈象征主义〉对中西诗学术语互释的构建》，杨坤，《沈阳农业大学学报》（社会科学版），2014年第3期，第373—375页。

448.《临汉隶，悟诗法——兼评天水"80后"诗人李王强的新诗创作》，薛世昌，《飞天》，2014年第5期，第124—128页。

449.《灵的追问与心之翔舞——浅谈散文诗的"思"与"诗"》，黄雪敏，《星星》（下半月），2014年第5期，第90—99页。

450.《岭南唱大风——柳忠秧史诗抒写岭南文化》，陈世旭，《文艺争鸣》，2014年第5期，第143—144页。

451.《论"朦胧诗"的艺术意义》，宁丽丽、陈古福，《山花》，2014年5月（B），第154—156页。

452.《论冯至〈十四行集〉的自我认同》，夏强，《安徽农业大学学报》（社会科学版），2014年第3期，第95—99页。

453.《论胡适新诗创作主张与实践的划时代意义》，尚新磊，《求索》，2014年第5期，第133—137页。

454.《论李琦诗歌的意象选择与情感表达》，姜超，《绥化学院学报》，2014年第5期，第14—16页。

455.《论台静农新诗六首》，邓谦林，《新文学史料》，2014年第2

期，第 123—130 页。

456.《美丽的沉默和真诗的旨趣——关于朱英诞诗歌的对话》，王泽龙、程继龙、钱韧韧、倪贝贝、罗燕玲、马雪洁、任䘵男、曾琦珣、石燕波、杨葵，《扬子江学刊》，2014 年第 3 期，第 57—62 页。

457.《民间话语与五四白话新诗的理论建构》，刘继林，《湖北大学学报》（哲学社会科学版），2014 年第 3 期，第 107—112，149 页。

458.《明迪访谈：从陌生到陌生》，明迪、张曙光，《诗歌月刊》，2014 年第 5 期，第 12—15 页。

459.《女性主义视角下试论舒婷诗歌的传统与现代》，杨骥，《青年文学家》，2014 年 5 月（中），第 24—25 页。

460.《彷徨于无地——汉语新诗的地理学札记》，颜炼军，《山花》，2014 年 5 月（A），第 153—158 页。

461.《评〈相信未来〉》，汪政，《扬子江学刊》，2014 年第 3 期，第 34—35，62 页。

462.《浅谈诗歌语言"陌生化"的审美特征》，温文华、植泳诗，《青年文学家》，2014 年 5 月（中），第 36—37 页。

463.《青春诗人笔下的中国符号——海子诗歌〈亚洲铜〉主题新探》，刘广涛，《名作欣赏》，2014 年 5 月（中旬），第 29—31 页。

464.《人间要好诗——也谈现代诗歌艺术判断的标准与尺度》，薛世昌，《南京理工大学学报》（社会科学版），2014 年第 3 期，第 24—29 页。

465.《三种不同层面的爱与诗歌读法之一种》，刘云峰，《星星》（下半月），2014 年第 5 期，第 140—142 页。

466.《散文诗创作的新收获——读〈中国年度优秀散文诗 2012 卷〉》，李成，《散文诗》，2014 年 5 月（上半月），第 87—92 页。

467.《桑克诗歌中的历史书写》，一行，《上海文化》，2014 年第 5 期，第 28—40 页。

468.《山中庙宇，还是空中楼阁——网友博客热聊刘阳鹤诗歌》，聂权，《诗刊》，2014 年 5 月号（下半月刊），第 27—29 页。

469.《社会忧患与底层写作——白麟诗歌论评》，冯肖华，《名作欣赏》，2014 年 5 月（下旬），第 117—120 页。

470.《生活在尘世的王妃——读王妃诗集〈风吹香〉》，北野，《安徽文学》，2014 年第 5 期，第 129—131 页。

471.《诗歌、地理、自然、文化的多重融会——新世纪诗歌地理学批评》,宋宝伟,《文艺评论》,2014年第5期,第66—72页。

472.《〈诗刊〉与1980年代诗歌评奖》,钱继云,《当代文坛》,2014年第3期,第111—115页。

473.《诗如何持续地振动我们》,李知白,《上海文化》,2014年第5期,第17—27页。

474.《时光将与年轻人,发生化学反应——刘年和灯灯通过邮件谈陈丛的诗歌》,刘年、灯灯,《诗刊》,2014年5月号(下半月刊),第34—35页。

475.《世纪之交现代诗歌论争的再度审视》,宋来莹,《山东文学》,2014年第5期,第76—78页。

476.《世界观的葱茏塔尖——论陈舸〈林中路〉》,木朵,《上海文化》,2014年第5期,第41—49页。

477.《事物在隐身中得到突出》,韦锦,《诗刊》,2014年5月号(上半月刊),第4页。

478.《是谁令你们深刻?——当代儿童诗的一个侧面》,李路平,《星星》(下半月),2014年第5期,第113—125页。

479.《"属于别一世界"的诀别诗——小议〈别了,哥哥〉的非诗问题》,汪剑钊,《扬子江学刊》,2014年第3期,第41—43页。

480.《"思想中的思想世界"》,龙彼德,《散文诗》,2014年5月(上半月),第92—93页。

481.《"他塑"与"自塑"的互文性建构——新世纪初诗歌中"广西形象"的建构方式》,罗小凤,《南方文坛》,2014年第3期,第116—120页。

482.《台湾少数民族诗歌与彝族诗歌的宗教意象比较》,王进,《当代文坛》,2014年第3期,第151—155页。

483.《谈诗歌的多层次情感形态》,张春,《现代语文》(学术综合版),2014年第5期,第70—72页。

484.《〈天狗〉"饕餮"特质的"现代性"解读》,谢天开,《当代文坛》,2014年第3期,第134—137页。

485.《汪国真诗歌与青春文学的文化模态分析》,孙桂荣,《南方文坛》,2014年第3期,第111—115页。

486.《王文军的感性世界与精神故乡》,邢海珍,《星星》(下半月），2014年第5期，第126—133页。

487.《为纯粹的浪漫主义诗人书——李仕淦〈旅行者〉导读》，章闻哲，《星星》（下半月），2014年第5期，第100—111页。

488.《我不需要面具——曾蒙访谈》，曾蒙、白鹤林、谢晓鹤，《山花》，2014年5月（B），第92—96页。

489.《现代汉语诗歌的公转与自转——也谈"现代诗的本土性与民族性"》，范剑鸣，《星星》（下半月），2014年第5期，第22—30页。

490.《现象、问题及思考：关于当前的新诗文化建设》，陈卫，《星星》（下半月），2014年第5期，第6—20页。

491.《向碧蓝的湖水袒露心迹——谢建平、沙克电话连线谈朱绿和的诗》，谢建平、沙克，《诗刊》，2014年5月号（下半月刊），第26—27页。

492.《"向何处安排我们的思、想？"——重读冯至〈十四行集〉》，程继龙，《星星》（下半月），2014年第5期，第45—57页。

493.《象征的意味与凄美的抒情——徐丽萍诗集〈目光的海岸〉、〈吹落在时光里的麦穗〉印象》，黄山，《绿风》，2014年第3期，第125—128页。

494.《写出事物内在的复杂性》，王士强，《星星》（下半月），2014年第5期，第138—139页。

495.《新诗承续的旧诗传统》，易竹溪，《当代文坛》，2014年第3期，第138—141页。

496.《新诗路漫漫，翻译助其澜：胡适新诗多元系统论解读》，刘玲慧、熊德米，《芙蓉》，2014年第3期，第178—180页。

497.《徐志摩诗歌的创作特色》，王涛、李婷，《作家》，2014年5月号（下半月刊），第39—40页。

498.《寻找生命的自然之维——生态危机背景下的顾城诗歌研究》，王渤，《社科纵横》，2014年第5期，第147—149页。

499.《一部系统壮观的〈中国新诗编年史〉》，吴开晋，《诗歌月刊》，2014年第5期，第88—89页。

500.《一次关于诗歌的对话——访张曙光》，陈爱中，《文艺评论》，2014年第5期，第49—52页。

501.《艺术理念与中国新诗——以李金发、闻一多、艾青为中心》，申欣欣，《河南师范大学学报》（哲学社会科学版），2014年第3期，第158—161页。

502.《由晦涩，进入雾霾——青年艺术家、诗人对马暮暮诗歌有话说》，谢建平、盛华厚、潘漠子，《诗刊》，2014年5月号（下半月刊），第29—31页。

503.《由诗之意象考究顾城与海子的诗歌创作》，姚舟，《芙蓉》，2014年第3期，第175—177页。

504.《有情诗语与别样词章：〈归国杂吟〉的张力之美》，张勇、陈欢，《宜宾学院学报》，2014年第5期，第83—87页。

505.《〈雨巷〉：古典性的感伤，还是现代性的游荡？》，段从学，《山西大学学报》（哲学社会科学版），2014年第3期，第1—9页。

506.《阅读〈温泉〉的提示》，张洪波，《扬子江学刊》，2014年第3期，第27—30页。

507.《"在自己的回声里，找到了隐居的万物"——〈锋刃〉诗群20年片论》，夏莹、刘洁岷，《南京理工大学学报》（社会科学版），2014年第3期，第30—35、42页。

508.《早期白话诗的代表——〈新潮〉诗歌综论》，黄勇生，《名作欣赏》，2014年5月（中旬），第130—133页。

509.《这黑色的精灵，如此柔软——彭敏、李壮微信点评吴悯的诗》，彭敏、李壮，《诗刊》，2014年5月号（下半月刊），第31—33页。

510.《中国当代诗歌发展的"危"与"机"》，向林、李华，《学术探索》，2014年第5期，第110—113页。

511.《中国古典诗意语文的复兴——李森〈屋宇〉诗集研讨会综述》，方婷，《诗歌月刊》，2014年第5期，第73—75、72页。

512.《中与西：90年代诗歌论战未完成的思考》，沈秀英，《山东文学》，2014年第5期，第73—75页。

513.《朱英诞新诗理论初探》，倪贝贝，《文学评论》，2014年第3期，第80—89页。

514.《纵容蓝色的缎带飘成大海》，赵卫峰、阿毛，《星星》（下半月），2014年第5期，第73—86页。

515.《作为一种思想方法和写作的诗学——耿占春的诗歌理论与批评》，陈超，《创作与评论》，2014年5月号（下半月刊），第10—16页。

六月

516.《澳门诗歌发展脉络概述》,张剑桦,《世界华文文学论坛》,2014年第2期,第46—50页。

517.《尘世诗心与中年写作——读王妃诗集〈风吹香〉》,晚乌,《诗探索》(作品卷),2014年第2辑,第60—62页。

518.《沉思的品格——诗人何来及其部分诗作解读》,苏震亚,《飞天》,2014年第6期,第125—128页。

519.《从现代到当代:中国新诗批评功能的弱化》,熊辉,《星星》(下半月),2014年第6期,第6—15页。

520.《从意象派诗歌入手看当代诗歌的定义与发展》,马苗萌、李志楠,《长城》,2014年第6期,第126—127页。

521.《当下散文诗之现状与未来之走向》,王忠友,《散文诗》,2014年6月(上半月),第93—94页。

522.《"第三代诗歌"的"个人性"与"公共性"——以诗人海子为例》,李雨萌,《长江师范学院学报》,2014年第3期,第93—97页。

523.《冯雪峰狱中诗集〈灵山歌〉评述》,谭梅、李哲,《成都大学学报》(社会科学版),2014年第3期,第52—55页。

524.《高原,抑或隐秘的激情》,方婷,《诗刊》,2014年6月号(上半月刊),第47—48页。

525.《关于现代女性心灵禅诗的一点自语》,从容,《诗探索》(理论卷),2014年第2辑,第175—178页。

526.《海子的"麦地情结"探析》,王琼、洪丹,《钦州学院学报》,2014年第6期,第56—59页。

527.《海子与系统法学》,熊继宁,《诗探索》(理论卷),2014年第2辑,第62—107页。

528.《黄土太厚,需要磨砺自己的穿透力》,赵卫峰、马新朝,《星星》(下半月),2014年第6期,第70—85页。

529.《回归散文诗的审美功能》,徐豪,《散文诗》,2014年6月(上半月),第94—95页。

530.《吉狄马加诗歌的民族文化情结》,吉差小明,《青年文学家》，2014年6月（中），第12—13，15页。

531.《建构新诗美学的蓝图——吴奔星教授〈写诗余论〉述评》，葛乃福，《长沙理工大学学报》（社会科学版），2014年第3期，第66—68页。

532.《将生命糅入诗歌——海子〈十四行：王冠〉赏析》，刘俊杰，《名作欣赏》，2014年6月（中旬），第31—33页。

533.《解读海子诗歌〈村庄〉的静谧意境》，骆礼鹏，《现代语文》（学术综合版），2014年第6期，第74—75页。

534.《离离：平实的诗句说出很深的痛》，杨光祖，《诗探索》（理论卷），2014年第2辑，第180—182页。

535.《离离〈祭父帖〉赏析》，刘亚明，《诗探索》（理论卷），2014年第2辑，第183—185页。

536.《离离〈在新华书店〉赏析》，卢辉，《诗探索》（理论卷），2014年第2辑，第186—187页。

537.《另一个北岛》，张海艳，《青年文学家》，2014年6月（下），第50页。

538.《鲁藜诗歌的土地情怀和平民素质》，王玉树，《诗探索》（理论卷），2014年第2辑，第40—45页。

539.《论戴望舒对魏尔伦的翻译与批评》，彭建华，《长沙理工大学学报》（社会科学版），2014年第3期，第61—65，94页。

540.《论顾城诗歌亲近的陌生化》，卢贝贝，《青年文学家》，2014年6月（中），第31，33页。

541.《论冷暖色调在徐志摩诗歌中的运用》，田茂东、蒋莲，《青年文学家》，2014年6月（中），第44页。

542.《论早期东南亚华文诗歌的本土化运动》，朱文斌，《世界华文文学论坛》，2014年第2期，第40—45页。

543.《略论吴奔星现代主义诗歌创作》，张新芝，《长沙理工大学学报》（社会科学版），2014年第3期，第70—73页。

544.《"美丽"的诗性歧义——〈错误〉意象语言的文化分析》，许洪颜，《名作欣赏》，2014年6月（下旬），第128—130页。

545.《穆旦的诗歌创作观》，殷鉴，《星星》（下半月），2014年第6期，第45—53页。

546.《那些超验的、悲苦的抒情——单永珍诗歌研究》，火东霞，

《朔方》，2014年第6期，第105—108页。

547.《凝视之下的母亲——读从容的〈我们本该有三个孩子〉》，张晓红，《诗探索》（理论卷），2014年第2辑，第166—169页。

548.《青鸟诗歌中的自我陪伴：后微博时代诗歌意义的一个例证》，朱周斌，《诗刊》，2014年6月号（下半月刊），第7—10页。

549.《青涩而鲜活的鉴赏论说——山东大学本科生对张爱玲〈爱〉与穆旦〈春〉的评点》，温儒敏，《名作欣赏》，2014年6月（上旬），第98—102页。

550.《清凉的慈悯——论胡安娜散文诗的审美情怀与日常之轻的承担》，马赛，《星星》（下半月），2014年第6期，第96—107页。

551.《情之魅：内在的音乐精神——论戴望舒中期诗歌的音乐性》，王珍，《西安石油大学学报》（社会科学版），2014年第3期，第86—91页。

552.《柔软与坚硬：穆旦的身体感知》，史习斌，《星星》（下半月），2014年第6期，第37—44页。

553.《锐气不减 青春常在——鲁藜诗歌意象解读》，谷羽，《诗探索》（理论卷），2014年第2辑，第46—60页。

554.《散文诗：朝向未来的可能——答〈诗潮〉杂志五问》，王幅明、箫风、冯明德、黄恩鹏，《诗潮》，2014年第6期，第89—92页。

555.《散文诗在中国新诗史中的文体生成之小观》，三芬，《星星》（下半月），2014年第6期，第89—95页。

556.《上海—台北—海外：中国新诗现代化的一种路径——百年中国新诗史中的百岁诗人纪弦》，黄一，《暨南学报》（哲学社会科学版），2014年第6期，第42—51，161页。

557.《上庄的诗歌和诗歌的上庄》，张清华，《诗潮》，2014年第6期，第67—68页。

558.《诗的叙事与叙事的诗》，刘汀，《星星》（下半月），2014年第6期，第134—136页。

559.《诗歌怎样反诗歌》，钟文，《诗探索》（理论卷），2014年第2辑，第16—36页。

560.《诗人晨晖的诗歌印象——〈乡村在时光的碎片里〉序》，林莽，《诗探索》（作品卷），2014年第2辑，第197—199页。

561.《诗人和战士，一个神的两个化身——序〈鲁藜诗萃120

篇〉》，屠岸，《诗探索》（理论卷），2014年第2辑，第38—39页。

562.《诗在东北："远方有大事发生"——回望先锋诗歌系列之一》，霍俊明，《山花》，2014年6月（A），第135—141页。

563.《试析何其芳从事诗歌翻译的深层动因》，熊辉，《长江师范学院学报》，2014年第3期，第55—57页。

564.《试析舒婷诗歌的正能量及现实意义》，王彦，《青年文学家》，2014年6月（中），第16—17，19页。

565.《"双重身份"与郭沫若早期创作之联系》，樊昕玲，《青年文学家》，2014年6月（下），第17页。

566.《死亡传记和诗歌声音：海子》，柯雷、聂菁，《诗探索》（理论卷），2014年第2辑，第108—146页。

567.《送诗歌漂流瓶远行》，谢冕，《星星》（下半月），2014年6期，第109—110页。

568.《所谓神话》，查锐，《诗探索》（理论卷），2014年第2辑，第147—148页。

569.《台湾当代诗的命名效力与诠释样态——以"超现实"在台湾诗歌中的流变为例》，郑慧如，《江汉学术》，2014年第3期，第47—52页。

570.《"停留中的坚持"与"陨落中的克服"——孙方杰的中年写作》，马兵，《星星》（下半月），2014年第6期，第111—115页。

571.《通古今之变——简评杨景龙教授新著〈中国古典诗学与新诗名家〉》，葛瑞华，《诗探索》（理论卷），2014年第2辑，第202—207页。

572.《颓败的田园梦——论李金发诗歌的乐园图景与残酷心理幻象》，米家路，《江汉学术》，2014年第3期，第53—60页。

573.《网络时代：新诗的困境与出路》，姚洪伟，《星星》（下半月），2014年第6期，第55—68页。

574.《伟大而痛苦的诗歌桂冠——海子诗歌〈十四行：王冠〉主题阐释》，刘广涛，《名作欣赏》，2014年6月（中旬），第28—30页。

575.《文体自觉的诗美沉淀——何其芳早期创作中的人格价值》，梁平，《长江师范学院学报》，2014年第3期，第58—63，139页。

576.《"我的历史更像漂流的云朵"——关于长征〈习经笔记〉的笔记》，张清华，《诗探索》（理论卷），2014年第2辑，第192—

199 页。

577.《"我始终欣喜有一道光在黑夜里"——多多论》,刘志荣,《文艺争鸣》,2014 年第 6 期,第 24—50 页。

578.《我之将死定会把你感动——谨以此文缅怀韩作荣老师》,高鹏程,《文学港》,2014 年第 6 期,第 95—98 页。

579.《"我只是自己灵魂阅历的记录者"——雷平阳访谈录》,刘波、雷平阳,《诗选刊》,2014 年第 6 期,第 95—107 页。

580.《吴奔星新诗中的故乡情怀》,吴心海,《长沙理工大学学报》(社会科学版),2014 年第 3 期,第 68—69 页。

581.《席慕容诗歌中的"花"之意象》,胡红、赵雪梅,《作家》,2014 年 6 月号(下半月刊),第 29—30 页。

582.《现代派与浪漫派的一次"握手"——穆旦〈秋〉细读》,邱景华,《诗探索》(作品卷),2014 年第 2 辑,第 88—95 页。

583.《现实的 虚拟的 梦幻的——说诗境》,叶橹,《诗探索》(理论卷),2014 年第 2 辑,第 4—15 页。

584.《象征或寓言——读韦锦长诗〈前席开满花〉》,草树,《青海湖》,2014 年第 6 期,第 92—96 页。

585.《新世纪回族诗人的佛教情怀》,刘阳鹤,《星星》(下半月),2014 年第 6 期,第 17—33 页。

586.《新世纪女性诗歌的独异书写——从容诗歌论》,张德明,《诗探索》(理论卷),2014 年第 2 辑,第 150—159 页。

587.《新世纪诗歌八问》,张德明,《创作与评论》,2014 年 6 月号(下半月刊),第 37—49 页。

588.《形式美的文化属性与现代诗学的构建——论戴望舒诗歌创作》,孙小光,《名作欣赏》,2014 年 6 月(下旬),第 43—44,48 页。

589.《性隐喻的文体——冯至诗作〈蛇〉新解》,蒋重母、辛禄高,《名作欣赏》,2014 年 6 月(中旬),第 145—147 页。

590.《绚丽多彩的冷风景——〈断章〉取义》,陈永革,《名作欣赏》,2014 年 6 月(下旬),第 124—127,174 页。

591.《意识形态的神话与新世纪诗歌创作的趋向》,张晶晶,《名作欣赏》,2014 年 6 月(下旬),第 45—48 页。

592.《隐秘的莲花·寓言·如梦令——从容诗歌论》,霍俊明,《诗探索》(理论卷),2014 年第 2 辑,第 160—165 页。

593.《隐匿的才华——评筏子诗集〈朝圣者的反思〉》，詹明欧，《诗探索》（作品卷），2014年第2辑，第180—189页。

594.《有远方的人》，谢冕，《诗潮》，2014年第6期，第101—102页。

595.《于细节中见诗意》，苏沙丽，《星星》（下半月），2014年第6期，第131—133页。

596.《语言的自由与艺术的约束——读梁福贵诗集〈春天不放假〉》，曹纪祖，《星星》（下半月），2014年第6期，第126—129页。

597.《在高原，或刹那走过——读〈康若文琴的诗〉》，徐必常，《草地》，2014年第3期，第76—77页。

598.《在自然中印染自己的色彩——论闽籍诗人蔡其矫的大自然抒写》，涂文晖，《华侨大学学报》（哲学社会科学版），2014年第2期，第154—158页。

599.《〈臧克家诗选〉四种版本梳考》，袁洪权，《平顶山学院学报》，2014年第3期，第54—65页。

600.《战场上的创作——陈辉诗歌在日本唤起的创伤记忆》，加藤三由纪，《中国现代文学研究丛刊》，2014年第6期，第87—97页。

601.《站在春天的阳光下为心灵唱诗——读〈康若文琴的诗〉》，唐远勤，《草地》，2014年第3期，第78—80页。

602.《这是一首被生命牵引着走的诗——读从容诗作〈倒车〉》，安琪，《诗探索》（理论卷），2014年第2辑，第170—174页。

603.《置之死地而后生》，龙扬志，《星星》（下半月），2014年第6期，第137—139页。

604.《中国散文诗的未来性》，黄永健，《散文诗》，2014年6月（上半月），第87—92页。

605.《朱英诞的诗歌节奏艺术》，黄素颖，《星星》（下半月），2014年第6期，第116—125页。

606.《自媒体时代的上海诗歌与城市文化》，张瑞燕，《上海文化》，2014年第6期，第90—96页。

607.《最高的哲学与最高的诗——崔国斌诗歌简论》，沈天鸿，《安徽文学》，2014年第6期，第129—131页。

七月

608．《爱是美丽的忧伤——读席慕容〈在黑暗的河流上——读《越人歌》之后〉》，彭蓉，《现代语文》（学术综合版），2014年第7期，第76—77页。

609．《北岛诗歌的悲剧性英雄气概》，曹汐，《青年文学家》，2014年7月（下），第9，11页。

610．《绷不住的……——读大卫的诗》，林馥娜，《海南师范大学学报》（社会科学版），2014年第7期，第30—32页。

611．《朝四个方向飞的柏拉图——义海诗歌镜像烛微》，孙曙，《湖北文理学院学报》，2014年第7期，第52—57页。

612．《除了黑与白，其他颜色都是野兽——读武强华的诗》，张作梗，《诗刊》，2014年7月号（下半月刊），第7—10页。

613．《穿越伤痛与苦难——潇潇访谈》，潇潇、庞冬、黄琪，《文艺争鸣》，2014年第7期，第157—161页。

614．《从女性形象看顾城诗歌创作的心理机制》，王怀昭，《星星》（下半月），2014年第7期，第55—66页。

615．《从柔声轻诉到精神怀乡——杨通诗歌创作论》，孔明玉、晓原，《当代文坛》，2014年第4期，第154—158页。

616．《从闻一多新诗看传统文化的继承和外来文化的吸收》，欧阳骏鹏，《南京理工大学学报》（社会科学版），2014年第4期，第34—38，63页。

617．《从粤语入诗到填词为曲——论粤语诗人符公望》，颜同林，《中国现代文学研究丛刊》，2014年第7期，第27—32页。

618．《当代中国诗歌中的四种虚荣心》，沈浩波，《诗刊》，2014年7月号（下半月刊），第61—66页。

619．《读潇潇的诗》，潞潞，《文艺争鸣》，2014年第7期，第156页。

620．《发掘或开拓意义化写作的思想文本——简评〈大诗歌〉（2013年卷）散文诗作品》，黄恩鹏，《星星》（下半月），2014年第7期，第95—101页。

621．《反修饰：诗意繁殖的密码——杨林〈雾夜〉呈现的诗写策略》，潘桂林，《星星》（下半月），2014年第7期，第119—128页。

622.《废名诗歌和小说关系探析》，赵彬，《楚雄师范学院学报》，2014年第7期，第40—43，73页。

623.《高处不胜寒——致"逝去了的女神时代"》，张佳颖、曹克亮，《青年文学家》，2014年7月（中），第12—13页。

624.《个体诗性论证与歧出的先锋诗写：重估昌耀诗歌》，孙金燕、刘旻，《广西师范学院学报》（哲学社会科学版），2014年第4期，第78—82页。

625.《顾城诗歌中"无我"的形式——以神、鬼、人三类物象为例》，丁茂远，《星星》（下半月），2014年第7期，第38—54页。

626.《顾城与洛尔迦的诗歌比较》，周笑甜、李欣，《鸭绿江》（下半月版），2014年第7期，第50页。

627.《关于舒婷〈致橡树〉解读的总结》，郭学斌，《青年作家》，2014年7月（下半月刊），第160页。

628.《光阴的流逝让谁安心？》，徐刚，《星星》（下半月），2014年第7期，第136—138页。

629.《海子〈亚洲铜〉解读》，陈增福、唐书军，《通化师范学院学报》，2014年第7期，第60—63页。

630.《浩然傲诗骨 累劫韵诗魂——对牛汉诗集〈温泉〉的讨论》，孙晓娅、孟庆澍、冯雷、龙扬志、张光昕，《扬子江诗刊》，2014年第4期，第63—68页。

631.《胡怀琛与新旧融合的新诗文体观》，卢永和，《中国文学研究》，2014年第3期，第19—22页。

632.《胡适诗学的接受史考察——以懂与不懂之争为中心》，余蔷薇，《武汉大学学报》（人文科学版），2014年第4期，第83—89页。

633.《互文性视野下的〈苍蝇〉兼及穆旦文学史形象》，杨金彪，《长沙理工大学学报》（社会科学版），2014年第4期，第50—54页。

634.《黄遵宪诗文革新与"五四"新诗内在发展逻辑——兼与李卫涛先生商榷》，周晓平，《齐鲁学刊》，2014年第4期，第132—136页。

635.《回族民间叙事诗〈紫花儿〉结构模式探析》，何丽娟，《北方民族大学学报》，2014年第4期，第119—121页。

636.《"积雪的树上长满了梨子"——潇潇的诗》，王家新，《文艺争鸣》，2014 年第 7 期，第 151—152 页。

637.《建立自主的艺术世界——评戴望舒〈雨巷〉的抗争意识》，吴彦昭，《作家》，2014 年 7 月号（下半月刊），第 37—38 页。

638.《跨越时空的爱何以可能——评荣荣〈李商隐（十四首）〉》，王自亮，《扬子江诗刊》，2014 年第 4 期，第 27—31 页。

639.《理想主义依然是诗歌的内在力量》，陈育新，《星星》（下半月），2014 年第 7 期，第 130—134 页。

640.《历史与现实的合卺书写——评撒拉族诗人秋夫及其诗作》，贾一心，《青海湖》，2014 年第 7 期，第 90—92 页。

641.《梁平访谈：我的诗生活》，梁平、王西平，《诗歌月刊》，2014 年第 7 期，第 12—16 页。

642.《六经注我或我注六经——李见心诗学路径探微》，杨海峰、孙悦，《渤海大学学报》（哲学社会科学版），2014 年第 4 期，第 16—21 页。

643.《论姜庆乙〈语言金币〉组诗》，王敏，《石家庄学院学报》，2014 年第 4 期，第 83—86 页。

644.《论舒婷〈双桅船〉的创作特色》，于婷，《青年文学家》，2014 年 7 月（下），第 29—30 页。

645.《论杨炼组诗的生命意识》，许馨月，《楚雄师范学院学报》，2014 年第 7 期，第 49—52 页。

646.《落在高处的诗人——读潇潇的诗》，梁小斌，《文艺争鸣》，2014 年第 7 期，第 153—155 页。

647.《"莽汉"的暴动："我要去北边"——回望先锋诗歌系列之二》，霍俊明，《山花》，2014 年 7 月（A），第 138—145 页。

648.《穆旦："被围者"的精神结构及其历史表述》，段从学，《长沙理工大学学报》（社会科学版），2014 年第 4 期，第 55—61 页。

649.《穆旦写作与中国古典诗学资源传承的新局势》，易彬，《长沙理工大学学报》（社会科学版），2014 年第 4 期，第 62—71 页。

650.《〈女神〉等同于"五四"时期的郭沫若吗？——"女神时期"郭沫若佚诗解读》，张勇，《鲁迅研究月刊》，2014 年第 6 期，第 62—71 页。

651.《评〈边界望乡〉》，曾攀，《扬子江诗刊》，2014 年第 4 期，第 35—37 页。

652.《散文诗的现代性和未来性》，杨玫，《散文诗》，2014年7月（上半月），第95—96页。

653.《邵燕祥诗歌创作年谱简编》，李文钢，《中国现代文学研究丛刊》，2014年第7期，第147—197页。

654.《生活在别处——海子〈明天醒来我会在哪一只鞋子里〉别解》，刘俊杰，《名作欣赏》，2014年7月（中旬），第32—34页。

655.《生命之问 存在之思——海子诗歌〈明天醒来我会在哪一只鞋子里〉赏析》，刘广涛，《名作欣赏》，2014年7月（中旬），第29—31页。

656.《诗的自由——论视觉诗的表现形式》，张丽君，《当代文坛》，2014年第4期，第162—165页。

657.《诗歌场域的象征意义》，霍俊明，《星星》（下半月），2014年第7期，第6—23页。

658.《诗歌是要以真情和艺术征服人心的》，赵卫峰、叶延滨，《星星》（下半月），2014年第7期，第79—91页。

659.《诗歌写作与自我救赎——2010年代的潇潇》，李震，《文艺争鸣》，2014年第7期，第147—150页。

660.《"诗化"的时间》，卢桢，《星星》（下半月），2014年第7期，第139—141页。

661.《诗化的乡村风景——贾真乡土诗平议》，卢有泉，《五台山》，2014年第7期，第18—23页。

662.《〈诗刊〉与朦胧诗的兴衰》，胡友峰、李修，《当代文坛》，2014年第4期，第121—129页。

663.《诗人的旅行箱》，霍俊明、朵渔，《诗选刊》，2014年第7期，第90—93页。

664.《诗人访谈：历史进程中的汉语诗歌》，樊樊、林馥娜，《诗歌月刊》，2014年第7期，第7—8页。

665.《诗意的纯美与精神的辽阔——读马亭华散文诗集〈大风〉》，周根红，《散文诗》，2014年7月（上半月），第90—95页。

666.《诗意的思考——关于当前新诗的一次问答》，陈爱中，《文艺评论》，2014年第7期，第33—38页。

667.《诗与文的"互训"——臧棣论》，张立群，《文艺争鸣》，2014年第7期，第140—146页。

668. 《诗之"十诫"》，董喜阳，《星星》（下半月），2014年第7期，第68—77页。

669. 《试论彝族现代诗歌的转化》，谭嫦嫦，《长江大学学报》（社会科学版），2014年第7期，第44—46页。

670. 《王国维：中国新诗哲学精神的潜在先驱》，雷文学，《中国海洋大学学报》（社会科学版），2014年第4期，第101—106页。

671. 《为天下苍生而挥洒泣血诗情——王学忠诗歌论》，周航，《云梦学刊》，2014年第4期，第109—114页。

672. 《为寻找而不断行走的人》，林莽，《诗刊》，2014年7月号（上半月刊），第32—33页。

673. 《慰藉与绝望的潮水同在?》，霍俊明，《诗刊》，2014年7月号（上半月刊），第4页。

674. 《〈文心雕龙〉的声律论及其对新诗形式问题的启示》，李延芳，《湖北科技学院学报》，2014年第7期，第46—47页。

675. 《闻一多和王尔德契合差异比较论》，李乐平，《武汉大学学报》（人文科学版），2014年第4期，第76—82页。

676. 《"我几乎看到……"——宇向访谈》，宇向、谭智锋、郑瞳，《山花》，2014年7月（B），第96—99页。

677. 《乌孜别克族诗人泰来提·纳斯尔的诗歌创作浅谈》，吾尔买提江·阿布都热合、努尔穆罕默德·阿布都热依木，《新疆大学学报》（哲学·人文社会科学版），2014年第4期，第119—121页。

678. 《先锋诗歌回顾：理想年代与北方诗歌》，霍俊明，《当代作家评论》，2014年第4期，第36—48页。

679. 《现代女性心灵的自我拯救——读从容的诗》，吴思敬，《海南师范大学学报》（社会科学版），2014年第7期，第19—23页。

680. 《现代如何对接传统》，刘波，《星星》（下半月），2014年第7期，第25—35页。

681. 《孝：人生的美与力——贾真诗集〈心中的乾坤〉序（节选）》，马晋乾，《五台山》，2014年第7期，第13—16页。

682. 《心灵的纹理——骆一禾、海子情爱主题和孤独主题比较研究》，西渡，《江汉学术》，2014年第4期，第42—51页。

683. 《新诗的精神转向与探索性写作——从诗人有三条命说起》，庄伟杰，《粤海风》，2014年第4期，第70—74页。

684.《新诗研究的自由立场与探索精神——谈吴思敬的新诗理论研究》，刘波，《艺术评论》，2014年第7期，第93—99页。

685.《新时代的抒情诗人和抒情样式——评谭仲池〈水和天堂〉》，张延文，《创作与评论》，2014年7月号（下半月刊），第39—43页。

686.《新世纪诗歌书写与传统之关系》，刘波，《北方论丛》，2014年第4期，第45—49页。

687.《选择一种姿态——诗集〈风中的日子〉自序》，梁粱，《神剑》，2014年第4期，第103—105页。

688.《〈雅歌〉对中国现代诗歌的影响》，厉盼盼，《中国文学研究》，2014年第3期，第116—119页。

689.《〈野草〉的对话性释义》，高青、杨天舒，《西北民族大学学报》（哲学社会科学版），2014年第4期，第115—119页。

690.《一个大写的人之赞歌——读诗集〈冬天与春天〉》，谷萌，《文学港》，2014年第7期，第137—140页。

691.《一个等待着被完成的女人》，灵焚，《渤海大学学报》（哲学社会科学版），2014年第4期，第6—11页。

692.《"以文为诗"与诗界革命的诗学追求》，胡峰，《齐鲁学刊》，2014年第4期，第137—140页。

693.《亦如我竖起的诗行像我站立的姿态——与诗人李见心的对话》，林喦、李见心，《渤海大学学报》（哲学社会科学版），2014年第4期，第1—5页。

694.《意象之维——闻一多诗的生命意识读解》，高颖君，《海南师范大学学报》（社会科学版），2014年第7期，第24—29页。

695.《隐秘王国，精神远行——李成恩论》，张晓琴，《安徽文学》，2014年第7期，第122—125页。

696.《用诗歌雕刻灵魂之美》，张翠，《渤海大学学报》（哲学社会科学版），2014年第4期，第12—15页。

697.《余光中留美诗作中的文化民族主义》，韩雪，《名作欣赏》，2014年7月（中旬），第73—74页。

698.《语言观脉络中的中国当代诗歌》，李心释，《江汉学术》，2014年第4期，第52—58页。

699.《愿为黄鹄兮归故乡——秋夫诗歌简论》，卓玛，《青海湖》，2014年第7期，第93—96页。

700.《在场：无法靠岸的写作——雷平阳诗论》，方婷，《南方文坛》，2014年第4期，第110—114页。

701.《在语言的解剖中抵达诗质——阿毛诗歌话语特质及其意义之探》，罗小凤，《当代文坛》，2014年第4期，第159—161页。

702.《这次"叙述的冒险经历"，我们合格了吗》，王自亮，《诗刊》，2014年7月号（下半月刊），第10—12页。

703.《正能量话语下的散文诗阐释——评周庆荣的散文诗集〈有理想的人〉与〈我们〉》，孙晓娅，《星星》（下半月），2014年第7期，第102—117页。

704.《直面现实、历史与传统的新格局——论新世纪先锋诗歌的精神转型》，刘波，《当代作家评论》，2014年第4期，第49—55页。

705.《"至诚"、"真美"与"摩罗诗力"——鲁迅早期"心论诗学"及其意义》，刘康凯，《诗歌月刊》，2014年第7期，第85—87页。

706.《中国当代禅思诗歌发生的文化阐释》，张翠，《楚雄师范学院学报》，2014年第7期，第44—48页。

707.《中国现代散文诗的语词建构及语体特质》，张翼、陈芳，《吉林师范大学学报》（人文社会科学版），2014年第4期，第67—70页。

708.《中国新诗"直接抒写"理念探微》，刘倩，《湖北文理学院学报》，2014年第7期，第61—64页。

709.《周梦蝶的瑰丽与贫瘠》，李景冰，《诗林》，2014年第4期，第93—96页。

八月

710.《1990·郁葱其人其诗》，伊蕾、何香久，《诗选刊》，2014年第8期，第115—116页。

711.《北京下着大雪，纷纷扬扬——为巫昂诗集〈需要性〉而写》，沈浩波，《山花》，2014年8月（B），第99—100页。

712.《沉香四溢的灵魂药方——爱斐儿散文诗〈非处方用药〉选析》，夜鱼，《星星》（下半月），2014年第8期，第106—115页。

713.《穿越历史的回答——解读北岛诗歌〈回答〉》，全秀，《青年作家》，2014年8月（下半月刊），第80页。

714.《传递时间的温度——金迪诗歌奖的梦想渊源与翅膀痕迹》,金迪,《散文诗》,2014 年 8 月（上半月）,第 94—95 页。

715.《戴望舒诗歌情感的变迁》,曹振华,《宜宾学院学报》,2014 年第 8 期,第 29—33 页。

716.《当代口语诗歌过度叙述批判》,张立群,《岭南师范学院学报》,2014 年第 4 期,第 82—84,92 页。

717.《当下内蒙古诗歌创作扫瞄——两评委关于第十届索龙嘎奖诗歌参评作品的对话》,张伟、赵剑华,《阴山学刊》,2014 年第 4 期,第 55—61 页。

718.《"地方"的陌生人与"异乡"伦理——读高旭旺组诗〈拆迁与场景〉》,霍俊明,《作家》,2014 年 8 月号（上半月刊）,第 55 页。

719.《东无邪,西无毒——西部诗人点评苏蕾和沙蝎诗歌》,人邻、马萧萧、胡杨、高凯等,《诗刊》,2014 年 8 月号（下半月刊）,第 59—63 页。

720.《"反诗"二十周年——用戴大魏的方式读阿吾》,阿吾,《诗潮》,2014 年第 8 期,第 36—37 页。

721.《感受生命的成长——序〈会飞的喔喔嗝〉》,谭旭东,《山花》,2014 年 8 月（B）,第 39—40 页。

722.《歌词是诗歌建设的有益参照》,冯雷,《诗刊》,2014 年 8 月号（下半月刊）,第 8—9 页。

723.《故土抒写与故土情结——杨康诗歌评论》,显明,《草地》,2014 年第 4 期,第 71—74 页。

724.《郭沫若〈女神〉的当代诗学意义》,张德明,《山花》,2014 年 8 月（B）,第 127—128 页。

725.《郭沫若与吴芳吉：一首佚诗,几则史料》,蔡震,《新文学史料》,2014 年第 3 期,第 137—141 页。

726.《禾杆盖住的珍珠——现代性视阈下的鸥外鸥诗歌》,张凌远,《阴山学刊》,2014 年第 4 期,第 51—54,80 页。

727.《侯马〈伪证〉再解读》,赵婷,《名作欣赏》,2014 年 8 月（上旬）,第 62—63 页。

728.《胡风诗歌的"国族想象"》,张蕊,《岭南师范学院学报》,2014 年第 4 期,第 71—75 页。

729.《灰烬中，也有无法扑灭的火焰——读张洪波的诗》，霍俊明，《诗选刊》，2014年第8期，第104—108页。

730.《精神的探险与灵魂的歌唱——读亚楠散文诗集〈行走的风景〉》，三色堇，《星星》（下半月），2014年第8期，第116—122页。

731.《口语诗的情色书写批判》，向天渊，《岭南师范学院学报》，2014年第4期，第76—81页。

732.《口语写作中的去修辞化批判》，张德明，《岭南师范学院学报》，2014年第4期，第85—88页。

733.《理想年代与北方诗歌——回望先锋诗歌系列之三》，霍俊明，《山花》，2014年8月（A），第131—146页。

734.《辽北大地，诗意芬芳——简评铁岭女诗人诗作》，林雪，《诗潮》，2014年第8期，第48—49页。

735.《灵动的舞蹈——论新诗"顿"的非格律化》，周文波，《星星》（下半月），2014年第8期，第59—73页。

736.《流行和杂乱是诗歌创新的天敌——夏周诗歌之我见》，李犁，《诗刊》，2014年8月号（下半月刊），第10—12页。

737.《论1930年代新诗的国家主题》，张立群，《江苏社会科学》，2014年第4期，第203—213页。

738.《论海子〈传说〉诗中器乐的审美价值内涵》，房璨，《绥化学院学报》，2014年第8期，第56—59页。

739.《论黄芳诗歌的女性书写》，陈代云、卢鑫婕，《河池学院学报》，2014年第4期，第39—43页。

740.《论舒婷诗歌中的亲情主题》，王锡靓，《青年文学家》，2014年8月（下），第40—41页。

741.《论现代诗的音乐性——兼论诗歌的技术性问题》，吴圣刚，《岭南师范学院学报》，2014年第4期，第66—70页。

742.《论阎志和他的文学创作》，王新民，《诗潮》，2014年第8期，第102—105页。

743.《论中国现代诗歌审美范式的历史转型》，吕周聚，《首都师范大学学报》（社会科学版），2014年第4期，第101—110页。

744.《芒克的诗歌与生活》，陈振波，《星星》（下半月），2014年第8期，第43—57页。

745.《芒克诗歌的个人性与公共性》，高庆，《星星》（下半月），

2014年第8期，第29—42页。

746.《美与爱的赞颂——解读白桦的叙事诗〈孔雀〉》，杜昆，《名作欣赏》，2014年8月（上旬），第46—48页。

747.《朦胧诗中现代主义因素影响研究》，李健、姚坤明，《大庆师范学院学报》，2014年第4期，第65—69页。

748.《梦想与诗意——"潘集诗歌方阵"阅读印象》，刘斌，《诗歌月刊》，2014年第8期，第82—83页。

749.《"母语正背离我的嘴唇"——吉狄马加诗歌论》，颜炼军，《民族文学研究》，2014年第4期，第35—42页。

750.《七月派稀见刊物四种》，张传敏、李闽燕，《新文学史料》，2014年第3期，第128—136页。

751.《青春脚步 浪子情怀——海子诗歌〈远方〉赏》，刘广涛，《名作欣赏》，2014年8月（中旬），第4—6页。

752.《穹顶上的阳光与黑暗——张岩松诗歌阅读印象》，西边，《安徽文学》，2014年第8期，第135—138页。

753.《让诗，抵达生命的深处》，赵卫峰、谢克强，《星星》（下半月），2014年第8期，第75—90页。

754.《如何呈现诗歌的时空性》，邱志武，《星星》（下半月），2014年第8期，第134—136页。

755.《阮章竞的非凡艺术成就》，屠岸，《中国现代文学研究丛刊》，2014年第8期，第164—166页。

756.《阮章竞诗歌的民族化探索及悖论》，陈培浩，《中国现代文学研究丛刊》，2014年第8期，第167—175页。

757.《散文诗的当代性与未来性》，纯子，《散文诗》，2014年8月（上半月），第96页。

758.《散文诗与现代精神》，张洁宇，《星星》（下半月），2014年第8期，第94—105页。

759.《审美空间的拓展——读边国政的"流星"》，苗雨时，《诗选刊》，2014年第8期，第18—20页。

760.《诗歌从哪里出发？——读喻皓的几首诗》，陈培浩，《作品》，2014年第8期，第111—115页。

761.《诗歌的现实感与诗人的使命感——读高旭旺组诗〈拆迁与场景〉》，邓万鹏，《作家》，2014年8月号（上半月刊），第56—

58 页。

762. 《诗情画意的完美融合——谈席慕容诗歌的"诗中有画"》，肖萌萌，《西安石油大学学报》（社会科学版），2014 年第 4 期，第 91—93 页。

763. 《诗人与淡季——昌耀写作的换气问题》，张光昕，《首都师范大学学报》（社会科学版），2014 年第 4 期，第 111—117 页。

764. 《石头的温度，就是怀里的温度——白德成诗歌读札》，薛梅，《诗选刊》，2014 年第 8 期，第 93—95 页。

765. 《石油的赤子 唯美的追求——张红军诗作赏析》，张展华，《地火》，2014 年第 3 期，第 155—157 页。

766. 《说到底，是跟水晶球的关系——巫昂访谈》，巫昂、刘涛，《山花》，2014 年 8 月（B），第 96—98 页。

767. 《送诗歌漂流瓶远行——霍俊明〈新世纪诗歌精神考察〉一书有感》，谢冕，《诗潮》，2014 年第 8 期，第 111 页。

768. 《孙伏园与"爱情定则"大讨论的意义建构——以〈晨报副镌〉为中心》，杨华丽，《平顶山学院学报》，2014 年第 4 期，第 51—56 页。

769. 《"他们诗派"的语言策略》，龙晓滢，《昆明学院学报》，2014 年第 4 期，第 94—98 页。

770. 《谈童新生诗歌的阳刚之美》，王莉芳，《青年文学家》，2014 年 8 月（中），第 18—19 页。

771. 《眺望：渐渐远去的帆影——"冲浪诗社"诗人述评》，苗雨时，《诗选刊》，2014 年第 8 期，第 120—126 页。

772. 《"土"气与"灵"性——高凯与王立春的乡土童诗对比研究》，王玉玺，《民族文学研究》，2014 年第 4 期，第 43—50 页。

773. 《"土星的气质"——评阿华的诗》，赵月斌，《诗刊》，2014 年 8 月号（上半月刊），第 35—36 页。

774. 《汪国真与海子的诗歌比较》，侯东晓，《青年文学家》，2014 年 8 月（下），第 30 页。

775. 《〈望舒草〉之于戴望舒诗歌创作的意义》，李艳，《长城》，2014 年第 8 期，第 119—120 页。

776. 《我的漂流瓶〈新世纪诗歌精神考察〉跋》，霍俊明，《诗歌月刊》，2014 年 8 期，第 90 页。

777.《"我翻遍了口袋找寻钥匙"——语伞〈外滩系列〉析读》,黄恩鹏,《诗潮》,2014年第8期,第83—85页。

778.《我所知道的现代诗人马文珍》,钦鸿,《新文学史料》,2014年第3期,第85—88页。

779.《向左倾斜的身体——柏桦诗歌论》,曹梦琰,《首都师范大学学报》(社会科学版),2014年第4期,第118—125页。

780.《"校园先锋诗"的精神空间与历史场域——读姜红伟〈《飞天·大学生诗苑》创办史记〉》,霍俊明,《诗潮》,2014年第8期,第109—110页。

781.《心灵与自然的雄浑交响——读吉狄马加长诗〈我,雪豹……〉》,吴思敬,《名作欣赏》,2014年8月(上旬),第58—61页。

782.《新时期草原诗歌的杰出代表阿尔泰和勒·敖斯尔及其他诗人》,刘成,《阴山学刊》,2014年第4期,第62—71页。

783.《新世纪"中间代"长诗写作的艺术特质》,吴投文,《星星》(下半月),2014年第8期,第6—16页。

784.《幸福的乌托邦与感动——解读海子的〈面朝大海 春暖花开〉》,王俊杰,《青年文学家》,2014年8月(下),第35,37页。

785.《喧嚣背后的景象——对网络诗歌批评的一点建设性探讨》,冯万红,《名作欣赏》,2014年8月(中旬),第115—118页。

786.《寻找抵达的语言:明与暗的距离》,罕莫,《星星》(下半月),2014年第8期,第140—142页。

787.《阎安:用诗歌扶提下沉的心下沉的世界》,李晓恒,《延安文学》,2014年第4期,第230—232页。

788.《一半文人气,一半孩子气——复眼看郁葱》,张学梦,《诗选刊》,2014年第8期,第117—119页。

789.《一个乡土诗人的离去——追忆诗友萧振荣》,金久皓,《诗选刊》,2014年第8期,第41—42页。

790.《以〈野兽〉为例浅析黄翔诗歌意象的狞厉美》,王晨,《青年文学家》,2014年8月(下),第20—21页。

791.《用最短的翅膀,做最远的飞翔——刘大伟诗集〈雪落林川〉简评》,宁丰玲,《雪莲》,2014年第8期,第117—120页。

792.《遇到诗中的自己》,杨显硕,《星星》(下半月),2014年第

8 期，第 137—139 页。

793.《远方的幸福 此在的痛苦——海子诗歌〈远方〉别解》，孔祥云，《名作欣赏》，2014 年 8 月（中旬），第 7—9 页。

794.《〈漳河水〉的写作与艺术风格》，谢冕，《中国现代文学研究丛刊》，2014 年第 8 期，第 160—163 页。

795.《"只缘身蕴无穷热，化却人间万丈冰"——阅读屠岸》，王士强，《星星》（下半月），2014 年第 8 期，第 124—132 页。

796.《中国当代诗坛的寻根者——读刘小放诗集〈大地之子〉》，斧锐，《诗选刊》，2014 年第 8 期，第 49—53 页。

797.《中国诗歌的方向性错误》，西望长安，《星星》（下半月），2014 年第 8 期，第 18—26 页。

798.《重构"经典"的难度——以〈中国新诗总系〉（1950—1970 年代卷）为例》，郑成志、卢华东，《龙岩学院学报》，2014 年第 4 期，第 97—100，105 页。

799.《自然的美与美的自然——诗的现实与梦想散论》，张同吾，《诗潮》，2014 年第 8 期，第 106—108 页。

800.《做一个大写的人——流沙河〈理想〉赏析》，张静，《鸭绿江》（下半月版），2014 年第 8 期，第 32 页。

九月

801.《1949—1979 年汉语新诗文本生成要论》，陈爱中，《北方论丛》，2014 年第 5 期，第 40—44 页。

802.《阿来诗歌中的藏地书写——以〈梭磨河〉为例》，谢应光、曾虹佳，《西华大学学报》（哲学社会科学版），2014 年第 5 期，第 34—36，53 页。

803.《悲悯与反思：诗歌对时代的触摸》，李洁，《星星》（下半月），2014 年第 9 期，第 136—138 页。

804.《背离与回归："先锋"探索的一体两面——20 世纪 70 年代后〈创世纪〉的诗论建构及其思想意义》，白杨，《文艺争鸣》，2014 年第 9 期，第 52—57 页。

805.《本土性·身体性·公共性——新世纪诗歌的几个侧面》，王士强，《艺术评论》，2014 年第 9 期，第 13—20 页。

806. 《本土性生活体验的诗意切片——杨克诗歌论》，赵思运，《南京师范大学文学院学报》，2014年第3期，第54—58页。

807. 《边地的诗意徜徉——访诗人李琦》，陈爱中，《文艺评论》，2014年第9期，第35—37页。

808. 《陈先发：复活汉语诗歌的传统》，马知遥，《星星》（下半月），2014年第9期，第18—24页。

809. 《陈义海诗歌的思想艺术成就》，林明理，《集宁师范学院学报》，2014年第3期，第7—10页。

810. 《城郊结合部的农家乐诗学》，刘旭俊，《星星》（下半月），2014年第9期，第25—28页。

811. 《出走与回归——论翟永明诗歌的转变》，李鑫，《现代语文》（学术综合版），2014年第9期，第60—61页。

812. 《"纯诗"与侯马的诗》，杨志学，《绿风》，2014年第5期，第121—124页。

813. 《从杨德豫译诗看其诗学观》，边立红、侯燕，《长沙理工大学学报》（社会科学版），2014年第5期，第101—105页。

814. 《从自由的奇异到自由的自己——黎衡近作中的期待》，李建春，《诗刊》，2014年9月号（下半月刊），第7—9页。

815. 《丁玲：一个在新诗里生长的母题》，王中忱，《艺术评论》，2014年第9期，第30—34页。

816. 《对加拿大"猪仔屋"和先侨壁诗的历史解读》，赵庆庆，《世界华文文学论坛》，2014年第3期，第20—25页。

817. 《风筝折翅——海子诗歌意境解析》，于冬梅、高汉峰，《作家》，2014年9月号（下半月刊），第22—23页。

818. 《海外华人生活的独特把握和诗意抒写——论菲华诗人陈扶助的诗歌创作》，戴冠青，《世界华文文学论坛》，2014年第3期，第8—11页。

819. 《海子的疑惑》，郭芙秀，《星星》（下半月），2014年第9期，第31—44页。

820. 《海子诗歌中的"还乡"意识》，何海军，《名作欣赏》，2014年9月（下旬），第35—36页。

821. 《何谓入心的诗歌批评——从〈沈奇诗学论集〉（增订版）看沈奇的批评美学》，刘波，《南方文坛》，2014年第5期，第83—86页。

822.《厚重 沧桑 醒悟——读李龙年诗集〈哗变的梨花〉》,洋滔,《厦门文学》,2014年第9期,第64—66页。

823.《火一样燃烧的桃花——海子六首"桃花诗"释读》,任绪军,《星星》(下半月),2014年第9期,第45—57页。

824.《极端的生命体温和美学个性——〈也许是诗——卧夫博客诗选〉整理心得》,安琪,《诗歌月刊》,2014年9期,第15—17页。

825.《九月的草原 呜咽的琴声——海子诗歌〈九月〉主题新探》,刘广涛,《名作欣赏》,2014年9月(中旬),第10—12页。

826.《"看"的主体置换与"目光"的挪移——翟永明诗歌论》,范云晶,《海南师范大学学报》(社会科学版),2014年第9期,第25—31页。

827.《口语诗:谱系、症候、可能性》,程继龙、张德明,《艺术评论》,2014年第9期,第21—29页。

828.《灵魂之约与生命之舞——三色堇诗歌印象》,张同吾,《诗潮》,2014年第9期,第110—111页。

829.《流动的生命意识——试论林徽因诗歌的"时间"意象及其成因》,谢圣婷,《暨南学报》(哲学社会科学版),2014年第9期,第83—88,162页。

830.《论20世纪20年代诗学的音乐论》,曹万生,《四川师范大学学报》,2014年第5期,第149—157页。

831.《论20世纪50年代新诗的国家主题》,张立群,《文艺评论》,2014年第9期,第64—71页。

832.《论卞之琳1940年代的文体选择》,陈彦,《长沙理工大学学报》(社会科学版),2014年第5期,第66—74页。

833.《论郭沫若的"革命文学"理论主张》,乔春梅,《山花》,2014年9月(B),第153—154页。

834.《论海子诗歌的精神世界》,徐擎宇,《现代语文》(学术综合版),2014年第9期,第59—60页。

835.《论黄河浪诗歌对现代都市的建构》,燕世超、陈振宏,《世界华文文学论坛》,2014年第3期,第55—59页。

836.《论牛汉20世纪50年代初期的诗歌创作》,孙晓娅,《中国现代文学研究丛刊》,2014年第9期,第107—114页。

837.《论新月派的和谐节奏诗学》,王雪松,《吉林大学社会科学学报》，2014年第5期，第144—153，175—176页。

838.《论雁翼的三行诗及其艺术特色和典范意义》，王红升，《文艺理论与批评》，2014年第5期，第125—128页。

839.《没有"远方"的诗学——关于诗歌写作与当下现实》，霍俊明，《艺术评论》，2014年第9期，第7—12页。

840.《每一首诗都是孤独向上的眺望》，赵卫峰、李元胜，《星星》（下半月），2014年第9期，第72—84页。

841.《"民国"以来的新诗教育研究》，黄晓东，《当代作家评论》，2014年第5期，第187—193页。

842.《"民间写作"诗歌观念前史考探》，周航，《暨南学报》（哲学社会科学版），2014年第9期，第67—74页。

843.《评〈阳光中的向日葵〉》，谭五昌，《扬子江诗刊》，2014年第5期，第26—28页。

844.《评中国新诗理论的三个数学公式》，靳文华，《现代语文》（学术综合版），2014年第9期，第101—102页。

845.《人和事：我的1990年代诗歌记忆》，刘泽球，《星星》（下半月），2014年第9期，第116—131页。

846.《如瀑布的击打，声声扣人心弦——王国伟诗歌〈神话〉赏析》，月牙儿，《黄河》，2014年第5期，第125—127页。

847.《涉世未深的人不需要被原谅——杜绿绿的影子之诗与迷幻的天真》，秦三澍，《安徽文学》，2014年第9期，第134—136页。

848.《诗歌，是人间的药——余秀华和窗户的诗歌编后记》，刘年，《诗刊》，2014年9月号（下半月刊），第21—22页。

849.《诗歌日常生活化抒写的悖论》，吕周聚，《星星》（下半月），2014年第9期，第6—15页。

850.《诗歌是恰当的言说》，陈劲松，《作品》，2014年第9期，第116页。

851.《诗歌与"清明梦"——谈黄玲君组诗〈神启〉》，刘康凯，《诗歌月刊》，2014年第9期，第10—13页。

852.《诗歌与生命的"驭风术"——冯娜访谈》，冯娜、王威廉，《山花》，2014年9月（B），第95—98页。

853.《诗人的"镜像"美学》，柴华，《星星》（下半月），2014年第9期，第133—135页。

854.《诗学观念与翻译操纵：袁可嘉的"中国式现代主义"与叶芝译介》，耿纪永、张洁，《南京师范大学文学院学报》，2014年第3期，第116—121页。

855.《诗意的图腾信仰与文化崇拜——论当代大凉山彝族诗人群》，王珣，《文艺争鸣》，2014年第9期，第131—135页。

856.《十七年诗歌的艺术缺失及反思》，徐汉晖，《南都学坛》，2014年第5期，第43—46页。

857.《时代需要散文诗》，冉茂福，《散文诗》，2014年9月（上半月），第94—95页。

858.《试论90年代先锋诗歌的语言策略》，张德明，《南方文坛》，2014年第5期，第77—82页。

859.《试论汉语自由诗的节奏》，金莉莉，《文艺争鸣》，2014年第9期，第83—88页。

860.《思想是散文诗的骨头》，范如虹，《散文诗》，2014年9月（上半月），第95—96页。

861.《提供一种诗化生活方案——读续小强诗集〈反向〉》，艾翔，《名作欣赏》，2014年9月（上旬），第121—123，116页。

862.《天地闭，贤人隐，狼之独步——论纪弦人品风格与诗歌艺术》，郭枫，《文学评论》，2014年第5期，第20—30页。

863.《弯腰捡起一块冰——侯马诗歌分析》，沈浩波，《诗潮》，2014年第9期，第30—33页。

864.《微型散文诗：欣赏与期待》，耿林莽，《散文诗》，2014年9月（上半月），第91—94页。

865.《为什么不能清晰地说话——读黎衡的诗歌随感》，詹明欧，《诗刊》，2014年9月号（下半月刊），第10—12页。

866.《为诗人周啸天一辩》，肖舜旦，《文学自由谈》，2014年第5期，第40—47页。

867.《"我们"散文诗群艺术观念的内涵解读》，马文明，《星星》（下半月），2014年第9期，第88—106页。

868.《无边的失落与孤独——海子诗歌〈九月〉赏析》，戴永新，《名作欣赏》，2014年9月（中旬），第13—15页。

869.《向着精妙平衡的努力 评杨秀丽长诗〈雪山的心跳〉》，褚水敖，《上海文化》，2014年第9期，第54—57页。

870.《萧风诗歌的意象世界及其诗学精神》,周国栋,《社会科学论坛》,2014 年第 9 期,第 58—63 页。

871.《新禅诗:20 世纪末蓓蕾初绽》,碧青,《诗潮》,2014 年第 9 期,第 103—105 页。

872.《寻找灵魂的家园——评谢克强的散文诗集〈断章〉》,戈雪,《星星》(下半月),2014 年第 9 期,第 107—114 页。

873.《一个诗人的内战"时感"》,姜涛,《读书》,2014 年第 9 期,第 135—144 页。

874.《一片尚待开发的诗歌森林——"十七年"新诗选本研究综述》,陈宗俊,《南京师范大学文学院学报》,2014 年第 3 期,第 59—66 页。

875.《一种"名副其实"的"现实主义"诗论——论袁可嘉的诗论》,廖四平、康丹,《齐鲁学刊》,2014 年第 5 期,第 145—149 页。

876.《以少胜多,一鸣惊人:论顾城诗歌〈一代人〉的艺术魅力》,郭世轩,《阜阳师范学院学报》(社会科学版),2014 年第 5 期,第 69—72 页。

877.《油印机时代主导性的北方诗学——回望先锋诗歌系列之四》,霍俊明,《山花》,2014 年 9 月(A),第 132—143 页。

878.《远距离的情感交流与心灵沟通——关于荣荣诗歌的对话》,张德明、史习斌、张厚刚、赵目珍,《扬子江诗刊》,2014 年第 5 期,第 54—57 页。

879.《在对抗与反叛中生长——近三十年先锋诗歌概观》,罗振亚,《诗选刊》,2014 年第 9 期,第 107—110 页。

880.《在多维视阈中认识刘大白——评刘家思的〈刘大白评传〉》,黄健,《中国现代文学研究丛刊》,2014 年第 9 期,第 209—212 页。

881.《在碎裂与统一的诗国里探寻——论安琪的北京短诗》,王洪岳,《文艺评论》,2014 年第 9 期,第 87—92 页。

882.《张炜诗歌综论》,张厚刚,《当代文坛》,2014 年第 5 期,第 36—38 页。

883.《正视诗教病症 复兴诗教传统》,徐威,《星星》(下半月),2014 年第 9 期,第 59—70 页。

884.《知识考古学视域下的"海子神话"》,张伟栋,《海南师范大学学报》(社会科学版),2014 年第 9 期,第 16—24 页。

885.《直面时代内部的痛感》,张颖,《星星》(下半月),2014年第9期,第139—141页。

886.《中国浪漫派新诗与政治文化》,张立群、王蕾,《南都学坛》,2014年第5期,第38—42页。

887.《中国新诗坛的一缕清风——席慕蓉爱情诗赏析》,康康,《鸭绿江》(下半月版),2014年第9期,第70页。

888.《周作人〈过去的生命〉中"人的文学"观的体现》,王昌忠,《广西师范学院学报》(哲学社会科学版),2014年第5期,第44—48页。

889.《朱自清:中国现代诗学的重要奠基者》,陈卫、陈茜,《长沙理工大学学报》(社会科学版),2014年第5期,第58—65页。

890.《"走不出泥土的是根"——评何兆轮的乡土诗》,张翠,《青年文学家》,2014年9月(中),第27页。

891.《走向深邃和宽宏——略谈陆少平的诗》,白先林,《诗林》,2014年第5期,第21—22页。

892.《遵旧制,写心声——从李仲元先生〈缘斋吟稿〉中学诗法》,杨小源,《诗潮》,2014年第9期,第106—110页。

893.《作为真理的诗歌:从追寻实体到张扬主体——海子诗歌的哲学解读》,雷文学,《文艺争鸣》,2014年第9期,第111—120页。

十月

894.《1980年代袁可嘉重返现代主义的思想方式》,何浩,《中国现代文学研究丛刊》,2014年第10期,第84—96页。

895.《2014·河北省青年诗人诗观》,郁葱,《诗选刊》,2014年第10期,第121—126页。

896.《暗夜里点亮"最黑的精华"》,史习斌,《山花》,2014年10月(A),第152—155页。

897.《承担意识、批判精神与日常逻辑——王家新诗歌论》,刘波,《创作与评论》,2014年10月号(下半月刊),第42—51页。

898.《从胡适对〈秋柳〉诗的评介观文化与传统之辨》,文莹,《山花》,2014年10月(B),第121—122页。

899.《从盆地、茶馆、火锅和苍蝇馆开始——西南先锋诗歌的

"地方癖性"——回望先锋诗歌系列之五》，霍俊明，《山花》，2014年10月（A），第126—147页。

900.《从事新诗研究的省思》，冷霜，《中国现代文学研究丛刊》，2014年第10期，第171—174页。

901.《打开"钟的秘密心脏"——评陈仲义〈蛙泳教练在前妻的面前似醉非醉〉》，王永，《厦门文学》，2014年第10期，第57—58页。

902.《"大诗学"与现代性困境中的穆旦问题——段从学〈穆旦的精神结构与现代性问题〉序》，姜涛，《文艺争鸣》，2014年第10期，第67—71页。

903.《〈邓稼先歌〉的语言技巧》，张应中，《诗潮》，2014年第10期，第99—100页。

904.《反抗虚无——论穆旦诗中的"尘土"意象》，杨峰霞，《现代语文》（学术综合版），2014年第10期，第50—51页。

905.《反思和追寻中的多元化表达——论阎志长诗〈挽歌与纪念〉》，周新民、赵婷，《岭南师范学院学报》，2014年第5期，第86—91页。

906.《反思与批判：灵魂唤起和生命敬畏——论吉狄马加长诗〈我，雪豹〉中的生态伦理意识》，陆健、朱林国，《星星》（下半月），2014年第10期，第120—129页。

907.《"非格律韵律"：一种新的韵律学路径》，李章斌，《文艺争鸣》，2014年第10期，第72—80页。

908.《关联词的使用与穆旦诗歌的别样"诗美"》，阮娟，《绵阳师范学院学报》，2014年第10期，第109—112页。

909.《关于散文诗，只有敬重》，许文舟，《散文诗》，2014年10月（上半月），第90—91页。

910.《海子诗歌〈在昌平的孤独〉别解》，孔祥云，《名作欣赏》，2014年10月（中旬），第20—22页。

911.《海子诗歌〈在昌平的孤独〉主题阐释》，刘广涛，《名作欣赏》，2014年10月（中旬），第17—19页。

912.《河流抒情，史诗焦虑与1980年代水缘诗学》，米家路、赵凡，《江汉学术》，2014年第5期，第51—59页。

913.《"黑暗中的诗人"——马启代》，邵丽霞、钱志富，《名作欣赏》，2014年10月（中旬），第65—66页。

914. 《"怀旧"与"怀旧"之后》，杨亮，《星星》（下半月），2014年第10期，第135—137页。

915. 《及至到来无一事》，霍俊明，《诗刊》，2014年10月号（上半月刊），第36—38页。

916. 《简论诗人的理想主义——走进海子的精神光芒》，那娜，《青年作家》，2014年10月（下半月刊），第104页。

917. 《精神困境与"自我"救赎之歌——读吉狄马加长诗〈我，雪豹……〉》，霍俊明，《星星》（下半月），2014年第10期，第110—119页。

918. 《"狂风狂暴灵魂的独白"：多多早期的诗与诗学》，奚密、李章斌，《文艺争鸣》，2014年第10期，第59—66页。

919. 《来自生活的禅悟——评末未诗集〈似悟非悟〉》，庄鸿文，《山花》，2014年10月（B），第113—114页。

920. 《领受幸福的几种方式》，陈振波，《星星》（下半月），2014年第10期，第138—140页。

921. 《论北岛》，吴思敬，《中国现代文学研究丛刊》，2014年第10期，第76—83页。

922. 《论卞之琳1930—1934年间的创作心态及其诗歌》，高博涵，《文艺争鸣》，2014年第10期，第81—90页。

923. 《论当代先锋诗歌的精神处境与走向》，刘波，《星星》（下半月），2014年第10期，第6—19页。

924. 《论冯至诗学思想的发展与演变》，陈美霞、郭小青，《邵阳学院学报》（社会科学版），2014年第5期，第103—106页。

925. 《论高长虹抗战时期的诗歌创作及其理论建构》，张龙伍、张勇，《普洱学院学报》，2014年第5期，第48—51页。

926. 《论林庚的自然诗理想》，罗小凤，《中国现代文学研究丛刊》，2014年第10期，第97—99页。

927. 《论叶延滨诗歌的四种品格（上篇）——诗歌名人堂之叶延滨》，姜宇清，《星星》（下半月），2014年第10期，第92—104页。

928. 《论郑敏的新诗语言观》，李桦、姚国建，《乐山师范学院学报》，2014年第10期，第19—23页。

929. 《马启代〈写给我儿康康〉赏读》，倪真婷、钱志富，《名作欣赏》，2014年10月（中旬），第66—67页。

930. 《慢的诗是可以养心的——柳袁照诗歌的一种读法》,蒋登科,《星星》(上旬刊),2014年第10期,第135—137页。

931. 《美,穿过寂静的巷道——评马桂凤诗歌》,陶少亮、黄慧,《青海湖》,2014年第10期,第95—96页。

932. 《密室并不喧哗》,黄涌,《安徽文学》,2014年第10期,第118—119页。

933. 《明亮心境的书写者——评夏子先生的诗歌创作》,盛敏,《诗歌月刊》,2014年第10期,第17页。

934. 《模式化的"好诗"与惯性写作》,刘波,《诗刊》,2014年10月号(下半月刊),第10—12页。

935. 《女性,如何创作诗歌而不止是女性诗歌》,倪志娟,《诗潮》,2014年第10期,第113—116页。

936. 《女性视角下的西部与西部女性的认知——以匡文留西部诗歌为例》,李小红,《牡丹江师范学院学报》(哲学社会科学版),2014年第5期,第65—67页。

937. 《七月诗派的现代主义特质》,雷世文,《盐城师范学院学报》(人文社会科学版),2014年第5期,第61—66页。

938. 《浅谈〈致橡树〉的启蒙与经典意义》,于淑卿,《青年文学家》,2014年10月(中),第39页。

939. 《浅析肖川诗歌的表现形式和现实主义》,瓦楞草,《朔方》,2014年第10期,第95—97页。

940. 《日常生活的诗意特质——阿毛的新世纪诗歌》,熊家良,《岭南师范学院学报》,2014年第5期,第71—75页。

941. 《散文诗的当代美》,王迎高,《散文诗》,2014年10月(上半月),第92页。

942. 《诗的人文关怀——马启代〈候车室,与一位女清洁工的对话〉赏读》,郑秀兰、钱志富,《名作欣赏》,2014年10月(中旬),第68—69页。

943. 《诗歌,应当散发出灵魂的香气》,赵卫峰、孔灏,《星星》(下半月),2014年第10期,第60—73页。

944. 《诗评:"还乡"的诗》,方文竹,《诗歌月刊》,2014年第10期,第16—17页。

945. 《诗人是万物的语言转换仪》,林馥娜,《作品》,2014年第

10 期，第 110—111 页。

946.《诗学广场 私密与公共：现代诗语之纠结》，陈仲义，《诗刊》，2014 年 10 月号（上半月刊），第 53—61 页。

947.《他用一颗心守望边地——读亚楠》，谢冕，《星星》（下半月），2014 年第 10 期，第 77—81 页。

948.《谈卞之琳诗歌情感节制的艺术手段——以〈断章〉品读为中心》，尤秀渊，《名作欣赏》，2014 年 10 月（中旬），第 41—42 页。

949.《同一个世界 同一个月亮——2014 紫蓬·雅歌中秋国际诗会侧记》，许敏，《诗歌月刊》，2014 年第 10 期，第 77—79，76 页。

950.《"同质"背景下的"异质"探求——试谈新诗研究的拓展》，张桃洲，《中国现代文学研究丛刊》，2014 年第 10 期，第 167—170 页。

951.《推开那扇神秘的窄门》，卢桢，《诗刊》，2014 年 10 月号（下半月刊），第 8—9 页。

952.《为雪山之子和通灵者的雪豹》，燎原，《星星》（下半月），2014 年第 10 期，第 106—109 页。

953.《"五四"诗学规范与诗歌翻译策略》，骆萍，《山花》，2014 年 10 月（B），第 153—155 页。

954.《现代诗的与众不同——徐江访谈》，徐江、雷默，《山花》，2014 年 10 月（B），第 88—89 页。

955.《现实的"缺失"与文学的"呐喊"——申京淑和她的〈打羽毛球的女子〉》，范慧杰，《厦门文学》，2014 年第 10 期，第 59—61 页。

956.《新诗潮最重要的诗人和理论家》，潘小平，《诗歌月刊》，2014 年第 10 期，第 11 页。

957.《新诗阅读方案的初拟——胡适〈谈新诗〉重释》，张德明，《中国文学研究》，2014 年第 4 期，第 78—84 页。

958.《新月诗人方令孺与陈梦家的交游及其文坛影响》，张文，《安庆师范学院学报》（社会科学版），2014 年第 5 期，第 12—16 页。

959.《许德民访谈：自由而无用的灵魂》，李天靖、许德民，《诗歌月刊》，2014 年第 10 期，第 18—22 页。

960.《〈野草〉中的国民性话语空间》，朱崇科，《文艺争鸣》，2014 年第 10 期，第 53—58 页。

961.《一首好诗应如一个精美的"容器"》，江飞，《诗潮》，2014

年第10期,第62页。

962.《一首诗歌如何传达神旨——读伊蕾〈教堂〉》,丁茂远,《星星》(下半月),2014年第10期,第34—45页。

963.《一意且孤行——论徐江》,王士强,《山花》,2014年10月(B),第90—97页。

964.《伊蕾诗歌"大海"意象的丰富内涵》,吴雪梅,《星星》(下半月),2014年第10期,第46—58页。

965.《以分析介入抒情——论朱自清的诗歌批评方法》,孙海燕,《中国现代文学研究丛刊》,2014年第10期,第27—38页。

966.《隐秘灵魂的自我剖析与展示——解读鲁迅〈野草〉的色彩意象》,金鹏善,《阴山学刊》,2014年第5期,第34—41页。

967.《用笔书写正直的诗人——马启代〈我必须在时光的身体上刻下声音〉赏析》,杨方元、邹林芳,《名作欣赏》,2014年10月(中旬),第63—64页。

968.《于生命末端绽放的腊叶——鲁迅散文诗〈腊叶〉赏析》,瞿靖,《现代语文》(学术综合版),2014年第10期,第39—41页。

969.《"雨和森林的新娘睡在河水两岸"——关于海子诗歌中肉体隐喻阅读札记》,张清华,《上海文学》,2014年第10期,第102—105页。

970.《寓言:从个人到时代——读阎志长诗〈挽歌与纪念〉》,程继龙,《岭南师范学院学报》,2014年第5期,第99—103页。

971.《"月亮的鸟巢"如何升起?——评王长征〈习经笔记〉系列诗作》,房伟,《星星》(下半月),2014年第10期,第22—31页。

972.《在城乡的边界处游走与书写——阎志诗歌论》,刘波,《岭南师范学院学报》,2014年第5期,第92—98页。

973.《"在自己身上克服这个时代"——读陈陟云诗集〈月光下海浪的火焰〉》,沈奇,《山花》,2014年10月(A),第148—151页。

974.《政治化语境里的爱情表达——论闻捷的爱情诗写作》,姚洪伟,《名作欣赏》,2014年10月(中旬),第77—79页。

975.《中国诗歌,进入"无名英雄"的时代》,洪烛,《星星》(上旬刊),2014年第10期,第42—43页。

976.《中国新诗译介与文化传播》,任洪国,《潍坊学院学报》,2014年第5期,第77—78,117页。

977.《注释出历史的缺失——"国际风格"、现代主义与西川诗歌里的世界文学》,柯夏智、江承志,《江汉学术》,2014年第5期,第41—50页。

十一月

978.《20世纪80年代中后期中国女性新诗书写分析》,艺丹、欧阳小昱,《诗探索》(理论卷),2014年第3辑,第94—104页。

979.《37℃:久违的温度——白渔先生其人其诗》,康逸,《青海湖》,2014年第11期,第92—96页。

980.《把生命的火焰塑形为诗——论牛汉的诗歌创作》,姚国建、李桦,《乐山师范学院学报》,2014年第11期,第18—25页。

981.《"白马"飞翔的天空——我印象中的张立群》,房伟,《南方文坛》,2014年第6期,第41—42页。

982.《百年新诗需要坚守些什么》,李犁,《诗刊》,2014年11月号(上半月刊),第51—56页。

983.《比爱更爱的爱——爱情的后现代性,兼谈诗对爱情的表现》,钟文,《诗探索》(理论卷),2014年第3辑,第4—22页。

984.《"蝙蝠人":郑小琼还乡诗的超越性》,张有根,《当代文坛》,2014年第6期,第81—84页。

985.《不该被历史遗忘的先锋群落——1940年代"中国诗艺社"论》,罗振亚,《北方论丛》,2014年第6期,第32—37页。

986.《不老的乡愁——评〈寻找乡愁的版图〉》,张璐,《星星》(上旬刊),2014年第11期,第138—140页。

987.《常想飞出物外 却为地面拉紧——穆旦诗歌形而上思想估衡》,雷文学,《福建师范大学学报》(哲学社会科学版),2014年第6期,第87—92页。

988.《成长的记忆——读谢小青的〈第一次进入女澡堂〉》,刘晓翠,《诗探索》(理论卷),2014年第3辑,第85—87页。

989.《穿越在风暴之上——伊路〈鹰的黑影涂暗了风暴〉细读》,邱景华,《诗探索》(作品卷),2014年第3辑,第99—104页。

990.《从边缘出发的超级浪漫主义——马莉诗歌阅读札记》,陈芝国,《诗探索》(理论卷),2014年第3辑,第105—117页。

991.《从过去到达未来的背面——读肖水〈艾草：新绝句诗集〉》，赵燕磊，《诗林》，2014年第6期，第91—94页。

992.《"从灰烬里取回那首诗歌中词语的白骨"——陈劲松散文诗文本简读》，黄恩鹏，《诗潮》，2014年第11期，第76—78页。

993.《从厦门启程——追忆诗人鲁藜》，蔡鹤影，《厦门文学》，2014年第11期，第52—60页。

994.《从四月到五月——悼卧夫》，香奴，《散文诗》，2014年11月（上半月），第92—94页。

995.《从雨巷里走出的反叛者——论戴望舒的诗歌》，张解解，《现代语文》（学术综合版），2014年第11期，第31—33页。

996.《当代诗歌文化记忆的三种图式》，鄢冬，《福建师范大学学报》（哲学社会科学版），2014年第6期，第93—100页。

997.《当世界每一次在你体内抽奖——与马萧萧对话》，李墨泉，《神剑》，2014年第6期，第113—116页。

998.《"地方"的陌生人与"异乡"伦理——读高旭旺组诗〈拆迁与场景〉》，霍俊明，《绿风》，2014年第6期，第125—127页。

999.《动人的感怀》，孙明亮，《星星》（下半月），2014年第11期，第134—136页。

1000.《读侯马，我手记》，施战军，《诗探索》（理论卷），2014年第3辑，第57—60页。

1001.《杜绿绿的猜谜和侦探之诗》，周伟驰，《诗歌月刊》，2014年第11期，第12—13页。

1002.《对记忆的镌刻——读刘海星诗集〈走过记忆〉》，陈超，《当代文坛》，2014年第6期，第169—171页。

1003.《对难度写作的再倡导》，马永波，《诗林》，2014年第6期，第84—87页。

1004.《对杨方诗歌的三种解读尝试》，贺嘉钰，《诗探索》（作品卷），2014年第3辑，第200—208页。

1005.《反抗，何以成为失败的一部分？——朵渔〈这世界怎么啦〉（组诗）有感》，何同彬，《扬子江诗刊》，2014年第6期，第26—30页。

1006.《父亲，怎样代替了乡村？——读谢小青的〈父亲去铎山镇〉》，王清辉，《诗探索》（理论卷），2014年第3辑，第83—84页。

1007.《"高处"的再审视》,孙宾,《星星》(下半月),2014年第11期,第125—129页。

1008.《高凯乡土诗歌的古典田园品质》,徐治堂,《诗潮》,2014年第11期,第102—105页。

1009.《郭沫若绿色文论的生态诗学》,张放,《青年文学家》,2014年11月(下),第35页。

1010.《海子诗歌〈重建家园〉别解》,王书芬,《名作欣赏》,2014年11月(中旬),第37—39页。

1011.《海子诗歌〈重建家园〉主题阐释》,刘广涛,《名作欣赏》,2014年11月(中旬),第34—36,39页。

1012.《行走在路上的歌者——白渔创作简论》,冯晓燕,《青海湖》,2014年第11期,第88—91页。

1013.《好诗的品格和标准》,马知遥,《星星》(下半月),2014年第11期,第6—14页。

1014.《胡续冬诗歌论》,郭建超,《诗探索》(理论卷),2014年第3辑,第192—208页。

1015.《虎穴中种玫瑰》,邱华栋,《诗探索》(理论卷),2014年第3辑,第61—64页。

1016.《黄灿然访谈:枯燥使灵魂长智慧和善良》,鲁毅、黄灿然,《诗歌月刊》,2014年第11期,第14—24页。

1017.《"即景会心":侯马的"绝技"——侯马的诗歌创作及其诗学意义》,吴子林,《诗探索》(理论卷),2014年第3辑,第50—56页。

1018.《记忆中的诗人》,周明,《神剑》,2014年第6期,第91—96页。

1019.《家国书写的历史情怀与人文风骨——论谭仲池的近年诗歌创作》,刘波,《创作与评论》,2014年11月号(上半月刊),第17—22页。

1020.《跨文化视野下的徐志摩〈沙扬娜拉〉和穆旦〈诗八首〉的对比研究》,陈兴,《青年文学家》,2014年11月(下),第8—9页。

1021.《梁启超、胡适与杜诗学的现代转型》,孔令环,《中州学刊》,2014年第11期,第157—159页。

1022.《林徽因诗歌中的时间意识》,黄红春,《南昌大学学报》

（人文社会科学版），2014 年第 6 期，第 112—116 页。

1023.《令灵魂不安的安魂曲——读任白诗集〈耳语〉》，唐继东，《作家》，2014 年 11 月号（上半月刊），第 24—25 页。

1024.《留住诗性的根——评杨兹举诗集〈盛装的音符〉》，毕光明，《创作与评论》，2014 年 11 月号（下半月刊），第 61—66 页。

1025.《鲁迅诗作的屈骚情致与现实寄寓——兼论现代文学研究的索隐、考据及审美诠释问题》，邵宁宁，《中国现代文学研究丛刊》，2014 年第 11 期，第 1—13 页。

1026.《论贺敬之政治抒情诗的"类"的自我表现》，周锋，《文艺理论与批评》，2014 年第 6 期，第 19—27 页。

1027.《论简政珍汉语新诗写作与批评的在场性》，傅天虹，《诗探索》（理论卷），2014 年第 3 辑，第 150—161 页。

1028.《论穆旦诗歌词汇组合特征》，叶琼琼，《复旦学报》（社会科学版），2014 年第 6 期，第 71—79 页。

1029.《论彭燕郊晚年诗歌中的视听生存体验》，刘长华，《长沙理工大学学报》（社会科学版），2014 年第 6 期，第 75—81 页。

1030.《论诗歌形态的情感结构》，李骞，《文艺争鸣》，2014 年第 11 期，第 119—125 页。

1031.《论叶延滨诗歌的四种品格（下篇）——诗歌名人堂之叶延滨》，姜宇清，《星星》（下半月），2014 年第 11 期，第 91—108 页。

1032.《论钟敬文的新诗研究》，黄晓娟，《中山大学学报》（社会科学版），2014 年第 6 期，第 28—36 页。

1033.《洛夫〈唐诗解构〉辨析兼谈诗之标准》，张宗刚，《星星》（下半月），2014 年第 11 期，第 16—24 页。

1034.《命名与梦蝶的艺术——读臧棣》，徐钺，《诗潮》，2014 年第 11 期，第 37—38 页。

1035.《模糊语言的科学诗意——论周庆荣的"大散文诗"》，文清，《诗潮》，2014 年第 11 期，第 98—101 页。

1036.《内省的诱惑力》，古海阳，《星星》（下半月），2014 年第 11 期，第 137—140 页。

1037.《女性诗歌创作与诗歌文体秩序的建构——以女诗人安琪为例》，张延文，《福建论坛》（人文社会科学版），2014 年第 11 期，第 108—114 页。

1038.《喷涌的诗情 坚毅的歌吟——读王晓鹏诗集〈太池村〉》,高海平,《黄河》,2014年第6期,第113—116页。

1039.《彭燕郊的散文诗写作和现代诗的一种可能》,陈太胜,《长沙理工大学学报》(社会科学版),2014年第6期,第68—74页。

1040.《漂泊客与业余者——试论"金发体"诗的形成》,李路平、陈敢,《南京理工大学学报》(社会科学版),2014年第6期,第8—12,32页。

1041.《评〈镜中〉》,颜炼军,《扬子江诗刊》,2014年第6期,第34—36页。

1042.《七月派诗人阿垅诗歌理论研究》,毛丹丹,《诗探索》(理论卷),2014年第3辑,第163—174页。

1043.《浅论自由诗中形象的完整在译文中的重要性》,毕长泰,《文艺争鸣》,2014年第11期,第174—177页。

1044.《浅析郭沫若诗集〈女神〉的时代意义》,冯琳琳、卫帮、魏艳如,《青年作家》,2014年11月(下半月刊),第145页。

1045.《浅析陆小曼的诗歌》,谢雨珊,《青年文学家》,2014年11月(下),第33页。

1046.《"且去填词":读〈纪弦回忆录〉》,胡亮,《诗探索》(理论卷),2014年第3辑,第119—132页。

1047.《让诗歌插上朗诵的翅膀——记父亲臧克家与诗歌朗诵》,臧小平,《新文学史料》,2014年第4期,第112—117页。

1048.《"让我将不朽的爱,留给世界"——钟鼎文的生平及其对台湾诗坛的贡献》,古远清,《诗探索》(理论卷),2014年第3辑,第133—149页。

1049.《融入自然的心灵诉说——评〈云和雨穿在身上〉》,干天全,《星星》(上旬刊),2014年第11期,第71—73页。

1050.《山城的溽热与"下午性格"——回望先锋诗歌系列之六》,霍俊明,《山花》,2014年11月(A),第153—159页。

1051.《身体的河山——读唐小米诗歌》,李建周,《诗刊》,2014年11月号(上半月刊),第40—42页。

1052.《审美、风景与彼岸——灵焚散文诗〈生命〉印象》,董延武,《星星》(下半月),2014年第11期,第66—70页。

1053.《诗飞云梦 情系鹤壁——第十四届全国散文诗笔会在河南鹤

壁举行》，莫荒，《散文诗》，2014年11月（上半月），第95—96页。

1054.《诗歌"青春期"的生成性与困惑——关于谢小青的诗》，霍俊明，《诗探索》（理论卷），2014年第3辑，第72—82页。

1055.《诗歌船：从必要的开端到奇异的航行——在上海外滩艺术计划"臧棣号诗歌船"首航仪式上的演讲稿》，臧棣，《诗潮》，2014年第11期，第36—37页。

1056.《诗歌是世上最珍贵的东西——关于当代诗歌的评价及诗人的身份问题》，马铃薯兄弟、李亚伟，《扬子江诗刊》，2014年第6期，第60—65页。

1057.《诗人方敬》，吴向阳，《星星》（下半月），2014年第11期，第109—112页。

1058.《诗人鲁藜印象》，陈志铭，《厦门文学》，2014年第11期，第61—62页。

1059.《诗人与校园——〈首都师范大学驻校诗人研究论集〉序》，吴思敬，《艺术评论》，2014年第11期，第18—25页。

1060.《诗意·自若·原粹——关于"上游美学"的几点思考》，沈奇，《南方文坛》，2014年第6期，第69—75页。

1061.《时间的左边——解读娜夜诗歌中"时间"主题》，任文贤，《星星》（下半月），2014年第11期，第27—36页。

1062.《实践能动性："主观战斗精神"的诗学内涵》，王治国，《山花》，2014年11月（B），第159—160页。

1063.《试论浪漫主义视域中的顾城诗歌的审美价值》，张蕾，《湖北经济学院学报》（人文社会科学版），2014年第11期，第113—114，126页。

1064.《天真地说出世界的秘密——读吉葡乐诗》，张战，《诗刊》，2014年11月号（下半月刊），第6—8页。

1065.《挑十根骨头》，远人，《诗刊》，2014年11月号（下半月刊），第9—12页。

1066.《弯腰捡起一块冰——侯马诗歌分析》，沈浩波，《诗探索》（理论卷），2014年第3辑，第39—49页。

1067.《王光明诗歌批评的几点启示》，罗小凤，《诗探索》（理论卷），2014年第3辑，第175—190页。

1068.《"味其道"与"理其道"——中西诗与思比较谈片》，沈奇,《文艺争鸣》,2014年第11期,第113—118页。

1069.《魏晋遗风的遥远返照——读〈一个人和新疆:周涛口述自传〉》,吴平安,《神剑》,2014年第6期,第97—99页。

1070.《写出好作品才是诗人的本质所在》,赵卫峰、郭晓琦,《星星》(下半月),2014年第11期,第52—63页。

1071.《新诗空间美学的构建——读〈云朵打开远游的翅膀〉》,张德明,《星星》(上旬刊),2014年第11期,第21—23页。

1072.《新时期以来彭燕郊研究述评》,黄园、易彬,《长沙理工大学学报》(社会科学版),2014年第6期,第82—88页。

1073.《"新咏史诗":诗歌与历史的新融合——读〈卸妆落红的朝代(历史篇)〉》,王学东,《星星》(上旬刊),2014年第11期,第95—97页。

1074.《性别视域下的"交流诗学"——20世纪90年代性别化叙事诗学思维的形成》,杨亮,《文艺评论》,2014年第11期,第55—58页。

1075.《徐志摩诗歌的"经典性"》,马晗敏,《现代语文》(学术综合版),2014年第11期,第28—30页。

1076.《寻韵云梦,逐浪诗河——第十四届全国散文诗笔会侧记》,鸣铎,《散文诗》,2014年11月(上半月),第90—96页。

1077.《"眼见门前树木开花了"——读70后诗集〈六户诗〉》,李天靖,《诗潮》,2014年第11期,第106—108页。

1078.《"一个还乡的种类的美"——论余光中诗歌中的四川情结与李杜苏信息》,张放,《当代文坛》,2014年第6期,第75—80页。

1079.《于坚的口语诗学及其内在路径》,吴投文,《湖北大学学报》(哲学社会科学版),2014年第6期,第5—12,152页。

1080.《于坚诗歌研究综述》,向天渊、赵玲,《湖北大学学报》(哲学社会科学版),2014年第6期,第13—19页。

1081.《于虚无中对抗,在沉默里燃烧——关于韩作荣诗歌》,商震,《诗探索》(理论卷),2014年第3辑,第24—28页。

1082.《语词的高蹈,抑或血肉的传奇——陈陟云诗歌读札》,张德明,《山花》,2014年11月(B),第100—106页。

1083.《语伞散文诗语言与思想特色初探》,谢小珊,《星星》(下半月),2014年第11期,第75—89页。

1084.《月光下海浪的火焰——陈陟云访谈》，刘洪霞、惟夫、陈陟云，《山花》，2014年11月（B），第96—99页。

1085.《再别康桥与康桥情结》，董春华，《山花》，2014年11月（B），第125—126页。

1086.《再谈政治与诗歌——以贺敬之的政治抒情诗为对象》，卢燕娟，《文艺理论与批评》，2014年第6期，第13—18页。

1087.《"在城市的清晨他感动于这样心无旁骛的身姿"——侯马诗歌简论》，唐欣，《诗探索》（理论卷），2014年第3辑，第65—70页。

1088.《在灵魂深处为爱而歌——评〈像一对贝壳一样相爱〉》，曾兴，《星星》（上旬刊），2014年第11期，第109—111页。

1089.《"在路上"的生命探询——韩作荣诗歌论》，罗振亚、李洁，《诗探索》（理论卷），2014年第3辑，第29—37页。

1090.《在伤口之上重建语言的故乡——杨方诗集〈骆驼羔一样的眼睛〉读后》，赵晓辉，《诗探索》（作品卷），2014年第3辑，第192—199页。

1091.《在现实中淘取情思的金子——评〈缝补生活的缺口〉（现实篇）》，李烨，《星星》（上旬刊），2014年第11期，第124—126页。

1092.《站在尖顶教堂门前——理解贺敬之》，祝东力，《文艺理论与批评》，2014年第6期，第8—12页。

1093.《张立群：温文尔雅而又雄心勃勃的70后批评家》，张丽军，《南方文坛》，2014年第6期，第38—41页。

1094.《张默小诗的艺术特色兼及诗人天性与文体规约的矛盾冲突》，陈仲义，《南京理工大学学报》（社会科学版），2014年第6期，第1—7页。

1095.《政治抒情诗的当代风采——读谭仲池诗集〈祖国 我深爱着你〉》，张德明，《创作与评论》，2014年11月号（上半月刊），第11—16页。

1096.《置身城市的精神超越——评〈越过城市的沧桑〉》，胡畔，《星星》（上旬刊），2014年第11期，第85—86页。

1097.《中国诗坛现代精神的发轫——晚清留日浪潮与现代留日诗人》，田源，《南昌大学学报》（人文社会科学版），2014年第6期，第123—129页。

1098.《〈中国新诗编年史〉笔谈》,刘福春、郭娟、赵京华、赵稀方、萨支山、程凯、段美乔、冷川,《创作与评论》,2014 年 11 月号(下半月刊),第 109—118 页。

1099.《中国新诗的旗意象》,张立群,《南方文坛》,2014 年第 6 期,第 32—38 页。

1100.《朱湘与鲁迅》,黄艳芬,《新文学史料》,2014 年第 4 期,第 105—111 页。

1101.《"驻校诗人"在中国:回顾与展望》,王士强,《艺术评论》,2014 年第 11 期,第 26—33 页。

1102.《资本异化下人性的现实——评深圳诗人谢湘南的诗歌》,冯楚,《作品》,2014 年第 11 期,第 111 页。

1103.《"自我的方向"与贴近心灵——评〈放逐尘世的风霜〉》,张立群,《星星》(上旬刊),2014 年第 11 期,第 39—40 页。

1104.《自由心灵的自由表达——简论"新来者"娜夜及其诗歌》,王琳,《星星》(下半月),2014 年第 11 期,第 37—50 页。

1105.《最后一个年代——朱凌波、苏历铭关于诗与生命的对谈》,朱凌波、苏历铭,《诗探索》(作品卷),2014 年第 3 辑,第 74—98 页。

十二月

1106.《1990 年代以来台湾数字诗的发展与美感生成》,郑慧如,《江汉学术》,2014 年第 6 期,第 37—46 页。

1107.《70 后的"马灯":一代人的写作命运》,霍俊明,《诗潮》,2014 年第 12 期,第 66—67 页。

1108.《百年汉诗本土性的理论反思与实践》,赵思运,《星星》(下半月),2014 年第 12 期,第 6—13 页。

1109.《不同的音色,都渴望唱出动听的歌——诗刊社第 30 届青春诗会侧记》,黄尚恩,《诗刊》,2014 年 12 月号(上半月刊),第 79—80 页。

1110.《不要丢掉阿里阿德涅的线》,唐蓓,《诗歌月刊》,2014 年第 12 期,第 14—18 页。

1111.《昌耀诗歌文体变迁的内在逻辑》,张光昕,《中国现代文学研究丛刊》，2014 年第 12 期，第 60—71 页。

1112.《倡导新诗学》，黄梵，《星星》（下半月），2014 年第 12 期，第 15—22 页。

1113.《城市心情的诗意呈露——论石才夫诗歌中的城市书写》，罗小凤，《河池学院学报》，2014 年第 6 期，第 24—28 页。

1114.《从理念感触到具象书写的凝练》，周军，《星星》（下半月），2014 年第 12 期，第 136—138 页。

1115.《从商禽之梦看台湾新诗的跨领域现象——基于左右脑与语言、非语言的关系》，白灵，《江汉学术》，2014 年第 6 期，第 47—54 页。

1116.《村庄·星座·诗人——海子诗歌〈两座村庄〉主题阐释》，刘广涛，《名作欣赏》，2014 年 12 月（中旬），第 9—11 页。

1117.《大跃进民歌中的民粹主义书写》，韩金玲，《星星》（下半月），2014 年第 12 期，第 116—124 页。

1118.《第三代诗歌与美国自白派诗歌的关系探源》，吕周聚，《中国现代文学研究丛刊》，2014 年第 12 期，第 72—80 页。

1119.《反思与弃绝："保钓"前夜唐文标的现代诗创作》，张晓婉、朱双一，《世界华文文学论坛》，2014 年第 4 期，第 32—36 页。

1120.《冯至〈蛇〉中取"蛇"为意象的原因分析》，程敏，《青年文学家》，2014 年 12 月（下），第 18—19 页。

1121.《故乡是诗人的精神天堂》，叶延滨，《文学港》，2014 年第 12 期，第 137—139 页。

1122.《贵州道上的"启蒙"与泛政治狂想——回望先锋诗歌系列之七》，霍俊明，《山花》，2014 年 12 月（A），第 137—147 页。

1123.《海子诗歌〈两座村庄〉解读》，杨玉霞，《名作欣赏》，2014 年 12 月（中旬），第 12—14 页。

1124.《海子诗歌艺术节：以诗歌的名义打造秦皇岛城市文化品牌的尝试》，丛鑫、孙志璞，《长城》，2014 年第 12 期，第 157—158 页。

1125.《河水潺潺——罗青诗歌回环激荡的修辞手法》，王觅，《星星》（下半月），2014 年第 12 期，第 43—52 页。

1126.《林一木的诗歌及其他》，倪万军，《朔方》，2014 年增刊，第 112—115 页。

1127.《论当代大凉山彝族诗歌的社会情感符号》，李骞，《民族文学研究》，2014年第6期，第71—77页。

1128.《论灵焚散文诗集〈剧场〉中的时间意识与诗性创新》，王晓悦，《星星》（下半月），2014年第12期，第56—73页。

1129.《论迁徙对向阳〈十行集〉空间象征的影响》，王力，《世界华文文学论坛》，2014年第4期，第37—41页。

1130.《论唐湜的"合流诗"主张及其艺术效应》，蒋登科，《平顶山学院学报》，2014年第6期，第71—73页。

1131.《论新世纪诗歌的先锋性》，王士强，《创作与评论》，2014年12月号（下半月刊），第33—37页。

1132.《论新世纪诗歌的信任危机和精神突围》，刘波，《创作与评论》，2014年12月号（下半月刊），第47—52页。

1133.《罗青早期诗歌的"后现代"审美特征——以诗集〈吃西瓜的方法〉为例》，姚洪伟，《星星》（下半月），2014年第12期，第26—42页。

1134.《漫议印尼苏门答腊岛华文诗歌》，萧成，《世界华文文学论坛》，2014年第4期，第3—6页。

1135.《没有结束的开始——宋耀珍诗歌简述》，闫庆梅，《五台山》，2014年第12期，第22—29页。

1136.《某物之来临：我与〈西川诗选〉》，肖水，《名作欣赏》，2014年12月（上旬），第84—87页。

1137.《宁夏回族诗歌：地域性和民族性的诗意碰撞》，王武军，《朔方》，2014年增刊，第76—84页。

1138.《宁夏诗人人格类型摭论——〈宁夏诗歌选〉序》，荆竹，《朔方》，2014年增刊，第35—42页。

1139.《农作物搭建的诗之屋——刘火诗歌的乡土意象》，游庆超，《焦作大学学报》，2014年第4期，第43—45页。

1140.《漂泊、疼痛与抗争——新世纪"打工诗歌"主题浅析》，胡依词，《现代语文》（学术综合版），2014年第12期，第39—40页。

1141.《平和的中年与素朴的诗歌》，万冲，《星星》（下半月），2014年第12期，第139—141页。

1142.《前志庶不易，远途期所遵——〈宁夏诗歌选〉跋》，杨梓，《朔方》，2014年增刊，第43—44页。

1143.《青春如此美好——序〈"青春诗会"三十年诗选〉》，谢冕,《诗刊》,2014年12月号(上半月刊),第76—78页。

1144.《晴空一镜悬明月——读查文瑾诗集〈纯棉〉》,保剑君,《朔方》,2014年增刊,第154—156页。

1145.《屈原对现代爱国诗人闻一多的影响》,卢晓霞,《桂林师范高等专科学校学报》,2014年第4期,第124—126,133页。

1146.《上海沦陷时期路易士诗歌论》,李相银,《中国现代文学研究丛刊》,2014年第12期,第81—91页。

1147.《神明俯视羊角花开——读〈花开汶川〉有感》,戴宪彪,《草地》,2014年第6期,第76—80页。

1148.《失约者的独语——读安爱军诗〈失约的玫瑰〉》,丛小桦,《青海湖》,2014年第12期,第95—96页。

1149.《诗歌创作的"诗意"性抒写——当代诗歌创作浅论》,刘兰珠,《鸭绿江》(下半月版),2014年第12期,第30页。

1150.《诗人视野中的"五四"语言变革——以郑敏、余光中为例》,张卫中,《兰州学刊》,2014年第12期,第88—92页。

1151.《试论中国散文诗的西部元素》,喻子涵,《星星》(下半月),2014年第12期,第74—83页。

1152.《寿州地理的内在超越——读高峰〈隐秘而庞大的寿州镜像(组诗)〉》,陈巨飞,《安徽文学》,2014年第12期,第129—131页。

1153.《抒情与说理——论华兹华斯诗学与中国新诗的关系》,乔艳,《文艺争鸣》,2014年第12期,第176—180页。

1154.《舒婷到翟永明诗歌美学品格的嬗变》,许韧,《长城》,2014年第12期,第155—156页。

1155.《舒婷诗歌的理想主义精神内涵与诗意表现》,王丽娟,《佳木斯大学社会科学学报》,2014年第6期,第99—100,113页。

1156.《熟视有睹——胡弦〈水龙头〉阅读心得》,高鹏程,《星星》(下半月),2014年第12期,第125—130页。

1157.《四川诗歌:值得不断言说的文化现象》,蒋登科,《星星》(上旬刊),2014年第12期,第235—239页。

1158.《台湾中生代诗人论》,何言宏,《文艺争鸣》,2014年第12期,第92—97页。

1159.《我们要常怀感恩之心》,龚奎林,《星星》(下半月),2014年第12期,第132—135页。

1160.《无处安放的乡愁——试论打工诗歌中"乡愁"表达与身份焦虑》，石孟儒、何晓琪，《现代语文》（学术综合版），2014年第12期，第41—42页。

1161.《奚密现代汉诗研究综论》，翟月琴，《中国现代文学研究丛刊》，2014年第12期，第183—195页。

1162.《现代诗中隐喻、转喻与意象产生的关系》，简政珍，《江汉学术》，2014年第6期，第55—65页。

1163.《新世纪诗歌"病"了吗？——就〈新世纪诗歌八问〉与张德明教授商榷》，张厚刚，《创作与评论》，2014年12月号（下半月刊），第53—57页。

1164.《新世纪诗歌写作的多元格局及其反思》，姚洪伟，《创作与评论》，2014年12月号（下半月刊），第38—46页。

1165.《性灵山水 真情灌注——简评诗坛新秀牙侯广的〈山魂水魄〉》，彭翠，《枣庄学院学报》，2014年第6期，第25—28页。

1166.《虚无与"开花"——当代中国诗歌的现代性透视》，骆英，《诗歌月刊》，2014年第12期，第88—93页。

1167.《学者的生命情怀——读王向峰新诗集〈雪花不愿飘落〉》，张翠，《诗潮》，2014年第12期，第125—127页。

1168.《以〈雨巷〉为例解析现代诗歌的特点》，巩坚，《山花》，2014年12月（B），第135—136页。

1169.《以独特的笔触展现诗之魅力——评夏文成诗集〈秋风不会将大地搬空〉》，王美春，《昭通学院学报》，2014年第6期，第9—13页。

1170.《以文会友识"三杰"——与洛夫、张默、痖弦相识记》，王宗法，《世界华文文学论坛》，2014年第4期，第74—75页。

1171.《以一家之力 重书一社之史——评〈穿越时间之河：台湾"创世纪"诗社研究〉》，张慧佳，《世界华文文学论坛》，2014年第4期，第66—68页。

1172.《以隐喻的审美方式释放诗性的自由与美感——浅析张不狂诗集〈时间的划痕〉》，瓦楞草，《朔方》，2014年增刊，第145—147页。

1173.《忧时论世寄诗文——读曾敏之近期作品》，陆士清，《世界华文文学论坛》，2014年第4期，第47—50页。

1174.《〈再别康桥〉独特的隐喻世界》，苏荧，《现代语文》（学术综合版），2014 年第 12 期，第 30—31 页。

1175.《在经济主义价值观中体味曹有云诗歌》，牛学智，《星星》（下半月），2014 年第 12 期，第 102—115 页。

1176.《在宋耀珍诗作研讨会上的发言》，唐晋，《五台山》，2014 年第 12 期，第 20—22 页。

1177.《中国现当代诗歌佳作赏评》，唐欣，《诗潮》，2014 年第 12 期，第 108—124 页。

1178.《钟鼎文对台湾诗坛的贡献》，古远清，《贵州社会科学》，2014 年第 12 期，第 55—61 页。

1179.《重返价值融注与捍卫诗歌尊严——世纪之交绵阳诗歌创作的宏观扫描》，张德明，《星星》（下半月），2014 年第 12 期，第 85—101 页。

1180.《作为散文诗的〈野草〉与新诗史叙述》，连晗生，《鲁迅研究月刊》，2014 年第 11 期，第 82—89 页。

（作者单位：首都师范大学中国诗歌研究中心）

2015年新诗期刊研究论文索引

◇许敏霏

【说　明】　个别文章在发表时文字或标点不甚规范或有错误，但为了与发表时的原貌保持一致，故不做修改。

一月

1.《安静的"偏见"与知性的"钟摆"——读冯晏近期诗作》，霍俊明，《文艺评论》，2015年第1期，第106—108页。

2.《北岛诗歌中的传统因子》，杜丽娟，《绵阳师范学院学报》，2015年第1期，第110—113页。

3.《边地风景体验与西南联大诗歌》，马绍玺，《文学评论》，2015年第1期，第88—98页。

4.《边地民谣的吟唱者——林建勋诗歌论》，姜超，《文艺评论》，2015年第1期，第113—117页。

5.《冰心小诗的理趣与古代诗歌传统》，许乜，《星星》（下半月），2015年1月号，第38—45页。

6.《"不以诗名，别具诗心"——萧红诗歌研究》，郑艳娟，《鸭绿江》（下半月版），2015年第1期，第49页。

7.《草原冰岭之上的"轮马飞字"——格桑多杰诗歌简论》，燎原，《青海湖》，2015年1月号，第118—122页。

8.《陈超：穿越灰烬的诗歌之光》，汪剑钊，《文艺争鸣》，2015年第1期，第153—157页。

9.《陈超：诗和理论的双轮车》，大解，《诗选刊》，2015年第1

---

① 本文为2016年度教育部哲学社会科学研究后期资助项目"景观视域与空间构境——新世纪十五年新诗发生现场及创作研究"（16JHQ043）的阶段性成果。

期，第82—86页。

10.《陈超：诗和理论的双轮车》，大解，《文艺争鸣》，2015年第1期，第158—160页。

11.《陈超：死亡幻象的审美书写与精神超越——对陈超诗作〈我看见转世的桃花五种〉的解读与阐释》，谭五昌，《文艺争鸣》，2015年第1期，第148—152页。

12.《陈超：忆念和追思》，唐晓渡，《文艺争鸣》，2015年第1期，第141—143页。

13.《陈超的生命诗学与"绝望的激情"》，耿占春，《文艺争鸣》，2015年第1期，第144—147页。

14.《重构或修补：一个心灵的时间装置——读吴昕孺长诗〈原野〉》，庄庄，《绿风》，2015年第1期，第125—128页。

15.《"传统"与中国新诗的艰难性》，李怡，《江苏师范大学学报》（哲学社会科学版），2015年第1期，第64—69页。

16.《从"小处敏感，大处茫然"中探索卞之琳的思想情感——以〈距离的组织〉为例》，张群，《名作欣赏》，2015年1月（中旬），第93—94页。

17.《从本土诗歌创作的陌生化反观诗歌译者的诗学原则——兼论后朦胧诗歌创作与艾略特诗歌汉译》，牟百冶，《黄河》，2015年第1期，第121—129页。

18.《从记忆文学看〈海绵的重量〉》，陈素英，《海南师范大学学报》（社会科学版），2015年第1期，第49—55页。

19.《从日常中寻找诗意》，刘波，《山东文学》，2015年第1期，第75—77页。

20.《从同人刊物到诗歌"国刊"：〈诗刊〉1980年前的转变历程》，张自春，《文艺争鸣》，2015年第1期，第130—140页。

21.《大情怀 正能量——论谭仲池诗歌》，王士强，《创作与评论》（下半月刊），2015年第1期，第86—91页。

22.《当代汉语诗歌的神秘魔方——余怒诗歌论》，刘波，《红岩》，2015年第1期，第175—184页。

23.《当代诗歌美学图式的多元绘制》，张德明，《山东文学》，2015年第1期，第70—72页。

24.《当代诗歌叙述中的时间性问题初探》，李文娟，《枣庄学院学报》，2015 年第 1 期，第 16—19 页。

25.《当代彝族抒情诗中的宗教美学——以普驰达岭的诗歌创作为例》，邱婧，《凉山文学》，2015 年第 1 期，第 61—64 页。

26.《多音部鸣啭的夜莺——读洛嘉才让诗集〈倒淌河上的风〉》，马钧，《青海湖》，2015 年 1 月号，第 26—33 页。

27.《朵渔：在灵魂震荡中重建写作的支点》，罗振亚、李杰，《扬子江诗刊》，2015 年第 1 期，第 80—86 页。

28.《飞翔在高地的想象与抒情——西宁新生代诗群创作简论》，刘晓林，《滇池》，2015 年第 1 期，第 92—96 页。

29.《钢琴和乐队的对话：王家新的诗歌翻译与创作》，梁新军，《当代作家评论》，2015 年第 1 期，第 117—125、2 页。

30.《给每首诗一个合适的形体——从李顺星的诗看当代诗歌形体》，程一身，《诗刊》，2015 年 1 月号（下半月刊），第 10—12 页。

31.《给他光，于是他有了诗——论向阳的灯光诗思》，朱寿桐，《南方文坛》，2015 年第 1 期，第 73—76 页。

32.《关于口语诗的一些思考》，程继龙，《星星》（下半月），2015 年 1 月号，第 56—70 页。

33.《郭沫若自由体诗的初建——泰戈尔影响带来的诗体初变及诗体的理论建设》，李巧玲，《青年文学家》，2015 年 1 月（中），第 31 页。

34.《海男诗歌散论》，蔡晓龄，《当代作家评论》，2015 年第 1 期，第 136—139 页。

35.《贺敬之〈放歌集〉版本的变迁》，刘运峰、李维，《文化学刊》，2015 年第 1 期，第 42—47 页。

36.《后视镜里的乡村与诗》，木朵，《星星》（下半月），2015 年 1 月号，第 126—130 页。

37.《化蝶与宿命：关于常英华诗歌》，黄桂元，《星星》（下半月），2015 年 1 月号，第 120—125 页。

38.《吉狄马加的民族志诗学与生态伦理——读长诗〈我，雪豹……〉》，耿占春，《青海社会科学》，2015 年第 1 期，第 118—123 页。

39.《袈裟下的现代孤独者——论废名诗歌传统与现代对接的艺术特征》，吴长龙，《安徽农业大学学报》（社会科学版），2015 年第 1 期，第 110—115 页。

40.《静玉生香 梦残如花——洛嘉才让印象》，郭建强，《青海湖》，2015年1月号，第24—25页。

41.《举世价值观语境中的〈我，雪豹……〉——兼谈"高大全"形象的历史反思问题》，北塔，《当代文坛》，2015年第1期，第94—98页。

42.《"巨人传"与"侏儒史"——从吉狄马加诗歌〈我，雪豹……〉看"人兽"辩证法》，范云晶，《青海社会科学》，2015年第1期，第124—129页。

43.《课堂里的〈致橡树〉》，张克中，《名作欣赏》，2015年1月（上旬），第114—115页。

44.《李琦诗歌的抒情方式》，罗振亚，《诗选刊》，2015年第1期，第95—103页。

45.《〈辽阔〉，许淇的大手笔》，耿林莽，《散文诗》（上半月），2015年1月号，第88—89页。

46.《论"朦胧诗"的撒娇情结》，邹瑶，《山花》，2015年1月（B），第158—159页。

47.《论"七月诗派"的语言观》，王治国，《文艺评论》，2015年第1期，第54—58页。

48.《论冰心"小诗体"的外来影响》，魏雪枫，《星星》（下半月），2015年1月号，第46—55页。

49.《论穆旦诗歌的人称问题》，李琬，《文艺争鸣》，2015年第1期，第119—129页。

50.《论诗的内质与外形问题——以陈有才近作为个案》，邹建军，《海南师范大学学报》（社会科学版），2015年第1期，第56—61页。

51.《论徐志摩诗歌之美及对白话文运动的影响》，何黎黎，《重庆三峡学院学报》，2015年第1期，第95—97页。

52.《论一代白话诗人的形式探索——以诗的声调建设为中心》，曲竟玮，《南京师大学报》（社会科学版），2015年第1期，第128—138页。

53.《论中国新时期诗歌与"新来者"——〈中国新时期"新来者"诗选〉序言》，吕进，《诗选刊》，2015年第1期，第104—111页。

54.《漫评郑玄宗的诗》，柳宗镐、王艳丽，《厦门文学》，2015年第1期，第9—12页。

55.《秘密宇宙与词语结石——读马莉诗集〈时针偏离了午夜〉》，张柠、李壮，《南方文坛》，2015年第1期，第62—66页。

56.《命运"故事"里的"江南共和国"——论朱朱的近期诗歌》，陈培浩，《江汉学术》，2015年第1期，第66—74页。

57.《"那么多灯盏在人间闪烁"——2014年中国诗歌综述》，芦苇岸、张德明，《诗潮》，2015年第1期，第59—62页。

58.《"欧化"与"散文达诣法"：周作人的诗学》，彭秋芬，《中国现代文学研究丛刊》，2015年第1期，第111—122页。

59.《浅析戴望舒诗歌的超越自我之路》，李佳、唐旭等，《青年文学家》，2015年1月（下），第28页。

60.《庆幸长在八十年代——20世纪80年代大学生诗歌运动访谈录之曹剑篇》，曹剑、姜红伟，《星星》（下半月），2015年1月号，第72—83页。

61.《全球化、地方性与当代诗歌的出路》，魏天无，《长江文艺》，2015年第1期，第132—135页。

62.《人生命运的观照与现代性感伤回望——组诗〈人生是剧场〉解读》，龚奎林，《诗刊》，2015年1月号（上半月刊），第42—44页。

63.《日常生活语境下的诗性光辉——关于杜青诗歌的"私人化"写作》，张经洪，《海南师范大学学报》（社会科学版），2015年第1期，第68—72页。

64.《散文诗的当代性和未来性》，夜鱼，《散文诗》（上半月），2015年1月号，第94—96页。

65.《尚未消失的风景——论黄礼孩诗歌中的自然描写》，李俏梅，《海南师范大学学报》（社会科学版），2015年第1期，第62—67页。

66.《身份认知和吉狄马加的诗》，唐晓渡，《青海社会科学》，2015年第1期，第109—117页。

67.《沈浩波诗歌模式初探》，李犁，《星星》（下半月），2015年1月号，第106—118页。

68.《生命赞歌》，孙基林、马春光，《山东文学》，2015年第1期，第32—35页。

69.《诗歌的乡愁》，常金秋，《星星》（下半月），2015年1月号，第138—140页。

70.《诗歌黄金时代的青春记忆——20世纪80年代大学生诗歌运动访谈录》,王若冰,《飞天》,2015年1月号,第141—144页。

71.《诗人陈超》,大解,《扬子江诗刊》,2015年第1期,第48—50页。

72.《诗人陈超》,霍俊明,《扬子江诗刊》,2015年第1期,第50—54页。

73.《诗人的公众角色与诗歌在当下现实中的作用——在中央和国家机关读书讲坛上的演讲》,吉狄马加,《青海湖》,2015年1月号,第3—15页。

74.《诗意高原上的民族歌者——格桑多杰的诗歌世界》,毕艳君,《青海湖》,2015年1月号,第123—128页。

75.《诗意栖居,疼痛生活》,房伟、魏雪慧,《星星》(下半月),2015年1月号,第132—134页。

76.《诗语张力论:勘探现代诗本体的新收获——评陈仲义〈现代诗:语言张力论〉的学术建构》,罗小凤,《楚雄师范学院学报》,2015年第1期,第60—64页。

77.《"诗人批评家":从"先锋游荡"到"诗野游牧"——陈超的诗学研究及作为一种批评的启示性》,霍俊明、韩少华,《当代作家评论》,2015年第1期,第126—135页。

78.《"世界的风景如此辽阔"——安琪诗歌赏析》,江少英,《名作欣赏》,2015年1月(下旬),第96—98页。

79.《世纪初"诗歌标准"问题讨论之回顾》,王士强,《星星》(下半月),2015年1月号,第24—35页。

80.《谁能够筑墙垣,围得住杜鹃——诗隐朱英诞》,王晓渔,《读书》,2015年第1期,第139—147页。

81.《台湾当代诗歌语言流变论》,张卫中、江南,《甘肃社会科学》,2015年第1期,第105—108页。

82.《谈沈苇》,何言宏、王东东等,《名作欣赏》,2015年1月(上旬),第23—28页。

83.《田禾的乡村》,刘保昌,《湖北工程学院学报》,2015年第1期,第67—71页。

84.《未失明的告白者——徐俊国散文诗集〈自然碑〉品读》,王琦,《星星》(下半月),2015年1月号,第96—105页。

85.《问题意识、批判精神与人心的当代诗学探索——关于崔修建〈1978—2008：中国先锋诗歌批评研究〉》，刘波，《文艺评论》，2015年第1期，第109—112页。

86.《乌托邦"桃花"与日常精神生活——诗人陈超》，霍俊明，《南方文坛》，2015年第1期，第55—61页。

87.《西昌："非非"策略与语言"反动"——回望先锋诗歌系列之八》，霍俊明，《山花》，2015年1月（A），第123—131页。

88.《现代汉诗声音叙事的诗意生成机制》，杨四平，《星星》（下半月），2015年1月号，第7—23页。

89.《现代汉语诗歌诗体的现代性》，王珂，《创作与评论》（下半月刊），2015年第1期，第80—85页。

90.《新诗美学支点的求思与构建——简论陈仲义〈现代诗：语言张力论〉》，张德明，《楚雄师范学院学报》，2015年第1期，第54—59页。

91.《新诗史中的"两岸"》，洪子诚，《文艺争鸣》，2015年第1期，第115—118页。

92.《新中国报刊刊载郭沫若诗文探究》，龚奎林、黄梅，《井冈山大学学报》（社会科学版），2015年第1期，第83—88页。

93.《"虚无"如何面对，如何抗击？——〈野草〉与〈查拉图斯特拉如是说〉的深度比较》，汪卫东，《中国现代文学研究丛刊》，2015年第1期，第33—44页。

94.《徐迟诗歌地理意象呈现的三种形态——以三十年代诗歌为例》，杜雪琴，《内江师范学院学报》，2015年第1期，第50—55页。

95.《寻找的意义：寻找一条路——转角散文诗集〈荆棘鸟〉阅读印象》，薛梅，《星星》（下半月），2015年1月号，第85—94页。

96.《眼对耳的反叛：〈野草〉中的视觉性塑造》，姬晓茜，《中国现代文学研究丛刊》，2015年第1期，第45—54页。

97.《一条河流牵动的记忆》，罗小凤，《诗刊》，2015年1月号（下半月刊），第7—9页。

98.《〈一头熊〉该从何谈起：读江非诗集》，蔡明谚，《当代作家评论》，2015年第1期，第166—169页。

99.《一只虎的五种祛魅方式——读周伦佑长诗〈象形虎〉》，梁雪波，《扬子江诗刊》，2015年第1期，第41—43页。

100.《以丛书的方式读臧棣入门——漫谈臧棣的诗》，赵卡，《星星》（上旬刊），2015年第1期，第17—18页。

101.《"阴沉"主题的变奏——冯至〈北游〉赏析》，张莉，《名作欣赏》，2015年1月（中旬），第89—92页。

102.《由自然到历史的厚重书写——从诗集〈清水堡〉论哨兵的诗歌》，刘波，《当代作家评论》，2015年第1期，第140—145页。

103.《与历史对话的嘶哑歌声》，庞秀慧，《星星》（下半月），2015年1月号，第135—137页。

104.《与台湾新诗、评论的历史对决》，杨宗翰、王觅，《创作与评论》（下半月刊），2015年第1期，第119—128页。

105.《在孤独中前行的高速夜行车——绿原晚年诗作印象》，吴思敬，《名作欣赏》，2015年1月（上旬），第33—36页。

106.《在互融与宽容中生长与上升——新世纪辽宁诗歌述评》，李犁，《诗潮》，2015年第1期，第112—125页。

107.《在经验与超验之间传递信仰——论吉狄马加长诗〈我，雪豹……〉》，王昉，《南方文坛》，2015年第1期，第70—72页。

108.《中国散文诗中的多重现代性》，黄永健，《散文诗》（上半月），2015年1月号，第90—93页。

109.《中国现代诗歌翻译与诗歌创作、翻译诗学的主体间性关系》，赵小琪、粟超，《扬州大学学报》（人文社会科学版），2015年第1期，第113—118页。

110.《周氏兄弟的散文诗——以波特来尔的影响为中心》，[日]小川利康，《中山大学学报》（社会科学版），2015年第1期，第28—37页。

二月

111.《1951—1965年英文版〈中国文学〉诗歌选材论》，方长安、陈澜，《文艺争鸣》，2015年第2期，第14—19、6页。

112.《2014年新诗集阅读印象》，张德明，《诗潮》，2015年第2期，第50—52页。

113.《"70后"的诗学精神——评马召平的〈梦见老虎〉》，荀羽琨，《宝鸡文理学院学报》（社会科学版），2015年第1期，第102—

104 页。

114.《报纸文艺副刊与大后方抗战诗歌——以重庆版〈新华日报〉〈大公报〉为例》，张立新，《文艺争鸣》，2015 年第 2 期，第 41—46 页。

115.《"白云真白"就像"皇帝什么都没穿"》，陈亮，《星星》（下半月），2015 年 2 月号，第 36—39 页。

116.《沧海桑田，岁月永恒，诗歌永恒——2014 年的中国诗歌》，郁葱，《诗选刊》，2015 年第 2 期，第 102—133 页。

117.《草叶上的露珠或承载乡愁的明月——徐明抒情诗学：生命晶体的生成与鉴赏》，秦宗梁，《名作欣赏》，2015 年 2 月（下旬），第 37—42 页。

118.《"层累式"北京的文学重建——顾城组诗〈城〉〈鬼进城〉索解》，胡少卿，《中国现代文学研究丛刊》，2015 年第 2 期，第 151—164 页。

119.《缠绵在臆想的秋风和离别里》，吴玉垒，《诗刊》，2015 年 2 月号（下半月刊），第 11—13 页。

120.《昌耀：一个独行在诗歌荒原的西部刀客》，李东海，《朔方》，2015 年第 2 期，第 100—106 页。

121.《常态生命的想象与建构》，张静轩，《星星》（下半月），2015 年 2 月号，第 135—137 页。

122.《"重新认识的震惊"——简读吕约》，霍俊明，《星星》（下半月），2015 年 2 月号，第 97—101 页。

123.《穿越当代的虔诚"诗者"——关于霍俊明的诗学理论与批评》，邵波，《诗探索》（理论卷），2014 年第 4 辑，第 182—189 页。

124.《从"世纪末呓语"到"反抗的热情"——论王独清诗歌的过渡性》，王静，《菏泽学院学报》，2015 年第 1 期，第 23—26 页。

125.《从先锋精神到日常生活——诗人陈超》，霍俊明，《诗探索》（作品卷），2014 年第 4 辑，第 196—206，195 页。

126.《从现代诗的意象看"诗人所为何事"》，简政珍，《诗探索》（理论卷），2014 年第 4 辑，第 4—18 页。

127.《大象如何穿过针眼？——略论田暖的诗》，向卫国，《诗刊》，2015 年 2 月号（上半月刊），第 41—42 页。

128.《当我们谈论故乡时我们在说什么——读杨方诗集〈骆驼羔

一样的眼睛〉》，李俊杰，《诗探索》（理论卷），2014年第4辑，第107—111页。

129.《对抗与找寻——蓝野诗歌论》，马绍玺，《诗探索》（理论卷），2014年第4辑，第159—170页。

130.《对现实的另外一种暗示——读徐峙的几首诗》，徐春林，《鸭绿江》（下半月版），2015年第2期，第405页。

131.《盾上的痕迹：吴岸诗歌中的本土实践与身份确立》，谢征达，《华文文学》，2015年第1期，第55—65页。

132.《二十一世纪以来的中国诗歌》，何言宏，《诗刊》，2015年2月号（上半月刊），第60—67页。

133.《冯至的"画蛇添足"——诗与画的因缘》，张入云，《名作欣赏》，2015年2月（下旬），第99—100页。

134.《复旦诗派风云录——20世纪80年代大学生诗歌运动访谈录之许德民篇》，许德民、姜红伟，《星星》（下半月），2015年2月号，第58—69页。

135.《高呼散文诗的当代性》，刘川，《散文诗》（上半月），2015年2月号，第93—96页。

136.《隔渊望着人们——论陆忆敏》，胡桑，《诗探索》（理论卷），2014年第4辑，第46—59页。

137.《跟着严辰编〈诗刊〉》，邵燕祥，《新文学史料》，2015年第1期，第4—16页。

138.《顾城、海子、席慕蓉爱情诗的比较》，黄文虹，《青年作家》，2015年2月（下半月刊），第44—45页。

139.《"横看成岭侧成峰"之象形诗刍议——以肯明斯的〈寂寞〉和非马的〈鸟笼〉为例》，宋芳芳，《安徽文学》（下半月），2015年第2期，第76—77页。

140.《怀念一匹羞涩的狼——关于卧夫和他的诗》，张清华，《钟山》，2015年第1期，第115—118页。

141.《简论陈梦家诗歌的现实意蕴》，胡新华、张洁，《名作欣赏》，2015年2月（下旬），第101—104，130页。

142.《简论小海的诗歌创作》，朱红梅，《诗潮》，2015年第2期，第22—23页。

143.《"精神和诗文长存"——不应被遗忘的现代女诗人徐芳》，

宫立，《现代中文学刊》，2015年第1期，第51—55页。

144. 《经血喷涌像穿越太阳的蝙蝠——读郑小琼〈蝙蝠〉》，陈仲义，《名作欣赏》，2015年2月（上旬），第89—90页。

145. 《具体事物、语词与诗人之在——论李森的诗》，马丽娅，《昭通学院学报》，2015年第1期，第47—51页。

146. 《老而弥新的话题：论陈爱中近年的汉语新诗语言研究》，王桂妹、丛鑫，《诗探索》（理论卷），2014年第4辑，第190—196页。

147. 《"来回"马来半岛与中国大陆——论杜运燮诗作之马来半岛空间书写与蕴涵》，李树枝，《海南师范大学学报》（社会科学版），2015年第2期，第70—74页。

148. 《历久弥新的观念世界——从陈克华〈车站留言〉谈诗语的演绎与飘移》，郑慧如，《诗探索》（理论卷），2014年第4辑，第22—33页。

149. 《灵焚散文诗创作观述要》，喻子涵，《星星》（下半月），2015年2月号，第73—82页。

150. 《流亡者的共鸣——论陀思妥耶夫斯基对昌耀诗文的影响》，赵常玉，《安徽文学》（下半月），2015年第2期，第60—62页。

151. 《论多多诗歌在英语世界的翻译与选编》，郝琳，《天中学刊》，2015年第1期，第106—109页。

152. 《论欧阳江河的元诗歌书写》，洪楚钿，《廊坊师范学院学报》（社会科学版），2015年第1期，第11—15页。

153. 《"绿风"诗卷时期的朦胧诗与新边塞诗》，胡新华、王红星，《石河子大学学报》（哲学社会科学版），2015年第1期，第50—56页。

154. 《马莉诗歌的艺术嬗变》，张德明，《文艺争鸣》，2015年第2期，第105—109页。

155. 《芒鞋彳亍行，远处一声钟——洛夫长诗〈背向大海〉的禅意解读》，白璐，《青年文学家》，2015年2月（中），第16页。

156. 《梅依然诗歌的精神镜像解读》，蒋登科，《星星》（下半月），2015年2月号，第121—130页。

157. 《美丑对照造就的浪漫诗篇——论田湘近年来诗歌的辩证特色》，施秀娟，《河池学院学报》，2015年第1期，第28—31页。

158. 《木心诗集六种札记》，子张，《现代中文学刊》，2015年第1期，第91—95页。

159.《"你在和谁说话"——读汤养宗近作》，霍俊明，《文学港》，2015年第2期，第135—138页。

160.《苹果城中的诗意栖居——论杨方的诗》，孙榕璐、张立群，《诗探索》（理论卷），2014年第4辑，第98—106页。

161.《〈秋夜〉中的三重内蕴》，朱崇科，《鲁迅研究月刊》，2015年第2期，第16—22页。

162.《秦淮旧梦与先锋新声——回望先锋诗歌系列之九》，霍俊明，《山花》，2015年2月（A），第123—128页。

163.《让散文诗"硬"起来——兼谈散文诗的当代性》，徐澄泉，《散文诗》（上半月），2015年2月号，第90—92页。

164.《让诗歌回到生活》，魏巍，《星星》（下半月），2015年2月号，第132—134页。

165.《肉身可以出走，精神如何返乡？——对于杨方〈骆驼羔一样的眼睛〉中"故乡词"的探险》，灵焚，《诗探索》（理论卷），2014年第4辑，第86—97页。

166.《如何赞美白云或判断诗歌的标准》，刘汀，《星星》（下半月），2015年2月号，第28—35页。

167.《散文诗繁荣景象的例证——简评杨启刚散文诗集〈低吟或晚唱〉》，耿林莽，《散文诗》（上半月），2015年2月号，第88—89页。

168.《生命于反复的轮回之中——转角〈青龙赋〉导读》，李仕淦，《诗潮》，2015年第2期，第80—81页。

169.《诗是面向时间的语言之思——读牛庆国诗集〈字纸〉》，郭茂全，《名作欣赏》，2015年2月（下旬），第43—44页。

170.《时代、肉身与凌迟——沈鱼诗歌身体性的孤立与错乱》，朱霄华，《诗刊》，2015年2月号（下半月刊），第8—10页。

171.《事态叙事：现代汉诗的戏剧性文法》，杨四平，《文艺争鸣》，2015年第2期，第90—99页。

172.《试论海子〈太阳·七部书〉的"世界性价值"》，梁新军，《昭通学院学报》，2015年第1期，第41—46页。

173.《试论诗歌写作的三个维度——自然的、现实的、象征的诗意》，韦文韬，《名作欣赏》，2015年2月（下旬），第121—122页。

174.《谁能理解陆忆敏》，胡亮，《诗探索》（理论卷），2014年第

4 辑,第 60—63 页。

175. 《说道法自然、日常神性与汉语诗性》,于坚,《钟山》,2015年第 1 期,第 126—140 页。

176. 《他的诗情,在都市中挺进》,叶庆瑞,《诗潮》,2015 年第 2 期,第 74—75 页。

177. 《泰国华文诗歌创作中的中国诗性智慧》,沈玲,《学术界》,2015 年第 2 期,第 178—186 页。

178. 《泰华六行小诗的"禅"——以"小诗磨坊"的诗为例》,曾心,《华文文学》,2015 年第 1 期,第 66—70 页。

179. 《谈陈先发》,何言宏、王东东等,《名作欣赏》,2015 年 2 月(上旬),第 23—28 页。

180. 《未完成的突围:形式论视野中的晚清"三界革命"》,肖翠云,《中州大学学报》,2015 年第 1 期,第 50—56 页。

181. 《"文化大革命"时期学人的诗与思》,韩金玲,《南京理工大学学报》(社会科学版),2015 年第 1 期,第 38—43 页。

182. 《文化与传统之辨——由胡适对〈秋柳〉诗的引介谈起》,刘金华,《安徽文学》(下半月),2015 年第 2 期,第 11—12 页。

183. 《闻一多新诗创作中的"戏剧独白"》,高存,《山花》,2015 年 2 月(B),第 117—118 页。

184. 《"我身上始终背着铁栅栏"——读蒋浩,自我的旅行及其诗艺的展开》,夏汉,《诗探索》(理论卷),2014 年第 4 辑,第 138—158 页。

185. 《我是怎么熬过来的》,梁小斌,《诗歌月刊》,2015 年第 1、2 期,第 156—158 页。

186. 《巫气、白日梦、中年孔洞或其他——读唐果》,霍俊明,《诗探索》(理论卷),2014 年第 4 辑,第 68—72 页。

187. 《西南联大作家群与存在主义》,杨经建,《中国现代文学研究丛刊》,2015 年第 2 期,第 58—68 页。

188. 《现场,或者老无所依——读安遇两首小诗》,苏唐果,《诗探索》(作品卷),2014 年第 4 辑,第 133—136 页。

189. 《"像一场最高虚构的雪"——从〈原诗〉说到青年诗界》,张清华,《山花》,2015 年 2 月(A),第 116—122 页。

190. 《向着"自我完成"的努力——冯至〈十四行集〉的诗与

思》，张保华，《天中学刊》，2015年第1期，第103—105页。

191.《写诗这个苦活——2014年2月答某报记者王志强问》，韦锦，《地火》，2015年第1期，第153—157页。

192.《心灵世界里的珍贵密码——读桂兴华散文诗集〈靓剑〉》，严炎，《诗潮》，2015年第2期，第73—74页。

193.《新诗活态史料的发掘与保存——以〈重庆诗歌访谈〉为例》，杨新友，《重庆工商大学学报》（社会科学版），2015年第1期，第111—117页。

194.《新诗旧诗之辨与废名的新诗观念》，姚家育，《岭南师范学院学报》，2015年第1期，第60—65页。

195.《新诗是连接学院与江湖、大陆与台湾的彩虹桥》，林明理、王觅，《创作与评论》（下半月刊），2015年第2期，第118—128页。

196.《新诗现代性建设要突出一大问题》，王珂，《创作与评论》（下半月刊），2015年第2期，第34—40页。

197.《新诗研究的历史化——当代中国的新诗史研究》，王光明，《文艺争鸣》，2015年第2期，第83—89页。

198.《雪和雪的互证与改写：沈苇诗歌札记》，于贵锋，《星星》（下半月），2015年2月号，第102—120页。

199.《〈寻墨记〉在寻找什么》，高鹏程，《诗探索》（理论卷），2014年第4辑，第34—44页。

200.《杨方诗歌中的故乡书写》，景立鹏，《诗探索》（理论卷），2014年第4辑，第112—125页。

201.《遥想江南雪，咫尺北国飘——散文诗〈雪〉的赏析》，张玲霞，《青年文学家》，2015年2月（中），第34页。

202.《"要有光"——论宗白华〈流云〉》，丁茂远，《星星》（下半月），2015年2月号，第43—56页。

203.《夜空下闪烁的思想之光——访诗人冯晏》，陈爱中、冯晏，《雪莲》，2015年第6期，第92—97页。

204.《"一沙一世界"》，伊沙、姜广平，《西湖》，2015年第2期，第101—105页。

205.《"一只飞鸟邀约了整个森林"》，张清华，《诗探索》（理论卷），2014年第4辑，第128—137页。

206.《一个学者型诗人的风骨与豪情——彝族诗人普驰达岭诗歌

印象》,雷子,《草地》,2015年第1期,第78—80页。

207. 《一个真实的诗人和存在者——评张堃的〈调色盘〉和〈影子的重量〉》,叶橹,《诗探索》(作品卷),2014年第4辑,第154—162页。

208. 《一切都与诗歌有关——向以鲜访谈》,向以鲜、王映映等,《山花》,2015年2月(B),第97—99页。

209. 《一座城,一本诗集,和三个人的诗歌友谊》,西渡,《山花》,2015年2月(B),第100—102页。

210. 《异乡客的视角》,吴晓东,《诗刊》,2015年2月号(上半月刊),第4页。

211. 《英美意象派诗歌理论对中国现代新诗的影响》,鲁宇征,《成都大学学报》(社会科学版),2015年第1期,第85—89页。

212. 《用生命之水浇灌生存荒原》,白杰,《星星》(下半月),2015年2月号,第138—140页。

213. 《用自己的声音说话——论新世纪以来的福建诗歌》,伍明春,《福建文学》,2015年第2期,第124—128页。

214. 《忧伤的对话,或冷峻的独白——读唐果诗歌〈我们去〉》,王士强,《诗探索》(理论卷),2014年第4辑,第73—77页。

215. 《由"悬置"到"陷落"——评散文诗集〈复调〉中的生命逻辑》,孙丽君,《星星》(下半月),2015年2月号,第83—95页。

216. 《有限空间内的精神"飞翔"——评马莉的诗集〈时针偏离了午夜〉》,罗振亚,《文艺争鸣》,2015年第2期,第100—104页。

217. 《与孤独对刺——罗智成诗歌论》,孙金燕,《华文文学》,2015年第1期,第49—54页。

218. 《"在一定的尺寸上燃烧"——张后访谈诗人、画家马莉》,张后、马莉,《文艺争鸣》,2015年第2期,第112—123页。

219. 《在游历中超越——再论张默兼评其旅行诗集〈独钓空〉》,沈奇,《华文文学》,2015年第1期,第44—48页。

220. 《翟永明〈静安庄〉的依存/否定美学》,林妤,《现代中文学刊》,2015年第1期,第72—75页。

221. 《整体主义思维与审美的偏至——汉语诗歌及诗学的一种面相》,孟泽,《星星》(下半月),2015年2月号,第6—25页。

222. 《"执念"与诗——马莉和她本土"十四行诗"》,徐江,《文艺争鸣》，2015年第2期，第110—111页。

223. 《直指诗弊的一柄靓剑》，徐成淼，《诗潮》，2015年第2期，第72—73页。

224. 《中国当下十诗人读解》，张远伦，《文艺争鸣》，2015年第2期，第63—68页。

225. 《朱自清与郭沫若》，李斌，《新文学史料》，2015年第1期，第75—85页。

226. 《追寻永恒秩序的骑士与隐者——韩文戈诗歌侧观》，赵卫峰，《诗探索》（理论卷），2014年第4辑，第171—180页。

227. 《自由与束缚》，连敏，《诗探索》（理论卷），2014年第4辑，第78—79页。

三月

228. 《21世纪诗歌："及物路上的行进与摇摆"》，罗振亚，《天津师范大学学报》（社会科学版），2015年第2期，第1—7页。

229. 《阿垅：美和大爱在"虚无"中浮现》，王小忠，《星星》（下半月），2015年3月号，第126—131页。

230. 《跋涉的"汗血诗人"——牛汉研究中的若干问题》，孙晓娅，《中国诗歌研究》，2015年第12辑，第229—262页。

231. 《白话诗与"国语的文学，文学的国语"思想之发生论——以胡适1910—1917年的探索路径为中心》，赵薇，《中国现代文学研究丛刊》，2015年第3期，第120—131页。

232. 《白昼燃明灯，大河尽枯流——论当下作为"症候"的知名诗人长诗写作》，李海英，《江汉学术》，2015年第2期，第26—36页。

233. 《被碾轧着的底层之痛——郑小琼打工诗歌论》，王立，《当代文坛》，2015年第2期，第90—94页。

234. 《被魇住的独白》，杨昭，《诗刊》，2015年3月号（下半月刊），第8—10页。

235. 《卞之琳诗作的文化——诗学阐释》，王攸欣，《中国现代文学研究丛刊》，2015年第3期，第132—145页。

236. 《卞之琳自译诗歌诗体特征分析》，沈利华，《安徽文学》（下半月），2015年第3期，第32—33、39页。

237.《〈尝试集〉第三版的发现与胡适的误记》，陈爽，《文艺争鸣》，2015年第3期，第25—30页。

238.《程式化了的民族特征与文化意义——黎族与其它壮侗语族民间叙事长诗外部形态比较》，段莲，《山花》，2015年3月（B），第165—166页。

239.《"大国写作"或向往大是大非——以四个文本为例谈当代汉语长诗的写作困境》，颜炼军，《江汉学术》，2015年第2期，第19—25页。

240.《〈戴望舒全集〉补正》，熊婧，《中国现代文学研究丛刊》，2015年第3期，第173—186页。

241.《戴望舒诗歌的"再解读"——由"诗情"说起》，杨焕焕，《青年文学家》，2015年3月（下），第24—25页。

242.《"当代"诗歌"倡懂"写作的合法性建构》，巫洪亮，《青海社会科学》，2015年第2期，第122—127页。

243.《当代作家"经典化"路径之新变——以诗人穆旦为中心的考察》，肖辉、黄晓东，《当代文坛》，2015年第2期，第82—85页。

244.《当前诗歌的困境与重生》，徐汉晖，《福建文学》，2015年第3期，第126—128页。

245.《当生命遭遇时代——穆木天诗歌创作现象论》，甘浩，《星星》（下半月），2015年3月号，第36—47页。

246.《雕塑艺术与中国新诗的现代化》，刘长华，《文学评论》，2015年第2期，第60—70页。

247.《独舞，还是群演？——余秀华诗歌事件解析》，王彦明，《星星》（下半月），2015年3月号，第28—32页。

248.《读菲可，回忆第三代》，唐云，《红岩》，2015年第2期，第182—184页。

249.《对新诗建构与发展问题的思考——〈新诗年选（一九一九年）〉的现代诗学立场与诗歌史价值》，方长安，《文学评论》，2015年第2期，第83—90页。

250.《对一座山的凝视——评吉狄兆林诗集〈梦中的女儿〉》，和克纯，《凉山文学》，2015年第2期，第62—64页。

251.《二十世纪末西部少数民族诗歌的精神旨归》，张普安，《青海社会科学》，2015年第2期，第136—140页。

252. 《废墟上的守望与呐喊——干天全诗歌的精神向度》，蒋林欣，《当代文坛》，2015年第2期，第99—102页。

253. 《共范意象与亚楠散文诗的现代性》，方文竹，《绿风》，2015年第2期，第126—127页。

254. 《孤独与守望——王惠娟诗歌创作简论》，霍巧莲、刘兰花，《山东文学》，2015年第3期，第75—77页。

255. 《关怀的诗学及其他——谈诗小札拾录》，西渡、解志熙，《文艺争鸣》，2015年第3期，第103—121页。

256. 《海黑了又蓝蓝了又黑　台湾女诗人陈育虹的诗》，王家新，《上海文化》，2015年第3期，第47—52页。

257. 《海上柔靡与都市想象——回望先锋诗歌系列之十》，霍俊名，《山花》，2015年3月（A），第123—133页。

258. 《汉语新诗的"雅化"及其前景》，张中宇，《广东社会科学》，2015年第3期，第159—166页。

259. 《汉语新诗的计量特征》，刘海涛、潘夏星，《山西大学学报》（哲学社会科学版），2015年第2期，第40—47页。

260. 《何其芳诗歌与"何其芳现象"》，王剑萍，《淄博师专学报》，2015年第1期，第41—44页。

261. 《何谓新诗》，庞培，《诗刊》，2015年3月号（上半月刊），第8—9页。

262. 《厚重凌厉与灵俏温婉相映成趣的诗美之魅——山东青年女诗人创作简论》，李掖平，《山东文学》，2015年第3期，第70—72页。

263. 《怀旧的叙事伦理：朱朱的〈故事〉》，江弱水，《文艺争鸣》，2015年第3期，第129—131页。

264. 《绘画感雕塑感的交融与返璞归真的语言》，王文娴，《红岩》，2015年第2期，第172—174页。

265. 《"家园"的命运：一个诗学例证——细读海子的〈重建家园〉》，孙小棠，《名作欣赏》，2015年3月（中旬），第110—112页。

266. 《坚硬的质地》，程继龙，《星星》（下半月），2015年3月号，第139—141页。

267. 《"九叶"诗群的凝成与左翼作家的反向推动》，李章斌，《中国现代文学研究丛刊》，2015年第3期，第146—158页。

268. 《拒绝隐喻：新时期以来中国的后现代主义诗论》，邓程，

《星星》（下半月），2015年3月号，第6—19页。

269.《"绝对的开端"："新诗"创生的诠释与自我诠释》，孟泽，《湘潭大学学报》（哲学社会科学版），2015年第2期，第91—96，104页。

270.《叩问历史和时代的证词——〈幽州书〉之散见》，林雪，《星星》（下半月），2015年3月号，第106—109页。

271.《跨越时光碎片的现代性"返源"——评灵焚的散文诗集〈剧场〉》，孙晓娅，《当代作家评论》，2015年第2期，第109—118页。

272.《梁启超情感论》，魏义霞，《湖北工程学院学报》，2015年第2期，第38—43页。

273.《梁上泉叙事诗三个维度》，蒋登科，《当代文坛》，2015年第2期，第95—98页。

274.《烈火与凉风——路云论》，赵飞，《中国诗歌研究》，2015年第12辑，第71—96页。

275.《灵魂的低语——张曙光诗歌读感》，李德武，《诗林》，2015年第2期，第93—96页。

276.《路也：自在的行者》，商震，《文学港》，2015年第3期，第145页。

277.《论杜甫蜀中诗篇对地域中国风歌曲创作的启示——从郭敬明〈蜀绣〉歌词创作谈起》，朱瑞昌，《名作欣赏》，2015年3月（中旬），第174—176页。

278.《论西北回族民间叙事诗的"三美"精神》，刘继辉，《温州大学学报》（社会科学版），2015年第2期，第46—51页。

279.《论新诗审美重构的潜在话语》，陈彩林，《名作欣赏》，2015年3月（中旬），第19—21页。

280.《论新世纪文学中的"打工诗歌"现象》，佘知原，《鸭绿江》（下半月版），2015年第3期，第787页。

281.《论叶橹的诗歌批评》，孙德喜，《海南师范大学学报》（社会科学版），2015年第3期，第62—67页。

282.《论张执浩诗歌的语言策略》，杨东伟，《湖北工程学院学报》，2015年第2期，第53—59页。

283.《论中国当代散文诗的文体观及文体特征》，余娉，《安徽文学》（下半月），2015年第3期，第60—63页。

284.《论庄伟杰诗歌内在构成上的三大元素》，郑祥琥，《世界华文文学论坛》，2015年第1期，第29—34页。

285.《洛夫："魔"代表一种叛逆精神》，卢欢，《长江文艺》，2015年第3期，第104—113页。

286.《吕进前后期诗学思想对比研究》，钱志富、邹林芳，《当代文坛》，2015年第2期，第86—89页。

287.《渺小的伟大 卑微的高贵——评伊甸的〈黑暗中的河流〉》，陈卫，《星星》（下半月），2015年3月号，第110—125页。

288.《民族认同的诗意建构与女性生命经验的知性书写——评土族当代诗人阿霞的诗歌》，权绘锦，《青海社会科学》，2015年第2期，第141—147页。

289.《民族诗人身份的固守与超逸——简论大陆诗人吉狄马加与台湾诗人瓦利斯·诺干创作异同》，谭五昌，《当代作家评论》，2015年第2期，第102—108页。

290.《慕白的返乡之旅》，张翠，《青年文学家》，2015年3月（下），第39页。

291.《穆旦诗歌中的中国古典诗歌元素》，黄爱华，《青年文学家》，2015年3月（下），第20—21页。

292.《穆木天的"变脸"：从新诗"纯诗化"到新诗"大众化"》，张厚刚，《星星》（下半月），2015年3月号，第48—58页。

293.《你如何奉献一部诗篇——2014中国年度诗歌考察》，霍俊明，《滇池》，2015年第3期，第119—128页。

294.《浅谈穆旦〈诗八首〉之七》，柴琳，《鸭绿江》（下半月版），2015年第3期，第831页。

295.《让诗歌飞翔——浅论刘频诗歌的艺术手法》，黎冬燕，《青年文学家》，2015年3月（中），第22—23页。

296.《热爱，是的！——陈超访谈录》，陈超、霍俊明，《滇池》，2015年第3期，第114—118页。

297.《沈从文的编辑活动与1930—1940年代诗坛史料钩沉（下）》，彭慧芝，《中国诗歌研究》，2015年第12辑，第167—191页。

298.《生命的脉动与记忆的阵痛——读王文军的〈凌河的午后〉》，张姣、李倩，《渤海大学学报》（哲学社会科学版），2015年第2期，第 15—18 页。

299.《"剩余"的抒情或黑冷的余烬——关于叶琛、文西的诗歌小读》，霍俊明，《扬子江诗刊》，2015 年第 2 期，第 55—56 页。

300.《诗的"写"与"做"的争议》，陈俐，《郭沫若学刊》，2015 年第 1 期，第 33—37 页。

301.《诗歌：在入世与出世之间》，王士强，《清明》，2015 年第 2 期，第 207—208 页。

302.《诗歌真理中不设"文明法庭"——李成恩访谈》，李成恩、木朵，《山花》，2015 年 3 月（B），第 98—102 页。

303.《诗论顾城诗歌的艺术特点》，刘蒙，《雪莲》，2015 年第 8 期，第 44—48 页。

304.《诗神远游：普希金对中国新诗的影响》，常金秋，《北方论丛》，2015 年第 2 期，第 58—62 页。

305.《诗意时光的捕捉与雕刻——王文军诗集〈凌河的午后〉解读》，王永新、秦朝晖，《渤海大学学报》（哲学社会科学版），2015 年第 2 期，第 6—10 页。

306.《诗意天空中的白天鹅——胡世远诗歌论》，韩传喜，《哈尔滨工业大学学报》（社会科学版），2015 年第 2 期，第 85—90 页。

307.《时代呼唤着散文诗的担当和独立》，郝子奇，《散文诗》（上半月），2015 年 3 月号，第 93—94 页。

308.《时空交错中的生命纠结与精神梳理——语伞散文诗集〈外滩手记〉的几个阅读角度》，蒋登科，《星星》（下半月），2015 年 3 月号，第 74—93 页。

309.《世纪末诗学论争与其语境下的多元写作》，孙基林，《诗刊》，2015 年 3 月号（上半月刊），第 58—63 页。

310.《世纪转型时期〈野草〉研究综论》，崔绍怀，《齐鲁学刊》，2015 年第 2 期，第 142—148 页。

311.《试论 20 世纪 30、40 年代"智慧诗"的流变——从卞之琳、郑敏同名诗〈寂寞〉谈起》，卢志娟，《山花》，2015 年 3 月（B），第 153—154 页。

312.《谁疼痛地把你仰望——诗人陈超》，霍俊明，《滇池》，2015 年第 3 期，第 107—113 页。

313.《思无邪：生命与诗意的双重福祉——王文军诗歌作品中的

〈诗经〉维度》，贺颖，《渤海大学学报》（哲学社会科学版），2015 年第 2 期，第 11—14，83 页。

314．《碎片时代诗歌何为——2014 中国年度诗歌考察》，霍俊明，《诗选刊》，2015 年第 3 期，第 107—112 页。

315．《她拿起了诗歌做武器》，刘年，《星星》（下半月），2015 年 3 月号，第 22—27 页。

316．《台湾"中生代"的"新品种"——论陈义芝诗歌的艺术特质》，罗小凤，《广西师范学院学报》（哲学社会科学版），2015 年第 2 期，第 29—33 页。

317．《田湘诗集〈遇见〉首发式暨研讨会纪要》，李少君、沉香，《南方文坛》，2015 年第 2 期，第 124—128 页。

318．《晚年彭燕郊的文化身份与文化抉择——以书信为中心的讨论》，易彬，《中国现代文学研究丛刊》，2015 年第 3 期，第 18—32 页。

319．《王文军诗歌的陌生化与互文技法分析》，王晓岗，《渤海大学学报》（哲学社会科学版），2015 年第 2 期，第 19—22 页。

320．《温润的清泉——读笨水的组诗〈抔土还乡〉》，邵波，《诗刊》，2015 年 3 月号（上半月刊），第 50—51 页。

321．《文体多样和技术多元的新诗实验者》，苏绍连、王觅，《创作与评论》（下半月刊），2015 年第 3 期，第 101—110 页。

322．《文学与人心的互证——庄伟杰文学批评论》，杨荣昌，《世界华文文学论坛》，2015 年第 1 期，第 25—28 页。

323．《我的 1980 年代——20 世纪 80 年代大学生诗歌运动访谈录之孙武军篇》，孙武军、姜红伟，《星星》（下半月），2015 年 3 月号，第 60—71 页。

324．《夏天诗歌中的"自我"构建》，王维，《红岩》，2015 年第 2 期，第 161—163 页。

325．《乡土之美与诗意之气——与乡土诗人王文军的对话》，林喦、王文军，《渤海大学学报》（哲学社会科学版），2015 年第 2 期，第 1—5、78 页。

326．《相思是一盅陈年的酒——序陈剑峰散文诗集〈他乡或故乡〉》，谢冕，《散文诗》（上半月），2015 年 3 月号，第 90—92 页。

327．《象征的浪漫之维——冯至的诗学及其文体建构》，胡继华，《湘潭大学学报》（哲学社会科学版），2015 年第 2 期，第 100—104 页。

113

328.《新诗现代性建设要强调两大需要》,王珂,《创作与评论》(下半月刊),2015年第3期,第26—34页。

329.《新时期以来宁夏女性诗歌纵览》,吕颖,《北方民族大学学报》(哲学社会科学版),2015年第2期,第76—79页。

330.《新世纪初汉语新诗批评一瞥》,陈爱中,《文艺理论与批评》,2015年第2期,第120—123页。

331.《喧嚣背后的乡愁——以新世纪乡土小说及诗歌为例》,李明燊,《南京师大学报》(社会科学版),2015年第2期,第129—137页。

332.《养猫的人,已交出利爪》,宛西衙内,《诗刊》,2015年3月号(下半月刊),第11—13页。

333.《一部富有反思精神与"行动美学"的诗学著作——评谭五昌〈诗意的放逐与重建〉》,赵思运,《当代文坛》,2015年第2期,第78—81页。

334.《以诗的方式"立字为据"》,白晨阳,《星星》(下半月),2015年3月号,第136—138页。

335.《译名与诠释——重审闻一多的格律诗理论》,陈太胜,《湘潭大学学报》(哲学社会科学版),2015年第2期,第96—100,104页。

336.《隐秘王国,精神远行——李成恩论》,张晓琴,《山花》,2015年3月(B),第103—105页。

337.《用语言雕刻自我》,蔡家园,《星星》(下半月),2015年3月号,第133—135页。

338.《由郭沫若诗论看当代郭沫若诗词接受》,魏汉武,《山花》,2015年3月(B),第155—156页。

339.《在暗色中敞亮存在——杨林诗歌的抒情品质》,潘桂林,《云梦学刊》,2015年第2期,第92—96页。

340.《〈再别康桥〉的因果与时间》,谭光辉,《中华文化论坛》,2015年3月号,第51—57页。

341.《在难以祛魅的世界理解经验、语言和现实——论刘洁岷的诗》,赖彧煌,《中国诗歌研究》,2015年第12辑,第97—112页。

342.《在时间和空间上舞蹈——论梁平长篇政治抒情诗〈三十年河东〉》,赵金钟,《星星》(下半月),2015年3月号,第95—105页。

343.《在温情的眷念中抵达心灵家园——论李林芳的诗歌创作》,

赵庆超，《山东文学》，2015年第3期，第72—74页。

344．《在信息高速路两岸慢跑的诗意——当代社会形态下的诗歌语言》，李海英，《青海社会科学》，2015年第2期，第128—135页。

345．《智性、复调与诗思自身的投入——读李元胜诗集〈无限事〉兼及新诗创作的未来走向》，向天渊，《重庆三峡学院学报》，2015年第2期，第88—93页。

346．《主情乎？主智乎？》，叶橹，《扬子江诗刊》，2015年第2期，第92—96页。

347．《追蹑"凤凰"的踪迹》，吴晓东，《读书》，2015年第3期，第3—12页。

348．《走向日常的缪斯——从几个节点略谈"诗歌生活"》，吴昊，《黄河科技大学学报》，2015年第2期，第102—105页。

349．《钻石，或最大的宽度——关于诗歌如何大于"底层"的谈话》，颜炼军、庞余亮，《扬子江诗刊》，2015年第2期，第40—44页。

350．《作为修辞的历史——论渡也的咏史诗》，杨学民，《山东师范大学学报》（人文社会科学版），2015年第2期，第17—28页。

四月

351．《艾青：现代敏感性、角色意识与风格色调》，张林杰，《长江学术》，2015年第2期，第67—73页。

352．《比翼双飞的精灵——雪莱与徐志摩比较》，曾丽，《长江师范学院学报》，2015年第2期，第102—106页。

353．《不朽的时间与诗人——读吉狄马加的〈时间〉》，潇潇，《文艺争鸣》，2015年第4期，第172—173页。

354．《重启一种"对话式"的诗歌写作》，杨庆祥，《诗刊》，2015年4月号（上半月刊），第53—58页。

355．《从"驻校诗人"制度看当代诗歌人才的培养》，冯雷，《中国现代文学研究丛刊》，2015年第4期，第148—154页。

356．《从自我出发的吟唱——东荡子诗歌论》，杨汤琛，《诗探索》（理论卷），2015年第1辑，第159—167页。

357．《戴望舒研究资料辑佚与考释——以〈苏俄诗坛逸话〉和〈现代诗风〉为中心》，管冠生，《现代中文学刊》，2015年第2期，第

55—58页。

358.《对"口水诗"现象的一点思考》,沈闪,《黄冈师范学院学报》,2015年第2期,第31—33页。

359.《对低处的光照——读马新朝的诗〈去了一趟作家协会〉》,龙彼德,《诗探索》(理论卷),2015年第1辑,第112—115页。

360.《废名的诗:深玄的思想特征及其艺术形式》,高恒文,《文艺争鸣》,2015年第4期,第121—134页。

361.《芙蓉国里尽朝晖——2014年湖南诗歌创作综述》,吴投文,《创作与评论》(下半月刊),2015年第4期,第32—39页。

362.《浮华过后的坚忍与安宁——流泉诗歌管窥》,卢建平,《诗探索》(作品卷),2015年第1辑,第174—180页。

363.《高洪波访谈:诗毕竟有艺术的规定》,高洪波、解旭华,《诗歌月刊》,2015年第4期,第22—29页。

364.《跟着诗歌走,心无比纯洁——20世纪80年代大学生诗歌运动访谈录之傅亮篇》,傅亮、姜红伟,《星星》(下半月),2015年4月号,第53—64页。

365.《关于诗与非诗的辨析——从"下半身写作"说起》,苏罗密,《普洱学院学报》,2015年第2期,第68—71页。

366.《韩东:把歌声送上去》,沈浩波,《诗潮》,2015年第4期,第16—19页。

367.《汉语先锋:潜伏在背叛与反讽中的存在拷问——评王杰平〈间谍〉组诗》,袁勇,《星星》(下半月),2015年4月号,第110—117页。

368.《好诗的接受品质及其"附加值"——"余热"触探》,陈仲义,《诗歌月刊》,2015年第4期,第92—96页。

369.《胡适新诗"尝试者"身份的生成及其解读史》,黄晓东,《赣南师范学院学报》,2015年第2期,第72—76页。

370.《互动中拓展诗韵——首都师范大学驻校诗人制度研究》,孙晓娅,《诗探索》(理论卷),2015年第1辑,第64—72页。

371.《近与远——吉狄马加文学附记》,[奥地利]赫尔穆特·A.聂德乐,《文艺争鸣》,2015年第4期,第165—168页。

372.《近在咫尺的诗歌课堂》,许敏霏,《诗探索》(理论卷),2015年第1辑,第88—91页。

373.《军人激情和诗人才情在大海中游荡》,汪启疆、王觅,《创作与评论》(下半月刊),2015年第4期,第119—128页。

374.《"快"与"慢"的诗性逻辑》,刘继林,《星星》(下半月),2015年4月号,第133—135页。

375.《老茶——读沉河诗有感》,张志扬,《诗探索》(作品卷),2015年第1辑,第165—166页。

376.《论白话诗与文言诗区别的提出与转化》,李丹,《中国文学研究》,2015年第2期,第5—9页。

377.《论渡也散文诗的超现实主义色彩》,张立华,《廊坊师范学院学报》(社会科学版),2015年第2期,第11—14页。

378.《论吉狄马加诗歌的忧患意识》,杨荣昌,《楚雄师范学院学报》,2015年第4期,第65—68页。

379.《论林焕彰童诗中色彩的审美生成》,李贵苍、熊淑燕,《华文文学》,2015年第2期,第70—76页。

380.《论诗歌的分量——从温青长诗〈突围的灵魂〉谈起》,张晓雪,《安徽文学》(下半月),2015年第4期,第57—59页。

381.《论席慕容乡愁诗的视觉美》,刘玉婷,《青年文学家》,2015年4月(中),第38页。

382.《论新世纪以来中国散文诗创作中的生态美学意识——以新世纪散文诗群"我们"为个案》,朱林国,《星星》(下半月),2015年4月号,第67—82页。

383.《论徐志摩诗歌的古典浪漫主义精神》,潘斗凤,《青年文学家》,2015年4月(中),第33,35页。

384.《论徐志摩诗歌意象对中国传统文化的传承》,孙博雅,《青年文学家》,2015年4月(中),第41页。

385.《论臧利敏创作中的"时间知觉"》,宋来莹,《名作欣赏》,2015年4月(中旬),第155—156,165页。

386.《马新朝〈秩序的形成〉中的秩序》,程一身,《诗探索》(理论卷),2015年第1辑,第116—117页。

387.《马新朝论》,叶橹,《诗探索》(理论卷),2015年第1辑,第94—111页。

388.《"朦胧"=清晰的呈现》,李垣璋,《郧阳师范高等专科学校学报》,2015年第2期,第54—56页。

389.《迷惘与展望：让诗歌回到文学——谈当下诗歌创作评价的标准问题》，许玉庆，《星星》（下半月），2015年4月号，第22—27页。

390.《母语是消解乡愁、安妥灵魂的真正故乡——诗人沈苇访谈录》，沈苇、吴亚顺，《朔方》，2015年第4期，第88—92页。

391.《那些存在着的虚无——谈雅丽的诗》，卓今，《诗探索》（理论卷），2015年第1辑，第134—137页。

392.《漂泊·回归·想象——方文山歌词与李白诗歌乡愁意味的同构》，姜葵、骆海辉，《中华文化论坛》，2015年4月号，第67—72页。

393.《潜在的"眼睛"》，卢桢，《星星》（下半月），2015年4月号，第136—138页。

394.《散文诗，美而幻》，耿林莽，《散文诗》（上半月），2015年4月号，第91—92页。

395.《生命的断裂与重塑——论白红雪散文诗中感性、理性与神性的交融》，孙晓娅，《星星》（下半月），2015年4月号，第83—91页。

396.《生命的天空 灵魂的放逐——读李加建其人其诗》，李自国，《星星》（下半月），2015年4月号，第101—109页。

397.《诗，发现生活的秘密》，唐诗人，《星星》（下半月），2015年4月号，第139—141页。

398.《"诗歌体现了人的精神结构"》，叶橹、姜广平，《西湖》，2015年第4期，第96—109页。

399.《诗歌的自由精神和修辞激活》，张远伦，《星星》（下半月），2015年4月号，第43—51页。

400.《诗人与校园遇合》，罗振亚，《中国现代文学研究丛刊》，2015年第4期，第142—147页。

401.《诗与思的人生信仰——孙磊诗歌论》，刘波，《山花》，2015年4月（B），第94—99页。

402.《"十七年"诗歌的现代性价值》，赵小琪，《社会科学战线》，2015年第4期，第134—144页。

403.《史的诗·诗的史——论孙毓棠〈宝马〉及一种节奏形式的探索经验》，关天林，《华文文学》，2015年第2期，第58—69页。

404.《世纪末诗歌"还俗"景观考察——以他们和莽汉诗人群为例》,王枚、刘昕华,《青年文学家》,2015年4月(中),第16—17页。

405.《手握铁钉的人走向炉火——读商震诗集〈无序排队〉兼论一种写作方向》,霍俊明,《滇池》,2015年第4期,第33—37页。

406.《台湾跨界诗人鸿鸿的现代诗及现在诗》,王珂,《廊坊师范学院学报》(社会科学版),2015年第2期,第5—10页。

407.《谈路也》,何言宏、张立群等,《名作欣赏》,2015年4月(上旬),第19—23页。

408.《贴身的审视:新世纪新诗批评研究综论》,杨金彪,《诗探索》(理论卷),2015年第1辑,第45—61页。

409.《同一条河流的两种涌动——驻校诗人机制与作家协会青年作家培养机制的共质与异秉》,王夫刚,《中国现代文学研究丛刊》,2015年第4期,第155—160页。

410.《亡灵的虚构——欧阳江河诗学浅探》,陈婉、毛靖宇,《长江师范学院学报》,2015年第2期,第98—101页。

411.《为了温暖的轻吟——评离离的〈安静的时光〉》,陈卫,《诗刊》,2015年4月号(上半月刊),第46—47页。

412.《为诗不应浅尝辄止小成即满》,王士强,《诗刊》,2015年4月号(下半月刊),第10—12页。

413.《未完成的"镜"——从〈十五夜〉到〈十六夜〉看朱英诞诗学观的流变》,张文显,《岭南师范学院学报》,2015年第2期,第98—102页。

414.《文身之石——现代汉语诗诗学断想115则》,沈奇,《钟山》,2015年第2期,第144—157页。

415.《"文学场域"视阈下的西南联大诗人群再考察》,邓招华,《广西社会科学》,2015年第4期,第180—184页。

416.《现代汉诗的"新事物"议题——以机械意象为例》,刘正忠,《文艺争鸣》,2015年第4期,第135—152页。

417.《现代浪漫与古典抒情——论穆旦对叶芝诗歌艺术的汲取与转化》,张俊,《惠州学院学报》(社会科学版),2015年第2期,第98—101,128页。

418.《现代性视域中的阿拜诗歌创作研究》,孔文迅、祁晓冰,

《绵阳师范学院学报》,2015 年第 4 期,第 127—130 页。

419.《乡土情怀:张永刚诗歌的精神内涵》,王炜、蔡密艳,《楚雄师范学院学报》,2015 年第 4 期,第 69—72 页。

420.《象牙塔中的"光"——中国"驻校诗人"机制建设漫谈》,王巨川,《诗探索》(理论卷),2015 年第 1 辑,第 73—77 页。

421.《像雪豹一样思考:民族志诗学与生态伦理——读吉狄马加的〈我,雪豹……〉》,耿占春,《文艺争鸣》,2015 年第 4 期,第 153—159 页。

422.《"像自己一样写作"——马培松诗歌创作的精神轨迹》,陈建新,《诗探索》(理论卷),2015 年第 1 辑,第 174—182 页。

423.《新诗的问题与回答——读肖学周新著〈为新诗赋形——闻一多诗歌语言研究〉》,师力斌,《星星》(下半月),2015 年 4 月号,第 93—100 页。

424.《新诗现代性建设要重视三大功能》,王珂,《创作与评论》(下半月刊),2015 年第 4 期,第 51—59 页。

425.《新诗写作的现状、缺憾与呼唤》,李犁,《星星》(下半月),2015 年 4 月号,第 6—19 页。

426.《新世纪以来宁夏诗歌创作简论》,倪万军,《名作欣赏》,2015 年 4 月(上旬),第 85—88 页。

427.《兴与象征:新诗象喻理论对中西文学资源的整合》,赵黎明,《中国比较文学》,2015 年第 2 期,第 109—120 页。

428.《徐玉诺诗歌里的乡村抒写》,邢海霞,《天中学刊》,2015 年第 2 期,第 97—99 页。

429.《雪豹的诗性呼告,或关于自然环境的生存忧思录——对吉狄马加近作〈我,雪豹……〉的一种解读》,谭五昌,《文艺争鸣》,2015 年第 4 期,第 160—164 页。

430.《一个越写越好的人——马新朝访谈》,琳子、马新朝,《诗探索》(理论卷),2015 年第 1 辑,第 118—126 页。

431.《一条江水从心中流过》,苗雨时,《诗探索》(理论卷),2015 年第 1 辑,第 138—142 页。

432.《以大地为代表的诗性之源——论海子诗歌中的大地意象》,申思,《青年文学家》,2015 年 4 月(中),第 39 页。

433.《英美意象派对中国新诗理论的影响》,鲁宇征、刘勇,《海南师范大学学报》（社会科学版），2015年第4期，第13—19页。

434.《永恒的诗歌和音乐——细读欧阳江河诗歌〈一夜肖邦〉》，韦黄丹，《名作欣赏》，2015年4月（下旬），第16—18页。

435.《永靖三诗人序》，高平，《飞天》，2015年4月号，第142—144页。

436.《用"温情"之手掬水中圆月——触摸何其芳爱情诗的艺术世界》，尤善培，《安徽文学》（下半月），2015年第4期，第55—56页。

437.《游牧者的书写与困境——东荡子论》，龙扬志，《诗探索》（理论卷），2015年第1辑，第146—158页。

438.《与城越远，与诗越近——冰释之诗歌阅读札记》，卢桢，《诗探索》（作品卷），2015年第1辑，第128—141页。

439.《玉门关外的春风——评胡杨的诗》，李哲，《诗探索》（作品卷），2015年第1辑，第142—155页。

440.《欲望的自我清理——读唐不遇〈梦频仍〉》，陈仲义，《名作欣赏》，2015年4月（上旬），第89—90页。

441.《沅江河畔的渔歌与梵音——评谈雅丽的诗歌创作》，马新亚，《诗探索》（理论卷），2015年第1辑，第128—133页。

442.《在出世与入世之间——荣斌诗歌印象》，三个A，《诗歌月刊》，2015年第4期，第15—16页。

443.《在时光里"光着脚找鞋的人"》，赵思运，《诗刊》，2015年4月号（下半月刊），第7—9页。

444.《稚嫩心灵里的诗意表达》，陶春，《星星》（上旬刊），2015年第4期，第142—143页。

445.《中国现代留日诗人笔下的日本形象》，田源，《中国文学研究》，2015年第2期，第124—128页。

446.《中间的距离——文君诗歌评析》，任晋渝，《草地》，2015年第2期，第77—78页。

447.《朱湘：诗人之死与诗人之病》，姚家育，《星星》（下半月），2015年4月号，第30—41页。

448.《驻校诗人制度：新世纪诗歌的新品牌》，罗小凤，《诗探索》（理论卷），2015年第1辑，第78—87页。

449.《作为人的部分比作为诗人的部分更重要——孙磊访谈》，孙磊、安琪等,《山花》,2015年4月(B),第90—93页。

五月

450.《艾青诗歌的"公共性"与"个人性"——以"归来"后为例》,陈烨,《名作欣赏》,2015年5月(下旬),第130—131页。

451.《柏桦的互文性写作——有关"化欧"、"化古"的符号学文本的再认识》,李商雨,《扬子江诗刊》,2015年第3期,第10—13页。

452.《奔跑在逃逸线上的诗人——浅析余秀华诗歌创作》,马云鹤,《当代文坛》,2015年第3期,第67—71页。

453.《"标准"与"身份":世纪之初新诗"合法性"的双重焦虑》,杨金彪,《文艺评论》,2015年第5期,第38—42页。

454.《从废名诗作〈街头〉中探索"共鸣"说》,张群,《青年文学家》,2015年5月(下),第31页。

455.《从洒脱的"云"到卑微的"水"——对徐志摩〈偶然〉、〈云游〉的症候式分析》,卢志娟,《青年文学家》,2015年5月(下),第20—21页。

456.《戴着诗与思的镣铐跳舞——浅谈九叶派诗人郑敏的诗与诗论》,侯芳,《星星》(下半月),2015年5月号,第33—42页。

457.《当代诗歌的新三美主义》,鄢冬,《当代文坛》,2015年第3期,第62—66页。

458.《当下与远方——评周庆荣散文诗集〈有远方的人〉》,孙晓娅,《文艺争鸣》,2015年第5期,第144—150页。

459.《独立苍茫自咏诗——谫论雪潇诗歌创作的两个新动向》,安建军,《天水师范学院学报》,2015年第3期,第34—37页。

460.《多重意蕴——读顾城的诗〈远和近〉》,谢小龙、王董,《青年文学家》,2015年5月(下),第10—11页。

461.《方言与"五四"时期新诗的文体建构》,王佳琴,《文艺评论》,2015年第5期,第72—76页。

462.《冯至诗风转变:与里尔克相遇》,王淑萍,《名作欣赏》,2015年5月(中旬),第7—8页。

463.《关于流行歌词语言陌生化研究》,杨峻,《楚雄师范学院学报》,2015年第5期,第58—61页。

464.《观照舒婷诗作中的宗教文化情结》,王辉,《山花》,2015年5月(B),第115—116页。

465.《桂军诗歌方阵的动人华彩》,何向阳,《民族文学》,2015年第5期,第153—155页。

466.《桂兴华:一个以个性姿态出现而自觉占据时代坐标的诗人》,邹岳汉,《诗潮》,2015年第5期,第117—119页。

467.《荒原石油的歌者——读李晓泉诗集〈荒原恋歌〉》,刘亚明,《地火》,2015年第2期,第155—160页。

468.《黄昏的十五度角:在现实与虚构之间——章闻哲散文诗〈黄昏的处境〉文本初探》,李仕淦,《星星》(下半月),2015年5月号,第69—89页。

469.《"回首故乡":郭沫若不同时期的四川叙述》,何刚、王开志,《当代文坛》,2015年第3期,第136—140页。

470.《"活用典":新诗继承传统的一种方式》,邱景华,《星星》(下半月),2015年5月号,第6—16页。

471.《纠错——读荣荣的〈时间之伤〉》,商震,《诗选刊》,2015年第5期,第51—52页。

472.《临窗的怅望者》,吴晓东,《读书》,2015年第5期,第66—76页。

473.《鲁迅新诗六首与〈狂人日记〉共性分析》,王昌忠,《福建师大福清分校学报》,2015年第3期,第11—15,19页。

474.《论1990年代先锋诗体探索及其意义》,许霆,《常熟理工学院学报》,2015年第3期,第17—24页。

475.《论藏族汉语诗歌的乡土根性》,高亚斌,《温州大学学报》(社会科学版),2015年第3期,第88—93页。

476.《论新世纪现实主义诗歌的美学流变与精神转型》,刘波,《文艺理论与批评》,2015年第3期,第76—79页。

477.《论徐志摩诗歌意境的空灵美》,何蔚,《青年文学家》,2015年5月(下),第32页。

478.《芒克访谈:现实再艰难,都不影响我内心的美好》,傅小平、芒克,《诗歌月刊》,2015年第5期,第19—33页。

479.《美也是一种冒险——贝里珍珠散文诗集〈吻火的人〉读后》,北野,《星星》(下半月),2015年5月号,第90—93页。

480.《民族诗人的使命与超越——对长诗〈汶川羌〉审美意蕴的阐释》,杨玉梅,《当代文坛》,2015年第3期,第84—87页。

481.《娜夜现代女性诗探索:女性抒情短诗的新纬度》,周建军,《宜宾学院学报》,2015年第5期,第47—53页。

482.《批判写实:在道德盘诘与政治针砭之间——现代汉诗的写实叙事形态之一》,杨四平、王迅,《中国现代文学研究丛刊》,2015年第5期,第211—219页。

483.《朴素哲学与隐喻追求——郑兴明诗歌论》,董迎春、覃才,《星星》(下半月),2015年5月号,第108—116页。

484.《浅谈中国社会主义歌词创作的得与失》,黄丹纳,《文艺理论与批评》,2015年第3期,第132—135页。

485.《生活是酿造艺术精品的沃土——第一届新田园诗歌大赛获奖作品评析》,卫厚生、卫一萱,《太原师范学院学报》(社会科学版),2015年第3期,第82—84页。

486.《生命的原野》,王宁,《星星》(下半月),2015年5月号,第139—141页。

487.《圣地之旅:作为认同与反思的抒情诗——论列美平措的诗歌创作》,邱婧,《当代文坛》,2015年第3期,第76—79页。

488.《诗歌的塞外行者——访诗人庞壮国》,陈爱中,《文艺评论》,2015年第5期,第112—114页。

489.《诗歌接受的"哑铃"图式与接受"共同体"》,陈仲义,《星星》(下半月),2015年5月号,第95—107页。

490.《诗歌细读:从"重言"到发现——以细读张枣〈镜中〉为例》,冷霜,《文艺争鸣》,2015年第5期,第131—137页。

491.《诗美只因乡情醇——读祁俊清的组诗〈河湟村庄〉》,刘世明,《雪莲》,2015年第15期,第108—112页。

492.《诗外之境——解读穆旦的〈诗八首〉》,宁蒙,《青年文学家》,2015年5月(中),第20页。

493.《诗意,在天空中肆意飞翔——与诗人宁明的对话》,林喦、宁明,《渤海大学学报》(哲学社会科学版),2015年第3期,第1—6页。

494.《诗与新常态生活的和解以及抵抗》,张厚刚,《星星》(下半月),2015年5月号,第136—138页。

495.《时间之伤——关于中年写作、爱情、诗歌与生活真实性的谈话》,李犁、荣荣,《扬子江诗刊》,2015年第3期,第38—42页。

496.《"十七年"批评话语与诗歌语体的嬗变》,曹霞,《井冈山大学学报》(社会科学版),2015年第3期,第109—116页。

497.《试论于赓虞诗歌的域外影响》,余凤林,《名作欣赏》,2015年5月(中旬),第29—31页。

498.《试论郑敏后期诗歌的生命诗学》,陈李力,《星星》(下半月),2015年5月号,第43—53页。

499.《书写城市背面的底层记忆——郑小琼〈女工记〉中的广东城镇叙事》,刘诗宇,《长城》,2015年第3期,第149—152页。

500.《谁为你作证——诗人马雁》,唐甜,《上海文化》,2015年第5期,第13—19页。

501.《〈水星〉杂志与中国现代文学空间的开创》,文学武,《新文学史料》,2015年第2期,第131—138页。

502.《溯流、化用与新生——论茱萸与厄土的诗学资源》,薮弦,《上海文化》,2015年第5期,第26—37页。

503.《谈李少君》,吴投文、何言宏等,《名作欣赏》,2015年5月(上旬),第20—25页。

504.《同时共处的"此刻"世界——关于昌耀时空诗学文本〈斯人〉的对话》,马钧,《青海湖》,2015年5月号,第115—128页。

505.《为灵魂寻找栖居之所》,石杰,《青海湖》,2015年5月号,第41—43页。

506.《为没有共识的"新诗"一辩——应对"新现象"与"老问题"之诘难》,霍俊明,《诗刊》,2015年5月号(上半月刊),第54—63页。

507.《为农民"站起来"而歌——论张志民的乡土诗》,余荣虎,《文艺理论与批评》,2015年第3期,第65—69页。

508.《为什么——悼念一棵枫树?——细读〈悼念一棵枫树〉,并纪念牛汉》,段从学,《江汉学术》,2015年第3期,第48—54页。

509.《为生活于现在——评胡桑的诗》,王健,《上海文化》,2015年第5期,第20—25页。

510.《温柔的语言暴力革命:韩东诗歌中的秘密》,朱周斌,《红岩》,2015年第3期,第172—177页。

125

511.《文本风骨与思想洞见——蒋蓝诗歌阅思碎屑》,成都凸凹,《山花》,2015年5月(B),第98—100页。

512.《文本细读:一种深度理解诗歌的方法——以痖弦的〈上校〉为个案》,杨洁梅,《名作欣赏》,2015年5月(下旬),第136—137页。

513.《我相信诗歌对人性的滋润……——20世纪80年代大学生诗歌运动访谈录之伊甸篇》,伊甸、姜红伟,《星星》(下半月),2015年5月号,第55—66页。

514.《无可替代的劳作——献给诗坛的耕耘者》,王光明,《南方文坛》,2015年第3期,第65—68页。

515.《洗尽铅华见从容——品读阿门"者"系列组诗》,南溪生,《文学港》,2015年第5期,第147—150页。

516.《侠义精神与文人情怀——关于周庆荣的散文诗印象随笔》,爱斐儿,《文艺争鸣》,2015年第5期,第161—164页。

517.《现代白话文与中国新诗之发生——〈新青年〉杂志与白话文学暨新诗诞生之关系》,孙玉石,《北京大学学报》(哲学社会科学版),2015年第3期,第156—164页。

518.《乡土中国奉献于现代化的一只精神羔羊——海子诗歌与中国精神传统(一)》,邵宁宁,《文艺争鸣》,2015年第5期,第122—130页。

519.《小情调、碎片化和虚无感》,刘波,《诗刊》,2015年5月号(下半月刊),第11—13页。

520.《校园文学对"五四"启蒙线索的坚持——以抗战时期重庆复旦大学〈诗垦地丛刊〉学生诗歌创作为例》,李悦娴,《鸭绿江》(下半月版),2015年第5期,第157页。

521.《写诗是我一生的生活方式》,麦穗、王觅,《创作与评论》(下半月刊),2015年第5期,第121—128页。

522.《写作的完整,抑或自我救赎》,吴投文,《诗刊》,2015年5月号(下半月刊),第8—10页。

523.《写作是对自由的依赖和卫护——蒋蓝访谈》,蒋蓝、王学东,《山花》,2015年5月(B),第94—97页。

524.《新诗"自身传统"构建及其不足》,霍俊明、吴思敬等,《扬子江诗刊》,2015年第3期,第89—97页。

525.《新诗现代性建设要完成四大任务》，王珂，《创作与评论》（下半月刊），2015年第5期，第45—52页。

526.《新诗小诗的文体生成流变传播——"小诗磨坊"的运作策略分析》，王珂，《常熟理工学院学报》，2015年第3期，第6—16页。

527.《宿墨诗写：关于于明诠的诗歌创作》，欧阳江河，《星星》（下半月），2015年5月号，第117—131页。

528.《雪豹：英雄、诗人、种族的同构性隐喻——论吉狄马加长诗〈我，雪豹……〉》，李震，《当代文坛》，2015年第3期，第80—83页。

529.《寻源·察今·候潮——关于散文诗的当代性与未来性》，龙彼德，《散文诗》（上半月），2015年5月号，第92—96页。

530.《寻找一首好诗的难度》，罗义华，《星星》（下半月），2015年5月号，第133—135页。

531.《叶荣钟与台湾汉诗的现代性》，张重岗，《暨南学报》（哲学社会科学版），2015年第5期，第40—49，162页。

532.《一个地缘诗歌美学部落的"变"与"不变"》，边雨，《滇池》，2015年第5期，第84—88页。

533.《一脉诗韵天地心——评石光明诗集〈难忘是乡愁〉》，刘绪义，《创作与评论》（下半月刊），2015年第5期，第68—71页。

534.《隐藏了故事的"自叙传"——虹影诗歌的一种读法》，蒋登科，《当代作家评论》，2015年第3期，第59—67页。

535.《隐微语义中的"归去来兮"——读沙克诗集〈单个的水〉》，梁雪波，《诗林》，2015年第3期，第94—96页。

536.《影响食指的几个外国诗人》，刘健，《新文学史料》，2015年第2期，第164—168页。

537.《用飞翔的灵魂捕捉生活中的诗意——读宁明诗集〈态度〉》，徐日君、娄宇菲，《渤海大学学报》（哲学社会科学版），2015年第3期，第12—16页。

538.《用理想和远方为"我们"的时代立言——从周庆荣的〈预言〉审视其理想人格的朝向》，薛梅，《文艺争鸣》，2015年第5期，第151—154页。

539.《由"新诗"的概念出发讨论诗歌标准问题》，张立群，《星星》（下半月），2015年5月号，第18—29页。

540.《游民狮吼·少女呢喃——从兰童到夏午》,何同彬,《扬子江诗刊》,2015年第3期,第53—54页。

541.《阅读余秀华的方法》,刘涵之,《芙蓉》,2015年第3期,第188—190页。

542.《"运动"中的陈梦家》,汤志辉,《粤海风》,2015年第3期,第73—82页。

543.《韵律的废退与反抗"散文气味"——散文诗的美学问题》,赖彧煌,《福建师范大学学报》(哲学社会科学版),2015年第3期,第82—88,170页。

544.《再论赵丽华的诗为什么被恶搞》,马超、薛世昌,《当代文坛》,2015年第3期,第72—75页。

545.《赵丽宏诗歌简论》,杨志学,《绿风》,2015年第3期,第123—128页。

546.《只说三句话》,耿林莽,《散文诗》(上半月),2015年5月号,第89—91页。

547.《重低音、辩证法及其他——周庆荣散文诗论》,范云晶,《文艺争鸣》,2015年第5期,第155—160页。

548.《重建英雄性的现代主体——周庆荣的文学意义》,陈培浩,《文艺争鸣》,2015年第5期,第138—143页。

549.《朱光潜现代诗学理论的建构与20世纪30年代文学教育实践》,姚家育,《内江师范学院学报》,2015年第5期,第56—60页。

550.《自然之诗通向另一种美学——李少君诗歌论》,刘波,《南方文坛》,2015年第3期,第69—73页。

551.《自由诗规则和局限的理性反思》,李国辉,《常熟理工学院学报》,2015年第3期,第1—5页。

552.《走进内心的森林——读宁明的诗歌》,乔世华,《渤海大学学报》(哲学社会科学版),2015年第3期,第7—11页。

六月

553.《2015,诗歌刊物的新变化》,张德明,《诗潮》,2015年第6期,第44—46页。

554.《20世纪末湖南诗歌创作态势》,彭茜、彭在钦,《佳木斯大学社会科学学报》，2015年第3期，第133—135页。

555.《80年代大学生诗歌运动：文学乌托邦意义的诗潮——小海访谈》，小海、姜红伟，《山花》，2015年6月（B），第100—104页。

556.《90后诗歌微探》，陈洋稳，《青年文学家》，2015年6月（中），第26页。

557.《"草芥"身份意识下的诗意世界》，张永峰，《诗刊》，2015年6月号（上半月刊），第38—39页。

558.《禅宗佛影下的含混意象——品读废名的〈十二月十九夜〉》，吕维维，《诗歌月刊》，2015年第6期，第91—93页。

559.《迟开的花朵：缅甸"五边形诗社"华文诗歌浅论》，肖成，《世界华文文学论坛》，2015年第2期，第60—65页。

560.《重回镜中》，周瑟瑟，《诗歌月刊》，2015年第6期，第25页。

561.《"纯诗"的可能性及困境——金克木的现代诗学观》，仲雷，《南京师范大学文学院学报》，2015年第2期，第73—77页。

562.《从〈祖国（或以梦为马）看海子的诗歌理想〉》，任文妍，《青年文学家》，2015年6月（中），第32页。

563.《从词语敞开的门——马永波诗歌的进入方式》，刘泽球，《星星》（下半月），2015年6月号，第102—112页。

564.《从浪漫诗人到街头大司务》，石天强，《读书》，2015年第6期，第147—155页。

565.《大破之后方有大立——关于〈凤凰涅槃〉的思考》，高飞，《青年文学家》，2015年6月（中），第27页。

566.《地方主义与诗歌的空间生产》，向卫国，《星星》（下半月），2015年6月号，第6—15页。

567.《读台湾诗人作品札记》，古远清，《世界华文文学论坛》，2015年第2期，第31—37页。

568.《多元性诗歌写作的源头活水》，潘洗尘，《诗刊》，2015年6月号（上半月刊），第60—63页。

569.《繁花深处，诗人之心如鸟啼鸣》，李少君，《诗歌月刊》，2015年第6期，第22—23页。

570.《废名的郭沫若诗歌批评——以"新诗讲义"为例》，阎开振，《郭沫若学刊》，2015年第2期，第16—18页。

571.《冯至诗学与〈十四行集〉》，王淑萍，《名作欣赏》，2015年6月（中旬），第16—17页。

572.《广西诗歌双年展作品研讨会会议纪要》，陆辉艳，《广西文学》，2015年10月号，第109—111页。

573.《黑铁世纪的诗与思》，周伦佑，《钟山》，2015年第3期，第182—190页。

574.《灰色的诗——唐果诗歌品荐》，沈浩波，《诗潮》，2015年第6期，第11—14页。

575.《继续回到内心，抒发精神和灵魂的可能》，陈刚军，《延安文学》，2015年第3期，第186—187页。

576.《"坚持在浮世挖井"——论刘频的诗质追求》，罗小凤，《河池学院学报》，2015年第3期，第17—22页。

577.《金石其论 骨血其诗——桑恒昌〈诗醒了，世界便睁开眼睛〉小札》，子张，《名作欣赏》，2015年6月（中旬），第5—6页。

578.《精神寻根的诗性观照——论阿尔丁夫·翼人的长诗〈沉船〉》，吴投文，《廊坊师范学院学报》（社会科学版），2015年第3期，第17—19页。

579.《"居室"的诱惑》，吴晓东，《读书》，2015年第6期，第131—140页。

580.《"聚石为徒"的诗学——读阎安的诗》，霍俊明，《滇池》，2015年第6期，第110—112页。

581.《克拉伦斯·莫伊的〈郭沫若与创造社〉研究》，杨玉英、郭政敏，《郭沫若学刊》，2015年第2期，第42—46页。

582.《论〈野草〉的国民性思想》，崔绍怀，《文艺争鸣》，2015年第6期，第152—157页。

583.《论被阉割的诗》，李路平，《星星》（下半月），2015年6月号，第18—27页。

584.《论海外华文诗歌走向经典的可能性》，庄伟杰，《暨南学报》（哲学社会科学版），2015年第6期，第1—8页。

585.《论流行歌词对古典诗词的继承与借鉴》，叶宽，《湖北社会科学》，2015年第6期，第124—129页。

586.《论七月派诗学理论特质》，王治国，《山花》，2015年6月（B），第155—156页。

587. 《论现代民族国家文学的嬗变及发展——以郭沫若现代诗歌话语空间为考察中心》，冯清贵，《郭沫若学刊》，2015年第2期，第19—23页。

588. 《民族文化资源的诗意表达——论新时期大凉山彝族诗歌》，张兵兵、何登文，《河池学院学报》，2015年第3期，第68—72页。

589. 《铭刻于人生旅途的喟叹》，陈建功，《散文诗》（上半月），2015年6月号，第90—92页。

590. 《男性气质的获得——陈敬容诗重读》，程继龙，《星星》（下半月），2015年6月号，第31—38页。

591. 《浅谈诗歌文本解读中的"解构"与"建构"——以穆旦〈春〉为例》，张剑云，《名作欣赏》，2015年6月（下旬），第40—41页。

592. 《清洁精神：〈三余堂散记〉十悟——商震随笔〈三余堂散记〉感想》，李犁，《星星》（下半月），2015年6月号，第91—101页。

593. 《"亲切与暗示"：卞之琳对古典诗传统的再发现》，罗小凤，《广西社会科学》，2015年第6期，第172—178页。

594. 《日常、内心与现实的三重变奏——论晴朗李寒的诗歌创作》，杨东伟，《廊坊师范学院学报》（社会科学版），2015年第3期，第20—24页。

595. 《散文诗，何时不再被嘲弄——散文诗与鲁迅文学奖》，王幅明，《散文诗》（上半月），2015年6月号，第93—96页。

596. 《桑恒昌精短诗作的诗学意义和美学价值——关于桑恒昌精短诗歌的对话》，马启代、张修瑞，《名作欣赏》，2015年6月（中旬），第11—13页。

597. 《生命的呼吸和梦呓》，余中华，《星星》（下半月），2015年6月号，第133—135页。

598. 《诗歌的现实性与"诗性"》，余阳，《星星》（下半月），2015年6月号，第136—138页。

599. 《诗情绵延"老更成"——桑恒昌的诗路思考》，张无为，《名作欣赏》，2015年6月（中旬），第7—8页。

600. 《"诗人批评家"——陈超的诗学研究及作为一种批评的启示性》，霍俊明，《山花》，2015年6月（A），第120—131页。

601.《"十七年"诗歌队伍的分化与重组——以〈诗选〉(1953—1958)为例》,陈宗俊,《安庆师范学院学报》(社会科学版),2015年第3期,第46—50页。

602.《试论"一夜成名"的余秀华现象》,顾玮雯、谭五昌,《创作与评论》(下半月刊),2015年第6期,第30—35页。

603.《谁来触碰我们柔软的内心》,杨荣昌,《星星》(下半月),2015年6月号,第130—132页。

604.《他山之石下的心境之尘——论〈野草〉中鲁迅式文学意象的跨艺术魅力》,郭磊,《平顶山学院学报》,2015年第3期,第78—82页。

605.《他正通过镜子隐喻地观察……——关于黄纪云诗歌的几个关键词》,李海英,《星星》(下半月),2015年6月号,第113—128页。

606.《谈朵渔》,张立群、刘波等,《名作欣赏》,2015年6月(上旬),第17—22页。

607.《桃花转世——怀念陈超》,张清华,《读书》,2015年第6期,第141—146页。

608.《甜蜜的忧愁 美学的沉思——郑敏诗歌〈雷诺阿的少女画像〉赏析》,范果,《名作欣赏》,2015年6月(下旬),第111—112页。

609.《通过忧患将忧患抚摸——陈敬容诗歌写作对当下女性诗歌写作的启发》,夏吟,《星星》(下半月),2015年6月号,第39—49页。

610.《褪尽温情现光芒,穿透世相成诗性——冉冉诗集〈朱雀听〉的诗性之路》,梁平,《长江师范学院学报》,2015年第3期,第69—72,143页。

611.《"我不断探索着事物与语言的可能性"》,郑小琼、姜广平,《西湖》,2015年第6期,第97—110页。

612.《文学史、现代性与〈秋夜〉》,张枣,《诗刊》,2015年6月号(上半月刊),第57—59页。

613.《席慕蓉诗歌中的古典情怀透视》,冯荔,《安徽文学》(下半月),2015年第6期,第52—53页。

614.《小海诗歌简论》,朱红梅,《山花》,2015年6月(B),第

105—106 页。

615.《写健康明朗的中国诗》,台客、王觅,《创作与评论》(下半月刊),2015 年第 6 期,第 116—121 页。

616.《新诗现代性建设要考虑五大特质》,王珂,《创作与评论》(下半月刊),2015 年第 6 期,第 36—42 页。

617.《醒着的诗眼——评桑恒昌〈诗醒了,世界便睁开眼睛〉》,李浔,《名作欣赏》,2015 年 6 月(中旬),第 8—9 页。

618.《寻找异方的梦——论穆旦〈玫瑰之歌〉的反抗精神》,陈李力,《名作欣赏》,2015 年 6 月(下旬),第 42—43 页。

619.《痖弦诗歌诗语复现研究》,林颖慧,《华文文学》,2015 年第 3 期,第 85—91 页。

620.《一个人的孤独和守望——论沈苇和他的边塞诗》,李晓梅,《鸭绿江》(下半月版),2015 年第 6 期,第 2004—2005 页。

621.《"一切从蓝色开始"——论李钢的军旅诗歌》,罗玲,《安阳师范学院学报》,2015 年第 3 期,第 109—111 页。

622.《永恒的纠结与孤独——对于〈野草〉的另一种解读》,张引,《青年文学家》,2015 年 6 月(中),第 37 页。

623.《用文字唱出山海的声音——论台湾少数民族"荷马"诗人莫那能的诗歌创作》,王志彬,《世界华文文学论坛》,2015 年第 2 期,第 5—11 页。

624.《"有时间写诗,没工夫去老"——读桑恒昌的诗集〈诗醒了,世界便睁开眼睛〉》,宫白云,《名作欣赏》,2015 年 6 月(中旬),第 10—11 页。

625.《在"断裂带"接续和创造》,阎安、霍俊明,《滇池》,2015 年第 6 期,第 102—109 页。

626.《在诗歌里爱着,痛着——余秀华诗歌讨论》,王泽龙、杨柳,《学习与探索》,2015 年第 6 期,第 136—142 页。

627.《在虚构的现实中抵达远方——谈弥唱散文诗集〈复调〉的审美倾向及其当下性启示》,灵焚,《星星》(下半月),2015 年 6 月号,第 66—90 页。

628.《在一个文明的背面摆渡——析雷平阳诗集〈基诺山〉的文化批判和行为选择》,蔡丽,《名作欣赏》,2015 年 6 月(上旬),第 77—80 页。

629.《臧克家与襄阳》,陈晓燕,《湖北文理学院学报》,2015年第6期,第16—19,40页。

630.《绽放于乡土的牧歌——读潘春生诗集〈在农历的筋脉上穿行有感〉》,张福华,《朔方》,2015年第6期,第107—110页。

631.《"吱呀"声中拨转指针——重读邱华栋》,霍俊明,《诗歌月刊》,2015年第6期,第23—24页。

632.《中国现代派诗人的艺术姿态》,吴晓东,《思想与文化》,2015年第16辑,第267—283页。

633.《"醉到今天还没有醒来"——20世纪80年代大学生诗歌运动访谈录之方文竹篇》,方文竹、姜红伟,《星星》(下半月),2015年6月号,第51—62页。

七月

634.《20世纪80年代大学生诗坛档案》,姜红伟,《诗探索》(理论卷),2015年第2辑,第63—89页。

635.《爱的大纛　恨的丰碑——〈我知道风儿向哪个方向吹〉序》,张永健,《海南师范大学学报》(社会科学版),2015年第7期,第34—38页。

636.《百年新诗的"公共性"及其边界》,何同彬、王家新等,《扬子江诗刊》,2015年第4期,第92—97,1页。

637.《保持对"无限"的热爱——钱磊访谈》,钱磊、郑瞳,《山花》,2015年7月(B),第99—102页。

638.《卞之琳的"延安":"文章"与"我"与"国家"》,范雪,《新诗评论》,2015年总第19辑,第115—133页。

639.《别有意味的"小"——读冷雨桑的诗》,张德明,《星星》(下半月),2015年7月号,第87—90页。

640.《不肯受伤的时间——读荣荣〈时间之伤〉》,洪迪,《青海湖》,2015年7月号,第17—19页。

641.《阐释与批评:细读的双面——中国当代诗歌细读式批评的若干问题》,连晗生,《新诗评论》,2015年总第19辑,第104—114页。

642.《陈敬容诗歌的色彩意象解读》,李春秋,《温州大学学报》

（社会科学版），2015年第4期，第14—19页。

643.《陈黎：作为译者的诗人》，王家新，《新诗评论》，2015年总第19辑，第232—240页。

644.《从"历史的个人化"到新诗的"可能性"》，余旸，《新诗评论》，2015年总第19辑，第20—50页。

645.《从"无韵诗"到"散文诗"的译写实践——刘半农早期散文诗观念的形成》，赵薇，《中国比较文学》，2015年第3期，第167—178页。

646.《从陌生到融入：打工诗歌进城的和谐之旅》，牛殿庆，《绍兴文理学院学报》（哲学社会科学），2015年第4期，第32—36页。

647.《从陌生到无限简史——关于钱磊的诗歌创作》，吴萍萍，《山花》，2015年7月（B），第103—104页。

648.《从囚徒到天地心灵的黑白思考——马启代〈黑如白昼〉品评》，牛殿庆，《名作欣赏》，2015年7月（中旬），第51—52页。

649.《从天堂涌来的千万匹水——评金肽频爱情、乡情、亲情诗》，姚国建，《乐山师范学院学报》，2015年第7期，第10—14页。

650.《打开"钟的秘密心脏"——读陈仲义〈蛙泳教练在前妻的面前似醉非醉〉》，王永，《诗探索》（理论卷），2015年第2辑，第170—172页。

651.《大地诗学的精神密码——读水晶花〈大地密码〉》，陈培浩，《星星》（下半月），2015年7月号，第62—77页。

652.《当代诗歌的"南北之辨"与戈麦的"南方"书写》，吴昊，《江汉学术》，2015年第4期，第60—66页。

653.《地方书写的意义——〈宁夏诗歌史〉序》，耿占春，《朔方》，2015年第7期，第77—80页。

654.《东亚文化语境内的交流与碰撞——"第四届沙溪新诗论坛·中韩诗歌对话会"综述》，何同彬，《扬子江诗刊》，2015年第4期，第45—49页。

655.《独与天地精神往来——读白月散文诗集〈天真〉，兼谈"天真"》，王士强，《星星》（下半月），2015年7月号，第78—85页。

656.《发焰的心，陶醉的灵魂——评马启代诗歌〈黑如白昼〉》，郭久麟、王游鑫，《名作欣赏》，2015年7月（中旬），第60—62页。

657.《"反现代"是因为未来更重要》，张远伦，《红岩》，2015年第 4 期，第 162—163 页。

658.《放得开与收得拢》，王士强，《清明》，2015 年第 4 期，第 207—208 页。

659.《放逐与还乡、归回与失丧——试论穆旦诗歌中的基督教因素》，魏巍，《海南师范大学学报》（社会科学版），2015 年第 7 期，第 51—54 页。

660.《涪江流域诗群：传统、生态与特征》，胡亮，《诗探索》（理论卷），2015 年第 2 辑，第 145—160 页。

661.《概念隐喻视角下的〈致橡树〉的解读》，杨季行，《雪莲》，2015 年第 20 期，第 55 页。

662.《高原的梯子——论昆明青年诗人群》，霍俊明，《诗探索》（理论卷），2015 年第 2 辑，第 133—144 页。

663.《古旧精神的"青花瓷"》，敬文东，《星星》（下半月），2015 年 7 月号，第 91—97 页。

664.《关于"艾青研究"的几个问题》，谢应光、曾虹佳，《西华大学学报》（哲学社会科学版），2015 年第 4 期，第 12—15，32 页。

665.《汉诗意象及其英译》，张智中，《湖南大学学报》（社会科学版），2015 年第 4 期，第 111—115 页。

666.《宏观把握与辩证剖析——评罗振亚〈1990 年代新潮诗研究〉》，吕周聚、潘颖，《诗探索》（理论卷），2015 年第 2 辑，第 173—178 页。

667.《侯马：探寻本质身份的诗人——兼论诗集〈大地的脚踝〉》，孙晓娅，《南方文坛》，2015 年第 4 期，第 138—143 页。

668.《后先锋诗歌美学的新动向》，李犟，《福建文学》，2015 年第 7 期，第 123—128 页。

669.《胡适〈尝试集〉的"陌生化"特征新论》，张静轩，《楚雄师范学院学报》，2015 年第 7 期，第 65—68 页。

670.《互文性：新诗主体性建构的困境与出路——以朱湘诗词为例》，王海霞，《太原师范学院学报》（社会科学版），2015 年第 4 期，第 92—95 页。

671.《化圆为方，或心智的想象力——论臧棣的"协会"系列诗及其诗学旨趣》，茱萸，《新诗评论》，2015 年总第 19 辑，第 51—68 页。

672.《回归故土——评黄海星组诗〈在一个叫嘉积的地方生活〉》,邢孔史,《海南师范大学学报》(社会科学版),2015年第7期,第39—43页。

673.《即刻去爱单刀赴死——评王琪博近期诗作》,王维,《红岩》,2015年第4期,第180—181页。

674.《"技艺深沉的走钢丝者"与"讲故事的人"——片论阿海与胡正刚的诗》,赵思运,《扬子江诗刊》,2015年第4期,第43—44页。

675.《记忆在另一端静静展开——邱华栋诗歌印象或对话》,霍俊明,《诗林》,2015年第4期,第47—49页。

676.《解开生存之谜——浅谈雷平阳诗歌中的生命意识》,武榕,《名作欣赏》,2015年7月(下旬),第19—20页。

677.《精神回溯与意象精研的本质书写——林雪诗歌评论》,芦苇岸,《渤海大学学报》(哲学社会科学版),2015年第4期,第8—12页。

678.《久久驻足,不能自拔——文本分析木心〈从前慢〉》,李春燕,《名作欣赏》,2015年7月(下旬),第114—115页。

679.《"抉心自食,欲知本味":〈墓碣文〉与〈对另一种存在的烦恼〉——鲁迅与索洛古勃比较研究之四》,李春林,《文化学刊》,2015年第7期,第6—13页。

680.《开放的学术对话平台——读"对话台湾诗人"栏目》,古远清,《创作与评论》(下半月刊),2015年第7期,第124—128页。

681.《抗拒遗忘的疼痛——孙方杰诗歌简论》,苏婧,《诗探索》(理论卷),2015年第2辑,第162—168页。

682.《抗日战争中的七月派诗歌》,钱志富,《诗刊》,2015年7月号(上半月刊),第69—72页。

683.《抗战文学的补遗:作为七月诗派的"平原诗人"》,李怡,《文艺争鸣》,2015年第7期,第22—29页。

684.《客家文化视野下菊英形象的再认识——"诗怪"李金发笔下的客家美少女》,彭永彬,《名作欣赏》,2015年7月(中旬),第100—102页。

685.《"来日无多"的诗学——林雪诗歌读记》,王晓生,《渤海大学学报》(哲学社会科学版),2015年第4期,第22—24页。

686.《李皓:内心的大海》,张翠、禾吟汐,《诗潮》,2015年第7

期，第113—115页。

687.《林雪的诗歌世界》，孙淑奇、刘广远，《渤海大学学报》（哲学社会科学版），2015年第4期，第17—21页。

688.《论"新诗"概念的休止》，徐敬亚，《扬子江诗刊》，2015年第4期，第89—91页。

689.《论北岛诗歌经典化的建构与消解》，顾晓莉，《青年文学家》，2015年7月（下），第24页。

690.《论废名诗歌中的"禅意"》，刘纪新，《楚雄师范学院学报》，2015年第7期，第55—59页。

691.《论惠特曼对昌耀诗歌的影响》，赵常玉，《安徽文学》（下半月），2015年第7期，第10—12页。

692.《论鲁迅〈野草〉中的"梦"》，刘秀芳，《湖北科技学院学报》，2015年第7期，第71—73页。

693.《论上世纪三四十年代艾青诗歌中的"轻"型诗》，许仁浩，《名作欣赏》，2015年7月（下旬），第47—49页。

694.《论晚清至"五四"诗歌的"言说方式"——兼及诗学与诗歌史的互证》，赖彧煌，《江汉学术》，2015年第4期，第67—75页。

695.《论汪国真诗歌评论差异性的二律背反》，邓锋，《长春师范学院学报》，2015年第7期，第13—15页。

696.《略谈马启代诗歌的"天空"意象——马启代新诗集〈黑如白昼〉初探》，左岸，《名作欣赏》，2015年7月（中旬），第48—50页。

697.《玛尼石上的行书——当代西藏汉语诗歌的原乡写作》，陈大为，《诗探索》（理论卷），2015年第2辑，第92—119页。

698.《媒介者的创造性叛逆——以周策纵〈失群的鸟〉为例》，罗玲，《名作欣赏》，2015年7月（下旬），第146—147页。

699.《穆旦诗歌中的中西因素辨析》，蒋永影，《海南师范大学学报》（社会科学版），2015年第7期，第44—50页。

700.《〈念想〉诗的概念功能分析》，孙嘉毅，《雪莲》，2015年第21期，第32—33页。

701.《女性生存困境与诗歌风格之形成——以薛涛其诗其人为例》，赵小华，《吉林大学社会科学学报》，2015年第4期，第197—205、255页。

702.《评严阵的诗集〈中国梦〉》,谢昭新,《安徽农业大学学报》(社会科学版),2015年第4期,第98—101页。

703.《浅论卞之琳〈鱼化石〉》,王涛,《青年文学家》,2015年7月(下),第41页。

704.《浅论李金发〈弃妇〉诗的美学价值》,王绍林,《四川文理学院学报》,2015年第4期,第65—68页。

705.《"囚禁于万千波涛中的海的女儿"——庞培〈深海恋人〉读札》,颜炼军,《扬子江诗刊》,2015年第4期,第12—15页。

706.《人文康桥:挽留诗人灵魂的家园——徐志摩〈再别康桥〉内涵补释》,孙仁歌,《名作欣赏》,2015年7月(上旬),第110—113页。

707.《认识臧棣》,洪子诚,《新诗评论》,2015年总第19辑,第11—19页。

708.《三个关键词里的欧阳真真》,李壮,《诗刊》,2015年7月号(下半月刊),第7—9页。

709.《山东师大在新时期的新诗研究》,昌进,《山东师范大学学报》(人文社会科学版),2015年第4期,第28—33页。

710.《少年作者视角下的诗歌与世界——以顾城早期诗歌创作为例》,李繁,《甘肃高师学报》,2015年第4期,第66—70页。

711.《沈阳的穆旦——兼及研究中的史料使用问题》,张立群,《文艺评论》,2015年第7期,第31—37页。

712.《生命复归于生命——评卜寸丹〈象形〉》,高博涵,《散文诗》(上半月),2015年7月号,第88—96页。

713.《诗,相对世界而立》,王菱,《星星》(下半月),2015年7月号,第112—122页。

714.《诗歌,我生命中的精神家园——20世纪80年代大学生诗歌运动访谈录之彭国梁篇》,彭国梁、姜红伟,《星星》(下半月),2015年7月号,第46—59页。

715.《诗歌中的沉默与细读的使命》,一行,《新诗评论》,2015年总第19辑,第69—92页。

716.《诗人林雪笔下的他乡与故土》,王晓岗,《渤海大学学报》(哲学社会科学版),2015年第4期,第13—16页。

717.《诗性"物"语》,邵波,《星星》(下半月),2015年7月号,第135—137页。

718.《诗性生命历程的"初稿"与"原粹"——答20世纪80年代大学生诗歌运动访谈》,沈奇,《诗探索》(理论卷),2015年第2辑,第44—62页。

719.《诗与思的缠绵:读邱正伦近期诗作》,鹏程,《红岩》,2015年第4期,第171—172页。

720.《诗语与神明——新诗语言"神性"素质的贫瘠与培育》,向天渊,《星星》(下半月),2015年7月号,第5—18页。

721.《时代、社会、政治与诗》,谢冕,《星星》(下半月),2015年7月号,第19—25页。

722.《试论"第三代诗歌"的创作倾向》,廖冬梅,《嘉应学院学报》,2015年第7期,第59—64页。

723.《试论抗战诗歌的文体流变》,熊辉,《文艺争鸣》,2015年第7期,第30—34页。

724.《守望心灵的津渡——读陈景文爱情诗集〈红芳万顷〉》,邵波,《诗林》,2015年第4期,第93—96页。

725.《谈杨键》,傅元峰、何言宏等,《名作欣赏》,2015年7月(上旬),第22—28页。

726.《"通过苦难的欢乐"——〈时间开始了〉细读》,孔育新,《文艺理论与批评》,2015年第4期,第99—104页。

727.《顽固之石》,赵卫峰,《红岩》,2015年第4期,第191—192页。

728.《汪国真其人其诗的文化反思》,刘双贵,《长春师范学院学报》,2015年第7期,第10—12页。

729.《为何如此震撼人心——论长诗〈惊蛰雷〉的思想艺术特色》,李代权,《名作欣赏》,2015年7月(中旬),第115—116,176页。

730.《为新诗把脉的汉语智慧与理论策略——姜耕玉〈新诗与汉语智慧〉漫议》,庄伟杰,《诗探索》(理论卷),2015年第2辑,第179—188页。

731.《温情的诗歌——简谈〈柠檬叶子〉中的"果园"诗和"母爱"诗》,陈烨,《名作欣赏》,2015年7月(下旬),第116—117页。

732.《文章得其微 物象由我裁——论李少君诗歌的空间叙事》,

夏玲、夏坤，《楚雄师范学院学报》，2015年第7期，第60—64页。

733. 《闻一多与徐志摩的关系及其诗学追求的比较》，李乐平，《上海师范大学学报》（哲学社会科学版），2015年第4期，第86—93页。

734. 《我的诗歌创作和翻译：答徐佳宁九问》，陈黎、徐佳宁，《新诗评论》，2015年总第19辑，第215—231页。

735. 《我们的时代和我们需要的诗》，李勇，《星星》（下半月），2015年7月号，第138—140页。

736. 《"我性"的省察——论〈春〉的精神位置兼"微言大义"释读模式》，杨金彪，《当代作家评论》，2015年第4期，第86—97页。

737. 《物与肉身，一种指向当下与看见的写作》，朱霄华，《诗潮》，2015年第7期，第12—13页。

738. 《西川的诗学理论对中国新诗的贡献》，张厚刚，《星星》（下半月），2015年7月号，第27—37页。

739. 《西川诗歌近作中的冷"色""情"与音乐性》，龚奎林，《星星》（下半月），2015年7月号，第38—45页。

740. 《夏宇〈88首自选〉中的后现代特点》，乐雯雯、叶诗婕等，《福建师大福清分校学报》，2015年第4期，第23—28页。

741. 《现代诗歌史视域下的徐志摩——以陆耀东〈中国新诗史〉第一卷（1916—1949）为例》，安琪，《厦门文学》，2015年第7期，第68—70页。

742. 《乡土情深深几许——试论孙照明的乡土诗》，王常滨，《雪莲》，2015年第19期，第106—108页。

743. 《消费社会中"美的滥用"——日常生活语言解构诗的语言》，金哲，《北方论丛》，2015年第4期，第58—61页。

744. 《校园里不能没有诗——关于中学诗歌教育的一点观察与思考》，钱理群，《新诗评论》，2015年总第19辑，第1—10页。

745. 《〈新梦〉：中国革命文学的先声——兼谈蒋光慈的留苏经历及其诗人角色定位》，李丹，《阜阳师范学院学报》（社会科学版），2015年第4期，第82—86页。

746. 《新诗创作应该尊重传统》，熊辉，《星星》（下半月），2015年7月号，第132—134页。

747. 《新诗现代性建设要完成六大建设》，王珂，《创作与评论》

（下半月刊），2015年第7期，第33—39页。

748．《新世纪诗歌叙事的"不谐和音"》，邵波，《北方论丛》，2015年第4期，第48—51页。

749．《形式的生命：读周伟驰的诗》，王志军，《新诗评论》，2015年总第19辑，第150—176页。

750．《一代有一代之文学——马启代诗集〈黑如白昼〉述评》，王嘉，《名作欣赏》，2015年7月（中旬），第58—59页。

751．《一根稻草在马路上奔跑——理解陈丽伟诗歌的一个可能的途径》，马步升，《诗探索》（作品卷），2015年第2辑，第180—190页。

752．《"一时之花"与"年年来去之花"》，张定浩，《诗刊》，2015年7月号（下半月刊），第10—11页。

753．《用诗歌建构爱情的童话》，卢有泉，《黄河》，2015年第4期，第112—115页。

754．《余秀华诗歌谱系与疼痛美学——以〈诗经〉、海子、"梨花体"为参照》，刘云峰、李俊国，《北方论丛》，2015年第4期，第41—47页。

755．《"于无所希望中得救"——当代中国诗歌的现代性重构》，黄怒波，《诗歌月刊》，2015年第7期，第90—165页。

756．《余秀华诗歌与"文学事件化"》，孙桂荣，《南方文坛》，2015年第4期，第87—91页。

757．《语言本体与内部生长——"相思湖诗群"2009年以来创作综论》，董迎春、粟世贝，《广西民族大学学报》（哲学社会科学版），2015年第4期，第155—159页。

758．《远洋访谈 我的文学素养首先来自母亲》，远洋、阿翔，《诗歌月刊》，2015年第7期，第19—23页。

759．《〈再别康桥〉的审美特点及内涵探究》，冉建凯、王亚利，《青年文学家》，2015年7月（下），第39页。

760．《在飞回蝴蝶的一刹飞出蝴蝶——沈浩波〈蝴蝶〉论》，任洪渊，《诗探索》（理论卷），2015年第2辑，第30—42页。

761．《在生活的尘雾中，呼唤清风明月》，叶紫，《黄河》，2015年第4期，第116—118页。

762．《在诗歌这边，在诗歌那边——与诗人林雪的对话》，林喦、林雪，《渤海大学学报》（哲学社会科学版），2015年第4期，第1—7页。

763.《在知音逻辑与抒情姿态的延长线上——何其芳延安时期诗风转变的再解读》，刘璐，《新诗评论》，2015年总第19辑，第134—149页。

764.《站在山顶的声音——读彝族诗人阿苏越尔诗集〈阳光山脉〉》，师立新，《凉山文学》，2015年第4期，第59—60页。

765.《整风前后：诗人鲁藜的"心灵矛盾"与"泥土"意识》，张林杰，《天津社会科学》，2015年第4期，第132—136页。

766.《执毫品塞上 舞墨言春秋——〈宁夏诗歌史〉跋》，杨梓，《朔方》，2015年第7期，第81—85页。

767.《植入战争背景之中的中国新诗》，吴晓东，《诗刊》，2015年7月号（上半月刊），第63—68页。

768.《中国抗战诗歌研究综述》，田源，《西华大学学报》（哲学社会科学版），2015年第4期，第6—11页。

769.《中国现代派诗歌中的"乡土与都市"主题意象》，吴晓东，《北京大学学报》（哲学社会科学版），2015年第4期，第46—58页。

770.《追风人的行吟诗学和现代性体验——任怀强诗歌论》，张元珂，《星星》（下半月），2015年7月号，第123—130页。

771.《宗白华美学品格与小诗创作理念初探》，张昊，《星星》（下半月），2015年7月号，第98—111页。

772.《作为独立研究的文本细读》，段从学，《新诗评论》，2015年总第19辑，第93—103页。

八月

773.《抱病而行，或迎风而歌——读孙方杰的诗集〈半生罪半生爱〉》，苏婧，《星星》（下半月），2015年8月号，第117—120页。

774.《北京散文诗掠影》，爱斐儿，《星星》（下半月），2015年8月号，第64—71页。

775.《表达的改变与改变的表达——郭沫若早年与晚期的诗歌创作》，巍白璧、妥佳宁，《现代中国文化与文学》，2015年第1期，第223—234页。

776.《表现自我，在古典与现代的对接之间——细读当代诗人夏

143

寒〈灵魂深处的低吟浅唱〉》，秦兆基，《雪莲》，2015年第22期，第114—120页。

777.《不经意间的诗性直觉——读曹利民的诗》，叶橹，《星星》（下半月），2015年8月号，第87—92页。

778.《昌耀的"囚徒"身份和文化品格》，刘广涛，《星星》（下半月），2015年8月号，第37—49页。

779.《沉潜的律动——读王更登加的诗》，赵金钟，《诗刊》，2015年8月号（下半月刊），第7—9页。

780.《初心，即诗意，即世界——读蒋在，或一种诗学可能》，夏汉，《山花》，2015年8月（B），第98—101页。

781.《词语的多副面孔或表意的焦虑——以孙文波诗集〈新山水诗〉为例》，范云晶，《南京理工大学学报》（社会科学版），2015年第4期，第8—14，37页。

782.《从"天安门诗歌"到"伤痕文学"：关于"新时期文学"起源的再讨论》，黄平，《文艺争鸣》，2015年第8期，第7—23，6页。

783.《从超人式的"天狗"到风中的"芦苇"》，沈卫威，《华文文学》，2015年第4期，第81—86页。

784.《从中西对话到古今对话》，胡亮，《诗刊》，2015年8月号（上半月刊），第58—60页。

785.《戴望舒诗歌意象与其译诗诗歌意象相似性探析》，沈菲，《安徽文学》（下半月），2015年第8期，第63—64页。

786.《"第三代诗歌"的还原式研究与全面呈现——评谭五昌〈诗意的放逐与重建——论"第三代诗歌"〉》，陈旭光、李壮，《现代中国文化与文学》，2015年第1期，第326—332页。

787.《雕刻者之歌——试论郑敏早期诗歌的生命诗学》，陈李力，《名作欣赏》，2015年8月（下旬），第97—98页。

788.《读陆健近年来的诗》，程光炜，《诗潮》，2015年第8期，第111—114页。

789.《革命话语中的诗性延展——论郭小川叙事诗中的抒情特质》，李秀荣，《星星》（下半月），2015年8月号，第121—132页。

790.《关于诗歌日常生活写作的思考》，苗雨时，《星星》（下半月），2015年8月号，第6—15页。

791.《家族伦理与民间精神根性的哲学审视——励志长诗〈圣水

吟〉的生命伦理价值》，冯肖华，《兰州学刊》，2015年第8期，第29—34页。

792.《价值、创新与操演——评〈余光中对马华作家的影响研究〉》，张一文，《华文文学》，2015年第4期，第77—80页。

793.《李亚伟诗歌的古典美》，王坤，《青年文学家》，2015年8月（下），第25页。

794.《陆健：在诗歌里呈现的生命状态与了悟——对〈一位美轮美奂的小诗人之歌〉的阅读感受》，西娃，《西湖》，2015年第8期，第107—112页。

795.《论昌耀的荒诞生命意识》，张玉玲，《星星》（下半月），2015年8月号，第27—36页。

796.《论谭毅诗歌的拓扑学结构》，李海英，《职大学报》，2015年第4期，第48—52页。

797.《论新诗滑坡现象及其纠偏之道》，潘颂德，《赣南师范学院学报》，2015年第4期，第69—72页。

798.《论杨炼〈叙事诗〉的音乐性创造》，李小凡，《名作欣赏》，2015年8月（下旬），第99—101页。

799.《每一次生命的呈现都非同寻常——蒋在访谈》，蒋在、钟硕，《山花》，2015年8月（B），第94—97页。

800.《穆旦"接近"鲁迅问题再识》，凌孟华，《鲁迅研究月刊》，2015年第8期，第49—60，91页。

801.《女人海男　生活在诗——海男的女性性格特征与诗歌表现》，蔡丽，《职大学报》，2015年第4期，第38—41，29页。

802.《女人与玫瑰——通往于坚诗学的一条路径》，付立峰，《职大学报》，2015年第4期，第42—47页。

803.《平静的诘问与漫长的告别》，曾鸣，《星星》（下半月），2015年8月号，第72—85页。

804.《评吕周聚〈中国新诗审美范式的历史转型〉》，罗振亚、白杰，《中国现代文学研究丛刊》，2015年第8期，第210—213页。

805.《评宁夏作家张铎诗集〈三地书〉》，邹慧萍，《宁夏师范学院学报》，2015年第4期，第29—32页。

806.《普罗诗人与革命诉求：1927—1930年间的革命诗歌》，陈红旗，《现代中国文化与文学》，2015年第1期，第52—64页。

807. 《曲有尽 意无穷——解读白亮的长诗〈旋转的季节〉》，尚飞鹏，《延安文学》，2015 年第 4 期，第 221—223 页。

808. 《人生不能等，且行且珍惜——读周苍林〈说好了〉有感》，郑秀兰，《名作欣赏》，2015 年 8 月（中旬），第 80—81 页。

809. 《软语的抒情风度——读江南诗人李浔》，李建春，《文学港》，2015 年第 8 期，第 140—142 页。

810. 《身体超验与诗学探索——以 20 世纪 90 年代余怒诗歌作例的考察》，董迎春，《南京理工大学学报》（社会科学版），2015 年第 4 期，第 1—7 页。

811. 《审美范式视野中的新诗转型研究——评吕周聚〈中国新诗审美范式的历史转型〉》，王彬，《海南师范大学学报》（社会科学版），2015 年第 8 期，第 64—67 页。

812. 《生命的回溯与诗意的探求——论杨方的故乡书写与艺术特质》，孙晓娅，《首都师范大学学报》（社会科学版），2015 年第 4 期，第 88—95 页。

813. 《诗，可以像大西北的大风一样大》，欧阳文章，《诗刊》，2015 年 8 月号（下半月刊），第 10—12 页。

814. 《诗的感性与性感》，杨建兵，《星星》（下半月），2015 年 8 月号，第 134—136 页。

815. 《诗歌：抒写的使命——评张永波石油诗集〈地火芬芳〉》，犁痕，《地火》，2015 年第 3 期，第 157—160 页。

816. 《诗歌的叙述性及诗歌叙述者的身份——以〈王家新的诗〉为例》，康馨，《赤峰学院学报》（汉文哲学社会科学版），2015 年第 8 期，第 178—180 页。

817. 《诗歌的幽暗部分》，袁增欣，《星星》（下半月），2015 年 8 月号，第 140—142 页。

818. 《诗歌星空中的一块发光体——胡风诗歌理论述评》，吴思敬，《首都师范大学学报》（社会科学版），2015 年第 4 期，第 81—87 页。

819. 《试论中国现代文学研究中"以西格中"的普遍性——以穆旦和夏志清研究为例》，吴雪梅，《长江师范学院学报》，2015 年第 4 期，第 87—91 页。

820. 《水的情史与方形尖碑的女声——对话桑子》，桑子、霍俊明,《滇池》,2015年第8期,第92—96页。

821.《死亡与抗争是四月的柠檬——桑子抗战长诗与女性抒写历史的可能》,霍俊明,《滇池》,2015年第8期,第97—102页。

822.《泰雅族诗人瓦历斯·诺干的族群书写与文化关怀》,洪淑苓,《华文文学》,2015年第4期,第95—104页。

823.《桃花江畔的灵魂摆渡——读陈旭明散文诗集〈以诗说明〉》,崔国发,《散文诗》(上半月),2015年8月号,第90—93页。

824.《瞳术,或新锐诗人的成长史——论庄子轩诗集〈霜禽〉》,陈大为,《华文文学》,2015年第4期,第73—76页。

825.《微诗九忌》,余小曲,《星星》(下半月),2015年8月号,第109—116页。

826.《为先锋诗歌"命名"——评罗振亚〈1990年代新潮诗研究〉》,卢桢,《现代中国文化与文学》,2015年第1期,第302—308页。

827.《我的文学路,始于〈赤子心〉——20世纪80年代大学生诗歌运动访谈篇之邹进篇》,邹进、姜红伟,《星星》(下半月),2015年8月号,第51—61页。

828.《西方悲剧理论下的海子诗歌》,司若兰,《鸭绿江》(下半月版),2015年第8期,第72页。

829.《先锋的诗歌具有侵略性——以第二届"甘肃诗歌八骏"为例》,袁增欣,《诗选刊》,2015年第8期,第39—43页。

830.《"现代诗"与"新诗"》,徐江,《星星》(下半月),2015年8月号,第18—25页。

831.《现实生活的精神闪电》,吴佳燕,《星星》(下半月),2015年8月号,第137—139页。

832.《〈小雅〉上的诗坛双子星——兼谈〈中国新诗〉杂志》,吴心海,《新文学史料》,2015年第3期,第192—195页。

833.《乡土·成长·哲思——王佐红诗集〈背负闲云〉的关键词》,李丽,《朔方》,2015年第8期,第98—101页。

834.《新诗:一个粗糙而伟大的发明——新诗百年反思谈片》,沈奇,《文艺争鸣》,2015年第8期,第128—134页。

835.《新诗的思维术与主体性教学——当下中国大陆中学新诗教学方法的两点思考》,孙晓娅,《现代中国文化与文学》,2015年第1期,第235—251页。

836.《徐志摩诗歌"浪漫"与"唯美"共存的艺术特质》,薛皓洁,《江苏社会科学》,2015年第4期,第203—209页。

837.《叙事诗及其批判》,金国泉,《星星》(下半月),2015年8月号,第93—108页。

838.《寻求思想被桎梏的出路——论台湾诗人李莎20世纪50年代的诗歌》,周萍,《华文文学》,2015年第4期,第66—72页。

839.《用意象批评法解读〈春天,遂想起〉》,许煜灵,《景德镇学院学报》,2015年第4期,第44—48页。

840.《迂回的寻索和探测——诗论李皓的诗歌创作》,刘恩波,《鸭绿江》(上半月版),2015年第8期,第98—105页。

841.《展现汉语诗歌的独特魅力——第六届"鲁奖"诗歌奖述评》,房伟,《中国现代文学研究丛刊》,2015年第8期,第65—75页。

842.《张默访谈:诗路无涯》,张默、朱育颖,《诗歌月刊》,2015年第8期,第18—23页。

843.《中外诗律比较的学理分析》,王天红,《华夏文化论坛》,2015年第1期,第105—114页。

844.《重新编码的传统和当代诗意景观——试论新时期汉语新诗古典意识的嬗变》,颜炼军,《文艺争鸣》,2015年第8期,第121—127页。

845.《周苍林〈大地,你还倒欠我一条命〉赏读》,郑秀兰,《名作欣赏》,2015年8月(中旬),第77—78页。

846.《周苍林〈我的每一天都充满谢谢〉赏读》,郑秀兰,《名作欣赏》,2015年8月(中旬),第79—80页。

847.《周苍林〈有一种久治不愈的疾病叫乡愁〉》,郑秀兰,《名作欣赏》,2015年8月(中旬),第78—79页。

848.《周涛的才气与霸气》,朱增泉,《诗选刊》,2015年第8期,第66—68页。

849.《朱湘〈采莲曲〉赏析》,陈玲玲,《名作欣赏》,2015年8月(下旬),第94—96页。

九月

850. 《1989—1992：中国当代诗歌转型与青年精神裂变——以戈麦〈誓言〉为个案》，吴昊，《河北科技师范学院学报》（社会科学版），2015年第3期，第25—28、44页。

851. 《艾青的"说真话"》，隐石，《星星》（下半月），2015年9月号，第34—45页。

852. 《爱是我创作的基础和出发点——黄沙子、曾宏对话录》，黄沙子、曾宏，《诗歌月刊》，2015年第9期，第11—15页。

853. 《澳门新诗选评》，王韬，《世界华文文学论坛》，2015年第3期，第95—102页。

854. 《巴蜀诗坛三老与海峡两岸诗歌交流》，陶德宗、陶兰，《重庆三峡学院学报》，2015年第5期，第51—54页。

855. 《卑微的赞美注定无声——评梁书正〈炊烟的另一种用途〉》，龙扬志，《诗刊》，2015年9月号（下半月刊），第7—9页。

856. 《彼岸与还乡——行走视野中的"包山底"》，孙晓娅，《名作欣赏》，2015年9月（上旬），第36—41页。

857. 《重建诗歌写作的技术难度意识——〈炊烟的另一种用途〉之"另一种"诗学"用途"》，沈健，《诗刊》，2015年9月号（下半月刊），第10—12页。

858. 《重审"九叶"诗群的诗学倾向及其与左翼作家之关系》，李章斌，《南京师大学报》（社会科学版），2015年第5期，第144—151页。

859. 《沉入雪夜的静思——论朱永良的诗》，陈爱中、白璐，《文艺评论》，2015年第9期，第115—120页。

860. 《穿过城市文明的乡村候鸟——刘晓平诗作读后》，聂茂，《创作与评论》（上半月刊），2015年第9期，第35—37页。

861. 《从"民族的"到"世界的"——论吉狄马加对艾青的传承》，刘启涛，《当代文坛》，2015年第5期，第101—105页。

862. 《从闭锁到敞开：新诗格律的可能性——一份提纲》，张桃洲，《诗潮》，2015年第9期，第126—128页。

863. 《"打工诗歌"的美学争议》，冷霜，《艺术评论》，2015年第

9期，第20—24页。

864. 《戴望舒诗歌和其译诗互文性现象的原因探究》，沈菲，《青年文学家》，2015年9月（下），第20页。

865. 《当"蜜腊波桥"遇见"康桥"——〈蜜腊波桥〉与〈再别康桥〉对照分析》，端木红梅，《湖北文理学院学报》，2015年第9期，第62—64页。

866. 《到达彼岸的路途——郭性汶访谈》，郭性汶、郑瞳，《山花》，2015年9月（B），第95—97页。

867. 《滴水入流入海，行色终归本色——〈山东文学〉2015年上半年诗歌综述》，张无为，《山东文学》，2015年第9期，第59—61页。

868. 《地之子的纯情与深情——杨廷成诗歌印象》，刘晓林，《青海湖》，2015年9月号，第26—29页。

869. 《方明诗歌中的"四个四重奏"——诗集〈生命是悲欢相连的铁轨〉读后》，张志忠，《暨南学报》（哲学社会科学版），2015年第9期，第20—26，161页。

870. 《关怀一切需要关怀的——谈周庆荣的散文诗创作》，张清华，《诗潮》，2015年第9期，第12—15页。

871. 《关于"底层诗歌"引发的思考》，李松睿，《艺术评论》，2015年第9期，第13页。

872. 《"观看"的诗学——评张洁宇〈独醒者与他的灯——鲁迅《野草》细读与研究〉》，吴昊，《中国现代文学研究丛刊》，2015年第9期，第206—209，215页。

873. 《郭沫若〈战声集〉中"们"之意象考释》，逯艳，《郭沫若学刊》，2015年第3期，第20—26页。

874. 《郭沫若的生态文化思想及其文学表达》，林荣松，《重庆第二师范学院学报》，2015年第5期，第78—81页。

875. 《黄昏里的行走与歌唱——从骆一禾的〈大黄昏〉看其诗学理想》，林琳，《江汉学术》，2015年第5期，第81—88页。

876. 《黄遵宪诗歌新语词运用之考释》，周晓平，《齐鲁学刊》，2015年第5期，第134—139页。

877. 《"混搭"现场与当代诗的文化公共性》，姜涛，《艺术评论》，2015年第9期，第14—19页。

878. 《精神家园的守护者——评丁长河诗集〈灵光〉》，马霞，《凉山文学》，2015年第5期，第63—64页。

879.《"客观化"诗歌中的自我展示——析读马永波的诗》，韩伟、曹蕊，《江汉学术》，2015年第5期，第75—80页。

880.《口语诗写作的多种可能性》，宋宝伟，《星星》（下半月），2015年9月号，第119—121页。

881.《困境中的求索——穆旦晚期诗歌创作风格探析》，史红华，《赤峰学院学报》（汉文哲学社会科学版），2015年第9期，第180—182页。

882.《立体诗风》，段宝林，《广西师范学院学报》（哲学社会科学版），2015年第5期，第50—55页。

883.《论"网络诗歌"的审美追求》，赵金钟，《星星》（下半月），2015年9月号，第6—19页。

884.《论北岛早期诗歌的写作资源与文学精神——以〈回答〉为中心》，李琴，《南京师范大学文学院学报》，2015年第3期，第15—22页。

885.《论林庚对中国古典诗体的认识与借鉴》，毛丹丹，《星星》（下半月），2015年9月号，第22—32页。

886.《论洛夫〈漂木〉的意象创造及经典意义》，熊国华，《暨南学报》（哲学社会科学版），2015年第9期，第27—32页。

887.《论诗歌的突围》，年微漾，《星星》（下半月），2015年9月号，第59—73页。

888.《论新世纪山东女性诗人群体的精神突围》，刘东方、张厚刚，《扬州大学学报》（人文社会科学版），2015年第5期，第83—87页。

889.《每一个人都是祖先的使者——诗歌阅读札记》，傅菲，《星星》（下半月），2015年9月号，第107—114页。

890.《面对时代与现实：诗歌何为？》，庄伟杰，《粤海风》，2015年第5期，第17—20页。

891.《民歌之"用"——论抗战时期北方根据地的新民歌搜集活动》，刘卓，《文艺理论与批评》，2015年第5期，第25—31页。

892.《那个写风的少年——王志国诗歌意向浅析》，刚杰·索木东，《星星》（下半月），2015年9月号，第100—106页。

893.《"你"是"我"的眼——杜青论》，姚则强，《海南师范大学学报》（社会科学版），2015年第9期，第55—60页。

894. 《潘洗尘与诗歌的边缘化关系》，海男，《绿风》，2015年第5期，第123—125页。

895. 《情绪如何化为诗意》，胡传吉，《星星》（下半月），2015年9月号，第116—118页。

896. 《日常　诗性　存在者：三种诗歌的发生学》，世宾，《粤海风》，2015年第5期，第24—36页。

897. 《散文诗：美的书写，美的表达》，重庆子衣，《散文诗》（上半月），2015年9月号，第94—96页。

898. 《散文诗要有自己强势的话语权——简论散文诗评论》，杨剑文，《散文诗》（上半月），2015年9月号，第93页。

899. 《"诗的新批评"之重温——陈越著〈"诗的新批评"在现代中国之建立〉序》，解志熙，《汉语言文学研究》，2015年第3期，第127—130页。

900. 《诗歌本色之路的从容推进——梁平诗集〈深呼吸〉初识》，赵卫峰，《星星》（下半月），2015年9月号，第92—99页。

901. 《诗歌的空间和地方性》，霍俊明、叶延滨等，《扬子江诗刊》，2015年第5期，第81—89页。

902. 《诗歌的温度应是生活的温度——刘晓平访谈录》，曹庆红，《创作与评论》（上半月刊），2015年第9期，第29—34页。

903. 《诗歌的语言激情及主题特征——论析刘洁岷的诗》，梁小静，《广西师范学院学报》（哲学社会科学版），2015年第5期，第70—75页。

904. 《诗意生活的独行者——巴彦淖尔诗人付志勇作品赏析》，杨瑞芳，《集宁师范学院学报》，2015年第3期，第35—37，46页。

905. 《诗意之光》，孙基林、马春光，《山东文学》，2015年第9期，第62—64页。

906. 《视觉转向与当代诗人的自我塑形》，王强，《江汉大学学报》（社会科学版），2015年第5期，第81—86，127页。

907. 《双子星——简论朱夏妮和吴盐的诗》，黄梵，《扬子江诗刊》，2015年第5期，第53—54页。

908. 《谈雷平阳》，张德明、何言宏等，《名作欣赏》，2015年9月（上旬），第26—34页。

909.《童年创伤体验与艾青前期诗歌创作——以〈大堰河,我的保姆〉和〈我的父亲〉为例》,杨玉霞,《星星》(下半月),2015年9月号,第46—57页。

910.《文化、乡愁与个体经验下的多元叙事》,赵目珍,《山东文学》,2015年第9期,第65—67页。

911.《文化语境与诗人思维——兼谈物象的踪迹与当代历史物象诗创作》,王巨川、高运球,《文艺评论》,2015年第9期,第76—81页。

912.《西北场域与当代背景下的诗歌写作》,杨献平、杨森君,《扬子江诗刊》,2015年第5期,第38—42页。

913.《席慕容的诗歌艺术》,林明理,《集宁师范学院学报》,2015年第3期,第27—30页。

914.《现场直击与本体追问——论梁平的当代诗歌批评》,张德明,《当代文坛》,2015年第5期,第106—110页。

915.《现代性、传统与全球化:欧美语境中的于坚诗歌海外传播》,冯强,《当代作家评论》,2015年第5期,第181—188页。

916.《现实主义写作:或万物的诗意合法性——田力诗歌创作中的精神结构》,贺颖,《鸭绿江》(上半月版),2015年第9期,第98—104页。

917.《乡魂苦吟成离骚——丁可诗歌谈略》,孙曙,《扬子江诗刊》,2015年第5期,第10—13页。

918.《"象征森林"的迷雾——李金发与波德莱尔诗歌比较》,梁小矛,《山花》,2015年9月(B),第114—115页。

919.《心窗鸿羽 紫毫大江——读旭宇新版诗集〈天风〉》,刘小放,《诗选刊》,2015年第9期,第84—85页。

920.《心灵的存在之思——郭性汶诗歌简论》,张思源,《山花》,2015年9月(B),第98—99页。

921.《新汉学时代与中国新诗》,吕进,《西南大学学报》(社会科学版),2015年第5期,第108—112,207页。

922.《新诗创作研究需要新观念新方法——林于弘教授访谈录》,王觅、王珂,《晋阳学刊》,2015年第5期,第3—12页。

923.《新诗形式的内涵与底线刍议》,张立群,《粤海风》,2015年第5期,第21—23页。

924.《寻找真实的自我》,叶露,《星星》(下半月),2015年9月号,第122—124页。

925.《"要与别人不同"——西川诗歌论》,罗振亚,《中国文学批评》,2015年第3期,第30—41,126页。

926.《〈野草〉与中国作家作品的比较》,张凤燕,《河北大学学报》(哲学社会科学版),2015年第5期,第68—73页。

927.《影响无焦虑 釜底且游鱼——以〈忧伤的黑麋鹿〉为例谈当代诗写与评价的失衡》,李海英,《江汉学术》,2015年第5期,第66—74页。

928.《用"文学的"〈野草〉研究重绘鲁迅——评〈独醒者与他的灯——鲁迅《野草》细读与研究〉》,段从学,《鲁迅研究月刊》,2015年第9期,第93—96页。

929.《用灵魂为草原谱一曲牧歌——论伊勒特散文和诗歌的创作特色》,吴栓虎,《集宁师范学院学报》,2015年第3期,第31—34页。

930.《由〈新诗集〉和〈分类白话诗选〉看早期新诗翻译与创作》,晏亮、陈炽,《海南师范大学学报》(社会科学版),2015年第9期,第61—65页。

931.《原乡的召唤:论席慕蓉的草原书写的文化内涵》,田文兵、蔡燕虹,《当代作家评论》,2015年第5期,第60—66页。

932.《在黑暗中探索前行——周云蓬诗歌论》,王晓梦、温静,《当代文坛》,2015年第5期,第115—119页。

933.《在回忆中坚守——20世纪80年代大学生诗歌运动访谈录之犁痕篇》,犁痕、姜红伟,《星星》(下半月),2015年9月号,第75—87页。

934.《在记录与见证中守护诗意——从新诗集〈深呼吸〉论梁平近年诗歌写作》,刘波、罗振亚,《当代文坛》,2015年第5期,第111—114页。

935.《在追寻"当代感"的路上继续掘进——一种基于"头条诗人"的观察》,程继龙,《诗潮》,2015年第9期,第116—118页。

936.《战争的回声——阮章竞的怀人诗作及抗战书写》,阮援朝,《文艺理论与批评》,2015年第5期,第9—11页。

937.《张枣的"元诗"理论及其诗学实践》,亚思明,《当代作家评论》,2015年第5期,第53—59页。

938．《找寻路上风景　探寻合理路径——沈奇1980年代以来的诗论与诗歌写作》，陈卫，《海南师范大学学报》（社会科学版），2015年第9期，第48—54页。

939．《整合与超越——评张桃洲〈声音的意味：20世纪新诗格律探索〉》，杨汤琛，《汉语言文学研究》，2015年第3期，第131—136页。

940．《挚爱的诗意行走与诗性宽广——略论刘燕的诗歌近作暨新诗集〈落雪有声〉》，芦苇岸，《诗林》，2015年第5期，第94—96页。

十月

941．《卞之琳诗中水意象与传统思想传承》，卢锦淑，《中国文学研究》，2015年第4期，第95—98页。

942．《冰层下的暖流——食指诗歌谈》，张建波，《星星》（下半月），2015年10月号，第27—34页。

943．《创新与温暖：诗歌的尖与柄——2015〈芒种〉诗选读后》，李犁，《诗选刊》，2015年第10期，第30—31页。

944．《词语的风车——读冯晏的〈航行百慕大〉》，陈爱中，《诗歌月刊》，2015年第10期，第92—94页。

945．《从〈海子的诗〉窥探比喻奇葩》，徐凤红，《安徽文学》（下半月），2015年第10期，第60—61页。

946．《打工诗歌的反现代性》，彭露，《青年文学家》，2015年10月（下），第11—12页。

947．《淡淡的诙谐与忧伤——关于于明诠的诗歌写作》，张清华，《星星》（下半月），2015年10月号，第79—84页。

948．《甘南草原的神性歌唱——甘南诗歌述评》，黄恩鹏，《星星》（下半月），2015年10月号，第85—104页。

949．《歌词徘徊在中国现当代文学史边上的反思》，陈宝琳，《湖北社会科学》，2015年第10期，第129—133页。

950．《歌咏爱的悲愁和欣喜——白蕉的诗集〈白蕉〉》，陈青生，《现代中文学刊》，2015年第5期，第74—80页。

951．《故事、修辞与叙述者自身的悖反》，邱婧，《诗刊》，2015年10月号（下半月刊），第9—11页。

952. 《韩东：没有意外的写作痛不欲生》，卢欢，《长江文艺》，2015年第10期，第112—121页。

953. 《宏大抒情表层下的隐喻仪式现场——重读纳·赛音朝克图抒情长诗〈狂欢之歌〉》，乌·纳钦，《民族文学研究》，2015年第5期，第5—11页。

954. 《"及物"大势中的遥远现实》，杨章池，《星星》（下半月），2015年10月号，第139—141页。

955. 《夹缝与自审：精神定位与自我救赎——评王立世的诗》，马启代，《名作欣赏》，2015年10月（下旬），第121—122页。

956. 《郊区的独白——读路也〈城南哀歌〉》，宗仁发，《诗选刊》，2015年第10期，第22—24页。

957. 《经典是怎样炼成的——重读姚振函》，苗雨时，《诗选刊》，2015年第10期，第80—82页。

958. 《康若文琴，诗若文琴》，奚同发，《草地》，2015年第5期，第78—79页。

959. 《枯木逢春：新诗对古典资源之回溯——浅析废名的诗学路径》，王静怡，《安徽文学》（下半月），2015年第10期，第57—59，61页。

960. 《来生的邀约——林徽因〈别丢掉〉阐释》，沈国辉，《名作欣赏》，2015年10月（中旬），第128—130页。

961. 《论当代诗歌中的反隐喻意象》，母一娜、李心释，《南京理工大学学报》（社会科学版），2015年第5期，第44—49页。

962. 《论胡适诗学中诗性的衍化历程》，曹万生、王方，《四川师范大学学报》（社会科学版），2015年第5期，第168—176页。

963. 《论抗战诗人对日本形象的书写程式与接受心理》，田源，《现代中文学刊》，2015年第5期，第92—96页。

964. 《论商禽散文诗中"诗质"的呈现——兼及散文诗研究的方法问题》，薛凡佳，《星星》（下半月），2015年10月号，第51—72页。

965. 《论辛笛〈异域集〉的现代性》，李丹，《中国现代文学研究丛刊》，2015年第10期，第184—192页。

966. 《论徐志摩对十四行体中国化的历史性贡献》，许霆，《台州学院学报》，2015年第5期，第46—52页。

967.《论彝族诗人玛查德清与阿苏越尔的诗歌创作》，张兵兵，《长江师范学院学报》，2015年第5期，第48—53，143页。

968.《论郑愁予诗歌的诗性美》，张晓敏，《青年文学家》，2015年10月（下），第43页。

969.《论朱湘的"纯诗"世界——基于中西纯诗诗学的观照视野》，田源，《烟台大学学报》（哲学社会科学版），2015年第5期，第78—84，124页。

970.《朦胧诗语言偏离研究》，林英魁、陈俊余，《现代语文》（语言研究版），2015年10月号，第71—73页。

971.《面对诗歌的勇气与疑虑——霍俊明访谈》，周明全、霍俊明，《山花》，2015年10月（B），第94—97页。

972.《浅谈戴望舒诗歌中独特的距离意识》，胡玥，《青年文学家》，2015年10月（下），第13页。

973.《浅谈康若文琴的诗》，史映红，《草地》，2015年第5期，第76—77页。

974.《人民文学出版社与"十七年"新诗集的生产》，陈宗俊，《中国现代文学研究丛刊》，2015年第10期，第24—34页。

975.《散文与诗歌写作中抒情方式的差异性》，李艳华，《文化学刊》，2015年第10期，第82—84页。

976.《诗的格局》，冯晏，《诗歌月刊》，2015年第10期，第90—91页。

977.《诗的墓志铭——读肖黛的诗〈一切与水有关〉》，何璐璐，《安徽文学》（下半月），2015年第10期，第14—15页。

978.《诗歌是有生命的文体》，孙晓娅，《星星》（下半月），2015年10月号，第19—25页。

979.《诗人鲁藜的"心灵矛盾"与"泥土"意识》，张林杰，《中国现代文学研究丛刊》，2015年第10期，第173—183页。

980.《诗人郑康伯三题》，吴心海，《现代中文学刊》，2015年第5期，第108—109，119页。

981.《施蛰存对"现代派"形成的无意识引渡与帮护》，黄雪梅，《赤峰学院学报》（汉文哲学社会科学版），2015年第10期，第127—128页。

982.《时间让女人最受伤——读荣荣诗集〈时间之伤〉》，牛殿庆，

《名作欣赏》，2015年10月（中旬），第5—6，9页。

983.《似曾相识的履声——论林庚的自然诗学》，夏小雨，《现代中文学刊》，2015年第5期，第81—88页。

984.《试析郑国防诗歌的用词特色》，李玲，《洛阳理工学院学报》（社会科学版），2015年第5期，第14—17，35页。

985.《是时候了，或"我们气候的诗歌"——新世纪以来当代诗的语境、问题与主义》，茱萸，《诗刊》，2015年10月号（上半月刊），第53—57页。

986.《〈孙毓棠诗集〉补遗》，杨新宇，《现代中文学刊》，2015年第5期，第97—102，107页。

987.《"坛城"：虚妄之词与无去来处——关于雷平阳长诗〈去白衣寨〉》，霍俊明，《诗选刊》，2015年第10期，第12—15页。

988.《谈胡弦》，耿占春、罗振亚等，《名作欣赏》，2015年10月（上旬），第23—29页。

989.《同时在诗歌与批评间展开》，陈超，《山花》，2015年10月（B），第102—107页。

990.《透视生命的残酷与坚韧》，石健，《星星》（下半月），2015年10月号，第136—138页。

991.《〈万国城〉：现实题材最后的诗歌》，孙慧峰，《诗潮》，2015年第10期，第11—14页。

992.《微妙与匠心》，沈浩波，《诗刊》，2015年10月号（下半月刊），第7—8页。

993.《温度与符号》，范果，《散文诗》（上半月），2015年10月号，第94—96页。

994.《"我沉思如一棵静谧的秋草"——唐祈诗歌析评》，王芳，《现代中文学刊》，2015年第5期，第103—107页。

995.《我对80年代的诗歌生活充满感恩——20世纪80年代大学生诗歌运动访谈录之江文波篇》，江文波、姜红伟，《星星》（下半月），2015年10月号，第36—47页。

996.《无声的极光：郑敏十四行组诗〈诗人之死〉解读》，刘燕，《中国现代文学研究丛刊》，2015年第10期，第160—172页。

997.《先锋诗学谱系的还原与拓展——评谭五昌的〈诗意的放逐与重建〉》，吴投文，《岭南师范学院学报》，2015年第5期，第34—

36页。

998.《现代诗学的辩证反思》，吕进，《星星》（下半月），2015年10月号，第6—16页。

999.《潇潇访谈：语言是我缓减巨痛的杜冷丁》，若非、潇潇，《诗歌月刊》，2015年第10期，第20—25页。

1000.《新诗"情绪节奏"命题的由来及其可能性》，张中宇、朱寿桐，《湖南大学学报》（社会科学版），2015年第5期，第163—167，192页。

1001.《新诗诗人笔下的成都文化》，汤巧巧，《成都大学学报》（社会科学版），2015年第5期，第38—42页。

1002.《新世纪湖北新诗略览》，荣光启，《名作欣赏》，2015年10月（上旬），第79—83页。

1003.《〈野草〉与"失乐园"原型》，刘骥鹏，《中国现代文学研究丛刊》，2015年第10期，第70—83页。

1004.《一代人的诗歌宿命》，张德明，《创作与评论》（下半月刊），2015年第10期，第59—65页。

1005.《一个灵魂安居者的精神路径——黄礼孩诗歌的宗教情怀和精神价值》，陈培浩，《广州文艺》，2015年10月号，第116—126页。

1006.《以诗为证——读〈康若文琴的诗〉》，毕亮，《草地》，2015年第5期，第80页。

1007.《永远的他者——评欧阳昱的跨国书写与双边接受》，张丽丽，《华文文学》，2015年第5期，第46—51页。

1008.《用诗艺呈现生存之痛》，宋宁刚，《星星》（下半月），2015年10月号，第133—135页。

1009.《余光中的文和诗：在传统与现代之间的弥合与创造》，海马，《华文文学》，2015年第5期，第52—56页。

1010.《与爱有关——简析康若文琴诗歌里的母性美》，牛放，《草地》，2015年第5期，第74—76页。

1011.《语言游戏下的欲望书写——穆旦〈春〉新解》，万月，《名作欣赏》，2015年10月（下旬），第119—120，127页。

1012.《阅读子川：敏感高地与他的"凹地"意识》，梁小静，《星星》（下半月），2015年10月号，第116—131页。

1013.《在夕光中侧身低语——关于郁颜的诗歌读记》，霍俊明，

《星星》（下半月），2015年10月号，第105—109页。

1014.《在现实经验的处理中确立散文诗的文本特质——序〈中国当代散文诗回顾与年度大展〉》，南鸥，《星星》（下半月），2015年10月号，第73—77页。

1015.《在月光的灯里品尝纸上的时光——王学芯组诗〈夜筑的鸟巢〉读札》，张德明，《诗歌月刊》，2015年第10期，第11—12页。

1016.《中国经验与现代性——论冯至〈十四行集〉的特质》，陶希、陶一权，《长江学术》，2015年第4期，第89—96页。

1017.《朱光潜的文学沙龙与一场诗歌论争》，费冬梅，《社会科学论坛》，2015年第10期，第113—134页。

1018.《〈珠贝集〉小识》，杨传庆，《现代中文学刊》，2015年第5期，第89—91页。

1019.《"转身，惊见诗的天空"——试论缅甸五边形诗社诗歌创作的几个主要特点》，北塔，《华文文学》，2015年第5期，第57—61页。

1020.《组句》，龙彼德，《散文诗》（上半月），2015年10月号，第93页。

1021.《最初的脚印——兼说说〈飞天·大学生诗苑〉》，彭金山，《飞天》，2015年10月号，第143—144页。

十一月

1022.《爱与宿命》，杨显硕，《星星》（下半月），2015年11月号，第134—136页。

1023.《八千里路云和月——"呦呦诗社"记忆》，赵剑华，《草原》，2015年第11期，第84—88页。

1024.《百年新诗：本土与西方的对话》，罗振亚、李少君等，《扬子江诗刊》，2015年第6期，第92—99页。

1025.《"报人"与"诗人"的视野同构：穆旦在1946—1948》，姜涛，《文艺争鸣》，2015年第11期，第10—19页。

1026.《冰心〈繁星·春水〉中的哲理之花》，董渝萍，《名作欣赏》，2015年11月（中旬），第139—143页。

1027.《常态的性灵书写与非常态的诗歌意义——关于娜夜的诗歌

精读与潜对话》，张德明，《当代文坛》，2015年第6期，第121—125页。

1028.《超越现代主义：重构中国散文诗的精神潜能——灵焚的散文诗写作之旅》，陈培浩，《诗歌月刊》，2015年第11期，第87—93页。

1029.《陈超对现代解诗学的杰出贡献》，唐晓渡，《诗探索》（理论卷），2015年第3辑，第130—134页。

1030.《陈耀球记卞之琳》，易彬、以敏，《新文学史料》，2015年第4期，第59—64页。

1031.《"出走与返乡"——论兰波与海子诗歌的共有主题》，李仕华，《当代文坛》，2015年第6期，第117—120页。

1032.《词的活化——读萧开愚的〈内地研究〉》，邓宁立，《上海文化》，2015年第11期，第34—47页。

1033.《从乡土到宇宙的飞升——论陈亮诗歌的情感形式》，温奉桥、张波涛，《诗探索》（作品卷），2015年第3辑，第117—125页。

1034.《刀尖上共舞——〈灵魂的姊妹〉及其他》，赵薇，《诗探索》（理论卷），2015年第3辑，第117—120页。

1035.《抵达澄明之境——读晓雪诗歌》，冷焰，《诗林》，2015年第6期，第52—53页。

1036.《底层经验的诗性表达——余秀华诗歌解读》，唐晴川、汤雪莹，《当代文坛》，2015年第6期，第126—129页。

1037.《地理维系的开阔与热血的"开口说话"——亚楠诗歌印象》，芦苇岸，《雪莲》，2015年第31期，第25—29，122页。

1038.《读吉狄马加的俄文版诗集〈黑色奏鸣曲〉》，亚历山大·库什涅尔，《星星》（下半月），2015年11月号，第6—15页。

1039.《纷繁的阅读感受》，高博涵，《星星》（下半月），2015年11月号，第137—139页。

1040.《风暴的形成》，阿西，《上海文化》，2015年第11期，第76—80页。

1041.《复活的情韵——媒介载体更替中的诗歌新景观》，俞晓燕，《名作欣赏》，2015年11月（下旬），第151—153页。

1042.《"关系网络"中的施蛰存》，金理，《中国现代文学研究丛刊》，2015年第11期，第13—32页。

1043.《关于朱自清对中国现代文学的贡献研究》,杨桂荣,《雪莲》,2015年第33期,第22页。

1044.《"光谱"背后的隐痛和暗影——重读邱华栋》,霍俊明,《滇池》,2015年第11期,第58—61页。

1045.《"海子传"书写的现象考察——兼及传记史料的问题》,张立群,《文艺争鸣》,2015年第11期,第170—175页。

1046.《海蓝色心潮——20世纪80年代大学生诗歌运动访谈录之包临轩篇》,包临轩、姜红伟,《星星》(下半月),2015年11月号,第64—76页。

1047.《含不尽之意见于言外》,王士强,《清明》,2015年第6期,第205—206页。

1048.《"行者"的言说——慕白诗歌谈》,崔勇,《诗探索》(理论卷),2015年第3辑,第77—85页。

1049.《"行者"物语——慕白诗歌的"慢哲学"思维镜像论》,陆健、朱林国,《诗林》,2015年第6期,第88—91页。

1050.《"号角"如何折身为"大众"——北京〈大众诗歌〉的改版与停刊》,张均,《现代中国文化与文学》,2015年第2期,第242—254页。

1051.《何谓入心的诗歌批评——从〈沈奇诗学论集〉(增订版)看沈奇的批评美学》,刘波,《诗探索》(理论卷),2015年第3辑,第186—194页。

1052.《黑暗意识:翟永明诗歌意象分析》,金莎磊,《湖北社会科学》,2015年第11期,第130—135页。

1053.《胡适〈尝试集〉:白话新诗的实地试验》,文贵良,《湖南大学学报》(社会科学版),2015年第6期,第83—90页。

1054.《化身、幻境与死亡:论诗人遭遇世界的三种方式 解读〈王道士的孤独之心俱乐部〉》,王珂旭,《上海文化》,2015年第11期,第59—69页。

1055.《记忆即道路:见证80年代大学生诗歌运动——王自亮访谈录》,姜红伟、王自亮,《诗探索》(理论卷),2015年第3辑,第47—59页。

1056.《寂寞诗坛的守望者——关于〈新世纪广西诗歌观察〉》,容本镇,《南方文坛》,2015年第6期,第35—36页。

1057.《精神家园的诗意书写——评李春龙"大兴村"系列诗歌创作》,罗长青,《芙蓉》,2015年第6期,第179—181页。

1058.《跨界诗歌:新世纪诗歌的新范式》,罗小凤,《南方文坛》,2015年第6期,第29—32,2页。

1059.《冷霜:一个徘徊的内心风景观察家》,连晗生,《上海文化》,2015年第11期,第48—58页。

1060.《历史"时感"中的"希望"与"控诉"——论1945—1948年间穆旦诗歌创作的精神指向与矛盾》,徐钺,《江汉学术》,2015年第6期,第60—66页。

1061.《鲁迅称冯至为"中国最为杰出的抒情诗人"又一辩考——立足于中国神话思维与冯至诗歌的叙事时空意识》,刘长华,《海南师范大学学报》(社会科学版),2015年第11期,第14—18页。

1062.《论"十七年"政治抒情诗的文学传统》,袁琳,《学习与探索》,2015年第11期,第145—149页。

1063.《论陈东东的上海诗》,翟月琴,《星星》(下半月),2015年11月号,第110—122页。

1064.《论当代诗歌中"反隐喻"的可能与不可能》,李心释,《江汉学术》,2015年第6期,第54—59页。

1065.《论海子诗歌创作的个性心理》,肖春毓,《名作欣赏》,2015年11月(下旬),第77—79页。

1066.《论韩东诗歌创作中的"自身互文"现象》,吴昊,《文艺争鸣》,2015年第11期,第164—169页。

1067.《论朦胧诗的意象特征及其意义》,费振华,《鸭绿江》(下半月版),2015年第11期,第30页。

1068.《论穆旦与鲁迅的精神遇合》,易彬,《鲁迅研究月刊》,2015年第11期,第68—78页。

1069.《论现代汉诗的情境写作》,赵飞,《求索》,2015年第11期,第115—121页。

1070.《论中国现代意象论的发生》,陈希,《文艺争鸣》,2015年第11期,第20—29页。

1071.《"罗雨"与"罗小凤"——作为一种现象的女性诗人批评家》,霍俊明,《南方文坛》,2015年第6期,第33—35页。

1072.《慢下来的写作》,马东旭,《散文诗》(上半月),2015年

11月号，第94—96页。

1073.《"芒果和明亮的黑马车"》，邱华栋、霍俊明，《滇池》，2015年第11期，第62—64页。

1074.《魔幻现实主义中的信仰与温暖——2015年〈诗潮〉作品选述评》，李犁，《诗选刊》，2015年第11期，第41—43页。

1075.《那些咴咴而鸣的小马驹——"呦呦诗社"琐忆》，梁梁，《草原》，2015年第11期，第74—79页。

1076.《男子树兰而有芳——曾鸣诗歌"蜀水以南"情形研究》，张叹凤，《当代文坛》，2015年第6期，第130—134页。

1077.《培育"闽派诗歌"的生力军——〈在榕高校大学生诗歌300首〉序》，张作兴，《福建文学》，2015年第11期，第120—121页。

1078.《朴素是永恒的标准——读李定新组诗〈乐冲物事〉》，远人，《诗林》，2015年第6期，第91—92页。

1079.《青春的尾巴与诗歌的潮头——叶延滨访谈录》，姜红伟、叶延滨，《诗探索》（理论卷），2015年第3辑，第36—46页。

1080.《让诗成为这个世界的发光体——刘川其人其诗》，刘恩波，《鸭绿江》（上半月版），2015年第11期，第83—89页。

1081.《日常生活的政治——从臧棣的〈菠菜〉看中国20世纪90年代诗歌趋向》，张桃洲，《广西师范学院学报》（哲学社会科学版），2015年第6期，第22—26页。

1082.《三个慕白》，柯平，《诗探索》（理论卷），2015年第3辑，第72—76页。

1083.《社会学视阈下新诗发展与现状批判》，朱慧劼，《星星》（下半月），2015年11月号，第53—62页。

1084.《生活·生命·存在——关于诗的进入方式及层面的言说》，叶橹，《诗探索》（理论卷），2015年第3辑，第4—13页。

1085.《"诗"与"学"的融通——论吴奔星的诗学理论研究》，赵普光、曹素玲，《中国现代文学研究丛刊》，2015年第11期，第187—196页。

1086.《诗人陈超与诗评家陈超》，大解，《诗探索》（理论卷），2015年第3辑，第150—153页。

1087.《诗人存在的意义就是把诗歌这块石头不断地推上山去——

读北塔的石头诗随感》，伊甸，《诗探索》（理论卷），2015年第3辑，第158—162页。

1088. 《诗人李岩：向善为诗　山水为歌》，陈晓琳，《草原》，2015年第11期，第100—106页。

1089. 《诗与思：水乳交融》，耿林莽，《绿风》，2015年第6期，第125—128页。

1090. 《诗与真的协奏——读陈超〈诗与真新论〉》，王永，《诗探索》（理论卷），2015年第3辑，第154—156页。

1091. 《所有的行走，都只为返回包山底——读慕白诗集〈行者〉》，杨方，《诗探索》（理论卷），2015年第3辑，第91—101页。

1092. 《谈郑小琼》，王宇平、何言宏，《名作欣赏》，2015年11月（上旬），第15—20页。

1093. 《"天籁没有所指"——之道长诗〈咖啡园〉简论》，沈奇，《星星》（下半月），2015年11月号，第88—95页。

1094. 《天河中的"秋刀鱼"——论台湾中生代女诗人冯青的女性历史观》，傅天虹，《诗探索》（理论卷），2015年第3辑，第172—183页。

1095. 《贴近生命的本源之地——评慕白的诗歌写作》，唐力，《诗探索》（理论卷），2015年第3辑，第86—90页。

1096. 《"汪国真现象"再梳理》，朱毅，《青年文学家》，2015年11月（下），第6—7，9页。

1097. 《王小妮：脆弱来得这么快》，沈浩波，《诗潮》，2015年第11期，第14—15页。

1098. 《网络诗歌发展现状及其出路》，胡王骏雄，《宜宾学院学报》，2015年第11期，第101—107页。

1099. 《维吾尔族诗人尼米希依提诗歌述评》，甘露、韩琼等，《青年文学家》，2015年11月（下），第3—4页。

1100. 《文学史深处的精神暗河——昌耀诗歌论析》，张立群，《南方文坛》，2015年第6期，第89—95页。

1101. 《文学史维度中的审视与阐释——读吴思敬〈中国当代诗人论〉》，张德明，《中国现代文学研究丛刊》，2015年第11期，第204—208页。

1102. 《"我慌乱地四处张望，不知身在何处"——读慕白的诗》，毛佩琦,《诗探索》(理论卷),2015年第3辑,第62—71页。

1103.《我给大家散个花》,蔡丽,《诗刊》,2015年11月号(下半月刊),第7—9页。

1104.《现代主义诗学理论拓展的一个重要界碑——重读袁可嘉的"新诗现代化"理论》,赵学勇、李国兴,《现代中国文化与文学》,2015年第2期,第113—129页。

1105.《潇潇诗歌论》,王辰龙,《诗探索》(理论卷),2015年第3辑,第104—116页。

1106.《写诗,失败主义者的事业——关于〈少年史〉的对话》,刘波、谷禾,《扬子江诗刊》,2015年第6期,第40—43页。

1107.《写诗又不是拧螺纹钢》,冯雷,《诗刊》,2015年11月号(下半月刊),第10—12页。

1108.《"新月书店"考》,胡博,《文学评论》,2015年第6期,第160—168页。

1109.《新世纪诗学建构的价值重估》,宋宝伟,《北方论丛》,2015年第6期,第39—42页。

1110.《喧嚣尘世下的独语者——论散皮的原创诗歌》,张丽军、李海丽,《星星》(下半月),2015年11月号,第123—129页。

1111.《杨炼诗歌的诗意探寻与哲学建构》,张鹏,《星星》(下半月),2015年11月号,第28—39页。

1112.《"一根钉子"与"一只老虎"——砂丁的诗与吴素贞的诗》,陈义海,《扬子江诗刊》,2015年第6期,第55—56页。

1113.《一份关于"诗歌标准"的试卷分析》,冯雷,《星星》(下半月),2015年11月号,第18—26页。

1114.《"异乡者"与"故乡"的对话——杨炼诗歌写作的精神"考古学"踪迹》,张英芳,《星星》(下半月),2015年11月号,第40—51页。

1115.《用怪石抵抗你风格的奇遇——读二十月诗集〈双行星与小卷兽〉》,了小朱,《上海文化》,2015年第11期,第70—75页。

1116.《用生命拥抱缪斯——评吕周聚的〈中国新诗审美范式的历史转型〉》,曹金合,《诗探索》(理论卷),2015年第3辑,第195—201页。

1117.《于是,我们写下情诗》,李振,《星星》(下半月),2015

年11月号，第131—133页。

1118. 《余秀华媒介文本的话语批判》，程郁儒、万洲杰，《江汉大学学报》（社会科学版），2015年第6期，第79—82，126页。

1119. 《与灵魂的对话和救赎——读潇潇〈对灵魂说……〉》，罗小凤，《诗探索》（理论卷），2015年第3辑，第121—123页。

1120. 《远处的山上的钟——九叶诗人唐祈和他的诗》，陈芸，《朔方》，2015年第11期，第98—104页。

1121. 《远行与超越——读〈骆英诗选〉》，杨克，《诗选刊》，2015年第1期，第83—86页。

1122. 《在"解构"中寻求"突围"——周庆荣散文诗论》，喻子涵、陈晓莉，《诗探索》（理论卷），2015年第3辑，第163—171页。

1123. 《在经验转换中承担诗意之重》，刘波，《诗刊》，2015年11月号（上半月刊），第36—38页。

1124. 《张力语言：诗之回归可能——读陈仲义教授〈现代诗：语言张力论〉》，董迎春，《星星》（下半月），2015年11月号，第96—103页。

1125. 《"中生代"诗人创作的"汉语新诗"的历史文化内涵——以傅天虹诗歌为中心的讨论》，王晓平，《暨南学报》（哲学社会科学版），2015年第11期，第106—115，163页。

1126. 《中国现代诗学的深化——40年代知性诗学："包容的诗"与"戏剧化"》，曹万生，《诗探索》（理论卷），2015年第3辑，第14—34页。

1127. 《走向"文学广场"的诗人们——〈中国诗人随笔序列·福建卷〉序》，曾念长，《星星》（下半月），2015年11月号，第104—109页。

十二月

1128. 《20世纪90年代以来中国诗歌观念的流变》，周航，《长江师范学院学报》，2015年第6期，第68—76，143页。

1129. 《超越社会批判的形而上追求：关于鲁迅早期的诗学思想》，雷文学，《烟台大学学报》（哲学社会科学版），2015年第6期，第158—163页。

1130.《城市里那架松木梯子——青岛70后诗人的写作命运》,霍俊明,《滇池》,2015年第12期,第76—80页。

1131.《出色的民俗风情诗及其他——徐玉诺在"明天社"时期的创作再爆发》,解志熙,《中国现代文学研究丛刊》,2015年第12期,第150—162页。

1132.《从"泣血之痛"到"时光之思"——〈时光之碑〉阅读札记》,马启代,《诗歌月刊》,2015年第12期,第16—18页。

1133.《当代"打工诗歌"现代性意蕴分析》,陈尚荣,《南京理工大学学报》(社会科学版),2015年第6期,第40—44页。

1134.《当代诗歌细读的可能性——评洪子诚〈在北大课堂读诗(修订版)〉》,吴昊,《海南师范大学学报》(社会科学版),2015年第12期,第46—50页。

1135.《〈故事新编〉与〈女神〉中的女娲神话、生态意识比较》,张素丽,《郭沫若学刊》,2015年第4期,第32—38页。

1136.《汉语十四行诗的现代转化——以李金发、朱湘、卞之琳为讨论对象》,曾琮琇,《汉语言文学研究》,2015年第4期,第98—115页。

1137.《看见事物敞开的澄明——徐南鹏诗集〈我看见〉研讨会实录》,陈晓明、欧阳江河等,《诗歌月刊》,2015年第12期,第81—97页。

1138.《理想主义的一场游荡——慕白印象记》,宋晓杰,《星星》(下半月),2015年12月号,第109—113页。

1139.《聆听语词的声音——细读朱朱诗歌〈小镇的萨克斯〉》,林琳,《河北科技师范学院学报》(社会科学版),2015年第4期,第55—60页。

1140.《鲁迅的死亡意识探析——基于〈野草〉〈朝花夕拾〉的文本细读》,刘晓华,《贵阳学院学报》(社会科学版),2015年第6期,第72—75页。

1141.《路向与可能——就〈时间的车轮〉女性作者的创作谈"散文诗"的几个问题》,赵薇,《星星》(下半月),2015年12月号,第72—91页。

1142.《论鲁迅"最理想的人性"思想——以〈野草〉为例》,崔绍怀,《鲁迅研究月刊》,2015年第12期,第20—27,35页。

1143.《论诗歌受众与诗歌接受》,杨志学,《星星》(下半月),

2015 年 12 月号，第 93—108 页。

1144.《论西方纯诗理论与中国现代纯诗写作的和而不同》，耿庆伟，《烟台大学学报》（哲学社会科学版），2015 年第 6 期，第 61—67 页。

1145.《论新世纪诗歌的精神转型与美学流变：力量的提升与精神的重建》，刘波，《大家》，2015 年第 6 期，第 200—207 页。

1146.《洛夫诗歌中的时间意象》，马春光，《星星》（下半月），2015 年 12 月号，第 42—52 页。

1147.《朦胧的雨巷　隐秘的逃避——〈雨巷〉解读》，李嘉男，《名作欣赏》，2015 年 12 月（下旬），第 115—116 页。

1148.《祛魅与消费——新时期网络诗歌的大众文化特征》，樊蓉，《滁州学院学报》，2015 年第 6 期，第 46—49 页。

1149.《日常、诗性：诗歌的发生学》，世宾，《星星》（下半月），2015 年 12 月号，第 6—19 页。

1150.《生命的对白与归处》，刘慧，《星星》（下半月），2015 年 12 月号，第 135—137 页。

1151.《诗比人长寿——〈公刘文存〉编后》，刘粹，《上海文学》，2015 年第 12 期，第 106—109 页。

1152.《诗歌标准问题之我见》，邱志武，《星星》（下半月），2015 年 12 月号，第 22—31 页。

1153.《诗歌出版"奇迹"与诗人一夜成名的背后》，周瓒，《文艺争鸣》，2015 年第 12 期，第 112—115 页。

1154.《诗歌写作的另一种维度——论〈何人斯〉》，王妍，《山花》，2015 年 12 月（A），第 129—133 页。

1155.《诗人们的诗人——论中国当代诗人对博尔赫斯的接受》，吴昊，《汉语言文学研究》，2015 年第 4 期，第 116—125 页。

1156.《诗意的"计算"和"研究"》，梅真，《星星》（下半月），2015 年 12 月号，第 138—140 页。

1157.《食指诗歌中的漂泊情感及其抒写》，魏家文、陈莹，《名作欣赏》，2015 年 12 月（中旬），第 79—81 页。

1158.《试论顾城的清洁精神》，郭朝红，《青年文学家》，2015 年 12 月（中），第 20—21 页。

1159.《试论中国新诗形式的演变（1917—1927）》，郭洋洋，《华中师范大学研究生学报》，2015年第4期，第72—76页。

1160.《孙绍振诗学思想研讨会综述》，王炳中，《福建文学》，2015年第12期，第114—116页。

1161.《谈潇潇》，罗振亚、张清华等，《名作欣赏》，2015年12月（上旬），第19—25页。

1162.《桃花源诗群的生活化抒写》，张文刚，《创作与评论》（上半月刊），2015年第12期，第43—46页。

1163.《"童心"和"自然"构筑的精神天国——顾城与洛尔迦诗歌比较》，罗晶、刘丽彬等，《青年文学家》，2015年12月（下），第10页。

1164.《外丑内美的人生展现——陈敬容诗歌的现代意象解读》，李春秋，《名作欣赏》，2015年12月（中旬），第87—89页。

1165.《文心雕"云"——读李浩诗集〈风暴〉》，张光昕，《雪莲》，2015年第34期，第116—120页。

1166.《"西南诗群"艺术风格研究》，龙珊，《西南民族大学学报》（人文社科版），2015年第12期，第193—199页。

1167.《现代性框架中诗歌传统生存的合法性及新诗如何未来》，王姗姗，《绵阳师范学院学报》，2015年第12期，第122—125页。

1168.《心灵先锋与意象探险——洛夫诗歌简论》，赵林云，《星星》（下半月），2015年12月号，第33—41页。

1169.《"新诗的进步"与"新诗史"的诞生》，段从学，《西南民族大学学报》（人文社科版），2015年第12期，第188—192页。

1170.《"新诗现代化"：从理论到实践——论袁可嘉之于中国新诗的独创意义》，廖四平、康丹，《中国现代文学研究丛刊》，2015年第12期，第73—81页。

1171.《新诗现代化想象与重构》，龙扬志，《南京师范大学文学院学报》，2015年第4期，第78—84页。

1172.《信手拈来成"经典"——从选本看卞之琳〈断章〉的阅读接受》，张文民，《海南师范大学学报》（社会科学版），2015年第12期，第32—39页。

1173.《"秀句"与"屠龙术"》，胡亮，《钟山》，2015年第6期，第160—165页。

1174.《徐玉诺史料掇拾》，刘涛，《中国现代文学研究丛刊》，

2015年第12期,第170—179页。

1175.《徐玉诺长篇叙事诗〈最后咱两个换了换裤子〉引发的思考》,赵焕亭,《中国现代文学研究丛刊》,2015年第12期,第163—169页。

1176.《沿着爱的方向——20世纪80年代大学生诗歌运动访谈录之丁捷篇》,丁捷、姜红伟,《星星》(下半月),2015年12月号,第54—69页。

1177.《"演春"之园:一个私人的领域——柏桦诗歌〈演春与种梨〉的符号学解读》,李商雨,《诗歌月刊》,2015年第12期,第78—80页。

1178.《以"身体"为源:论翟永明的性别之诗》,李蓉,《中国文学批评》,2015年第4期,第25—34,125—126页。

1179.《殷龙龙访谈 那是谁的心脏每天照常升起》,曹亚东、黄坤、殷龙龙,《诗歌月刊》,2015年第12期,第26—28页。

1180.《用奇幻的想象将现实重新照亮——读〈一颗星一颗星地寻找走散的爹娘〉》,张德明,《星星》(上旬刊),2015年第12期,第22—23页。

1181.《由一位诗人致敬一个民族——羊子诗集〈静静魏峨〉序》,叶梅,《草地》,2015年第6期,第67—69页。

1182.《于生活的皱褶处发现诗意,解读命运》,董秀丽,《星星》(下半月),2015年12月号,第132—134页。

1183.《余光中的文化人格特征及其精神肖像》,王勇,《世界华文文学论坛》,2015年第4期,第45—48页。

1184.《约束力·再生力·张力》,金国泉,《星星》(下半月),2015年12月号,第114—125页。

1185.《早期新诗选本的诗体辨析》,游迎亚,《海南师范大学学报》(社会科学版),2015年第12期,第40—45页。

1186.《直面生活的诗意徜徉——序南山诗集〈生存与思考〉》,黄光平,《星星》(下半月),2015年12月号,第126—130页。

新诗著作书目（2013—2014）

◇刘福春

诗　集

诗二十首及其档案　白灵著
台北：秀威资讯科技股份有限公司　2013 年 1 月　25 开　208 页　阅读大诗

这就是爱　冰花著
北京：中国科学文化音像出版社有限公司　2013 年 1 月　大 32 开　199 页

春树的诗　春树著
重庆：重庆大学出版社　2013 年 1 月　32 开　343 页　新陆诗丛

我的歌　丁一著
沈阳：万卷出版公司　2013 年 1 月　32 开　184 页

神采　龚道国著
北京：作家出版社　2013 年 1 月　大 36 开　213 页

克拉玛依诗卷　郭志凌著
乌鲁木齐：新疆美术摄影出版社　2013 年 1 月　大 32 开　172 页

重新做人　韩东著
重庆：重庆大学出版社　2013 年 1 月　32 开　190 页　新陆诗丛·中国卷

大地苍茫　浩舸著
北京：人民文学出版社　2013 年 1 月　大 32 开　206 页

牧羊者说 江雪著

武汉：长江文艺出版社 2013年1月 大32开 170页 三人行文学丛书

苏世长歌 梁君著

北京：作家出版社 2013年1月 小16开 293页

假如幸福明天来临 卢锐锋著

北京：中国戏剧出版社 2013年1月 16开 239页 秋色园

沈苇的诗 沈苇著，帕尔哈提·伊力牙斯译

乌鲁木齐：新疆青少年出版社 2013年1月 大32开 189页
新疆民族文学原创和民汉互译作品工程 汉维对照

用最少的翅膀飞 唐果著

木火车书吧 2013年1月 大32开 100页

诗在 汪文勤著

昆明：云南美术出版社 2013年1月 16开 509页

神话 王国伟著

太原：三晋出版社 2013年1月 大32开 154页 今文丛

场长的笔记 王洪静著

沈阳：沈阳出版社 2013年1月 大32开 120页 黑眼睛诗丛

琴的左弦 许玲琴著

武汉：长江文艺出版社 2013年1月 大32开 195页 三人行文学丛书

迷失的归途 亚楠著

广州：花城出版社 2013年1月 大32开 186页

一起吃饭的人 杨黎著

重庆：重庆大学出版社 2013年1月 32开 141页 新陆诗丛·中国卷

浴血山河——一位大校诗人眼中的抗日战争 杨卫东著

北京：作家出版社 2013年1月 16开 175页

大地行吟 野松著

北京：大众文艺出版社 2013年1月 32开 157页 岁月文库

微尘　于国华著
长春：时代文艺出版社　2013年1月　16开　243页

彼何人斯：诗集2007—2011　于坚著
重庆：重庆大学出版社　2013年1月　32开　333页　新陆诗丛·中国卷

泥　余跃华著
中国艺术出版社　2013年4月　大32开　91页

行间距：诗集2008—2012　翟永明著
重庆：重庆大学出版社　2013年1月　32开　146页　新陆诗丛

生命穿越死亡　朱增泉著
成都：四川文艺出版社　2013年1月　16开　264页

忧郁的科尔沁草原　朱增泉著
成都：四川文艺出版社　2013年1月　16开　268页

中国船　朱增泉著
成都：四川文艺出版社　2013年1月　16开　270页

坠落在四月的黄昏　邹进著
北京：光明日报出版社　2013年1月　大36开　178页

敦煌的诗　方健荣、郑宝生选编
兰州：甘肃人民美术出版社　2013年1月　16开　341页

2012年中国诗歌排行榜　谭五昌主编
南昌：百花洲文艺出版社　2013年1月　16开　337页

2012中国最佳诗歌　宗仁发编
沈阳：辽宁人民出版社　2013年1月　16开　303页　太阳鸟文学年选系列

富士康诗人选集　彭先发主编
北京：大众文艺出版社　2013年1月　大32开　154页　2012作家自选集

雅园诗选　丁国成、黄淮、周仲器主编
香港：雅园出版公司　2013年1月　大32开　452页

中国新时期朗诵诗选　李小雨、曾凡华编选

北京：线装书局　2013年1月　16开　347页

生命中的一缕阳光　邓登峰著

哈尔滨：北方文艺出版社　2013年2月　大32开　201页　北极星文丛

莽莽高原　范光明著

北京：大众文艺出版社　2013年2月　大32开　177页　星星诗文库

竹子在雨中醒来——高阳旺短诗选　高旭旺著

郑州：河南文艺出版社　2013年2月　大32开　186页

爱的回音壁　李群芳著

北京：大众文艺出版社　2013年2月　大32开　246页　星星诗文库　诗文合集

大街上　刘川著

沈阳：沈阳出版社　2013年2月　大32开　237页　黑眼睛诗丛

白云深处　刘一民著

北京：大众文艺出版社　2013年2月　16开　334页　江畔文丛

无岸之舟　龙彼德著

上海：上海文艺出版社　2013年2月　大32开　272页

女人书　梅依然著

北京：中国文联出版社　2013年2月　大32开　227页　乌江作家文丛

子夜的歌谣　莎玛雪茵著

北京：大众文艺出版社　2013年2月　大32开　142页　星星诗文库

王勇闪小诗　王勇著

香港：香港风雅图书出版有限公司　2013年2月　大32开　224页　闪小诗系列

飘荡的橡树　徐书遐著

北京：中国文联出版社　2013年2月　大32开　182页　美立方

文库

一梦经年　徐源著
　　北京：中国文联出版社　2013年2月　16开　140页　爱艺中华文库

冬阳的光彩　徐泽霖著
　　南京：江苏文艺出版社　2013年2月　大32开　243页　江海文丛　诗文合集

当代精英诗人三百家　丁白主编
　　北京：中国文联出版社　2013年2月　16开　341页　探索文库

陕西青年文学选·诗歌卷　陕西省青年文学协会编
　　西安：太白文艺出版社　2013年2月　16开　219页

秋天的香蒲草　曹玉霞著
　　北京：中国文联出版社　2013年3月　大32开　216页　文苑丛书

相爱来生　陈官煊著
　　北京：中国文联出版社　2013年3月　大32开　502页　圣立墨香文丛

春意料峭　陈开爽著
　　北京：作家出版社　2013年3月　大32开　158页

白日梦　充原著
　　北京：线装书局　2013年3月　16开　366页

感谢草原　崔富著
　　桂林：漓江出版社　2013年3月　大32开　345页　歌词集

35次平川漫流　傅一清著
　　北京：作家出版社　2013年3月　大36开　87页

桂兴华散文诗精选：靓剑　桂兴华著
　　上海：东方出版中心　2013年3月　16开　255页

北，以北　郭虎著
　　北京：中国青年出版社　2013年3月　大32开　273页

176

思绪在豫东南飞扬 和静著
北京：中国文联出版社 2013年3月 大32开 256页 当代作家文库

快乐之歌 黄明仲著
北京：中国文联出版社 2013年3月 大32开 306页 中国星星诗文库

大后天星期八 江湖海著
北京：中国戏剧出版社 2013年3月 大32开 102页 拾得集

时间在这时候慢下来 林新荣著
北京：北京燕山出版社 2013年3月 大32开 206页

惊雷的脚步 陆飘著
上海：上海文艺出版社 2013年3月 小16开 104页

芦苇岸诗选 芦苇岸著
银川：阳光出版社 2013年3月 大32开 154页 70后·印象诗系

空心人 罗雨著
银川：阳光出版社 2013年3月 大36开 137页 中国80后诗系

命令我沉默 沈浩波著
杭州：浙江文艺出版社 2013年3月 方32开 296页

吴振尧短诗选 吴振尧著
北京：中国戏剧出版社 2013年3月 大32开 107页 拾得集

心海·2012年度诗歌集 谢谢著
香港：银河出版社 2013年3月 大32开 143页

烟华 许烟华著
银川：阳光出版社 2013年3月 大32开 156页 70后·印象诗系

整理石头 阎安著
西安：太白文艺出版社 2013年3月 16开 233页

诗 77 首　杨佴旻著
北京：作家出版社　2013 年 3 月　小 16 开　111 页

春天来信　尤克利著
北京：中国文联出版社　2013 年 3 月　大 32 开　220 页　文苑丛书

在阳光下　花开盛世　邹庆环著
北京：中国文联出版社　2013 年 3 月　大 32 开　319 页　当代作家创作文集

采贝——二十世纪八十年代大学生诗辑　朱碧森主编
北京：九州出版社　2013 年 3 月　16 开　364 页

2012 诗探索年度诗选
《诗探索》编辑部　2013 年 3 月　大 32 开　252 页

2012 台湾诗选　白灵主编
台北：二鱼文化事业有限公司　2013 年 3 月　25 开　237 页　文学花园

凤凰——唐山青年诗人诗选　东篱、张非主编
石家庄：花山文艺出版社　2013 年 6 月　16 开　262 页

平凉新诗选　邵小平主编
北京：中国文联出版社　2013 年 3 月　大 32 开　248 页　诗文中国

中国新诗百年大典　洪子诚、程光炜主编
武汉：长江文艺出版社　2013 年 3 月　大 32 开
第 1 卷　李怡主编　292 页
第 2 卷　方长安主编　329 页
第 3 卷　江弱水主编　323 页
第 4 卷　张洁宇主编　323 页
第 5 卷　王毅主编　326 页
第 6 卷　吴晓东主编　312 页
第 7 卷　孙晓娅主编　324 页
第 8 卷　易彬主编　320 页
第 9 卷　唐捐主编　320 页

第 10 卷　段从学主编　306 页

第 11 卷　李润霞主编　320 页

第 12 卷　何言宏主编　326 页

第 13 卷　陈大为主编　320 页

第 14 卷　钟怡雯主编　314 页

第 15 卷　张清华主编　325 页

第 16 卷　姜涛主编　305 页

第 17 卷　敬文东主编　303 页

第 18 卷　西渡主编　320 页

第 19 卷　冷霜主编　315 页

第 20 卷　张桃洲主编　317 页

第 21 卷　赖彧煌主编　311 页

第 22 卷　钱文亮主编　327 页

第 23 卷　李建周主编　312 页

第 24 卷　臧棣主编　321 页

第 25 卷　陈均主编　314 页

第 26 卷　杨小滨主编　321 页

第 27 卷　霍俊明主编　313 页

第 28 卷　周瓒主编　308 页

第 29 卷　张伟栋主编　307 页

第 30 卷　杨庆祥主编　319 页

门·窗·小巷系列　阿丁著

海口：海南出版社　2013 年 4 月　16 开　129 页

风吹浮世　阿华著

北京：中国戏剧出版社　2013 年 4 月　大 32 开　193 页　炫彩文丛

辰水诗选　辰水著

济南：黄河出版社　2013 年 4 月　大 32 开　198 页　兰陵作家文库丛书

画梦录　李满强著

武汉：长江文艺出版社　2013 年 4 月　大 32 开　250 页

诗意人生 李明著,张文彪解析
北京:线装书局 2013年4月 大32开 156页 蓝星文丛

歌潮 梁桐纲著
呼伦贝尔:内蒙古文化出版社 2013年4月 大32开 206页

去瓦城的路上 任怀强著
北京:中国文联出版社 2013年4月 大32开 180页 中国风文丛

卸下伪装 荣斌著
银川:阳光出版社 2013年4月 大32开 238页 扬子鳄书系

忐忑 田君著
郑州:河南人民出版社 2013年4月 大32开 234页 淮上文萃

一寸欢喜 王琪著
银川:阳光出版社 2013年4月 大32开 155页 扬子鳄书系

将骰子掷向大海 王自亮著
北京:作家出版社 2013年4月 16开 233页

突然的美 杨诗斌著
银川:阳光出版社 2013年4月 大32开 115页 扬子鳄书系

江南十二人诗歌集 庞培编
武汉:长江文艺出版社 2013年4月 16开 315页

镜中之花——中外现代禅诗精选 李天靖、严志明主编
上海:上海文艺出版社 2013年4月 16开 186页

六个人的青藏——甘南诗人散文诗精选 牧风主编
武汉:长江文艺出版社 2013年4月 大36开 206页

十二年:2001—2012信阳诗选 田君、赵博主编
郑州:河南人民出版社 2013年4月 大32开 334页 淮上文萃

智者喜宴——第三条道路经典诗人作品集 谯达摩主编
北京:九州出版社 2013年4月 16开 552页

极地之境　安琪著
　　武汉：长江文艺出版社　2013年5月　16开　388页

白桦诗选　白桦著
　　上海：上海文化出版社　2013年5月　线装　16开　上册80页
下册125页

熟透的城市　班清河著
　　北京：作家出版社　2013年5月　小16开　161页

府南河的歌　陈克昌著
　　成都：四川大学出版社　2013年5月　大32开　123页

最后的黑暗　朵渔著
　　太原：北岳文艺出版社　2013年5月　大36开　188页　天星
诗库

浅斟低唱　范晓燕著
　　武汉：长江文艺出版社　2013年5月　大32开　335页

南京哀歌——黄梵诗集　黄梵著
　　台北：酿出版　2013年5月　25开　213页　读诗人

我爱你——牛黄爱情诗选集　黄吉韬著
　　南宁：广西民族出版社　2013年5月　方32开　266页

所谓情诗——简政珍诗集　简政珍著
　　台北：酿出版　2013年5月　25开　163页　阅读大诗

我的官道梁　雷霆著
　　武汉：长江文艺出版社　2013年5月　小16开　206页

心愿　李秀文著
　　北京：线装书局　2013年5月　大32开　186页

我的大红　刘福君著
　　武汉：长江文艺出版社　2013年5月　16开　131页

独对一段夜色　吕正荣著
　　北京：中国文联出版社　2013年5月　大32开　217页　梦江南
文库

骆英诗选　骆英著
北京：作家出版社　2013年5月　16开　431页

年轻的梦　缪立士著
沈阳：沈阳出版社　2013年5月　大32开　156页　黑眼睛诗丛

水的事情（附：读·潘维）　潘维著
太原：北岳文艺出版社　2013年5月　大36开　182＋123页　天星诗库

忽然之间　宋晓杰著
北京：现代出版社　2013年5月　大32开　220页

披风　苏忠著
成都：四川文艺出版社　2013年5月　大32开　195页

虚空里的盛宴　孙欲言著
北京：中国文联出版社　2013年5月　大32开　202页　芙蓉国丛书

天堂云　温青著
北京：解放军文艺出版社　2013年5月　横16开　150页　诗与摄影集

原野　吴昕孺著
北京：中国文联出版社　2013年5月　大32开　148页　诗文中国

茶花之歌　晓雪著
昆明：云南人民出版社　2013年5月　小16开　155页

时间的令旗　许仲著
北京：中国文联出版社　2013年5月　16开　186页　广文文丛

诗无邪　雪丰谷著
南京：江苏人民出版社　2013年5月　16开　379页

图圄集　杨洪昌著
昆明：云南人民出版社　2013年5月　32开　135页

谒无名思想家墓　张梦阳著
香港：中国新闻联合出版社　2013年5月　大36开　105页

隐之诗 周世通著

成都：四川美术出版社 2013年5月 大32开 224页 通途·西南铁路作家文库

双星集（2） 北雁、叶竹著

印华文学社 2013年5月 大32开 301页 金河书丛

双子星 文生（蒋德均）、时东兵著

北京：大众文艺出版社 2013年5月 大32开 328页 学苑文丛

当代新现实主义诗歌年选·2012卷 李荣主编

武汉：长江文艺出版社 2013年5月 16开 246页

杜尔伯特文学艺术丛书·诗歌卷 宋玉红主编

北京：中国文联出版社 2013年5月 16开 181页 新旧体诗合集

2012中国高校文学作品排行榜·诗歌卷 冰峰主编

桂林：漓江出版社 2013年5月 16开 292页

2012最佳诗歌 张清华编

南京：江苏文艺出版社 2013年5月 大32开 322页 中国好文学

格桑花开——藏地诗人十人行 陈跃军主编

北京：中国文联出版社 2013年5月 大32开 300页 大家文苑

写给亲人的诗 蓝野、孙方杰编

北京：中国文联出版社 2013年5月 大32开 259页 中国风文丛

中国当代诗歌选本 林新荣主编

北京：中国文联出版社 2013年5月 大32开 370页 诗文中国

中国2012年度诗歌精选 梁平、韩珩主编

成都：四川文艺出版社 2013年5月 16开 232页

中国诗歌地理：凉山九人诗选　祥子执行主编
香港：时代中国出版社　2013年5月　大32开　198页

中华红诗精选（珍藏版）　何云春主编
北京：线装书局　2013年5月　16开　323页

河西村　冰客著
武汉：长江文艺出版社　2013年6月　小16开　305页

来生相爱　陈官煊著
北京：中国文联出版社　2013年6月　大32开　476页　圣立墨香文丛

时间　范希波著
香港：中国人民出版社　2013年6月　大32开　56页

一个词汇的复活　郭性汶著
北京：中国文联出版社　2013年6月　16开　198页

水边书　黄曙辉著
北京：中国文联出版社　2013年6月　大32开　384页　文苑书香

身份　吉狄马加著
南京：江苏文艺出版社　2013年6月　32开　293页

诗歌集　吉狄马加著
南京：江苏文艺出版社　2013年6月　小16开　409页

生命密码　姜华著
北京：中国文联出版社　2013年6月　大32开　259页　中国·星星诗文库

旁观者　李世俊著
沈阳：沈阳出版社　2013年6月　长32开　236页

如此岁月——洛夫诗选（1988—2012）　洛夫著
台北：九歌出版社有限公司　2013年6月　25开　285页　九歌文库

绿度母　骆英著
北京：人民文学出版社　2013年6月　方32开　287页

师榕诗选　师榕著
兰州：甘肃文化出版社　2013年6月　16开　411页

孤独的夜莺　谭正开著
北京：线装书局　2013年6月　大32开　309页　文心同行丛书

惊蛰雷　唐德亮著
北京：中国戏剧出版社　2013年6月　大32开　195页　广路文丛

翅膀上的雪　万一波著
沈阳：沈阳出版社　2013年6月　大32开　164页　黑眼睛诗丛

尖叫　汪明松著
北京：大众文艺出版社　2013年6月　大32开　120页

集外集（一）　徐泽霖著
自印　2013年6月　大32开　198页

对时间有所警觉　姚辉著
武汉：长江文艺出版社　2013年6月　大32开　220页　散文诗集

水鸟的天空　郑文秀著
海口：南方出版社　2013年6月　大32开　220页

土壤很痛　邹伟华著
北京：中国文联出版社　2013年6月　大32开　397页　探索文库

敬重　醉东风著
北京：中国文联出版社　2013年6月　大32开　173页　书香墨语

淳粹：中国诗人咏慢城　陈春花编
北京：中国文联出版社　2013年6月　16开　210页

镜像：首届两广诗人年会诗选　非亚、浪子编
广州汉鼎印务有限公司印刷　2013年6月　大32开　289页

生于六十年代——中国当代诗人诗选　潘洗尘、树才主编
武汉：长江文艺出版社　2013年6月　16开　372+484+354页

诗屋　2012 年度诗选　欧阳白、吴昕孺主编
香港：中国凤凰出版有限公司　2013 年 6 月　大 32 开　243 页

萋草遥遥　艾傈木诺著
昆明：云南人民出版社　2013 年 7 月　16 开　249 页

天天向上　陈振业著
北京：大众文艺出版社　2013 年 7 月　大 32 开　177 页　文心墨语

低处的灯盏　冯立民著
沈阳：沈阳出版社　2013 年 7 月　16 开　134 页　红枫林文丛

燃烧，爱　龚璇著
上海：上海文艺出版社　2013 年 7 月　大 32 开　211 页

呈现　郭立新著
北京：中国戏剧出版社　2013 年 7 月　小 16 开　144 页

一个人的瓯江　洪峰著
北京：中国对外翻译出版有限公司　2013 年 7 月　16 开　152 页　瓯江诗丛

在尘埃中靠近　流泉著
北京：中国对外翻译出版有限公司　2013 年 7 月　16 开　175 页　瓯江诗丛

暮色里的向日葵　龙红年著
长沙：湖南文艺出版社　2013 年 7 月　16 开　203 页

四季风华　绿蒂著
台北：普音文化事业股份有限公司　2013 年 7 月　25 开　597 页　普音丛书

三色堇诗选　三色堇著
沈阳：沈阳出版社　2013 年 7 月　16 开　202 页　红枫林文丛

胡杨沙漠之恋　夏侯建著
上海：文汇出版社　2013 年 7 月　大 32 开　334 页　出海口诗文库丛书

七月诗选　杨东彪著

北京：线装书局　2013年7月　大36开　155页

心窗望月　杨慧娟著

北京：中国文联出版社　2013年7月　大32开　215页　作家文库

终剧场　中海著

北京：中国文联出版社　2013年7月　小16开　187页

牡丹好诗歌——首届"牡丹诗歌奖"获奖作品集　田文波主编

北京：中国戏剧出版社　2013年7月　大32开　214页　悦赏文丛

时间搭成的阶梯——第四届青海湖国际诗歌节诗人作品集　吉狄马加主编

西宁：青海人民出版社　2013年7月　16开　536页

剥洋葱——揭阳新诗十三家　雪克等著

北京：中国文联出版社　2013年7月　大32开　173页

城西　诗意的栖居　王永昌主编

西宁：青海人民出版社　2013年7月　大32开　141页

2012中国年度好诗三百首　张德明、史习斌、井秋峰主编

武汉：长江文艺出版社　2013年7月　16开　331页

我的岁月之书　红线女著

北京：中国文联出版社　2013年8月　大32开　186页　扬子鳄书系

山地书　江一郎著

北京：开明出版社　2013年8月　大32开　155页

圆合园　雷熹平著

中国国学出版社　2013年8月　大32开　170页

李德丰诗文选　李德丰著

海口：南海出版公司　2013年8月　16开　293页　齐齐哈尔作家文丛

李发模经典诗歌（上册）　　李发模著，李健风解析
北京：北京时代华文书局有限公司　2013年8月　16开　225页

李发模经典诗歌（下册）　　李发模著，李健风解析
北京：北京时代华文书局有限公司　2013年8月　16开　171页

短笛　刘金澄著
沈阳：春风文艺出版社　2013年8月　16开　209页

顺着风　刘向东著
武汉：长江文艺出版社　2013年8月　16开　266页

带着性别奔跑　柳思著
武汉：长江文艺出版社　2013年8月　小16开　138页

时针偏离了午夜　马莉著
广州：花城出版社　2013年8月　20开　218页

小诗集　鸣钟著
北京：中国文联出版社　2013年8月　大32开　151页　扬子鳄书系

婺源境——诗三十六首　庞培著
自印　2013年8月大　36开　180页

安于生活　漆宇勤著
北京：大众文艺出版社　2013年8月　大32开　261页　华夏作家文库

冷火　饶彬著
北京：大众文艺出版社　2013年8月　大32开　260页　中诗作家文库

蚱哭蜢笑王子面　唐捐著
新北市：蜃楼股份有限公司2013年8月　25开　173页

骨头里的灯盏　王迎高著
北京：中国文联出版社　2013年8月　大32开　246页　扬子鳄书系　散文诗集

水流向上　谢艳阳著
北京：中国文联出版社　2013年8月　大32开　177页　新锐作

家文丛

打马跑过高原 杨启刚著
北京：中国文联出版社 2013年8月 大32开 167页 扬子鳄书系

俞心樵诗选 俞心樵著
武汉：长江文艺出版社 2013年8月 16开 294页 中国二十一世纪诗丛

泥土里的乡情 舟歌著
北京：中国文联出版社 2013年8月 大32开 238页

诗的牵手 艾青、高瑛著
北京：作家出版社 2013年8月 小16开 227页

微笑的马莲花 张凤奇、田永元、李木马、李金桃合著
北京：中国铁道出版社 2013年8月 16开 172页

爱情照耀着我们 华万里主编
重庆：重庆出版社 2013年8月 16开 305页 重庆市江津旅游文化丛书

奔腾诗歌年鉴（2012—2013） 朵渔主编
奔腾的诗歌论坛出品 2013年8月 大32开 395页

中国当代诗人情诗集萃 白帆主编
北京：中国文联出版社 2013年8月 16开 440页 中国新时代作家文丛

废墟上的抒情 爱斐儿著
郑州：河南文艺出版社 2013年9月 大32开 154页 21世纪散文诗 散文诗集

捕蝶者 笨水著
桂林：漓江出版社 2013年9月 大32开 147页 第29届青春诗会诗丛

蓦然发现——碧果诗集 碧果著
台北：独立作家 2013年9月 25开 214页

家庭简史　陈德根著

桂林：漓江出版社　2013年9月　大32开　149页　第29届青春诗会诗丛

诗写陈宝琛　陈运和著

中国人民文化出版社　2013年9月　大32开　94页

碧玉　沉河著

武汉：长江文艺出版社　2013年9月　大32开　304页

寻鹤　冯娜著

桂林：漓江出版社　2013年9月　大32开　145页　第29届青春诗会诗丛

俯拾落叶　冯永杰著

北京：中国文联出版社　2013年9月　大32开　284页　美立方文库

红尘碎片　盖湘涛著

北京：作家出版社　2013年9月　16开　166页　格调文丛　散文诗集

不确定的群山　江离著

桂林：漓江出版社　2013年9月　大32开　113页　第29届青春诗会诗丛

诗意成都　蒋德均著

北京：大众文艺出版社　2013年9月　大32开　222页　星桥文丛

故乡恋歌　金瑞麟著

香港：天马出版有限公司　2013年9月　大32开　149页

别处　蓝紫著

桂林：漓江出版社　2013年9月　大32开　146页　第29届青春诗会诗丛

离歌　离离著

桂林：漓江出版社　2013年9月　大32开　147页　第29届青春诗会诗丛

在人间的春天里排队 林典刨著
桂林：漓江出版社 2013年9月 大32开 148页 第29届青春诗会诗丛

临川钓雪 刘道远著
南昌：江西美术出版社 2013年9月 大32开 469页

寸草之心 刘高贵著
郑州：河南文艺出版社 2013年9月 大32开 225页

远 刘年著
桂林：漓江出版社 2013年9月 大32开 149页 第29届青春诗会诗丛

长草的时光 刘厦著
北京：九州出版社 2013年9月 大32开 280页

黑夜与雪 罗铖著
桂林：漓江出版社 2013年9月 大32开 146页 第29届青春诗会诗丛

洛夫诗全集（上下卷） 洛夫著
南京：江苏文艺出版社 2013年9月 大32开 630+627页

词语或者禅意 曼畅著
郑州：河南文艺出版社 2013年9月 大32开 170页 21世纪散文诗

敬献与微澜 魔头贝贝著
桂林：漓江出版社 2013年9月 大32开 162页 第29届青春诗会诗丛

一小块阳光 聂权著
桂林：漓江出版社 2013年9月 大32开 149页

寻找 逄金一著
北京：中国文联出版社 2013年9月 大32开 217页 中国风文丛

地下铁 瞿炜著
武汉：长江文艺出版社 2013年9月 16开 304页

永和九年　桑子著
　　桂林：漓江出版社　2013年9月　大32开　139页　第29届青春诗会诗丛

另一种目光　邵超著
　　北京：海豚出版社　2013年9月　小16开　130页　中国微型诗丛

十品自选集——事与事件　十品著
　　澳门：银河出版社　2013年9月　大32开　118页　汉语新诗库

与轻有关的事物　天乐著
　　桂林：漓江出版社　2013年9月　大32开　147页　第29届青春诗会诗丛

如果暖　田暖著
　　桂林：漓江出版社　2013年9月　大32开　148页　第29届青春诗会诗丛

高原青枫　王万里著
　　北京：作家出版社　2013年9月　16开　251页

断脐的地方　王忠友著
　　郑州：河南文艺出版社　2013年9月　大32开　141页　21世纪散文诗　散文诗集

回旋　微雨含烟著
　　桂林：漓江出版社　2013年9月　大32开　148页　第29届青春诗会诗丛

裂片的锋芒　渭波著
　　广州：广东旅游出版社　2013年9月　大32开　226页

天边读月　文清风著
　　北京：中国文联出版社　2013年9月　大32开　220页　普洱文艺系列丛书

花木状　吴元成著
　　郑州：河南大学出版社　2013年9月　大32开　210页

湘夫人人情诗　湘夫人著

北京：人民文学出版社　2013 年 9 月　小 16 开　249 页

一地黄金　徐澄泉著

郑州：河南文艺出版社　2013 年 9 月　大 32 开　210 页　21 世纪散文诗　散文诗集

中国梦　严阵著

北京：大众文艺出版社　2013 年 9 月　大 32 开　294 页

山水诗　郁颜著

桂林：漓江出版社　2013 年 9 月　大 32 开　116 页　第 29 届青春诗会诗丛

2011—2012 中国新诗年鉴　杨克主编

南京：江苏文艺出版社　2013 年 9 月　16 开　606 页

如此：十七人诗选　张鹏远、毛红主编

北京：中国戏剧出版社　2013 年 9 月　大 32 开　339 页　文友书系

神州九人诗选　郭思思主编

福州：海风出版社　2013 年 9 月　大 32 开　236 页　中国诗歌地理

以诗歌的名义　王松主编

香港：银河出版社　2013 年 9 月　大 36 开　250 页

行走　穿过思想的树林　迟云著

济南：明天出版社　2013 年 10 月　16 开　368 页

我从天上看人间　楚天舒著

长春：时代文艺出版社　2013 年 10 月　小 16 开　281 页

诺言——多多集 1972—2012　多多著

北京：作家出版社　2013 年 10 月　大 32 开　319 页　标准诗丛

渴死的水——樊忠慰诗选　樊忠慰著

昆明：云南人民出版社　2013 年 10 月　16 开　284 页

时间的外遇　高春林著

银川：阳光出版社　2013 年 10 月　16 开　132 页　后视镜诗系

行板 弓车著
济南：山东画报出版社　2013年10月　16开　181页　10千米文丛

欢喜地 胡人著
武汉：长江文艺出版社　2013年10月　小16开　103页

朴素 简明著
石家庄：河北教育出版社　2013年10月　16开　459页

雷人诗爱 雷人著
武汉：长江文艺出版社　2013年10月　小16开　403页

我们的春天 李洁羽著
上海：上海文艺出版社　2013年10月　大32开　144页　《上海诗人》丛书

莲之语：每个女人都是一首诗 李丽宁著
北京：新华出版社　2013年10月　大32开　302页

地大天大 李群芳著
沈阳：沈阳出版社　2013年10月　大32开　172页　黑眼睛诗丛

打狗棒 刘川著
沈阳：沈阳出版社　2013年10月　大32开　215页　黑眼睛诗丛

光之穹顶 莫渝著
高雄：高雄市政府文化局　2013年10月　25开　157页　高雄文学作品

如此博学的饥饿——欧阳江河集 1983—2012 欧阳江河著
北京：作家出版社　2013年10月　大32开　340页　标准诗丛

一个人拥抱天空 十品著
桂林：广西师范大学出版社　2013年10月　大32开　202页　扬子鳄书坊

我一直在奔跑 穗穗著
北京：中国戏剧出版社　2013年10月　16开　293页　清风文丛

塔可夫斯基的树——王家新集 1990—2013 王家新著
北京：作家出版社　2013年10月　大32开　329页　标准诗丛

低飞的音符　吴景慧著

沈阳：沈阳出版社　2013年10月　大32开　180页　黑眼睛诗丛

吴开晋诗文选（上）　吴开晋著

北京：团结出版社　2013年10月　大32开　405页

不再重来　吴伟华著

北京：中国戏剧出版社　2013年10月　大32开　142页　清风文丛

我和我——西川集1985—2012　西川著

北京：作家出版社　2013年10月　大32开　379页　标准诗丛

心语——萧红自编诗稿　萧红著

北京：外文出版社　2013年10月　大32开　139页

抽象诗　许德民著

上海：上海文艺出版社　2013年10月　16开　268页

我述说你所见——于坚集1982—2012　于坚著

北京：作家出版社　2013年10月　大32开　402页　标准诗丛

初夏　臧利敏著

济南：山东画报出版社　2013年10月　16开　161页　10千米文丛

沉在梦里的鱼　张斌著

北京：线装书局　2013年10月　大32开　79页　中国风丛书

橄榄树　庄步璇著

济南：黄河出版社　2013年10月　16开　367页

地下铁　左右著

西安：西北大学出版社　2013年10月　16开　178页

2013华文青年诗人奖获奖作品　《诗探索》编辑部编

桂林：漓江出版社　2013年10月　大32开　309页

21世纪中国诗歌档案2　高春林主编

重庆：重庆大学出版社　2013年10月　16开　243页

中国地学诗歌双年选（2011—2012）　胡红拴主编

广州：羊城晚报出版社　2013年10月　16开　439页

195

中国诗选2013　北塔主编
香港：世纪文艺出版社　2013年10月　大32开　286页

边缘的琴　曹有云著
北京：作家出版社　2013年11月　大32开　372页

只为风中与你相遇　岑其著
杭州：浙江工商大学出版社　2013年11月　大32开　165页

侧面的海　东涯著
北京：中国戏剧出版社　2013年11月　大32开　167页　扬子鳄书坊

祝爸爸平安　非亚著
南宁：自印　2013年11月　大32开　251页

丝或者光　锋剑著
西宁：青海人民出版社　2013年11月　16开　182页　大风丛书

韩宗宝的诗　韩宗宝著
武汉：长江文艺出版社　2013年11月　大32开　177页

苏北记　黑马著
南京：凤凰出版社　2013年11月　16开　314页　舞动汉风：徐州作家精品文丛

中年书　黄化斌著
西宁：青海人民出版社　2013年11月　16开　269页　大风丛书

广羊湾情事　霍竹山著
西安：太白文艺出版社　2013年11月　大32开　142页

虚构一场雨　蒋芸徽著
西宁：青海人民出版社　2013年11月　16开　162页　大风丛书

诗人毛泽东　柯平著
杭州：浙江文艺出版社　2013年11月　16开　141页

山高水长　李墨著
西宁：青海人民出版社　2013年11月　16开　214页　大风丛书

比一滴水更年轻　李瑛著
北京：作家出版社　2013年11月　16开　338页

穿过岁月的河流　刘贵高著

北京：中国戏剧出版社　2013年11月　大32开　128页　扬子鳄书坊

走过记忆　刘海星著

北京：商务印书馆　2013年11月　大32开　209页

太阳穿过白桦树丛　普冬著

北京：光明日报出版社　2013年11月　16开　187页

烟花飞花　若梦著

西宁：青海人民出版社　2013年11月　16开　290页　大风丛书

时光倒流的河　瑞云著

北京：中国戏剧出版社　2013年11月　大32开　146页　扬子鳄书坊

一万次回眸——沈健安吉散文诗与诗合集　沈健著

北京：中国戏剧出版社　2013年11月　大32开　119页　沈健文集

浩瀚大竹海——沈健6行生态诗选　沈健著

北京：中国戏剧出版社　2013年11月　大32开　118页　沈健文集

高山上流水——沈健6行先锋诗选　沈健著

北京：中国戏剧出版社　2013年11月　大32开　126页　沈健文集

第六个季节——沈健6行网络先锋诗选　沈健著

北京：中国文联出版社　2013年11月　大32开　175页　沈健文集

故事会，或者年代戏——沈健6行叙事诗选　沈健著

北京：现代出版社　2013年11月　大32开　167页　沈健文集

大地如流　孙立本著

北京：中国戏剧出版社　2013年11月　大32开　196页

羊皮灯笼　王琰著

兰州：甘肃民族出版社　2013年11月　16开　156页

干脆，我来说　巫昂著
太原：北岳文艺出版社　2013年11月　大36开　189页　天星诗库

等待花开　吴海歌著
西宁：青海人民出版社　2013年11月　16开　494页　大风丛书

正午阳光的表情　吴谨程著
香港：中国经典文化出版社有限公司　2013年11月　大32开　146页

次悲伤　吴允锋著
南京：凤凰出版社　2013年11月　16开　297页　舞动汉风——徐州作品精品文丛

我，在此　武靖东著
北京：中国戏剧出版社　2013年11月　大32开　399页　语心集

秋风不会将大地搬空　夏文成著
北京：中国文联出版社　2013年11月　大32开　236页　中国·星星诗文库

春天的宽恕　向未著
武汉：长江文艺出版社　2013年11月　16开　240页

旋转的世界　熊国华著
北京：中国戏剧出版社　2013年11月　小16开　161页　菊韵书萃

南歌　熊召政著
武汉：崇文书局有限公司　2013年11月　32开　341页

魔术方块　须文蔚著
台北：远流出版事业股份有限公司　2013年11月　25开　206页　绿蠹鱼丛书

我怎能说出我的热烈　许燕影著
海口：南方出版社　2013年11月　16开　130页

行走的风景——亚楠散文诗选　亚楠著
乌鲁木齐：新疆人民出版社　2013年11月　大32开　268页　散

文诗集

飘飞的思绪　郑天枝著
香港：中国文学艺术出版社　2013年11月　32开　152页

花非花　周冬梅著
西宁：青海人民出版社　2013年11月　16开　245页　大风丛书

那只汉字一样的鸟　庄文著
海口：南方出版社　2013年11月　16开　110页

诗竹长宁——中国当代诗人诗意镜像　中国·星星长宁诗歌创作基地主编
成都：四川美术出版社　2013年11月　16开　160页

中国·大风十年诗选　大风诗社选编
西宁：青海人民出版社　2013年11月　16开　588页　大风丛书

爱你如初　陈广德著
北京：中国言实出版社　2013年12月　16开　298页

潜行之光　池凌云著
武汉：长江文艺出版社　2013年12月　小16开　217页

一个后湖农场的姑娘　大头鸭鸭著
南京：江苏文艺出版社　2013年12月　大32开　272页　新屈原文学丛书

荡漾　大卫著
武汉：长江文艺出版社　2013年12月　16开　195页

紫荷诗语　葛宏著
北京：中国文联出版社　2013年12月　大32开　151页

狂喜之徒　顾北著
圆木自出版基金　2013年12月　32开　103页

忧伤的黑麋鹿　海男著
昆明：云南人民出版社　2013年12月　16开　364页

生命谷　胡荣胜著
北京：中国财富出版社　2013年12月　大32开　198页

宠物时代 黄纪云著
武汉：长江文艺出版社 2013年12月 小16开 126页

心中的乾坤 贾真著
太原：三晋出版社 2013年12月 大36开 224页

岁月峰峦 甲子著
太原：三晋出版社 2013年12月 16开 168页 光线诗丛

往事照亮故乡 金问渔著
北京：中国文联出版社 2013年12月 大32开 110页 作家文丛

追梦 孔祥敬著
郑州：河南文艺出版社 2013年12月 16开 279页

如果说爱 老铁著
北京：人民文学出版社 2013年12月 16开 159页

雷人诗说 雷人著
武汉：长江文艺出版社 2013年12月 小16开 284页

冷雪诗选 冷雪著
北京：中国戏剧出版社 2013年12月 大32开 199页 文韵阁

风吹 李山著
武汉：长江文艺出版社 2013年12月 大36开 272页

雪映金银木 梁志宏著
太原：三晋出版社 2013年12月 16开 170页 光线诗丛

琴心无尘 刘德远著
延吉：延边大学出版社 2013年12月 大32开 152页 敦化文学作品选

像爱生活一样去爱 刘志峰著，林素玲译
菲律宾博览国际传播公司 2013年12月 大32开 164页 博览书库 汉英菲对照

自由天下骑黄鹤——柳忠秧新诗选 柳忠秧著
武汉：长江文艺出版社 2013年12月 16开 123页

减法 龙泉著
桂林：漓江出版社 2013年12月 大32开 176页

一个普米人的心经 鲁若迪基著
武汉：长江文艺出版社 2013年12月 16开 152页

一位美轮美奂的小诗人之歌 陆健著
济南：明天出版社 2013年12月 大32开 162页

海绵的重量 梅尔著
北京：中国文联出版社 2013年12月 大32开 230页

泥人歌 泥文著
北京：作家出版社 2013年12月 大32开 129页 21世纪文学之星丛书

一号楼 年微漾著
福州：海峡文艺出版社 2013年6月 大36开 167页 海峡桂冠诗人丛书

世相 漆明著
北京：中国文联出版社 2013年12月 大36开 182页 天末文丛

抹净风尘 漆明著
北京：中国文联出版社 2013年12月 大36开 287页 天末文丛

另一个月亮 奇寒著
北京：人民日报出版社 2013年12月 大32开 116页

晨曦梦 丘以文著
自印 2013年12月 大32开 82页

任剑锋散文诗选 任剑锋著
北京：中国青年出版社 2013年12月 32开 153页

清水堡 哨兵著
北京：中国青年出版社 2013年12月 16开 313页

愿望树 史可夫著
香港：四季出版社 2013年12月 大32开 191页 新旧体诗

全集

守望香巴拉　史映红著

北京：中国文联出版社　2013年12月　大32开　210页　大家文苑

乡野　田禾著

南京：江苏文艺出版社　2013年12月　大32开　261页

醒自每个早晨　王黎明著

北京：中国戏剧出版社　2013年12月　大32开　277页　双曜文库

未完的旅途　吴素贞著

桂林：漓江出版社　2013年12月　大32开　202页

传说中的窗户纸　夏一文著

香港：东方文化出版社有限公司　2013年12月　大32开　182页

艺术之光　谢克强著

武汉：长江文艺出版社　2013年12月　大32开　192页　东湖文丛

感动的日子　谢幕著

哈尔滨：黑龙江教育出版社　2013年12月　16开　629页

星光闪烁　徐泽霖著

南通市文学艺术界联合会　2013年12月　大32开　177页　江海文库

深夜散步　杨景荣著

桂林：漓江出版社　2013年12月　大32开　174页

在岁月的背面播种　野岸著

呼伦贝尔：内蒙古文化出版社　2013年12月　大32开　315页

那年那雪　荫丽娟著

太原：三晋出版社　2013年12月　16开　163页　光线诗丛

海之魂　樱海星梦著

北京：中国文联出版社　2013年12月　大32开　228页　梦江南文库

生命的窗口　雨弦著
高雄：春晖出版社　2013年12月　25开　96页　文学台湾丛刊　中英文对照诗集

玉上烟诗选　玉上烟著
武汉：长江文艺出版社　2013年12月　16开　189页

蓝与黑　翟相波著
香港：中国文化出版社　2013年12月　大32开　136页　散文诗集

一个人的生命能走多远　张笃德著
北京：中国文联出版社　2013年12月　大32开　145页

虎泉叠韵　张少林著
武汉：长江文艺出版社　2013年12月　16开　158页

纯棉的琴键　赵少琳著
太原：三晋出版社　2013年12月　16开　198页　光线诗丛

匙叶集　赵雨希著
上海：文汇出版社　2013年12月　16开　134页　当代文艺书系

朱英诞诗文选　朱英诞著，朱纹、武冀平选编
北京：学苑出版社　2013年12月　16开　354页

天问的回声　庄晓明著
南京：江苏人民出版社　2013年12月　大32开　165页　文杏书系

今夜倚马而来　邹进著
北京：光明日报出版社　2013年12月　大36开　182页

八宅一生　蒋涛等著
香港：云时代出版社　2013年12月　大32开　216页　类型杂志诗歌特刊

海边书　本书编委会编
北京：中国戏剧出版社　2013年12月　16开　231页　诗文合集

和鸟一起住在天上　刘道远、王小林等著
桂林：漓江出版社　2013年12月　大32开　338页

七人合唱团　王剑波主编
呼和浩特：远方出版社　2013年12月　16开　183页

诗生活年选（2012年卷）　莱耳主编，桑克执行主编
武汉：长江文艺出版社　2013年12月　小16开　306页

新荷双年集（2012—2013）　新荷诗刊编辑部编
上海：上海监狱管理局　2013年12月　16开　295页　新荷文库

宜宾当代诗歌群展　杨角主编
北京：中国戏剧出版社　2013年12月　大32开　401页　知远集

新时期中国少数民族文学作品选集·苗族卷（下）　中国作家协会编
北京：作家出版社　2013年12月　16开　421—821页　诗文合集

人世间最美的书信　韩彬著
自印　2013年　大32开　260页

尘世中我们的相识　韩彬著
自印　2013年　大32开　198页

菩萨蛮　简单著
简单文化出品　2013年　32开　61页

她来自森林　懒懒著
香港：云时代出版社　2013年　36开　111页　类型杂志诗歌特刊

你就是我的王小美　老德著
香港：云时代出版社　2013年　大32开　159页　类型杂志诗歌特刊

穿过都市的行者　刘东洋著
游渔文字工作室　2013年　大32开　147页

情为何　邱华栋著
自印　2013年　大32开　290页

石油史　邱华栋著
自印　2013年　32开　73页

民间·素诗·祖国　有一著
　　自印　2013年　大32开　113页

北京文艺网国际华文诗歌奖获奖作品集
北京文艺网国际华文诗歌奖组织委员会　2013年　大32开　164页

春天像开场锣鼓——"美丽宁波，活力职教"诗歌征文优秀作品选
　　2013年　16开　259页

2012年中国新锐诗歌精选　一木编选
　　香港妙韵出版社　2013年　大32开　234页

江南之春：首届南太湖诗会暨江浙诗人创作交流座谈会纪念集
　　箫风主编　2013年　大32开　201页

南方七人诗选　周启航主编
　　吴越电子音像出版社　2013年　大32开　336页

痛苦哲学　黯黯著
　　武汉：长江文艺出版社　2014年1月　16开　214页　星丛诗系

别裁　柏桦著
　　哈尔滨：北方文艺出版社　2014年1月　32开　251页

卜宗学诗选　卜宗学著
　　北京：中国工人出版社　2014年1月　大32开　142页　诗乡绥阳文丛

变成一朵鲜花　高昌著
　　北京：金盾出版社　2014年1月　16开　144页　百部原创儿童文学丛书

天道如风　桂汉标著
　　广州：广东旅游出版社　2014年1月　大32开　220页

擦肩而过　何佐平著
　　北京：中国文联出版社　2014年1月　大32开　174页　中国·星星诗文库

震落月色　和权著
台北：秀威资讯科技股份有限公司　2014年1月　25开　305页
秀诗人

不可知的事　胡子博著
北京：金城出版社　2014年1月　大32开　219页

牛黄新爱情诗：我和你　黄吉韬著
天津：天津教育出版社　2014年1月　36开　114页

康若文琴的诗　康若文琴著
成都：四川文艺出版社　2014年1月　16开　181页

出云南记　雷平阳著
太原：北岳文艺出版社　2014年1月　32开　236页　天星诗库

长昼　李俊功著
北京：中国言实出版社　2014年1月　大32开　166页　文韵当代

大地的心跳　连占斗著
北京：团结出版社　2014年1月　大32开　234页　三明作家文丛

梁健诗选　梁健著，梁晓明、方石英编
武汉：长江文艺出版社　2014年1月　大32开　279页

撕夜　刘金国著
北京：中国文联出版社　2014年1月　大32开　301页

月光下的村庄　刘炜著
深圳：深圳报业集团出版社　2014年1月　大36开　356页

生活经典　刘志峰著
香港风雅图书出版有限公司　2014年1月　大32开　97页

回到呼吸　吕约著
太原：北岳文艺出版社　2014年1月　32开　195页　天星诗库

从诗题开始——孟樊小诗集　孟樊著
台北：唐山出版社　2014年1月　25开　140页

破破诗选　破破著
西安：陕西师范大学出版总社有限公司　2014年1月　16开　296页　神木文学精品丛书

向内打开的窗子　宋峻梁著
武汉：长江文艺出版社　2014年1月　大32开　263页

半生罪　半生爱　孙方杰著
武汉：长江文艺出版社　2014年1月　16开　151页

岁月风景　孙其昌著
济南：山东人民出版社　2014年1月　16开　241页

凌河的午后　王文军著
沈阳：沈阳出版社　2014年1月　16开　211页

无人·帕思安诗选　吾斯曼江·买买提著
北京：北京燕山出版社　2014年1月　大32开　175页

小主意　西川著
南京：江苏文艺出版社　2014年1月　大32开　419页

梦想的蝉衣　萧通湖著
武汉：长江文艺出版社　2014年1月　16开　260页

丘陵之雕——野夫诗集　野夫著
太原：北岳文艺出版社　2014年1月　大32开　210页

大地的眼睛　雨兰著
北京：金盾出版社　2014年1月　16开　144页　百部原创儿童文学丛书

王家坝书　张抱岩著
北京：中国文联出版社　2014年1月　大32开　218页

张志民诗百首　张志民著
北京：人民文学出版社　2014年1月　大32开　382页

2013中国年度散文诗　邹岳汉主编
桂林：漓江出版社　2014年1月　16开　270页　2013中国年度作品系列

2013 中国年度诗歌 林莽主编

  桂林：漓江出版社 2014年1月 16开 299页 2013中国年度作品系列

2013 中国诗歌年选 李小雨编选

  广州：花城出版社 2014年1月 16开 335页 花城年选系列

三明诗群 莱笙、昌政主编

  北京：团结出版社 2014年1月 大32开 422页 三明作家文丛

山水雁荡——中国·雁荡山诗会暨中国现代山水诗主题论坛专集 马叙主编

  北京：线装书局 2014年1月 16开 148页

台湾现代诗手抄本 张默编著

  台北：九歌出版社有限公司 2014年1月 横16开 380页 九歌文库

天津诗歌双年选（2012—2013） 胡元祥主编

  北京：团结出版社 2014年1月 大32开 263页 远景悦读文库

望江九人诗选 汪治华、张建新主编

  香港：香港中国理想出版社 2014年1月 大32开 246页

心灵的履痕 白守成著

  武汉：长江文艺出版社 2014年2月 16开 222页

巫术掌纹：陈大为诗选1992—2013 陈大为著

  台北：联经出版事业股份有限公司 2014年2月 大36开 335页 当代名家

盲（上、下） 董玉明著

  沈阳：沈阳出版社 2014年2月 大32开 691页 银月亮文丛

长剑当歌 海田著

  北京：解放军文艺出版社 2014年2月 16开 241页

雨林叙事 雷平阳著

  北京：作家出版社 2014年2月 小16开 247页 《诗刊》

2013 年度诗歌奖

黑白键 齐帆著
济南：山东画报出版社 2014 年 2 月 小 16 开 162 页 极光文丛

晚歌如水 屠岸著
南京：江苏文艺出版社 2014 年 2 月 大 32 开 343 页

三地书 张铎著
银川：阳光出版社 2014 年 2 月 大 32 开 183 页

白马——诗的编年史 张立群著
武汉：长江文艺出版社 2014 年 2 月 16 开 372 页

采薇书 张佑锋著
济南：山东画报出版社 2014 年 2 月 小 16 开 163 页 极光文丛

风无定处乱飞花 陈剑著
新加坡：诗工作坊 2014 年 3 月 大 25 开 56 页

城中村——陈忠村诗歌作品 陈忠村著
银川：阳光出版社 2014 年 3 月 大 32 开 171 页 70 后·印象诗系

赶在冬季之前 高平著
兰州：敦煌文艺出版社 2014 年 3 月 大 32 开 346 页 陇原当代文学典藏

转山·藏地诗歌 高星著
武汉：长江文艺出版社 2014 年 3 月 大 32 开 199 页

岁月的坚果 郭峻峰著
杭州：浙江文艺出版社 2014 年 3 月 16 开 193 页

柔软的事物 何进著
广州：羊城晚报出版社 2014 年 3 月 16 开 179 页

半熟的青红果 任洪力著
北京：北京燕山出版社 2014 年 3 月 16 开 267 页 不亦阅乎文库

荣斌先锋诗选　荣斌著
　　北京：中国戏剧出版社　2014年3月　大32开　160页　扬子鳄书系

把梦想送给大地　申海光著
　　北京：中国戏剧出版社　2014年3月　大32开　189页　扬子鳄书系

神赐的口信　舒洁著
　　北京：作家出版社　2014年3月　16开　369页

灵魂与大地　孙阳著
　　沈阳：辽宁大学出版社　2014年3月　大32开　124页

四季田园　伍培阳著
　　北京：华龄出版社　2014年3月　大32开　175页　揽翠集

春雨的滋润　徐泽霖著
　　南京：南京出版社　2014年3月　大32开　346页　新艺文丛

辽阔　许淇著
　　呼和浩特：内蒙古人民出版社　2014年3月　大32开　342页　散文诗集

渡江颂　许泽夫著，中共合肥市委党史研究室编
　　合肥：安徽文艺出版社　2014年3月　小16开　244页

箱子里点灯　詹黎平著
　　北京：现代出版社　2014年3月　16开　160页

史诗三部曲·第1部：大秦帝国史诗　张况著
　　广州：花城出版社　2014年3月　16开　167页

史诗三部曲·第2部：大汉帝国史诗　张况著
　　广州：花城出版社　2014年3月　16开　294页

史诗三部曲·第3部：大隋帝国史诗　张况著
　　广州：花城出版社　2014年3月　16开　204页

诗选　王琦、薛梅、罗士洪、韩闽山著
　　石家庄：河北少年儿童出版社　2014年3月　大32开　197页　汉英对照

诗咏中国梦——中国诗歌万里行"天佑德杯·中国梦"全国诗歌大赛获奖作品集 祁人、郭守明主编
北京：线装书局 2014年3月 大32开 170页

陈黎跨世纪诗选 陈黎著
新北市：INK印刻文学生活杂志出版有限公司 2014年4月 25开 519页 印刻文学

凝睇——朵思诗集 朵思著
台北：酿出版社 2014年4月 25开 230页 阅读大诗系列

高凯的诗 高凯著
兰州：甘肃文化出版社 2014年4月 大32开 312页 文学陇军八骏金品典藏

大地的脚踝 侯马著
北京：人民文学出版社 2014年4月 大32开 233页

胡杨的诗 胡杨著
兰州：甘肃文化出版社 2014年4月 大32开 258页 文学陇军八骏金品典藏

狂风 黄亚洲著
北京：现代出版社 2014年4月 32开 206页

神秘星空 江合著
北京：人民文学出版社 2014年4月 32开 147页

沉钟悠远：雷霆诗文集（上） 雷霆著
北京：作家出版社 2014年4月 16开 422页

离离的诗 离离著
兰州：甘肃文化出版社 2014年4月 大32开 226页 文学陇军八骏金品典藏

在 猎人著
银川：阳光出版社 2014年4月 大32开 181页 星星诗文库

灵魂驿站 凌翼著
北京：中国文联出版社 2014年4月 16开 212页 华夏文库

五十首　鲁北著

北京：线装书局　2014年4月　大32开　87页　中国风文丛

失声　路顺著

北京：线装书局　2014年4月　大32开　119页　美立方文库

旅途漫漫　罗沙著

香港：国际炎黄文化出版社　2014年4月　大36开　156页

黑如白昼　马启代著

北京：线装书局　2014年4月　大32开　146页　长河文丛

华夏龙魂·第一部·女娲之歌　牧文著

北京：作家出版社　2014年4月　16开　217页

华夏龙魂·第二部·黄帝之歌　牧文著

北京：作家出版社　2014年4月　16开　211页

华夏龙魂·第三部·女娃之歌　牧文著

北京：作家出版社　2014年4月　16开　187页

华夏龙魂·第四部·大鲧之歌　牧文著

北京：作家出版社　2014年4月　16开　186页

华夏龙魂·第五部·大羿之歌　牧文著

北京：作家出版社　2014年4月　16开　190页

华夏龙魂·第六部·大舜之歌　牧文著

北京：作家出版社　2014年4月　16开　259页

华夏龙魂·第七部·大禹之歌　牧文著

北京：作家出版社　2014年4月　16开　206页

盐碱地　潘洗尘著

武汉：长江文艺出版社　2014年4月　16开　255页

时光碎片　沈建基著

银川：阳光出版社　2014年4月　大32开　209页　星星诗文库

朱墨诗集（续集）　王宏印著

西安：世界图书出版西安有限公司　2014年4月　大32开　273页

王蒙文集·诗歌　译诗　论李商隐　王蒙著
北京：人民文学出版社　2014年4月　大32开　509页　诗文合集

肖黛诗文集·诗歌卷　肖黛著
西宁：青海民族出版社　2014年4月　16开　201页

一闪而过　星汉著
北京：现代出版社　2014年4月　16开　190页

椰风海韵——邢福师诗选　邢福师著
北京：中国文联出版社　2014年4月　16开　125页

坐看蝴蝶飞　徐澄泉著
成都：四川文艺出版社　2014年4月　16开　159页　乐山文丛

重剑无锋　杨光永著
银川：阳光出版社　2014年4月　大32开　203页　星星诗文库

真真诗集·阿斯加的童年　真真著
武汉：武汉大学出版社　2014年4月　大32开　117页

真真诗集·49支火焰　真真著
武汉：武汉大学出版社　2014年4月　大32开　106页

真真诗集·心在说　真真著
武汉：武汉大学出版社　2014年4月　大32开　90页

鲜花宁静　谷禾著
武汉：长江文艺出版社　2014年5月　16开　287页

顾子欣诗选　顾子欣著
北京：线装书局　2014年5月　大32开　515页

画意诗情　江冠宇著，刘声雨画
北京：线装书局　2014年5月　18开　123页　诗画集

夜行列车　李曙白著
武汉：长江文艺出版社　2014年5月　16开　165页

苦西绒笔记：在木雅人的故乡（1）　伦刚著
自印　2014年5月　大32开　156页

笠 50 年纪念版小诗集·莫渝　莫渝著
高雄：春晖出版社　2014 年 5 月　64 开　15 页

诗与歌的翅膀　沐沐著
福州：海峡文艺出版社　2014 年 5 月　大 32 开　213 页

无法拒绝　漆宇勤著
北京：线装书局　2014 年 5 月　大 32 开　256 页　时间文丛

胡不归　钱利娜著
杭州：浙江文艺出版社　2014 年 5 月　16 开　117 页

红露珠　饶彬著
北京：线装书局　2014 年 5 月　大 32 开　266 页　中诗作家文库

空格键　饶彬著
北京：线装书局　2014 年 5 月　大 32 开　267 页　中诗作家文库

2013 最佳诗歌　张清华编
南京：江苏文艺出版社　2014 年 5 月　大 32 开　358 页　中国好文学

诗意宜宾——宜宾诗人的家园镜像　蒋德均主编
北京：大众文艺出版社　2014 年 5 月　大 32 开　254 页

中国网络诗歌年鉴（2013 卷）　小鱼儿主编
美国：一行出版社　2014 年 5 月　大 32 开　537 页

走进珊瑚筑成的宫殿——地铁 4 号诗歌坊精粹　北塔主编
北京：科学普及出版社　2014 年 5 月　16 开　217 页

九月的歇马山　陈美明著
沈阳：沈阳出版社　2014 年 6 月　16 开　169 页

北纬 40 度　东来著
长春：吉林人民出版社　2014 年 6 月　16 开　226 页

郭廓诗精选　郭廓著
北京：现代出版社　2014 年 6 月　大 32 开　204 页　文源墨路

甲午　胡松夏著
北京：中国文史出版社　2014 年 6 月　大 32 开　166 页

声音　吉小吉著

漆公社书坊　2014年6月　大32开　118页

狐狸偷意象　李成恩著

沈阳：万卷出版公司　2014年6月　16开　146页　百部原创儿童文学丛书

行走的向日葵　梁志宏著

太原：山西人民出版社　2014年6月　大32开　150页　诗坛三重奏

林庚诗集　林庚著

北京：清华大学出版社　2014年6月　16开　483页

致一个梦　刘鹏著

北京：中国书籍出版社　2014年6月　大32开　201页

相约丽江　刘志文著

昆明：云南人民出版社　2014年6月　大36开　242页

一些片段　陆健著

北京：中国广播电视出版社　2014年6月　大32开　256页

动物日记　骆英著

北京：人民文学出版社　2014年6月　方32开　229页

牛敏诗歌选　牛敏著

北京：作家出版社　2014年6月　大36开　173页

长歌正酣　丘树宏著

广州：广东人民出版社　2014年6月　16开　373页

时间之伤　荣荣著

武汉：长江文艺出版社　2014年6月　16开　138页

邵璞诗选　邵璞著

北京：作家出版社　2014年6月　16开　211页

帝国的情史　舒洁著

南京：江苏文艺出版社　2014年6月　大32开　398页

醒来　汪洋著

北京：线装书局　2014年6月　大32开　176页

天风——白阳诗钞　旭宇著
石家庄：河北教育出版社　2014年6月　16开　196页

张惠芬诗选　张惠芬著
北京：中国文联出版社　2014年6月　大32开　172页　桃花源新星诗丛

我在哪里，我是谁——赵丽宏诗选　赵丽宏著
上海：上海文艺出版社　2014年6月　大36开　209页

零的抑扬顿挫　周广学著
太原：北岳文艺出版社　2014年6月　大32开　202页　金钥匙文丛

湖北诗歌现场（2013年卷）　田禾主编
武汉：长江文艺出版社　2014年6月　16开　320页

零碎的时光——渭源现代诗选　何佐平主编
成都：成都时代出版社　2014年6月　大32开　170页

雄关如此多娇——百名知名诗人写嘉峪关　林莽、贾光军主编
桂林：漓江出版社　2014年6月　16开　232页

兰园学报　阿九著
山水印作　2014年7月　大32开　112页　山水诗丛

高纬度的雪　包临轩著
北京：作家出版社　2014年7月　大32开　208页　单行道文学丛书

苹果切片　方书华著
武汉：长江文艺出版社　2014年7月　16开　243页

北方的河　李景冰著
山水印作　2014年7月　大32开　150页　山水诗丛

风把时光吹得辽阔　流泉著
北京：中国文联出版社　2014年7月　大32开　205页

长诗集　吕德安著
山水印作　2014年7月　大32开　157页　山水诗丛

文革记忆 骆英著

台北：二鱼文化事业有限公司 2014年7月 大32开 163页 文学花园

环绕与突围 木页著

桂林：漓江出版社 2014年7月 大32开 154页

沈苇诗选 沈苇著

武汉：长江文艺出版社 2014年7月 16开 243页 中国二十一世纪诗丛

开阔地 苏历铭著

北京：作家出版社 2014年7月 大32开 181页 单行道文学丛书

醉花僧 苏忠著

成都：四川文艺出版社 2014年7月 大32开 167页

白纸的光芒 唐小米著

石家庄：花山文艺出版社 2014年7月 16开 213页 河北青年作家丛书

春鼓与海岸 旭宇著

石家庄：花山文艺出版社 2014年7月 16开 176页

骆驼羔一样的眼睛 杨方著

桂林：漓江出版社 2014年7月 大32开 172页

名不虚传 杨森君著

银川：宁夏人民出版社 2014年7月 16开 181页 灵武文丛

蔷薇集 杨铁军著

山水印作 2014年7月 大32开 102页 山水诗丛

草上的月亮 张洁著

武汉：长江文艺出版社 2014年7月 大32开 201页

天体的时光 周琰著

山水印作 2014年7月 大32开 122页 山水诗丛

宗鄂抒情诗 宗鄂著，顾国强编

桂林：漓江出版社 2014年7月 16开 472页

给孩子的诗　北岛选编
北京：中信出版社　2014年7月　大32开　171页

天镜映月　龚璇、王明韵主编
上海：上海文艺出版社　2014年7月　大32开　282页

诗意人生　艾璞著
北京：现代出版社　2014年8月　大32开　218页　书语

美学诊所　安琪著
香港：云时代出版社　2014年8月　36开　123页　类型杂志诗歌特刊

此心安处　凹凸著
卓尔书店　2014年8月　大36开　59页　新发现诗丛

黑纸白字　伯劳著
卓尔书店　2014年8月　大36开　59页　新发现诗丛

难绾集　陈曦著
卓尔书店　2014年8月　大36开　59页　新发现诗丛

虚构录　陈耀昌著
卓尔书店　2014年8月　大36开　59页　新发现诗丛

乡村在时光的碎片里　晨晖著
桂林：漓江出版社　2014年8月　大32开　160页

留云　代云芳著
卓尔书店　2014年8月　大36开　59页　新发现诗丛

绿逗号　但薇著
卓尔书店　2014年8月　大36开　59页　新发现诗丛

退潮　高鹏程著
武汉：长江文艺出版社　2014年8月　16开　216页

蒙地诗篇　广子著
香港：类型出版社　2014年8月　36开　96页　类型杂志诗歌特刊

纸上还乡：郭金牛诗集　郭金牛著
上海：华东师范大学出版社　2014年8月　大32开　97页

白日梦蓝　何婧婷著

卓尔书店　2014年8月　大36开　59页　新发现诗丛

口哨　何伟著

卓尔书店　2014年8月　大36开　59页　新发现诗丛

对称的狂澜　黄小培著

卓尔书店　2014年8月　大36开　59页　新发现诗丛

我在孔子故里歌唱　黄亚洲著

杭州：浙江文艺出版社　2014年8月　16开　177页　中英双语诗集

每个人都有理由手舞足蹈　灰狗著

卓尔书店　2014年8月　大36开　59页　新发现诗丛

糖果　简松著

卓尔书店　2014年8月　大36开　59页　新发现诗丛

诗集是骷髅　康伟明著

卓尔书店　2014年8月　大36开　59页　新发现诗丛

南海，我的祖宗海　乐冰著

海口：南方出版社　2014年8月　16开　175页

李白凤新诗集　李白凤著，韦绪智编

郑州：河南大学出版社　2014年8月　16开　279页

酥油灯　李成恩著

西宁：青海人民出版社　2014年8月　大32开　316页

赤兔　李有兰著

卓尔书店　2014年8月　大36开　59页　新发现诗丛

植物拥有魔力　刘理海著

卓尔书店　2014年8月　大36开　59页　新发现诗丛

天秤座　龙泉著

武汉：长江文艺出版社　2014年8月　32开　191页

结绳造句　盲镜著

卓尔书店　2014年8月　大36开　59页　新发现诗丛

彼岸花开　陌峪著
卓尔书店　2014 年 8 月　大 36 开　59 页　新发现诗丛

我突然记起你的脸　莫诺著
卓尔书店　2014 年 8 月　大 36 开　59 页　新发现诗丛

无处告别　莫小闲著
卓尔书店　2014 年 8 月　大 36 开　59 页　新发现诗丛

漂浪　木槿著
卓尔书店　2014 年 8 月　大 36 开　59 页　新发现诗丛

何处是我影子的家　潘云贵著
卓尔书店　2014 年 8 月　大 36 开　59 页　新发现诗丛

响鼓不用重锤　羌人六著
卓尔书店　2014 年 8 月　大 36 开　59 页　新发现诗丛

爱深深深　尚子熠著
卓尔书店　2014 年 8 月　大 36 开　59 页　新发现诗丛

丁香集　施瑞涛著
卓尔书店　2014 年 8 月　大 36 开　59 页　新发现诗丛

有时　孙灵芝著
卓尔书店　2014 年 8 月　大 36 开　59 页　新发现诗丛

背面　孙梧著
北京：线装书局　2014 年 8 月　大 32 开　235 页　长河文丛

崮乡叙事　孙晓蒙（孙梧）著
济南：山东大学出版社　2014 年 8 月　大 32 开　224 页

野核桃　裘依著
卓尔书店　2014 年 8 月　大 36 开　59 页　新发现诗丛

祖国　我深爱着你　谭仲池著
长沙：湖南文艺出版社　2014 年 8 月　大 32 开　206 页

故乡的原风景　王飞著
卓尔书店　2014 年 8 月　大 36 开　59 页　新发现诗丛

怎么打开民工的门　魏晓运著

卓尔书店　2014年8月　大36开　59页　新发现诗丛

三寸之地　西西著

卓尔书店　2014年8月　大36开　59页　新发现诗丛

我们不必视而不见　习修鹏著

卓尔书店　2014年8月　大36开　59页　新发现诗丛

磨牙症　向晓青著

卓尔书店　2014年8月　大36开　59页　新发现诗丛

还是那钩残月　肖红权著

北京：线装书局　2014年8月　大32开　140页　书林文苑

草色袭人　熊曼著

卓尔书店　2014年8月　大36开　59页　新发现诗丛

草图与乐章　徐豪著

卓尔书店　2014年8月　大36开　59页　新发现诗丛

夜行者　徐威著

卓尔书店　2014年8月　大36开　59页　新发现诗丛

局外人　徐晓著

卓尔书店　2014年8月　大36开　59页　新发现诗丛

我的申请书　杨康著

卓尔书店　2014年8月　大36开　59页　新发现诗丛

低吟或晚唱　杨启刚著

郑州：河南文艺出版社　2014年8月　大32开　176页　21世纪散文诗　散文诗集

隐形术　杨全兵著

卓尔书店　2014年8月　大36开　59页　新发现诗丛

潜逃之鱼　弋戈著

卓尔书店　2014年8月　大36开　59页　新发现诗丛

潋滟　应诗虔著

卓尔书店　2014年8月　大36开　59页　新发现诗丛

三小姐　郁陈著
卓尔书店　2014年8月　大36开　59页　新发现诗丛

好树　袁磊著
卓尔书店　2014年8月　大36开　59页　新发现诗丛

奈何杯　张琳婧著
卓尔书店　2014年8月　大36开　59页　新发现诗丛

外物　赵目珍著
北京：中国文联出版社　2014年8月　大32开　214页　中国·星星诗文库

微神　赵应著
卓尔书店　2014年8月　大36开　59页　新发现诗丛

可贵的迹象　郑文秀著
北京：作家出版社　2014年8月　大32开　220页

回望时光　周园园著
卓尔书店　2014年8月　大36开　59页　新发现诗丛

第四节课　朱夏妮著
卓尔书店　2014年8月　大36开　59页　新发现诗丛

织锦书　朱妍著
卓尔书店　2014年8月　大36开　59页　新发现诗丛

兰州笔记　庄苓著
卓尔书店　2014年8月　大36开　59页　新发现诗丛

山东诗典（2013卷）　马启代、连志军主编
济南：黄河出版社　2014年8月　大32开　341页　长河文丛

山韵——第二届"阳春杯"地学诗歌大赛诗选　胡红拴主编
广州：羊城晚报出版社　2014年8月　16开　550页

新世纪好诗选（2000—2014）　马启代主编
济南：黄河出版社　2014年8月　大32开　268页　长河文丛

新世纪太仓文学作品集——挚爱编织（诗歌卷）　凌鼎年、朱文新主编
北京：中国文联出版社　2014年8月　16开　163页　月季花

丛书

中国新时期"新来者"诗选　吕进编
重庆：西南师范大学出版社　2014年8月　大32开　486页

倒影　爱斐儿著
北京：北京燕山出版社　2014年9月　大32开　94页　我们·散文诗丛　散文诗集

巫辞　爱松著
桂林：漓江出版社　2014年9月　大32开　146页　第30届青春诗会诗丛

天真　白月著
北京：北京燕山出版社　2014年9月　大32开　93页　我们·散文诗丛　散文诗集

吻火的人　贝里珍珠著
北京：北京燕山出版社　2014年9月　大32开　96页　我们·散文诗丛　散文诗集

乡间书　陈亮著
桂林：漓江出版社　2014年9月　大32开　143页　第30届青春诗会诗丛

面盾　戴潍娜著
桂林：漓江出版社　2014年9月　大32开　88页　第30届青春诗会诗丛

东荡子诗选：杜若之歌　东荡子著，浪子编
福州：海风出版社　2014年9月　大36开　224页

她没遇见棕色的马　杜绿绿著
桂林：漓江出版社　2014年9月　大32开　141页　第30届青春诗会诗丛

四五六七日的雪　高璨著
西安：陕西师范大学出版总社有限公司　2014年9月　大32开　275页

霞光万丈　和权著

台北：秀威资讯科技股份有限公司　2014年9月　25开　397页　秀诗人

牛黄新爱情诗：我想你　黄吉韬著

天津：天津教育出版社　2014年9月　36开　200页

世界知道我们　吉尔著

桂林：漓江出版社　2014年9月　大32开　143页　第30届青春诗会诗丛

风暴　李浩著

上海：上海三联书店　2014年9月　大32开　185页　清心诗丛

有关可能生活的十种想象　李宏伟著

桂林：漓江出版社　2014年9月　大32开　122页　第30届青春诗会诗丛

煮海　李孟伦著

桂林：漓江出版社　2014年9月　大32开　137页　第30届青春诗会诗丛

自然集　李少君著

武汉：长江文艺出版社　2014年9月　16开　131页

旅行者　李仕淦著

北京：北京燕山出版社　2014年9月　大32开　96页　我们·散文诗丛　散文诗集

深呼吸　梁平著

北京：作家出版社　2014年9月　大32开　192页

海岛的忧郁　林森著

桂林：漓江出版社　2014年9月　大32开　138页　第30届青春诗会诗丛

剧场　灵焚著

北京：北京燕山出版社　2014年9月　大32开　96页　我们·散文诗丛　散文诗集

返乡 麦豆著
桂林：漓江出版社 2014年9月 大32开 146页 第30届青春诗会诗丛

行走的感觉 毛国聪著
北京：北京燕山出版社 2014年9月 大32开 94页 我们·散文诗丛 散文诗集

诗无极 孟醒石著
桂林：漓江出版社 2014年9月 大32开 146页 第30届青春诗会诗丛

复调 弥唱著
北京：北京燕山出版社 2014年9月 大32开 93页 我们·散文诗丛 散文诗集

天真皮肤的同类 潘云贵著
北京：北京燕山出版社 2014年9月 大32开 94页 我们·散文诗丛 散文诗集

无序排队 商震著
北京：作家出版社 2014年9月 16开 267页

唇角的玫瑰 拾柴著
香港：天马出版有限公司 2014年9月 大32开 163页 抛物线诗丛

大地密码 水晶花著
北京：北京燕山出版社 2014年9月 大32开 93页 我们·散文诗丛 散文诗集

一江水 王彦山著
桂林：漓江出版社 2014年9月 大32开 147页 第30届青春诗会诗丛

莫名之妙 温建军著
石家庄：花山文艺出版社 2014年9月 16开 259页

自然碑 徐俊国著
北京：北京燕山出版社 2014年9月 大32开 94页 我们·散文诗丛 散文诗集

猫女的哲思 徐瑞著
台北：唐山出版社 2014年9月 方16开 88页 诗画集

颂词 徐源著
贵阳：贵州人民出版社 2014年9月 大32开 211页 沉淀物诗丛

一月的使徒 徐钺著
桂林：漓江出版社 2014年9月 大32开 135页 第30届青春诗会诗丛

在天边 亚楠著
北京：北京燕山出版社 2014年9月 大32开 94页 我们·散文诗丛 散文诗集

天空一角 杨林著
北京：北京燕山出版社 2014年9月 大32开 94页 我们·散文诗丛 散文诗集

记忆纹身：杨平诗文选 杨平著
台北：唐山出版社 2014年9月 25开 416页 经典丛书

红尘记 影白著
桂林：漓江出版社 2014年9月 大32开 120页 第30届青春诗会诗丛

外滩手记 语伞著
北京：北京燕山出版社 2014年9月 大32开 96页 我们·散文诗丛 散文诗集

喧嚣与孤独 玉珍著
桂林：漓江出版社 2014年9月 大32开 146页 第30届青春诗会诗丛

缺席 张巧慧著
桂林：漓江出版社 2014年9月 大32开 146页 第30届青春诗会诗丛

在大陆上 章闻哲著
北京：北京燕山出版社 2014年9月 大32开 96页 我们·散文诗丛 散文诗集

预言　周庆荣著

　　北京：北京燕山出版社　2014年9月　大32开　93页　我们·散文诗丛　散文诗集

荆棘鸟　转角著

　　北京：北京燕山出版社　2014年9月　大32开　96页　我们·散文诗丛　散文诗集

第六届鲁迅文学奖获奖作品集·诗歌卷　中国作家协会鲁迅文学奖评奖办公室编

　　北京：作家出版社　2014年9月　小16开　291页

民间鲁迅短诗奖获奖作品集　老枪编

　　2014年9月　大32开　190页

"青春诗会"三十年诗选　诗刊社编

　　北京：作家出版社　2014年9月　16开　446页

小诗·随身帖　张默编

　　台北：创世纪诗杂志社　2014年9月　25开　169页　创世纪诗丛

四川新世纪诗歌选　梁平主编

　　成都：四川文艺出版社　2014年9月　16开　276页

中国好诗歌　卢辉编著

　　北京：九州出版社　2014年9月　16开　213页　美立方文库

回音　曹利民著

　　南京：江苏凤凰文艺出版社　2014年10月　大32开　113页　文杏书系

高昌八行新律　高昌著

　　香港：雅园出版公司　2014年10月　大32开　174页

黄潮龙诗选　黄潮龙著

　　中国诗联书画出版社　2014年10月　大32开　299页　潮韵丛书

暗香　冷盈袖著

　　武汉：长江文艺出版社　2014年10月　16开　194页　蓝狮文库

哗变的梨花　李龙年著
北京：团结出版社　2014 年 10 月　大 32 开　174 页　新时代文丛

生命的火花　林贵著
北京：中国文联出版社　2014 年 10 月　大 32 开　182 页　梦乡放歌

林贵朗诵诗选　林贵著
北京：中国文联出版社　2014 年 10 月　大 32 开　227 页　梦乡放歌

间歇　王学芯著
成都：四川文艺出版社　2014 年 10 月　小 16 开　196 页　杰出诗人诗库

起风了　谢小青著
北京：作家出版社　2014 年 10 月　大 32 开　113 页　21 世纪文学之星丛书

心海·2013 年度诗歌集　谢谢著
香港：银河出版社　2014 年 10 月　大 32 开　156 页

蓝白拖　辛牧著
台北：酿出版　2014 年 10 月　25 开　147 页　阅读大诗

徐迟文集（第 1 卷·诗歌）　徐迟著
北京：作家出版社　2014 年 10 月　大 32 开　322 页

在人间观雨：轩辕轼轲诗选　轩辕轼轲著
太原：北岳文艺出版社　2014 年 10 月　大 32 开　178 页　天星文库

平凡的词　姚振函著
北京：现代出版社　2014 年 10 月　16 开　507 页　美立方　诗文合集

爬上云朵采阳光　臧思佳著
北京：北京时代华文书局　2014 年 10 月　16 开　285 页　优秀诗人文库

戏仿现代名诗百帖　张默著

台北：九歌出版社有限公司　2014年10月　25开　301页　九歌文库

南歌子　张文斌著

宁波：宁波出版社　2014年10月　大32开　174页

十年灯　周孟杰著

北京：现代出版社　2014年10月　大32开　269页　美立方

风与花的爱情　庄海君著

北京：团结出版社　2014年10月　大32开　274页　新作家档案

创世纪60年诗选（2004—2014）　萧萧、白灵、严忠政主编

台北：九歌出版社有限公司　2014年10月　25开　255页　九歌文库

创世纪60周年同仁诗选（2004—2014）　辛牧、陈素英、李进文主编

台北：文史哲出版社　2014年10月　25开　228页　文史哲诗丛

新诗绝句二百首　白马著

北京：中国文联出版社　2014年11月　大36开　89页

内心放射的光芒（上卷）　包容冰著

北京：团结出版社　2014年11月　16开　248页　忆书坊

内心放射的光芒（下卷）　包容冰著

北京：团结出版社　2014年11月　16开　266页　忆书坊

旗山诗歌练习簿　陈卫著

福州：海峡书局　2014年11月　16开　255页　闽水泱泱：福建师范大学文学院文学创作丛书

陈运和短诗选　陈运和著

香港：银河出版社　2014年11月　36开　79页　短诗自选丛书中英对照

朝圣者的反思　筏子著

武汉：长江文艺出版社　2014年11月　16开　218页

敲打着楼下的铁皮屋顶　李之平著
周琦锤子出品　2014年11月　大32开　140页

诗坛Ｎ叟　陆健著
北京：线装书局　2014年11月　大32开　157页

知乎水月：洛夫抒情诗精选　洛夫著
深圳：海天出版社　2014年11月　36开　233页

遇见　田湘著
武汉：长江文艺出版社　2014年11月　16开　214页

哦，安哥拉　王居明著
西安：太白文艺出版社　2014年11月　大32开　152页

低低的火焰　温古著
呼和浩特：内蒙古人民出版社　2014年11月　大32开　386页

胶片·哈哈镜　吴涛著
太原：北岳文艺出版社　2014年11月　大32开　218页　惊蛰诗丛

西可短诗选　西可著
环球文化出版社　2014年11月　16开　187页　汉英对照

日历诗　徐芳著
上海：上海文艺出版社　2014年11月　大36开　218页

徐刚诗选　徐刚著
北京：作家出版社　2014年11月　16开　355页

勿忘我　余利红著
银川：宁夏人民出版社　2014年11月　大32开　177页　散文诗集

肤施小镇　张怀帆著
天津：百花文艺出版社　2014年11月　16开　356页

不耻　赵思运著
环球文化出版社　2014年11月　大32开　156页

莫若当初　致龄著
成都：四川文艺出版社　2014年11月　16开　151页

2014 华文青年诗人奖获奖作品　　《诗探索》编辑部编
　　桂林：漓江出版社　2014 年 11 月　大 32 开　253 页

窗前的杨树——首都师范大学驻校诗人诗选　　林莽主编
　　桂林：漓江出版社　2014 年 11 月　16 开　269 页

汉英双语版中国诗选 2014　　北塔主编主译
　　北京：线装书局　2014 年 11 月　16 开　324 页

诗丽水　　施龙有主编
　　北京：中国文史出版社　2014 年 11 月　16 开　226 页　少微丛书

以风雕塑——金门诗选（风景卷）　　方群、颜艾琳主编
　　台湾金门：金门县文化局　2014 年 11 月　25 开　214 页　开门系列

世界比想象的要突然一些　　巴客著
　　福州：海峡书局　2014 年 12 月　16 开　240 页

步行街　　陈德根著
　　宁波：宁波出版社　2014 年 12 月　16 开　140 页　宁波青年作家创作文库

在江南　　东方浩著
　　杭州：浙江文艺出版社　2014 年 12 月　大 32 开　195 页　鲁迅故乡作家文库

沙漏——韩文戈编年诗选（1987—2014）　　韩文戈著
　　石家庄：诗文本工作室　2014 年 12 月　大 16 开　202 页

露珠上的太阳　　洪立著
　　银川：宁夏人民出版社　2014 年 12 月　大 32 开　154 页　宁夏诗歌学会丛书

白马　　姜念光著
　　北京：解放军文艺出版社　2014 年 12 月　大 32 开　291 页

基诺山　　雷平阳著
　　武汉：长江文艺出版社　2014 年 12 月　16 开　194 页

归去来　　末末著
　　贵阳：贵州人民出版社　2014 年 12 月　大 32 开　173 页

像雪一样活着　青小衣著
武汉：长江文艺出版社　2014年12月　16开　188页

湖山集　泉子著
武汉：长江文艺出版社　2014年12月　16开　147页

单个的水　沙克著
海口：南海出版公司　2014年12月　大32开　174页

苹果树　山叶著
宁波：宁波出版社　2014年12月　16开　143页　宁波青年作家创作文库

纸上虚言　天岚著
武汉：长江文艺出版社　2014年12月　大32开　213页

斯世同怀　王夫刚著
长春：时代文艺出版社　2014年12月　16开　220页

在生活的另一维度　王霁良著
北京：现代出版社　2014年12月　大32开　171页　文心

北方的时光　王万里著
武汉：长江文艺出版社　2014年12月　16开　255页

我把风留在了风中　我是圆的著
北京：北京燕山出版社　2014年12月　大32开　234页　文化中国·新百花文库

见蝴蝶　吴素贞著
武汉：长江文艺出版社　2014年12月　16开　168页

窈窕阳光　杨刚著
香港：三联中文出版有限公司　2014年12月　大32开　104页

美好是疼的　鹰之著
北京：北京燕山出版社　2014年12月　大32开　306页　文化中国·新百花文库

时光字典　游天杰著
武汉：长江文艺出版社　2014年12月　16开　154页

主与客　余怒著

武汉：长江文艺出版社　2014年12月　16开　217页

从潘掌出发：张海荣诗歌集　张海荣著

太原：山西人民出版社　2014年12月　16开　190页

走失的蝉衣　张巧慧著

宁波：宁波出版社　2014年12月　16开　206页　宁波青年作家创作文库

百草晨韵——2014江苏少年诗歌节优秀作品集　陈小虎、张锋主编

北京：现代出版社　2014年12月　大32开　152页

2014台湾国际诗歌节诗选

INK印刻文学生活志　2014年12月　25开　163页

二十一世纪中国文学大系（2001—2010）·诗歌卷　何言宏主编

南京：南京师范大学出版社　2014年12月　16开　687页

美丽文成　慕白主编

武汉：长江文艺出版社　2014年12月　16开　280页

白马长诗选　白马著

海潮诗社　2014年　16开　218页

删除　邱红根著

（2014年）　32开　49页　坐标诗丛

一阵风吹来　邵超著

香港：类型出版社　2014年　大32开　194页　60首诗

三十而立　徐敏著

香港：类型出版社　2014年　大32开　98页　类型杂志诗歌特刊散文诗集

时间的形状　尤佳著

香港：类型出版社　2014年　大32开　139页　类型杂志诗歌特刊

余志权诗选　余志权著

春华广告传媒　2014年　大36开　195页

雕像　子石著

香港：类型出版社　2014年　大32开　77页

与梦想同行——2014"春天送你一首诗"走进镇海诗歌征文优秀作品集

镇海区文学艺术联合会、宁波市作家协会　2014年　16开　136页

奔腾诗歌年鉴（2013—2014）　子夜的灯主编

奔腾的诗歌论坛出品　2014年　大32开　352页

诗论与资料集

变动、修辞与想象——中国当代新诗史写作研究　霍俊明著

1. 台北：新锐文创　2013年1月　大32开　323页　新锐文丛
2. 北京：中国社会科学出版社　2013年4月　16开　283页　首都师范大学文艺学博士文库

用诗艺开拓美——林明理谈诗　林明理著

台北：秀威资讯科技股份有限公司　2013年1月　大32开　296页　文学视界

诗的格律与鉴赏　鲁德俊著

北京：中国书籍出版社　2013年1月　大32开　626页

诗人陆志韦研究及其诗作考证　赵思运著

南京：东南大学出版社　2013年1月　16开　233页

中国新格律诗探索史略　周仲器、周渡著

镇江：江苏大学出版社　2013年1月　大32开　234页

穆旦研究资料（上下）　李怡、易彬编

北京：知识产权出版社　2013年1月　16开　971页　中国文学史料全编·现代卷

诗的记忆——我与54位当代中国诗人　苏历铭著

台北：新锐文创　2013年2月　大32开　251页　新锐文学

谢冕的意义　孟繁华主编

北京：现代出版社　2013年2月　16开　380页

中国新诗编年史 刘福春著
北京：人民文学出版社 2013年3月 16开 1543页

一个人的诗歌史（第三部） 刘春著
桂林：广西师范大学出版社 2013年4月 16开 286页

阮章竞评传 陈培浩、阮援朝著
桂林：漓江出版社 2013年4月 16开 326页 《中山文艺家评传》丛书

打工前沿的歌者——罗德远其人其文 大西南主编
北京：中国戏剧出版社 2013年4月 大32开 294页 悦读天下

新诗鉴赏辞典（重编本） 孙光萱等编
上海：上海辞书出版社 2013年5月 32开 1318页

无能的右手 霍俊明著
北京：北京大学出版社 2013年6月 16开 333页 中国现代文学馆青年批评家丛书

诗美探真 马忠著
北京：中国戏剧出版社 2013年6月 大32开 170页 文苑园

中国现代知性诗学研究 周锋著
北京：人民文学出版社 2013年6月 大32开 442页

诗之眼 郭密林等著
回雁诗社 2013年6月 大32开 192页 回雁诗丛

印华新诗欣赏 东瑞、叶竹编
香港：获益出版事业有限公司 2013年6月 大32开 351页

永远的闻捷 殷明、张晖主编
镇江闻捷纪念馆 2013年6月 大32开 281页

论木斧 李临雅、余启瑜选编
成都：四川美术出版社 2013年7月 大32开 276页

诗是什么 李黎著
北京：中国青年出版社 2013年9月 16开 294页

潇涵诗话　于进水著

成都：西南交通大学出版社　2013年9月　大32开　191页

吕剑书影录　张期鹏著

济南：山东大学出版社　2013年9月　16开　149页　莱芜现代三贤书影录

精神与形式：诗性书写的民国资源　张桃洲著

台湾新北：花木兰文化出版社　2013年9月　16开　276页　民国文化与文学研究文丛

施施然诗歌读本　黄吉韬著

北京：现代出版社　2013年10月　方32开　252页

重庆诗歌访谈　蒋登科著

重庆：重庆大学出版社　2013年10月　16开　421页

吴开晋诗文选（下）　吴开晋著

北京：团结出版社　2013年10月　大32开　472页

马新朝研究　张延文编

郑州：大象出版社　2013年10月　16开　416页　中国当代作家研究丛刊

越界书写与离散认同——林幸谦诗文评论选辑　赵寻主编

香港：中华书局（香港）有限公司　2013年10月　16开　403页

蛙泳教练在前妻的面前似醉非醉：现代诗形式论美学　陈仲义著

北京：作家出版社　2013年11月　16开　381页　中国当代文学研究与批评书系

通向天堂的大门——东方勃朗宁罗门和蓉子传论　龙彼德著

台北：万卷楼图书股份有限公司　2013年11月　16开　141页　现代诗学丛刊

吴思敬论新诗　吴思敬著

北京：中国社会科学出版社　2013年11月　16开　360页　首都师范大学文艺学学术文库

与面具共舞——中国网络诗歌现状研究　薛梅著

北京：中国戏剧出版社　2013年11月　大32开　289页　卓文

书系

新诗与汉语智慧　姜耕玉著
南京：东南大学出版社　2013年12月　16开　342页

李发模诗论　李健风著
北京：北京时代华文书局　2013年12月　16开　180页

行走中的歌者——林明理谈诗　林明理著
台北：文史哲出版社　2013年12月　大32开　340页　现代文学研究丛刊

翻译诗学的语言向度——论中国新诗的发生　汤富华著
南京：南京大学出版社　2013年12月　大32开　170页

坚守与探索　谢镇泽著
北京：团结出版社　2013年12月　大32开　267页　文化中国·黄河口文库　诗文论集

语言与存在：探寻新诗之根　张桃洲著
北京：社会科学文献出版社　2013年12月　16开　323页　京华学术文库

中国诗歌的分化与纷争（1989年—2009年）　周航著
北京：人民出版社　2013年12月　16开　330页

诗·诗论　孙大雨著
上海：上海三联书店　2014年1月　16开　258页

诗人诗坛　林建法主编
沈阳：辽宁人民出版社　2014年1月　16开　500页　《当代作家评论》三十年文选

谢冕评说三十年　古远清编著
深圳：海天出版社　2014年1月　16开　290页

梁健纪念集
（2014年1月）　大32开　210页

中国新诗讲稿　李怡著
北京：中国人民大学出版社　2014年2月　16开　186页　北京开放大学人文教育丛书

诗集与诗学论著叙录

237

火狐 永远的韩作荣

人民文学杂志社编印 2014年2月 16开 168页

声音的意味：20世纪新诗格律探索 张桃洲著

北京：人民文学出版社 2014年3月 16开 321页

从明天起，做一个幸福的人——海子故事 李斯著

北京：现代出版社 2014年4月 16开 361页

诗篇：向经典致敬——《一位美轮美奂的小诗人之歌》研究文集

邹建军、熊国华等著

北京：线装书局 2014年4月 大32开 272页

新世纪诗歌精神考察 霍俊明著

保定：河北大学出版社 2014年5月 16开 260页 "冷板凳"学术书系

当代诗坛"刀锋"透视 刘波著

保定：河北大学出版社 2014年5月 16开 296页 "冷板凳"学术书系

笠诗社演进史 莫渝著

高雄：春晖出版社 2014年5月 25开 168页 文学研究丛刊

郑敏创作思想研究 周礼红著

北京：中央编译出版社 2014年5月 16开 281页

《野草》二十四讲 孙玉石著

北京：中信出版社 2014年6月 16开 263页 北大课堂

徜徉在诗性空间——许霆现代诗学著作导论集 许霆著

苏州：苏州大学出版社 2014年6月 16开 196页

先锋的魅惑 张立群著

北京：北京大学出版社 2014年6月 16开 370页 中国现代文学馆青年批评家丛书

我不能不探索——彭燕郊晚年谈话录 彭燕郊著，易彬整理

桂林：漓江出版社 2014年7月 大32开 216页

大诗论——中国当代诗歌批评年编·2013 张清华主编

北京：东方出版社 2014年7月 16开 516页

甘苦寸心知 莫文征著
北京：中国文联出版社 2014年8月 大32开 339页 诗论与散文合集

待漏轩文存 吴奔星著
上海：上海辞书出版社 2014年8月 36开 337页 开卷书坊

新诗的理性空间 许霆著
南京：江苏教育出版社 2014年8月 16开 207页 虞山人文研究

打开诗的钥匙 李亚飞编
卓尔书店 2014年8月 大36开 59页 新发现诗丛

偏与爱——李小洛诗歌研究 李焕龙主编
西安：三秦出版社 2014年8月 16开 321页

青春与诗的光芒 刘蔚编
卓尔书店 2014年8月 大36开 59页 新发现诗丛

穆旦的精神结构与现代性问题 段从学著
北京：人民出版社 2014年9月 16开 218页

新诗十二论 范光明著
香港：时代中国出版社 2014年9月 大32开 195页 中国凉都文学丛书

从"广场"到"地方"——微观视野下的诗歌空间（上下） 霍俊明著
台湾新北：花木兰文化出版社 2014年9月 大16开 339页 人民共和国文化与文学丛书

文革新诗编年史（上下） 刘福春著
台湾新北：花木兰文化出版社 2014年9月 16开 525页 人民共和国文化与文学丛书

中国新诗审美范式的历史转型 吕周聚著
北京：人民出版社 2014年9月 16开 385页

文革"地下诗歌"研究 王学东著
台湾新北：花木兰文化出版社 2014年9月 16开 212页 人

民共和国文化与文学丛书

诗歌的语言与形式——中国现代诗歌语言与形式学术研讨会论文集 王光明编
北京：社会科学文献出版社 2014年9月 16开 857页

发现文本：散文诗艺术审美 黄恩鹏著
北京：蓝天出版社 2014年10月 16开 324页

阅读的姿势——当代诗歌批评札记 梁平著
成都：四川文艺出版社 2014年10月 16开 255页

海子、顾城：两个诗人的罗生门 刘春著
南京：译林出版社 2014年10月 大32开 180页

多重语境的精神漫游——中国当代诗歌评论集 芦苇岸著
沈阳：白山出版社 2014年10月 16开 372页 北方文化方阵丛书

当下诗歌现场——"雨时博客"诗论诗评集 苗雨时著
保定：河北大学出版社 2014年10月 16开 453页 廊坊师范学院文学院五十年发展纪念文丛

白洋淀诗歌群落研究资料 刘福春、贺嘉钰编
北京：中华文学史料学学会、北京师范大学国际写作中心 2014年10月 16开 356页

创世纪60社庆论文集 萧萧主编
台北：万卷楼图书股份有限公司 2014年10月 16开 504页 现代诗学丛刊

诗人·论家的一天 陈文发摄影、创世纪诗杂志社主编
台北：文史哲出版社 2014年10月 16开 294页

斯人可嘉——袁可嘉先生纪念文集 方向明主编
杭州：浙江文艺出版社 2014年10月 16开 447页

台湾中生代诗人两岸论 傅天虹、白灵主编
台北：创世纪诗杂志社 2014年10月 25开 355页

中国现代诗学流变史 曹万生著
北京：人民出版社 2014年11月 16开 493页

细节与碎片：一个人的诗歌记忆　苏历铭著
长春：时代文艺出版社　2014 年 11 月　16 开　366 页

鲁藜传论——燃烧不尽的赤子诗魂　王玉树著
北京：金城出版社　2014 年 11 月　16 开　262 页

闻一多年谱　闻黎明著
北京：群言出版社　2014 年 11 月　大 32 开　624 页　民盟历史文献

包容冰新诗评论集　王珂主编
北京：作家出版社　2014 年 11 月　16 开　356 页　中国文学创作出版精品工程丛书

诗人与校园——首都师范大学驻校诗人研究论集　吴思敬主编
桂林：漓江出版社　2014 年 11 月　16 开　298 页

打开诗的漂流瓶——陈超现代诗论集（珍藏版）　陈超著
石家庄：河北教育出版社　2014 年 12 月　16 开　354 页

阐释之雪：胡亮文论集　胡亮著
北京：中国言实出版社　2014 年 12 月　16 开　297 页　得天文丛

新诗教程　黄其荣著
厦门：厦门大学出版社　2014 年 12 月　大 32 开　370 页

新世纪广西诗歌观察　罗小凤著
南宁：广西人民出版社　2014 年 12 月　16 开　232 页

群岛之辨——"现当代诗学研究"专题论集
江汉大学现当代诗学研究中心、《江汉学术》编辑部主编
武汉：长江文艺出版社　2014 年 12 月　16 开　454 页

（作者单位：中国社会科学院文学研究所）

诗与感觉的命运
——慕白诗集《行者》中的三种生命诗化形式
◇薛 梅

　　慕白，慕不白，白慕，这自诉里有清修的雅昧。这样的三段论，倒是颇合见山是山见水是水那著名的禅悟，与其说他创造了他的诗歌，莫若说，他的诗歌创造了他外形的"相"，即一种开始定义空间意义的在场。诗性创造了诗人慕白，创造了他的包山底和现在。慕白的诗是一个大的时间场，是他的心灵赖以了解包山底和一路上风物的一个方面，是和信仰牵连在一起的感觉的产物。我们都知道时间是流水的隐喻，其实在路上也是。一程又一程，来路推着前路，前路又推着前路，从童年走到中年，从一个包山底赤子的身影，走到通衢大道的京都学子，他让自己的叙述在时间中发生，而他也在写作中拥抱着他的来路和去路，他在路上的一系列风景中承担着重要的角色，他的"相"由心生，他释放自己的情感，又控制他的释放，他训练自己良好的耳朵，他信任他听到的脚步声一样的音节，作为一个在路上的行者，不倦地行走，他的音节便不倦地跳动。他让他的心悟在路上并不是一种实体，是记忆与想象在走，是静默中的倾听，诗行，诗节，诗篇：

　　"白代表高洁，清白，不同流合污；慕白之意，即崇尚清高，孤傲，清廉，脱俗，不同流合污，不俯仰世间的高贵品质"，"知白守黑，是意在教人处世之道，自己一定要明白是非对错，而外表要装成愚钝，对世俗之流既不赞美也不批判，沉默笑看尘世，与'大智若愚'有同工之妙，实乃大隐于市之道"。这里揭示的是诗与感觉的命运。这是真实的，亦是真切的。此中有真意，契合了云门禅师的生命三昧："我有三句语示汝诸人：一句涵盖乾坤，一句截断众流，一句随波逐浪。"日芳上座有释曰："僧问：如何是涵盖乾坤句？师竖起拄杖。僧问：如何是截断众流句？师横按拄杖。僧问：如何是随波逐浪句？师掷下拄杖。"（《五灯会元》）。慕白不用大词，慕白只有素朴的理解和通透的了悟：慕白，慕不白，白慕，亦是同样精粹的三种生命的诗化形式。

一、慕白：虚灵不昧、天地立心的诗者

慕白出生在一个叫包山底的浙南小山村，这是他的诗歌地理影像的核心。也或者说，包山底养育了他的人，也涵育了他的诗歌地理基因。这个有着化外之境的飘着茶香的地域，使得慕白天性之中的虚灵不昧得以扎根、发芽，并长成参天大树。于是，他从包山底起步，足迹遍布浙东南大地，他的莲花尖、霞山、台回山、桐君山、姚家溪、湘湖、跨湖桥、常山港、衢江、兰江、桐江、富春江、乌溪江、新安江、浦阳江、婺江……——都具有了诗性内涵，他以阔大的时空观念和亲睦的地域视野来显示他内心所成之器：

一场大雨，现实主义在头顶倾盆而下
灵魂无处躲避。在春天的深处
松鼠的从容，被一阵风吹得无影无踪

如果可以预先设计
每条江的源头，我希望这样
一位神灵守护水的两岸，天空辽阔
水草丰茂，而不需要与神有着私约
每座山峰的身上都披满鲜花

溥天之下，莫非王土
每个人在自己头上悬挂一把醍醐
存一点敬畏，洗心，洗肺，一日三省
那就是善莫大焉，上善若水
今日喜雨，明天东流，目标大海
在这五光十色的世界上，百折不挠
像一个人的脚步，走遍千山万壑
不离一个情字，爱与不爱，唯时间能证明

从摇篮开始，允许一条江的童年
慢慢长大，给干净的水，阳光和空气

多一些机会,给鱼虾足够自由
选择水草还是莲间嬉戏
让沙子在水中多活千年。故园春心
在江边予人玫瑰,不是为了己手余香
从善如流,不用隐喻,满怀幻想和天真
留出时间,脚下保存一块很小的土地
宽容远方的小草回来疗伤
————《霞山喜雨》

"雨"在这里有了非凡的意义,上善若水,不再是现代派的愁心,亦不再是云雨之情欲的凡思,是心斋供奉的善念,是真情播洒的甘霖,是一种浑然与物,是吾心即宇宙,是为天地立心的诗性智慧。这雨,在他的故乡浙东南大地随处可见,与山川一体,与江河同流,这携着他本心的喜雨,"像一个人的脚步,走遍千山万壑,/不离一个情字,爱与不爱,唯时间能证明"。慕白的诗意澄明了他的本体内涵,其胸怀其精神境界在故乡的寻常风物里比比可见:

命运如水,谁能准确预测自己未来的流向
这是一条别人的江,有人在上游点灯
以心为界,明天是谷雨,我也将启程
————《兰溪送马叙至乐清》

唯一认识的桐花遍地飘落,善意地提醒我们
出门记得带伞。一朵云包含了多少雨量
很难预测,请尊重四处奔波的人们
在村庄和坟墓之外,也有一些花在开放
该为他们也留下一个像样的童年
————《杭州至淳安道上》

野草绿着绿着就黄了,山花开过也就谢了
树换了多套服装,蜜蜂与云雀早相忘于江湖
把生命交给大自然,落英果腹,沧桑为饮
百转千回后,山不改执着,水依然纯真

　　　　　　　　　　——《莴萝花》

　　所有的欲望，都与善良的水一起祈祷
　　祝福天下苍生风调雨顺，丰衣足食
　　保佑鱼米之乡卧薪尝胆的每一个人，无怨无悔
　　　　　　　　　　——《罪己书》

　　我高尚的手，古老的风
　　坚持不懈地牵着心的自由
　　从屋顶的边缘攀延
　　为梦的额头书写明日的山脉
　　　　　　——《为梦的额头书写明日的山脉》

　　我会在上帝看着不顾
　　阎王记着不管的人间
　　认认真真地吸进和呼出
　　每一口自然的空气
　　　　　　　　　　——《自画像》

　　慕白内心盛着包山底乃至浙东南自然版图的命脉。上善若水，是他大而化之的境界。他生命的长河涓涓汩汩，在诗意的长河里自有一股天地正气在。用统计学来计算，他的诗集中有"河"的诗句就有56处。他不倦不息地呈现着河流，或长或短，或宽或窄，或清澈或浑浊，或明或暗，或虚或实，或漫溯或观望，他的河流穿越四季，像阳光穿越树梢，炊烟穿越大野。他说："诗歌是一个人内心的河流，它穿越我而存在。"于是，他的诗歌成全了他自己以及他的河流，"我们每个人的内心也有一条河流"（《雾漫小东江》），"身后也拖着一条自己的河流"（《登莲花尖》），"在走不完的河流上"（《八百里飞云江》），"河流不停，溪水淙淙"（《在路上，每个人都是自己的纪念牌》），"乡音是一种永远的河流"（《一生都走不出你的河流》），"每条河流都有自己的山脉"（《情寄濠上》），"在我的河流里，／溪水，玩耍，安眠"（《关关雎鸠》），"人生也是条河流"（《月河客栈》）。"河流"同义的存在，还有"溪水"，"江"，"湖水"，"大海"，乃至"眼泪"。慕白的

专题：慕白诗歌研究

245

"河流"依靠感觉、触觉和想象力行动,它是自我的生命体验,又是大而化之的人生本真,这里有着时空的交汇,有着生命的长度与宽度,它是一个生机勃勃的创造力的世界,是审美意义上的精神漫游。当心灵决定了穿越河流的真相,他最终建构了一个天地境界,诚实说出了他的顿悟:"我无非只是想让自己活得更像一个人。"(《富春山与柯平书》)

二、慕不白:意象对峙,不落心机的思者

读慕白的诗,令人惊讶的是,他诗里的智性始终隐伏在故乡风物的抒情里,很容易被他强大的故乡唯美底色弱化掉。慕白曾在他的诗句中透露了他追慕乡野的意味,强调他的书写是为"梦"的额头记录下从来路到去路的山脉。我们容易记住他的浙东南深挚的风情,却照例忽略了他里面的悲悯;我们容易理解他的驻足和返乡,却照例忽略了他不能够停下脚步的前行。慕白的诗里有截断众流的意象对峙,有不落心机的慧性哲思。他是一个第一人称的叙述者,也是一个返照自心的洞见者。他在包山底为轴心的浙东南内外穿行,他似乎向北行进,向山川和河谷行进,他在城市的外围地区漫步,但他从没有漠视城市所代言的现时,北方所代言的此在。这就形成了他诗歌中意象的对峙,一方面是包山底所指向的地理版图意象,一方面是城市变革所指向的现代社会意象。慕白说:

> 爱才是天堂的通行证
> 我的河道日益污染,一半来自内心
> 一半来自于外力,我无权抱怨
> 太阳也有黑点,不应对刚刚长出的白发
> 指指点点,对曾经指责过的上游和下游
> 我愿意新建一座桥,让八千年的历史
> 在一条江上跨过来,就像我们
> 在初夏的夜晚一见如故
> ——《湘湖图》

"我无权抱怨"所透露的正是悲悯和承担。他正视这样的对峙,并

以其丰富的人性内涵，进行自由交流，他的内在尺度和理想审美都在他的慧性观照里得以明朗。这颇有偏义复词的效果，抑或反问句答案自在其中的意味。比如：

　　河对岸有人在捕鱼
　　向着空气撒出一片丝状的渔网
　　收起时，网住活蹦乱跳的几尾小鱼

　　一艘逆流而上的机动运沙船
　　把河两岸的水花搅得鸡飞狗跳
　　"突突突"的机车声中
　　他微微睁开双眼，伸手掸了掸身上的落叶
　　再次昏昏睡去
　　　　　　　　　　——《老者在嗜睡》

　　村口修建了停车场，水泥路
　　有人在稻田里栽花种树
　　在村子中央建起一个太极图
　　我用了整个白天，和六分之三的夜晚
　　还是走不出这个阴阳二仪的设计

　　日落西山，睡在仿古房子的席梦思上
　　黑夜的速度快出淤泥不止一倍
　　在王国侧的老家，我辗转反侧
　　付出一个整夜的代价，直到天亮
　　依然记不起童年的那一点点乡愁
　　　　　　　　　　——《过故人庄》

　　如果慕白的这一部分现代生活的诗句离开了以包山底为轴心的乡村地理，或许独立的意义并不突出，它只作为乡村地理的一个对峙，一种陪衬，才真正显露出它深邃的出场。这样的乡村梦里，无疑有着属于慕白的自足情怀："我搀着她，做她手中的拐杖／成为她凋谢的身体里，那发芽的骨头"（《我出生在一个叫包山底的地方》），"请你在无边的岁月中珍藏/一个傻子内心的黄金"(《我是爱你的一个傻子,包山底》)。

　　慕白的诗有巨大的生命热情驱散现代社会所带来的浮光掠影式的冲击,高速路、工业园区、微信、VIP、签证、短信,等等,他超越繁华与物质的诱惑,进入到一种更为灵动、充实、博大的精神境界,并能将诗中那种生气赋予更为广阔的人生:"不要惊讶,我真的没有登上莲花尖/不能把假设告诉你,鹰与蜗牛眼里的风景/同时都能成为一条江的源头"(《登莲花尖》),"我选择站在黑暗中背靠自己/闭上双眼,聆听着身边的水/在源头开始匍匐潜行"(《江畔独步》),"请真实告诉孩子们,不要期待温柔的野兽/每滴水里面都藏有一只豹子的身影/没有时间会是永恒,谁都回不到昨天"(《龙游吟》),"你可以选择做一个旁观者,在沉默中观察水的清澈,看它如何自我沉淀、过滤"(《龙游石窟行》),"我看见它是圆的,一条江的童年/阅世不深,清澈,春暖花开/它是快乐的,歌唱着奔跑/爱就是一切"(《人间词话》)。

　　"爱就是一切。"这是慕白最朴实的思想,也是最高深的思想。他不落心机,却又情致丰赡。他不是一种意志努力,不是在加剧人和现实矛盾的基础上产生的,他只是用诗歌内在的节奏来眷爱他的生命真相,来释放他的生命真力,并获得这样"爱就是一切"的审美自由。

三、白慕：心性闲适、随缘接物的行者

　　慕白的语言是诗意的,思想同样也是诗意的,他揭示了一种信息,一个世界,一种随波逐浪的生命诗性方式。"山水之间,我的脚步有如落花/<u>总在随波逐流</u>,多年以后偶遇自己/灵魂依然只有一米六六,不比肉体高"(《登莲花尖》),"面对一条江,你最好/<u>不要随波逐流</u>,也不要很快走开/明智勇敢地选择无人的洼地,安静地观察"(《龙游吟》),"除了会长途跋涉,他一无所长/<u>他随波逐流</u>,靠水为生"(《最童话:包山底编年史》)。整本诗集中这三句"随波逐流"正好应和了见山是山见水是水,见山不是山见水不是水,见山又是山见水又是水的三个过程,三种境界。"天黑的时候,严子陵正准备去江边垂钓/我赶紧截住了他,问,明天怎么走,虚名怎么钓/他眨了眨眼睛,看着我,说出三个字/'你懂的!'"(《桐君山上》)不错,慕白是懂的,他懂得如何随顺自然,任运自在,自识本性:

我也没有什么大的奢求
只希望包容，平和，温润，有力
自己不去争吵也不抱怨
　　　　　　——《我所向往的生活》

　　作为一位行者，慕白确立了在路上的行走姿态。如果说诗歌是内心的河流，那么在路上则是内心的朝圣。慕白的神圣行走是环绕着包山底的漫游，是听从了内心的渴望而踏上旅程的。爱情、友情、亲情，这些在传统社会里滋生的温情脉脉的基本人伦法则，在慕白的诗意里闪着金子般的光芒，这行走有着接近真善美的过程。慕白的行走是在故乡的经典叙述中，遵循"游子归来"的语法，其模式为"远离—追忆—回归"，从神话学的角度来看，具有"出发—历程—回归"的结构，源于乡愁的冲动，是精神的一种还乡。他在《行者·序》中反复强调了这种"行走"："在通行的道路之外行走"、"人生是一种行走"、"得慢慢学习忠实自己，继续行走"。他说："一条乌江陪我行走"（《青春作伴乌溪江》），"我们正行走的春天"（《你的名字比影子跟我寂静》），"继续行走是必须的，春暖花开，/面朝大海"（《竖起墓碑之前》）。眼前的事物来自于我们的记忆与期待，正如我们心中所想起源于现实世界中的视觉体验，慕白是路上的观察者，是忠诚的记录员，他心性闲适，随缘接物，大自然尽收眼底，村镇——触摸，精神与物质、外在与内里的界限不断模糊，不断产生新的意义：

　　相比于美，我更喜于真。
　　不需要掩饰脚印的浅显，自我见证。我有爱，除了爱，最多算遗憾。没有恨。
　　行者，没有希望也不会绝望。做人，写诗都要学会独立。活着，一是不过于玄乎，二是不过于戏作。
　　　　　　——《行者·序》

请原谅一个行路者的迷失
他忘记给你们交代，台回山
高台村，下山蛇，这些村庄的道路

专题：慕白诗歌研究

它们同时出现，只会在一首诗里
和十五的月亮一起升起来
安详又从容，轻盈而透明

——《客至台回山》

脚踏红尘 心在界外
作为男人，在飞云江边
我用自己的双脚走路
择山而居 择水而处

——《隐者》

  慕白用他的生命流水，用他走在路上的身影，打通了世界与自我、故乡与他乡的二元对立，纵浪大化中，他仍然能够顺天地之命、御内心的节律而舞，及时将生命中最珍贵的情感传递下来。在路上，没有终结的主题，也没有人能够停下来，这是我们与世界的尊敬，这是我们与命运的致意。诗歌建造了奇迹，慕白见证了奇迹："别想什么了/还是赶路要紧"。

2015年7月7日凌晨于承德魁福园
（作者单位：河北民族师范学院中文系）

旷达之意与远观之美
——由诗集《行者》论慕白诗歌
◇刘　波

一

　　慕白说："诗歌是一个人内心的河流，它穿越我而存在。"只有如此看待诗歌的人，才可能会将自我的人生完全投射其中，那种自觉，那种入心，那种感动，皆在经历一切世事翻转之后的悲欣交集。慕白不是那种热衷于玩技巧的诗人，他在词语间求诗意，在自然里通大道……诗人自称"喝酒爱好者"，当是性情中人，这些人生元素与诗歌相融，其所产生的化学反应，是比那些单一的语言游戏，更能显出诗在天人合一中的恰如其分与神秘感。

　　热衷于行走之人，内心丰富与否，则另当别论，至少他的脚下有力，文字中会嵌入"在路上"的铿锵痕迹。这种把身体和灵魂交给天地的行为，往往可能在诗中得大智慧，虽然诗人对此轻描淡写，"名之'行者'。只是一种状态。或者说，我还在走。没有抵达"。能以自己的修辞记录下行走的状态，从某种程度上就已经进入到了诗的内部，至于说境界，又何尝不是在抵达的途中逐渐靠近。没有谁是站立在初始的原点上通于整个世界的，他必须行走，延伸，将心向外拓展，然后在写作中收回、凝聚、转化，终成一场和自我的对话。"忠实于内心，以自己的脚步丈量世界，丈量内心。走得慢，但踏实。"拥有了从容之意，宁静之心，方可觅得诗歌之气象。慕白的行走之诗，很大程度上是在追溯时空的节奏变幻，他记录的是过程，留下的是心境，此乃其写作所遵循的某种伦理。"我们走在路上/从不同的地方出发/走过山川，树林/听见几只不知名的鸟儿的鸣声/河流不停，溪水淙淙/走过村庄/路边遇见熟人就打声招呼/然后匆匆地赶路/每一个三岔路口/我们

专题：慕白诗歌研究

都谨慎地走过/路总是崎岖不平/从白天走到黑夜/一路上我们忍着饥饿/每一次看到远处的灯火/就以为是今生要去的一个目的地/慢慢地走近了/才发现那还是别人的灯光//在路上,每一个人都是自己的纪念碑"(《在路上,每个人都是自己的纪念碑》)。这可能不是诗人的瞬间所感,而是长期行走之后情感积累的释放,所以他才会以"纪念碑"来定格这一记忆。诗里有一条很隐秘的线索,那条情感的主线促使诗人一直前行,他的目的就是行走,去追寻前方的灯光;而潜藏在诗人内心的,或许是一份超越之感,他不愿停留在原处,被行走的生活所激发起的是一种完成的意志。

  我觉得,意志是慕白诗歌中一个隐含的关键词,虽然这个词未曾频繁出现过,但弥漫于字里行间的气息又无处不在,它面对所有的方向,时刻提醒诗人以审视的态度切己及人。就像他的行走是清晰的,但渗透在诗歌里,可能会变成茫然、困惑和关于存在的疑难。"我在一首诗的压迫下活着,从大唐/走到今天,黄河远去/鹳雀隐居在王官谷,瞪着司空图的眼睛/一千年来,楼不知塌了多少回/我却一直不敢说出自己的姓名/怕当年写诗的那个人在楼上笑我/写诗多年,连自己的脚步都无法逾越"(《鹳雀楼下》)。诗人在鹳雀楼下的所思所想,看似虚妄,又何尝不是诗人的一种自省:踏着古人走过的足迹,只能在一种阴影下生活,这亦步亦趋的行走,确实是莫大的压力,而如何走出这压力,端赖于对待生活的态度。如同他在《罪己书》中所言:"仁者克己,沉默与自语,我今夜写下的文字/花开的声音,泄露心灵的秘密,是迷人的深渊/罪己书不是宗教,我只做自己一个人的孤君",所有的苦楚,他一个人来承受、化解,这种担当是一种大度的生命哲学。我如此理解这"罪己"的勇气,是源于诗人将自己进行充分剖析的胆识,这会让他的诗歌更有重量,更显力度。

  有力量的诗歌,首要的一点即为真诚,那打动人心的词语和句子,是拒绝一切谎言的。慕白的诗歌,和他本人的真性情一样,是向外的,敞开的,最终形成诗与人的美妙融合。他那些"在路上"的作品,带着浓郁的现场感和即兴色彩,如果没有真实的经历,我想诗人很难有那些刻骨铭心的感触。《宿衢江上》《龙游石窟行》《大江东去》《桐君山上》等诗作,皆为行走之后的诗性记录,那些游走与见闻,那些诉说与感慨,是诗人在内心获得充分释放后的精神还原,既有粗犷的呼喊,又不乏细腻的苦吟,在大好河山里洗涤自我,也是一条言说的出路。尤其是《兰溪送马叙至乐清》《宿桐庐同柯平、嵇亦工、马叙醉后作》等诗，诗人直接将自己摆进去了，这些关乎一个人的人生体验，是其诗歌最高的真相。我相信在这样的书写中，诗人在精神上是没有设防的，否则，那些大气磅礴的精神记录，也不会呈现如此逼真的现场性和命运感。

二

　　真诚是慕白诗歌写作的一个基本追求，当然，也是真诚，让他不至于那么分裂，如何言说，如何生活，如何行走，一切皆在诗中道出。他所关切的人生，离我们每一个人都很近，就像他是在替我们生活和行走，也在替我们以诗歌的方式将人生的真相和盘托出。这样的投入，难免会有精神的冲突，思想的矛盾，但这并不影响其诗作越来越趋于硬朗的质感。

　　行走是碎片化的，可灵魂与自然的融合是连贯的，这与诗人所持有的信念相关。他从自己的故乡出发，带着一颗平常心观察世界，视野自然与众不同，这决定了他要站在某个高度上，并以此衡量自我和他者，而唯有诗，会给他带来慰藉。"这些年，我四处奔走/路过天地之间，抬头看名山大川/低头过着卑微的日子，一直/无法捐弃生活的前嫌/恪守着自己的一亩三分地/如一座孤岛，被四面八方的水围困/从白天退守到黑夜"，这平常的日子里，生活的间隙也似有某种隐隐的悲苦，它不是祖先的原罪，它就是自我的现实。面对当下这卑微的人生，何以找到安慰？"白银盘里一青螺，我的兄弟姐妹/人活世上，水流江湖，云梦泽里/鱼昨天还在水中畅游/今日却躺在餐桌上，它的灵魂已经离开了/除了骨头，身躯有何用/兄弟们，人生如梦，秋日胜春朝/把酒临风，三分癫狂七分醉/用长江之水洗尽常年的磊块/不再想着与什么和解/先天下之乐，无天下之忧"（《岳阳楼记——辛卯中秋路过洞庭君山，与叶菊如、张灵均诸君畅饮》）。诗人借物自况，唯有将自己彻底解放，才可真正回归到一种无忧的生活中来。是否只有现实里的那些难言之隐，才可借诗一吐为快？我倒没从诗里发现多么缠绕的情绪，诗人时时反求诸己，借诗言志，也由此建立起精神省思的自觉。

　　反思之言，也有雄浑、豪放的格调，但它不是那种虚构的夸张。尽管慕白的诗风趋近于李白、苏东坡式的旷达，可他有现代社会的真

专题：慕白诗歌研究

253

实人生作为铺垫，总是显出灵魂的重力和尖锐的质感。他那种赤裸裸的真实，更像是将自己完全置于日光之下，供人观看，任人评说。"我的心不够温暖/我是一个卑微的人/我的心长着一颗羞愧的灵魂//我不敢扶起面前摔倒的老人/我不敢呼吸 pm2.5 大于 100 的空气//我喝酒怕醉，吃肉怕肥/我睡到凌晨 3 点就会醒来/我的欲望像春天的野草/千里之外的微尘，就会让我胆颤心惊//我害怕躺下就不能起来/我害怕闭上眼睛就不能睁开/我没有给穷人施舍过一枚硬币/我没有给爱人买过一枝鲜花//我纠结于生活，写过虚伪的证词/我的内心不止一只魔鬼/我羞于称自己为诗人"（《我羞于称自己为诗人》）。这是多么具有现实感的一出自省之戏！诗人也会面临着大多数人的生活顾虑，可他从骨子里是反抗的，那些世俗的现实，好像并不属于诗人，它们也很难统一到那个富有浪漫情怀的身体上。对于这现实与精神之间的冲突，诗人毫不犹豫地道出他的真言，如此自我拆解，是对诗人本身的嘲讽吗？以慕白的真诚，他好像不应如此，只是他心目中的诗人形象与自我形成了反差，他从自己身上找不到诗人的身份认同了。但这并不能阻止他将心中所想倾倒出来，并意识到人的局限性，也只有承认了这一缺陷，他才会有那对自己近乎不近人情的批判与深思。而这批判本身就是诗，就是一场人生叩问和历练修为的自我见证。

从这首宣言性的《我羞于称自己为诗人》中，我们可以看出慕白的狠劲和不留余地，他将自己最真实的一面展现出来，也未尝不是一种对人世冷暖的文学应和。"行者，没有希望也不会绝望。做人，写诗都要学会独立。活着，一是不过于玄乎，二是不过于戏作。"至少他在诗中做到了，他不是要让自己的诗歌通向高大上的真理，其所追寻的，只是真相背后的真情、真爱与真义。"相比于美，我更喜于真。"所以，他才在诗歌面前选择忠于自己的内心，将自我的有限化作诗意的无限，这是诗意之一种，也是词语的梦想在诗人笔下的精彩绽放。"如果有脊梁，诗歌只是一个人内心真实的谎言。"这比喻可能不适用于所有诗人，但肯定契合于慕白自己的写作人生，他也是在用所有自然画卷般的句子，印证内心这一"真实的谎言"。

三

无论如何与自己的内心相关，是一个诗人写好诗的前提。慕白的诗，也是出自内心，且是他内心随行走绕过之后的回声。诗人笔下那些自由的想象，以具体而微的细节作为支撑，可能我们最后读出的是务虚的美学，但他的写作维度仍然是向下的，不断靠近现实，以便接上地气，这一下沉的方向或许还是和诗人的天性与趣味有关。慕白有他宠辱不惊的一面，宽容与对抗皆出自性情，皆在于自己的姿态，那又何以不在诗中来分享，来探索，来穷尽呢？诗人做到了，带着他词语的理想主义，以对接这并不美好的时代与现实。

"在尘世中反观诸己"是慕白在人生与写作上的一条律令，这种反思不会让他太沉迷于飘忽的东西，他必须有所持守，持守一种担当的精神。就像他认识到诗人在当下所处的位置，因此异常清醒："我守住了乡村，而审视了城市。"这是行走的结果，他将这一观念置于具体的实践中来检验，那么，其收获的是什么呢？把生活当作写作的起点，无论言辞多么花哨，多么炫目，最终还是要回到最基本的感动上来，回到"灵魂的观照"中来。"走过的路都是他乡／包括村庄，房舍，玫瑰色的少女／我是没有故乡的人／风、云、苍茫的暮色／远行者身影藏匿在一声驼铃的辽阔里／／我离家时曾背走了家乡的一口井／还带走了包山底纯朴的乡音／一不小心却又弄丢了／现在，我成了一个无家可归的人／欠着故乡的债／在这个世界上游荡／像一个被彻底打败的逃兵／／其实故乡就是一滴泪／悬挂在腮边的／欲落未落／是一颗粮食，梗在喉咙里／难以下咽"（《我把故乡弄丢了》）。故乡真的那么容易丢吗？在诗人眼里，失落的乡愁，不是村庄的消失，也非空巢空村，而是内心随着乡村变迁而日益荒芜，不是现实中的故乡回不去了，而是内心的故乡已面目全非。

诗人有他的大清醒，也有他的大困惑，此谓他自称的"而立未立，不惑还惑"，有些困惑可能是一生都无法解决的，它随着时间的流逝，最后只能转化为埋藏心底的诗意。"总有什么东西让我不安，并以此度日／有时候我梦见自己，与山穷水尽保持距离／一个更大的我，在体内争执不休／走进广阔的森林，在寂静的时刻／时光和虚无同时出卖一个人／一颗闪光的心，一张孩子的脸"（《时光虚无》）。人生的出其不意，就像梦境和现实有时也难以分辨一样，我们需要和自己的历史保持一段距离。慕白如今虽已过不惑之年，但他肯定还有或大或小的困惑，有或多或少的人生难题，这些可能都无法在短期内解决，他所能做到的，只是"不想再让自己以后的日子蒙羞"，这又是何其难啊！在他出生的年代，一些与他同龄的孩子"被送人、溺死、饿死或者冻死"，他却活下来了。如今想来，"死去的孩子比我幸运／他们在天堂里／来往的都是天使／不用与衣食住行勾心斗角／不用与功名利禄尔虞我诈／／我羡慕他们的死／但我更害怕和他们一样的死……"这样的《自画像》，有着现实和想象的反差，可那些内心冲突与博弈，触及的却是诗人更深切的追问：如何在当下活着？不让自己的生活蒙羞，唯有更富尊严地承担起思想启蒙的责任。这看起来似乎很高尚，其实，它仅仅关涉生活本身，与自己在这个时代的遭遇和处境息息相关。

在现实里讨生活，在想象中找诗意，这是很多诗人所走的惯常路径，慕白似乎也不例外。只是他的想象是以实感生活为精神底色的，其诗立足于对日常经验的独特转化，但是他并没有刻意丑化或美化生活，而是忠诚于内心的选择："爱才是天堂的通行证／我的河道日益污染，一半来自内心／一半来自于外力，我无权抱怨"（《湘湖图》），我也确实没见诗人在诗中抱怨，他甚至将愤怒转化成了一种自嘲的幽默，将批判也升华成了一种更广博的爱。虽然他也写《罪己书》，也追问《我们需要怎样的身份认同》，也为父亲刻下了《墓志铭》，更是花了相当篇幅来写自己的故乡包山底，这些个人体验与公共经验的碰撞，让他酝酿出了生动且智性的诗歌，有时表面平和宁静，实则内部暗流涌动。这涌动着的，不是猛然爆发出的激情，而是隐秘的爱，带着诗人体温的爱。

对于爱，慕白有他自己的信条：学习微笑，任何技巧都不能代替爱。对于孩子来说，"爱不需要理由"（《你是我隐秘的幸福》）；对于故乡来说，"我用思念的放大镜，把这一粒乡愁／放大成960万平方公里的热爱"（《我出生在一个叫"包山底"的地方》）；对于一种爱情来说，"爱，不需要山盟海誓"（《关关雎鸠》）；对于另一种爱情来说，"爱到深处，是无言"（《两棵杨树》）。而对于诗歌来说，爱又何尝不是如此。诗歌之爱，是没有理由的，而爱到深处，"诗人何为呀"？"诗人是这个时代的异数"，慕白深知这一身份的特殊性，他没有刻意去做一个诗人，那只能顺其自然。自然是发自内心的，它拒绝做作、矫情和夸张,所谓大美无言是也,而灵魂相通者,皆能从诗歌里找到各自回应的价值。其实,相对于那些走极端的先锋派来说,慕白的写作更显传统,他既不掉书袋,也不刻意追求技巧,因此,他的诗虽然有些繁复,但从精神根底上来说是朴素的,纯粹的,他拒绝玄学化和空想,这样,诗歌在德性上就有着他内在的情理。从其诗歌中,我们能看出慕白乐于游山玩水,但通过其诗的内质,我甚至觉得,他不是一个完全的逍遥派。可能他会有抑制不住的诗情,在特殊时候还会喷薄而出,这是我们感受到慕白诗歌有着浓郁抒情性的原因。抒情中的达观和开阔,也让他的一些诗带有庄重的美,如诗人所言:"凡色皆宜近看,唯诗只可远观。"这庄重之美,好像就是远观的结果。那诗到底可不可以近观呢?我想也不是没有这样的可能。注重细节的落实,同样可达至一条抒情的通道。如果慕白于情感表达上再节制一些,在修辞上保持做减法的冒险精神,或许其诗歌的现代性会呈现出不同于当下的内敛之美,这是我对慕白抱有的美好期待。

(作者单位:三峡大学文学与传媒学院)

"行者"物语
——慕白诗歌的"慢哲学"思维镜像论
◇陆 健 朱林国

作为一位寄情、志于"乡土情怀和自然景趣"的70后"行者"诗人,慕白经历了"慕白——慕不白——白慕"(《慕白,慕不白,白慕》)这三个生命历程和精神跋涉的反复自省与思考。虽说这是一种自我调侃性的表白,但却并没有让诗人慕白停止于对"白"之高洁、清白的坚持和不懈追求。这并非是一个偶然,相反却是一个当代诗人严肃诗业操守和坚贞诗歌信仰的真实表现。阅读慕白的诗歌,不禁让我想起了20世纪90年代获得诺贝尔文学奖的著名墨西哥诗人奥克塔维奥·帕斯(Octavio Paz),他在1990年因长诗《太阳石》中传递出的"作品充满激情,视野开阔,渗透着感悟的智慧并体现了完美的人道主义"①内涵,获得了该年度备受文学界瞩目的诺贝尔文学奖。事实上,他不仅是一位著名的诗人,也是一位对诗歌有着哲思性和智慧性探究的学术研究者。在《导论:诗歌与诗》一文里,他这样写道:"诗歌是知识、拯救、权力、抛弃。诗歌创作具有变革的天性,是能够改变世界的活动;是精神操练,是内心解放的一种方式。诗歌展示这个世界,创造另一个世界。……诗歌展现所有人的面容但有人断言它并不拥有任何一张:诗是掩盖空虚的面具,是人类所有作品冗余的伟大的妙证。"②的确,看似篇幅不如小说、戏剧、散文、报告文学等其他文学体裁的诗歌,却在凝练和适度的张弛中,表达着诗人内心世界的深深感触和他们对改变现世界的凌乱与灰暗所做出的积极艺术实践。慕白的诗歌,亦不例外。他在现实世界的纷繁万象中,保持着诗人思想的敏锐和情感的冷静与理性,追求一种"慢"的生活哲学、生命哲学

---

① 出自《近22年诺贝尔文学奖得主及其主要贡献(五)》,《名作欣赏》,2007年第22期。
② [墨西哥]奥克塔维奥·帕斯著,赵振江等译:《弓与琴》(El arco la lira),北京:北京燕山出版社,2014,第2—3页。

和精神哲学。这种"慢哲学"究竟对于慕白来讲意味着什么？这恰恰也是他的诗歌所要回应与揭示的。

就在改革开放30多年后的今天，人们再也无法不去怀疑"高、大、快"的生活追求所带来的负面影响，转而逐渐地开始对人口、资源、环境三者之间关系的紧张局势进行难以抑制的批判与反思，"慢"的生存状态重新回到了人们的视界，并成为一种身心得以放松的安全性生存保障。这种生活哲学、生命哲学和精神哲学的"慢"思考与"慢"追求，也将形而上的"慢哲学"由思维层面向行为实践层面的转变提供了思想指引上的可能。实际上，"慢哲学"的心灵感应在于人的精神世界所形成的一种较为稳定的心境，这不仅是一种对时间向度上的延迟和空间向度上的缓转的渴望，还是对人的情感生发与呈现"慢展开"的期待，而对于诗人慕白来说，人的生存状态和精神状态，在工业社会的奔腾前行中，也理应是需要放缓、放慢一点的，放慢到给人们充足的时间和空间去发现自然的美和人性的美；去享受自然生态、社会生态和精神生态三位一体的和谐共存之美；以及尽最大努力地去保护和留住渐渐离人们远去的乡愁之美。因此，在慕白的诗作里面，他大量地写到了"行者"眼中的自然景物，以观照和寄情于山水的诗歌写作方式，表达来自诗人自己内心深处的心声。与此同时，他在很多诗篇中，写到了充满着浓浓乡音、乡情和乡貌的包山底，和那些在日常的乡土生活中，生活着的人与发生的事，可以深深体悟的是，整部诗集如同是慕白的"行者"物语，他在用他独特的诗性思考，试图将一切包罗进去，并以一种戏谑的笔法和漠视希望的态度，传达着他对自己生命追求中的"慢哲学"的理解。慕白在诗集《行者》的序言里写道：

> 行者，没有希望也不会绝望。做人，写诗都要学会独立。
> 活着，一是不过于玄乎，二是不过于戏作。
> 日子，放不下，打不碎。得慢慢学习忠实自己，继续行走。
> ——《行者》

在慕白眼里，作为一个"行者"，他不仅要求自己在"希望"面前学会独立，保持一种"不绝望"的姿态，同时，还要对"活着"做出"不过于玄乎"和"不过于戏作"的清晰界定,并且始终不忘记:在行走的路上,忠实于自己的内心。能够感受到,诗人对于自己"行者"的追求有着很清醒的认识和感触,无论是在做人还是在写诗方面,让自己慢慢地学会在"慢"的思考与追索中,感受行走带来的心灵真纯、灵魂自省和身心的愉悦,或许只有这样,"行者"的存在价值才能够获得更多的意义。的确,在《姚家源独坐》这一首较为普通的行游诗里面,诗人写道:

在江上游
处世无奇的姚家溪

一座独木桥横跨两岸
一把淡蓝色的雨伞飘然而去

临渊羡鱼,这宁静这缓慢
和我有关吗,我站在风中
狂乱地四处张望,不知身在何处
——《姚家源独坐》

很显然,诗人慕白在把游江的感受纳入到自然环境的"宁静与缓慢",同诗人自我现实狂乱反映的矛盾统一体中来。游江的心情似乎并不怎么美好,虽然有"独木桥横跨两岸的静态美"和"淡蓝色雨伞飘然而去的动态美",但是诗人的内心却是孤单的,以至于对宁静和缓慢的景致表示出了无关于己的漠然,以及身处风中却不知道自己身在何处的犹疑和困惑。所有这一切的感受,都离不开诗人对现实生存环境和存在状态的感触与思考。诗人不断地在对自然状态的和谐与平衡提出具有主体失意意味的困境反思,试图有意地去对抗一种被人遗忘已久的"慢情怀"和"慢状态",而这种艺术思考的方式在本质上凸显的却是诗人对现世世界的存在失序,所生发出的精神抗拒和行为警示。事实上,也是在以此方式,告诉人们:"慢哲学"的回归,是时候了。

当然,对于慕白而言,对自然生态的观照和发问,只是他"慢哲学"艺术呈现的一个方面,然而对于工业时代里,乡村被挤压,炊烟的消失和被大量"烟囱"所取代,以及乡村的土著人群——农人们对原本热衷的精耕细作方式，表示出的懈怠等等现象而言，慕白并非无言以对，而是用自己"行者"的诗写方式，表达着诗人自己对工业化似奔流一样无节制前行的批判和对乡愁渐趋被遗忘危机来临的呼喊与控诉。《青春作伴乌溪江》一诗，乍一看是在书写青春，仔细一看却发现：这首诗并不是在以"青春"的抒怀为指向，而是在描写诗人所见所闻的乡间人事的同时，对工业时代带给人们生存与命运的沉痛影响进行了揭示，并与自然环境的优美形成一种现象映衬和意义对立。诗中写道："青山是背景，顺流而下/衢江的山和水都不是我家亲戚/绿色的波涛在我的眼纹里，绿色的风……"江水在青山的陪衬下，顺流而下，宛如一幅优美的春景山水画出现在世人的面前。在春的美景下，诗人的内心并不平静：

> 春风吹润万物，靠近工业时代/柴门紧闭，没有几个农人在精耕细作了/一辈子的田地旁看家守门……/流去的江水不再回来，并不妨碍/他乡春天的耕种，在我灵魂的版图上/炊烟的消失，多少有点忧郁/取代的是一年比一年长高的烟囱/这一粒乡愁，那血液中的火/骨头里结晶的痛苦，我的宿命如一江春水/守门人沉睡，没有人会为我鼓掌/回望落日，不要用四月的墨水来为明天哭泣
>
> ——《青春作伴乌溪江》

实际上，在慕白眼里：工业化的开展和工业时代的来临，带来的是人们生活方式、生命存在的状态和精神境遇的"快节奏"改变，这对于习惯了农耕生活和乡土氛围的人们而言，不仅是心情的忧郁与沉重，还是对"乡愁"渐渐消失的无奈与哀伤。正如诗歌所呈现的，因炊烟消失而引发的忧郁和乡愁在骨头里结晶的痛苦那样。因此，在诗的最后，诗人发出了最真纯的声音："一支笔画不出一条纯粹的江，让江水流向大海/不要更改命运，合上晚霞和地平线/粘成一片的虫鸣，在向阳的河岸上"。（出自《青春作伴乌溪江》）可见，诗人慕白对工业文明和农耕文明之间的矛盾对抗关系，在认识上既是清醒的，又是冷静和理性的。不回避书写文明变动的存在状态和这种存在状态对人们的生存感受所产生的消极影响，这从诗歌艺术的社会关怀上看，既是一种客观的理性反思，同时又是一种对"快"思维弊病的影响焦虑，

还是对"慢哲学"的回望式弘扬、推崇和赞赏。不仅如此，在《宿衢江上》一诗里，诗人更是将工业链条下的生产干扰，推到了"剥夺睡眠"的风口浪尖上，虽然那些带着泥土气息的村庄还在，但是却跟诗人的记忆拉开了久远的距离，变得模糊。而《湘湖图》一诗，诗人写到唯有"爱"这张天堂的通行证才能拉近江水与江岸之间的距离，并且直陈人们对河道的侵害和带来的污染，发出了"我的河道日益污染，一半来自内心"的心理清洗和灵魂批判。这无疑是在以艺术影响认知的方式介入对行为主体参与者的人们，内心深处、灵魂深处无视人与自然紧张关系下的、自然生态根源性堪忧的直击和批判，即人们内心私欲的膨胀与失衡。这一切，让"快"与"慢"之间的矛盾关系，清晰地摆在了世人的面前，也让"行走中"的慕白，对有着深厚的"慢"历史的乡土和包含着许多情感的乡愁发出了更多的概叹。《我出生在一个叫"包山底"的地方》一诗，浓烈地流露着诗人对故乡的热爱和他内心深处那份挥之不去的浓浓乡愁，他写道："我的包山底很小，小如一粒稻谷/一粒小麦，一颗土豆/躺卧在我灵魂的版图上/我用思念的放大镜，把这一粒乡愁/放大成960万平方公里的热爱/我的血液，火，热情、痛苦"。故乡是诗人思念的热土，也是融聚着爱、热情和痛苦的"一粒乡愁"产生的地方，更是诗人心绪高涨的灵魂版图，这种感受对于诗人来讲，是深刻的，以至于在慕白的"烟头"里，乡愁变得越来越清晰："一个烧红的烟头，在黑夜里一闪一闪/将漆黑的午夜/灼伤出一个红晕：故乡在里边/露出半个面孔/露出我的半个村庄。从夜的中间/我的指头上，升起一缕温暖的炊烟"（出自《一个烟头的乡愁》），显然这种乡愁带有被"灼伤"的味道。面对"乡愁"，诗人在"行者"的岁月里充满了无尽的担忧，如《我把故乡弄丢了》一诗，慕白道出了一个"行者"的故土心态和精神实相："走过的路都是他乡/包括村庄，房舍，玫瑰色的少女/我是没有故乡的人/风、云、苍茫的暮色/远行者身影藏匿在一声驼铃的辽阔里"。"快"生活的突飞猛进，让更多身处现代社会生活中的人们在心理和精神上都表现出了困顿和厌倦，向"乡土"寻找安放心灵的净土，表达对"乡愁"的一份浓情真意，给予了生活更多"慢哲学"的思考。

除此之外，敢于直面现实，并对现实时空中的万象进行反省、反思、批判和企望，这也是一个有追求、有节操的诗人责任意识的表现。也恰恰是对现实世界的清醒这一点，给了慕白更多的理性思考的空间，用一种"慢"的精神给养去引领和平衡生活带给人们心灵世界的苍凉与创伤。《隐者》告诉人们,要学会在行走中慢下来,平淡自然地做人;《在场的忧伤》将笔触投射到现实生活中的微小琐事,揭示生活的无奈和"快"增长的非理性;《我羞于称自己为诗人》则是以反讽的手法,宣告世人遭遇的健康危机和道德、伦理、责任等人文精神缺失的窘境。做一个热爱生活的"行者"、诗人,《我所向往的生活》一诗,可以看作是慕白的内心独白:

> 我也没有什么大的奢求
> 只希望每一个活着的人
> 都有爱的权利
> 我也没有什么大的奢求
> 只希望每一个死去的人
> 都有墓碑
> 我也没有什么大的奢求
> 只希望能沉默时
> 保持微笑,缓步前行
> 我也没有什么大的奢求
> 只希望树上的鸟鸣
> 在地上可以找得到声音
> 我也没有什么大的奢求
> 只希望动物的王国
> 没有狐假虎威,也不会狗拿耗子
> 我也没有什么大的奢求
> 只希望包容,平和,温润,有力
> 自己不去争吵也不抱怨
> 我也没有什么大的奢求
> 只希望春天里去远点的地方
> 结识很多有趣的人
>
> ——《我所向往的生活》

正如他所说的:"诗,它离俗世很近,却离心灵很远。"(出自《还是赶路要紧》)作为一个"行者"诗人,慕白的确没有多少对生活的过高奢求，而是希望在人们的生活中能够拥有：爱的权利，生命存在与被忆念、追怀的权利，反映一个人内心舒畅的微笑与自信的权利，精神与灵魂纯净的权利，同时，寄予生活中没有欺骗、争吵和抱怨，多一点"包容、平和、温润和有力"的希望，让诗人在行走中获得更多祛除与消解烦乱、哀伤心绪的趣味。这显然是一种"慢"的思想在现实生活体悟和追求中的显现，也只有心境的"慢"形成，才能使人们的生活真正获得幸福感。

慕白论
——以《行者》为个案
◇孙榕璐　张立群

从 2009 年出版的诗集《在路上》到晚近的诗集《行者》，慕白一直以独自行走的姿态，不断思索着、探寻着，用自己的精神去触碰自然，感悟生命。《行者》给我们带来的是对故乡的爱，对现实生活的思考，是一种成熟的带有慕白式沉稳、旷达的情感表达，以及一种深刻而悠远的体悟。

一、"走不出的故乡"

海德格尔说："故乡本身邻近而居，它是切近源头和本源的原位。"对于很多人来说，故乡都是一种特殊的情结，是人们心中真实的梦，是萦绕在脑中的回忆。尤其是作家，这种故乡情结都会或多或少的在他们的笔下有所展现，也许是直白的回忆，也可能是隐秘的书写。对于慕白而言，养育了他的文成、包山底以及飞云江就是他故乡的全部，是他创作诗歌的立足点和源泉，也是一个理想的、田园的和诗意的栖息地。

慕白说他一直在行走，总是在路上，然而无论他走多远，他的心始终没有离开过故乡。他自称是"包山底的儿子"，"文成的土著"，包山底、文成、飞云江都成了他诗中不断出现的主题，也似乎成了慕白的标签。他以其独特的语言表达着对故乡的热爱，诉说着幽幽不断的乡愁——

　　其实，飞云江一直在我的血液里燃烧
　　我每天八百里快骑的速度
　　穿行在你身边的村庄
　　你是我一生走不出的河床

专题：慕白诗歌研究

……

带着纯净的品质　贴近大地
乡音是一种永远的河流
飞云江，只有你才知道
我走出家门是左脚开始，还是右脚
　　　　　——《一生都走不出你的河流》

我的包山底很小，小如一粒稻谷
一粒小麦，一颗土豆
躺卧在我灵魂的版图上
我用思念的放大镜，把这一粒乡愁
放大成960万平方公里的热爱

我的血液，火，热情、痛苦
心灵，灾难、命运——
都来自包山底这个地方
我不逃避，反而愿意承担
那血液中的火，骨头里结晶的痛苦
一个湿漉漉的人，不怕爱上饱含雨水的白云
我的宿命如露水，哪怕再短暂——
我也不离开包山底，这个浙江南部的小山村

如果让我说出对包山底　更深的爱
我会好好伺候她，像一个苍老的儿子
为更苍老的娘亲养老送终
我搀着她，做她手中的拐杖
成为她凋谢的身体里，那发芽的骨头
　　　　　——《我出生在一个叫"包山底"的地方》

诗人对故乡的爱恋是十分强烈而深沉的，是一种溶于骨血之中的无法割舍的热爱。尽管包山底只是一个"小山村"，就如同"一粒稻谷"，"一粒小麦"，但它却像诗人的母亲一样养育了自己，是心中最"纯净的地方"，是他生命的起源和归宿。这种爱是发自内心深处，倾注于笔端，自然地流淌，而非刻意雕琢斧凿而成。燃烧在血液里的飞云江是慕白生命中一条走不出的河床，但如此强烈的感情并没有被诗人高声地吟唱，而是如河流本身一样细致、舒缓地表达，仿佛静水无声，却能悄悄地流进人的心里，引发的是灵魂深处的共鸣。

慕白对于故乡的感情是复杂的，他不仅是对故乡投入了爱，站在故乡的基点上，他还能以冷静的眼光审视面前的一切。他用诗歌书写着飞云江和包山底父老乡亲的生活，反映着那一方小镇的风土人情，同时也在观察和思考，通过对其自身经验的确认，通过对故乡的思考进而介入当下生活的一些侧面，展现对人生和生存状态的思考，他将那个在地图上都找不到的包山底和细如一条毛细血管一样的飞云江透过诗歌辐射到了960万平方公里的大地上，激发出更为广博的爱。

"故乡"在某种意义上是一种属于离乡游子的特定情怀，生于乡土、终老于乡土的乡下人是无法生成乡愁体验的，乡愁是离开之后的反观，更是一种精神的流连，这一情感在中国的诗歌创作中有着悠久的历史和深厚的文化内蕴。慕白的诗歌无疑继承了这一文化特质。诗人离开过他的"包山底"，离开过文成，走到了一个相对更广阔的世界，看到了大千世界人们的生存状态，看到了都市的繁华与喧闹，这其中有让他欣喜的，也有让他担忧、痛苦的，在现代化和工业化的道路上，城乡的差距逐渐变大，现代技术也在人与人之间树立起了高高的屏障，人们陷入追求物质生活的旋涡中。人与人的疏离，精神的空虚，个体深度思考的缺乏等等，已使往日的生活发生了前所未有的变化——

> 不知什么时候
> 小溪干了，大地的眼眶也干了
> 那个洗菜的盆不见了，父亲也不见了
> 就像一滴水变成了水汽
> 一切都蒸发在无边无际的时空中
> ——《包山底的小溪不见了》

对于诗人而言，不见的也许并不单单是包山底的小溪，还有一方土地上留有的记忆。随着生活环境、生存氛围的变化，人们逐渐失去了乡村生活的恬静,失去了简单的生活方式和淳朴的人性,这样的感受使慕白的诗不自觉地流露出一种忧伤乃至苦痛。他走不出故乡的记忆,自然也走不出眼前的故乡,物是人非在很大程度上加重了他书写故乡时复杂而困惑的心态:生活如一面镜子无时无刻不在发生变化,变化不仅以时间为代价,还以体验的置换为代价。这一切,最终使慕白的诗歌中分离出两个"故乡"。或许,记忆中的白云、潺潺溪水,苍茫的暮色都可以获取一丝精神的慰藉,但慰藉不是现实。慕白的诗会因此增加了几分涩重,然而,无论是哪个故乡,都是其走不出的风景。

二、"我所向往的生活"

《行者》这本诗集可以说是慕白精神上的流浪,是他"在路上"诸多思考的结晶。走出了文成、走出了包山底之后,慕白一路观察,一路思索,一路行吟,看过了龙游石窟,走过了兰溪,登上了桐君山,慕白在行走的过程中探索着生活的方向。

每一个诗人都有属于自己的乌托邦,对于慕白也是如此,他在诗中反复诉说着他对故乡的怀念,对养育他长大的包山底和飞云江的热爱和眷恋。他对这个小镇近乎虔诚的爱也许并不单单只在于包山底这个小镇本身,而是透过它映射出的慕白对那种"带着纯净的品质"的淳朴生活的向往,这是一种"包山底式"的生活,此时的包山底不只是一个地名,它是慕白的精神家园。生活在城镇当中,慕白再难寻觅童年故乡中的小桥、清凉的溪水和付出无数汗水的庄稼。高楼大厦,匆匆而过的各色汽车,迅速发展的网络都让他对这样的生活感到一阵隐痛和压抑,他苦苦寻觅却始终不可得——

> 同样的情形刚刚发生
> 一个似曾相识的陌生人
> 这就是我的生活,平铺直叙
> 天空粗糙,大地灰暗
> 我怀疑是否有个"过去"
>
> ……

厨房的水滴没有记忆，我的眼睛
流不出一滴泪水，眼睛懂得了
这是另一种生活："我没有选择生活
但生活突然选择了我"

——《另一种生活》

  曾经记忆中包山底的生活早已被现代文明所侵蚀，不仅是"包山底的小溪不见了"，还有那独属于这方净土的纯净也消失了，慕白生活在县城里，同大多数人一样，每天被压力与网络等等包围，这样的生活让他感到"天空粗糙，大地灰暗"，甚至感觉"令人作呕"。现实中倍感无奈的生活和寻觅不可得的忍耐和痛苦使得他在诗歌中不断地去讥讽，戏谑现代社会日益浅表化的生活，不断去塑造一个自己心中的乌托邦和理想的生活。

  只有曾经离开、走出过故乡的人才会怀念。大多数人都有着走出故乡、离开故乡、走向更广阔世界的追求，可往往最后留下最深刻记忆和美好的还是那曾经一度想叛离的生活。不惑之年，慕白对人生有了自己的理解，内心深处所向往的生活也日渐清晰——

我也没有什么大的奢求
只希望每一个活着的人
都有爱的权利

我也没有什么大的奢求
只希望每一个死去的人
都有墓碑

我也没有什么大的奢求
只希望能沉默时
保持微笑，缓步前行

我也没有什么大的奢求
只希望树上的鸟鸣
在地上可以找得到声音

我也没有什么大的奢求
　　只希望动物的王国
　　没有狐假虎威，也不会狗拿耗子

　　我也没有什么大的奢求
　　只希望包容，平和，温润，有力
　　自己不去争吵也不抱怨

　　我也没有什么大的奢求
　　只希望春天里去远点的地方
　　结识很多有趣的人
　　　　　　　——《我所向往的生活》

　　正如他自己所说的："日子，放不下，打不碎。得慢慢学习忠实自己，继续行走"，他对生活有所了悟，慕白的确没有多少对生活的过高奢求，只是希望在人们的生活中能够拥有：爱的权利，被纪念的权利，追求和保持精神独立的权利。同时，也希望生活中没有欺骗、争吵和抱怨，多一点"包容、平和、温润和有力"。这样的生活就如同一丝清泉，滋润着人的内心，这种平和舒缓的生活正是能给人带来幸福感的所在。

三、"行走与遥想"

　　慕白将这本诗集命名为"行者"，用他自己的话说："行者"只是一种状态，或者说，我还在走，没有抵达。古人云：读万卷书，行万里路。行走本身就是一个从发现到思考再到沉淀的过程，慕白就是抱着一个求索心态完成自己生命之旅的诗人。在行走的路上，他忠实于内心，以自己的脚步丈量世界，丈量内心。他走得很缓慢，但却很踏实，他生命的积淀也由此展开。

　　"行者"可以说是慕白自我状态的呈现，这是一次精神的漫游。行走使其将目光所及的世界融入诗歌，同样也使其诗歌带有漂泊感的同时充满了诗歌想象。像一个背负行囊的旅人，无论仰望，还是平视，抑或是俯看，慕白都走出了自我，走出了一片广阔的诗歌世界——

  请原谅一个行路者的迷失
  他忘记给你们交代，台回山
  高台村，下山蛇，这些村庄的道路
  它们同时出现，只会在一首诗里
  和十五的月亮一起升起来
  安详又从容，轻盈而透明

  不是简单的记录或是平铺直叙，慕白讲究诗意的曲折。"行路者"可以自由地穿梭，可以将时间和空间融汇在一首诗中，然后在漫溯中还原记忆、感悟生命。不必有更多的惊人之语，那些记忆中的情景如老电影中的镜头，充满着抒情的味道。此时，使用古诗人喜爱的月亮无疑是一个好的叙述策略，在月色的背景下，行者把自己交给自然，交给天地，以丰富的内心感悟着生命；或是望月凝思，感受着自然的声音；或是透过历史遥想当年，以一种旁观者的角度回看那近乎模糊的脸庞；将远去的历史与现实中的日常生活衔接，以历史场景的切换拉近了历史与现实的距离——

  大地无语，万山生锈
  一个无人记住的夜晚
  如果不是村口流水的声音
  橘子树午夜时分开放的香味
  轻轻叩响天堂和夜的寂静
  你会以为，自己梦见了一幅画
  或者，穿越到了唐朝
  甚至魏晋
        ——《客至台回山》

  阅读这样的诗句，会轻易感受到慕白心中那份特有的浪漫与纯净。他喜欢通过行走理解生活，喜欢在漂泊中亲近自然。从五老峰，到莲花尖，再到桐君山，慕白坚持行走，坚持思考，坚持吟唱，践行着他自己的"用脚步丈量世界，丈量内心""忠实自己"的信念，把对世

专题：慕白诗歌研究

界、对生命的感悟融入字里行间，用真情进行着诗意的表达，把自己形而上的思索溶于诗歌的骨血中，不断前行，不断探索，就像他自己所说："每一次看到远处的灯火／就以为是今生要去的一个目的地／慢慢地走近了／才发现那还是别人的灯光／在路上，每一个人都是自己的纪念碑。"（《在路上，每个人都是自己的纪念碑》）

四、 游弋于传统与现代

读慕白的诗，总在不经意间被他诗中流露出的那种超然物外和洒脱的淡雅飘逸所感动，仿佛在心浮气躁之际划过的一丝清泉，慢慢地渗入心底，带来一种宁静和空明。这既源于慕白诗歌本身充满真情、浑然天成的语言，也不乏其诗中洋溢着的古典韵味。慕白的诗中有着淡淡的禅意和隐者的情怀，又交融着他对现实生活的思考和对生命本源的探寻，这种在传统与现代之间自由的游弋使他的诗有着多重的韵味和魅力。

他仿佛一个魏晋名士般，游走在山川之间，他所看过的每一片云，每一池水，以及那一花一木，都化作一个个文字符号，展现着精神的自由与超脱。

> 如果可以预先设计
> 每条江的源头，我希望这样
> 一位神灵守护水的两岸，天空辽阔
> 水草丰茂，而不需要与神有着私约
> 每座山峰的身上都披满鲜花
>
> ——《霞山喜雨》

心存敬畏、心存善念，让江水浸润内心，在自然之中达到精神的超然，这种内含的禅意便也如同江水般汩汩流淌，同时在这禅意中也包含诗人的人生态度，"不用隐喻"，"满怀幻想和天真"，"宽容远方的小草回来疗伤"。追求善，追求真，这是他在行走过程中不断探寻的东西，也是他身上最可贵的东西。

在《行者》诗集中，有一定数量的传统题材的诗作，如《人间词话》《岳阳楼记》《清江赋》《嘉峪关怀古》等，或是化用典故，或是借用手法，慕白总是有意地将现代思考和古典题材交织在一起，进而呈现特有的诗歌图景。不仅如此，上述方式也在一定程度上影响到了慕白的诗歌风格。像《人间词话》中那一条条江："常山港，衢江，兰江/桐江，富春江，乌溪江/新安江，浦阳江，婺江/分水江，你中有我，散也是聚/同一个梦，水以地名/从彼此陌生，到情同手足/你追我赶，日夜兼程，鱼水同欢/在人间的江南四月，烟雨徜徉/微波荡漾，款款前行"。荡漾着欢快的、理想的，同时又是清澈、纯净的诗歌想象，这里养育了如此多的文化名人和诗人，而借用王国维的"人间词话"为题不过是一次恰当的复写。像《岳阳楼记》中的"人生如梦，秋日胜春朝/把酒临风，三分癫狂七分醉"；"先天下之乐，无天下之忧"，化用名句只为展现自己的生活状态和对生活的理解。展现中，慕白沟通了两种语境同时也是两种叙述方式之间的对话，他也由此成为一个思乡者、行走者与融合古典情思的当代抒情诗人。

  总之，通过诗集《行者》，我们看到一个悠然前行的行者，一个永远在路上的诗人，一个不断探索的思想者。一直在路上的慕白，不断通过诗行贴近生命的"本源"。"路漫漫其修远兮"，慕白一如他自己所说，会用坚实的脚步丈量自己的内心，丈量世界，而随着时间的延伸，他一定会写出更多路上的风景。

（作者单位：辽宁大学文学院）

行者，在路上
——读慕白诗集《行者》
◇王　永

　　"行者"，"在路上"，是慕白的两部诗集的名字。我觉得，这两个词既是慕白对生命状态的自我认定，同时，这两个词也可以概括慕白诗歌的内容和特点。所以，在构思这篇文章时，这个标题率先跳进我的脑子。

　　我与慕白仅有一面之缘，那是去年11月在首都师范大学中国诗歌研究中心召开的"驻校诗人十周年回顾"研讨会上，仅有酒杯交错间的只言片语。慕白是首都师大第十一位驻校诗人。驻校诗人们在诗歌中心都受教于吴思敬先生，得到过先生如对弟子般的勉励和关爱，也便以"吴门弟子"相称。因此，我与慕白也就有了"同门"之谊，加之我们又是本家，所以对他及他的诗歌就关注起来。

　　诗人商震曾风趣地描述慕白给他的第一印象："初见慕白，无论如何也难以把他和诗歌联系在一起，他粗犷得有些愣头愣脑，言谈举止充盈着匪气。"通过阅读慕白的诗歌，的确感到了他粗犷的外貌和细腻的内心、生活的世俗和诗歌的棱角之间存在的张力。

　　　　也许，我可以告诉一个你不喜欢的细节
　　　　在我即将闭上双眼的时候
　　　　为你流下最后一滴泪水……
　　　　　　　　　　　——《关关雎鸠》

　　　　……
　　　　在溪的两岸种上香草和雪花
　　　　春夏秋冬，每个日夜
　　　　都暗香浮动，落英缤纷的季节
　　　　坐在水草丰茂的家门口，谈谈情说说爱

看星星入梦，太阳醒来
告诉孩子们如何避开
月亮垂下的钓竿，以及
渔人网中的目光

也酿酒，做女儿红，开心了浮一大白
把日子喝成微醺，然后，学越语吴音
唱一曲，乌篷船里的鱼水之歌
　　　　　　　——《青鞋布袜从此始》

从诗中可以看出，"长得不像诗人"的慕白细腻而善思，多情而任性，这并不奇怪。江南自古多才子，慕白生长于浙江温州，这原本就是钟灵毓秀之地。浙江的文化底蕴深厚，生长于斯，久受浸淫，自然对文字生出敬畏和虔诚——或许正因此，他才在诗里写道"我羞于称自己是诗人"。在《我是文成的土著》一文中，慕白交代："源于父母的身教言传，我虽然读书不多，但我从小打心底里敬畏文字，尊重文化，敬重正直的人。心存敬畏，这好比一个农夫，从翻地，选种，施肥，一直到收成，对待每一棵庄稼，都会充满虔诚。从读《诗经》开始，我喜欢《关雎》，我读不懂《楚辞》，但我不为耻。我喜欢五柳先生，特别向往魏晋的文士。"就是在温州一带，当年任永嘉太守的"大谢"谢灵运（其曾自诩独占天下一石才之一斗）吟咏山水以消解政治上的不得意，开创中国文学史上的"山水诗"一派。慕白也写了如组诗"大江东去"等大量的"山水诗"，他甚至被诗人胡弦认为"更像是山水行吟诗人"（胡弦《山穷水尽与柳暗花明——慕白山水诗歌印象》）。或许，由此我们可以看到古辈前贤投到慕白身上的影子。我更认同于诗人李南的说法，"慕白的大部分诗与其说在向读者展示一个个地理上的山河、有据可查的地名，不如说在展示他生命中的漫游心迹——这缘于他骨子里的故土情结"。

的确，读慕白最新的诗集《行者》可以感受到他的"骨子里的故土情结"，感受到他的"情痴始近真"，这鲜明地表现在《包山底志：或时间机器》《我把故乡弄丢了》《一封家书》《为梦的额头书写明日的山脉》等组诗里。慕白自称"文成的土著"，"文成就是我全部的故乡，是一个理想的、田园的、诗意的栖息地"。值得一说的是，"包山底",这个文成县的原本名不见经传的小村庄,"飞云江",这条原本默默无闻的河流,由于"情痴"慕白的念念不忘和反复书写,渐渐广为人知。或许是因为我也有这种故园情结,抑或是因为我也有与其类似的"把故乡弄丢了"的人生体验,这些诗让我心有戚戚,让我感动,它们也就成为我重点阅读和观照的对象。

我始终是一个长不大的孩子
从十二点的指针里,我想回到荷花清香
回到葵花的脸庞,回到稻谷金黄
我骑着一缕月光星夜兼程
回到在飞云江水底飞翔的那一朵云里?
我该怎样在一个人的内心里,焚烧自己的手臂
照亮回家的路?回到母亲最初的一滴
乳汁里,埋下我全部的辛酸和经年的顽疾?

而窗外月光如洗,照在寂静星空的边缘
包山底,我卷曲身体卧在一声叹息里
——《我该从哪儿回家》

其实,飞云江一直在我的血液里燃烧
我每天八百里快骑的速度
穿行在你身边的村庄
你是我一生走不出的河床

在中国的版图上,飞云江
一条小小的毛细血管
和我的包山底一样卑微
很难被另一个人的嘴里说出
在文成,在温州,或者在浙江
这么孤独的水

带着纯净的品质　贴近大地
乡音是一种永远的河流

>飞云江，只有你才知道
>我走出家门是左脚开始，还是右脚
>>——《一生都走不出你的河流》

诗人的天职是返乡，诗人哲学家海德格尔如是说。从这些诗歌中，可以看出慕白是害着思乡病的，他用他的诗歌践行着"诗人的天职"。海德格尔在阐释荷尔德林的诗歌《返乡——致亲人》时解释了诗人的这种本能冲动——"家园"意指这样一个空间，它赋予人一个处所，人唯在其中才能有"在家"之感，因而才能在其命运的本己要素中存在。这一空间乃由完好无损的大地所赠与。"家园天使"和"年岁天使"被称作"守护神"，它们使万物和人类的"本性"完好地保存在明澈之中。海德格尔说，故乡天生有着对于本源的忠诚，返乡就是返回到本源近旁。也许正是对于"本源的忠诚"，也使得"源头"成为慕白的"山水诗"中一个关键词——

>发现源头，尘埃落定，一个新的大陆
>等同于一个白天送走另一个白天
>>——《龙游吟》

>独步江畔，万物生长的春天
>马金溪，不知今夜你将流向何处
>我选择站在黑暗中背靠自己
>闭上双眼，聆听着身边的水
>在源头开始匍匐潜行
>>——《江畔独步》

慕白在诗里追寻的源头，从隐喻的意义上看，很可能是农耕文明，自然宁静的古朴生活，而下游则是工业文明。如前面所引述，海德格尔指出了"家园"这个空间是"由完好无损的大地所赠予"，而如今，由于工业文明和城市化进程，乡村那种古朴生活的闲适淡然宁静和谐已然被打破，代之以欲望、喧哗与骚动。这在《最童话：包山底编年史》和《包山底志：或时间机器》中被慕白以诗歌的形式记录在案。因之，他的诗歌中，故乡只是以过去式的回忆和想象呈现，同时，不绝如缕的挽歌调性让人心生感动——

……岸边，有人在柿子里点灯
有人在鸟鸣中加入一声叹息
白狗在舔锄头的利刃
但它一点也不感到疼痛
好像贫穷的乡村生活一点也不沉重
父亲使劲掐灭了旱烟
扔到小溪里，我回头看
发现自己已经长大，不知什么时候
小溪干了，大地的眼眶也干了
那个洗菜的盆不见了，父亲也不见了
就像一滴水变成了水汽
一切都蒸发在无边无际的时空中
　　　　　　——《包山底的小溪不见了》

……如果让我说出对包山底　更深的爱
我会好好伺候她，像一个苍老的儿子
为更苍老的娘亲养老送终
我搀着她，做她手中的拐杖
成为她凋谢的身体里，那发芽的骨头
　　　　——《我出生在一个叫"包山底"的地方》

飞云江水往低处流，在我的脸上
时间和命运在流动
江上秋风正紧，秋风伐倒万物
老人一个又一个死去
——我用皱纹作为墓地，埋葬他们
用泪水刻写他们名字
剩下野兔、野猪代替他们
在精耕细作了一辈子的田地旁
看家守门……
　　　　　　——《一张有些飞云江的脸》

> 我不用任何技巧，也不用任何
> 修饰，我喜欢用
> 傻子那样的眼神，目不转睛
> 痴呆呆看你
> 我的喉咙里含着沙土
> 我的舌尖上着火，我要把你每一棵
> 高粱中的血液喊得沸腾
> 我用脏手擦了擦自己的脏嘴巴
> 把命运中唯一的口粮捧给你
> 总之，你比你的傻儿子古老、忧伤
> 但我必须死在你前头
> 我倒在你怀里时，傻乎乎，痴呆呆，
> 可能喊你母亲，也可能喊你父亲
> ——《我是爱你的一个傻子，包山底》

如前所说，"包山底"（连同"飞云江"），由于慕白的念念不忘和反复书写，已经成为"文学地理"，它因之获得了更长久的生命，因为完全可以想象得到，像慕白在《最童话：包山底编年史》所记录的那样，随着城市化进程和商业化开发，"包山底"这个地理名词很可能会很快消失，代之以高大上的名字。因此，包山底、飞云江，连同文成，要感念这位为故乡的山川"尽孝"的"傻儿子"。

诗人的天职是返乡，但"返乡"并不是一个简单的举动，而是一种能力。在对荷尔德林《返乡——致亲人》一诗的阐释中，海德格尔继续解释道："唯有这样的人才能返回，他先前而且也许已经长期地作为漫游者承受了漫游的重负，并且已经向着本源穿行，他因此就在那里经验到他要求索的东西的本质，然后才能经历渐丰，作为求索者返回。"慕白就是"向着本源穿行"的"漫游者"，并"经验到他要求索的东西的本质"。他说自己是"行者"，"在路上"。在诗集《行者》的序言"见字如面"中，慕白说，名之"行者"，"只是一种状态。或者说，我还在走。没有抵达"。"人生是一种行走"。"行者，没有希望也不会绝望"。其实，我们每个人谁不是鲁迅笔下的"过客"，谁不是在路上的行者？可以说，行者（过客），或者在路上，就是我们被抛在世

专题：慕白诗歌研究

的命定状态，是我们现代人先天性的"疾病"——"除了无意义，我所剩无几……学会孤独，继续行走"。只是我们在行走的过程中，悲哀地意识到"弄丢了自己的故乡"，甚至连同作为"返乡通行证"的方言——

> 我离家时曾背走了家乡的一口井
> 还带走了包山底纯朴的乡音
> 一不小心却又都弄丢了
> 现在，我成了一个无家可归的人
> 欠着故乡的债
> 在这个世界上游荡
> 像一个被彻底打败的逃兵
>
> 其实故乡就是一滴泪
> 悬挂在腮边的
> 欲落未落
> 是一颗粮食，梗在喉咙里
> 难以下咽
> ……
> ——《我把故乡弄丢了》

> 方言是一个人返乡的通行证。
> 其实，它们不是死在故乡就是在路上
> ……
> ——《包山底方言：他们》

行者，在路上，让慕白写下了大量的所谓山水诗，其实，慕白并无意寄情于山水而做一个现代的"逍遥派"或发怀古之幽情，他只是"以旅者视角，无论仰望、平视、俯视，目之所及，对正在逝去的人和事，信手粗略的记录，呈现，仅此而已"。慕白感受到了时光的虚无，"我不再记得，自己去年的生活，速度永恒／一切依旧，影子越来越让人紧张"（《时光虚无》），而对抗时光虚无的方式，恐怕唯有用语言记录下正在逝去的人和事。就像帕斯所说，语言不是符号，而是似水流年。从某种意义上说,也只有作为在路上的行者,只有背井离乡,才能使故乡现身并显露它的意义——

  ……
  乡村日渐消瘦,夜色深邃,高楼林立,我居住的地方
  被城市包围的城中村,天空已经让人分不清南北西东
  蚊子在夜幕下早已飞得无影无踪,我举起杯
  遥祝这只小小的虫子,身体里流着我的血液的蚊子
  千万别忘记来时的方向和返乡的道路
      ——《城中村纪事:告别春天》

  更重要的,行者,在路上,"走过的路都是他乡",让慕白"经验到他要求索的东西的本质",这使他的"返乡"成为可能。这就是他在行走过程中领悟到的故乡顽健的根性力量和谦抑的品质——

  ……
  没有彼岸,水是孤独的
  石头也是孤独的
  这种个人的疼痛,阡陌纵横
  只有词语知道,在包山底
  或许 唯一的飞云江
  可以清洗
  我的魂魄和粘满世间风尘的肺
      ——《为梦的额头书写明日的山脉》

  ……
  心里难受的时候,农民的儿子
  想对地里的庄稼说话
  说说多年积压的郁闷、艰辛、痛苦
  说说泪水,怎样浇灌命运
  然而他只埋头给一棵白菜或者一丛麦苗
  储蓄明年生存必须的水分——
      ——《农民的儿子想说话》

专题:慕白诗歌研究

> 包山底不敢走得太远
> 不敢远离乡村　包山底的文字
> 只写些平易的庄稼
>
> 包山底的今生，只能和一些朴实的字眼
> 交谈　那些深奥玄乎的文字
> 早被衣帽光鲜的城里人穿走了
> 乡间的农民儿子包山底买不起漂亮的字典
>
> ……
>
> 只有种植泥土上的汉字
> 才能枝叶茂盛，才能光芒万丈
>
> ——《包山底》

"只有种植泥土上的汉字，才能枝叶茂盛，才能光芒万丈"，这是慕白的领悟，也是他对于自己诗歌的自信和期望。在"行者"返乡的路上（生命不息，返乡便不会成为完成时），慕白也领悟到自己应有的位置和姿势。"坐，在尘世中反观诸己。坐在门口就是诗人的位置，诗人只要在这里很认真地剔除了尘世的味道，就可以选择了'坐'这样的姿态，正是'坐'使得我有了自己的视域，我守住了乡村，而审视了城市。"（《我是文成的土著》）

在诗歌当中，慕白的音调不是高亢的、激越的，而是低回的、追忆的，尽管他有时也采用戏谑的腔调。"现代人的脚步无法从隔壁打听出大海的下落/那根虚无的长线，栖息着无数的星辰//从头到尾富春山居给予我一个上午的收获/只是在唐寅雕像的背后，一次轻松的小解"（《富春山与柯平书》），从中我们听到的是，一个并不具备话语权和影响力的小人物，在诉说自己微弱而固执的意念，一种对本源（"源头"）回溯的意愿。虽然知道这一切都没有意义，因为一切都在被撕扯着向前。"炊烟的消失，多少有点忧郁/取代的是一年比一年长高的烟囱/这一粒乡愁，那血液中的火/骨头里结晶的痛苦，我的宿命如一江春水/守门人沉睡，没有人会为我鼓掌//回望落日，不要用四月的墨水来为明天哭泣/一支笔画不出一条纯粹的江，让江水流向大海/不要更改命运，合上晚霞和地平线/粘成一片的虫鸣，在向阳的河岸上"（《青春作伴乌溪江》）；"农耕的现实主义与工业的现代主义/左手与右手下棋，一个人的博弈，胜负难分/最好的结果，冰释前嫌，彼此握手言欢"（《龙游吟》）。这些诗句里明显可以看出，诗人在极力地自我劝慰、自我宽解，虽然他对于"骨头里结晶的痛苦"有着切肤的体验，对于自己的宿命了然于心。一般说来，农耕时代的诗人，会去营造"意境"；工业时代的诗人，则多靠象征、表现、超现实等手段着力诉说。而慕白要倾诉的是一个卑微的小人物，在农耕时代与工业时代之间纠葛不清、内部互相厮杀、胜负难分的体验，所以，他的情感是纠结的，诗歌技巧也是纠结的。这里有他的独到之处，当然也体现着他的诗歌技艺方面"在路上"的特征。

在《行者》的序言里，慕白用像是辩解的口气道出了自己对诗歌和生活的理解——"不需要掩饰脚印的浅显，自我见证。……做人，写诗都要学会独立。活着，一是不过于玄乎，二是不过于戏作。日子，放不下，打不碎。得慢慢学习忠实自己，继续行走。没有什么界限，写诗没有目的，生活更没有目的。请原谅我是一个庸常，低俗的人。"其实，诚如陈超先生所言，诗歌，在今天如果一定要有什么"功能"的话，它在不经意中成了人类话语中最具有"自由主义"实践力量的一支。它的自由不是空洞无谓的集体主义神话，而是回到具体个人，坚持个人话语对生存体验并表达的永恒权利。从个体生命出发，笔随心走，揭示生存，眷念生命，流连光景，闪耀性情，这些基本的内容在古往今来的诗中是凝恒不替的。因此在我看来，对于慕白，"庸常"也好，"低俗"也罢，只要是从个体生命出发，独立写诗，自我见证，对抗虚无的时光，脚印的或深或浅，都不必太以为意，因为那都表明"行者"依然在路上，依然在继续前行。

（作者单位：燕山大学文法学院）

"多种声音的奇妙混合"
——《彼岸之观——跨语际诗歌交流》推介

◇洪子诚　◇张清华　◇罗振亚

《彼岸之观——跨语际诗歌交流》序

洪子诚

"中国新诗研究丛书"已经出版的著作中,孙晓娅编著的《彼岸之观——跨语际诗歌交流》有点"另类"。它不是严谨、系统的研究论著,里面的主要篇幅,是首都师大中国诗歌研究中心这些年举办的外国诗人讲座,和中外诗人、翻译家交流、对话的现场实录(书中也收入若干诗人、翻译家有关中外诗歌交流、翻译的论文)。讲座、对话这些活动,由孙晓娅博士单独主持或与其他学者、诗人合作主持。现在,她将这些实录汇集出版。这本书内容丰富,富有启发性,值得细心阅读。下面是我的几点读后感。

首先是有关新诗合法性方面的。其实,《彼岸之观——跨语际诗歌交流》没有任何篇幅讨论这个问题。中国新诗已经百年。百年虽是历史一瞬,但对"当事人"来说也足够漫长。令人尴尬的是,百年"老叟"常常陷于身份未明的危机之中,有时还担心报不上"户口"。这个情况现在有了改变,即使怀有偏见的也不得不承认:它就在那里!诗人和读诗者这方面的焦虑得到缓解。这个判断,从《彼岸之观——跨语际诗歌交流》中也能得到间接支持。中外诗人、翻译家的这些对话,他们对中外诗歌写作和翻译问题的探讨,侧面显示的信息是:新诗已经有了丰厚的艺术积累,确立了自身的传统,出现了成就卓著的诗人。新诗的存在,既无须以是否"继承"古典诗歌作为前提,也不必征引外国(西方)诗歌作为依据。就如有的诗人指出的,它的评价标准,由新诗自身的"传统"给出。从书中的对话实录中可以看到,中国诗人在中外诗歌交流中已不再总处于被动、仰仗影响的弱势位置。他们中的优秀者已有足够心理能量、知识储备和艺术才能，来参与这种平等的对话。在成为域外诗歌创造的参照物上，不仅中国古典诗歌能够承担，新诗也已加入其中。

另一个感想是，在诗歌批评、研究（包括诗歌史写作）上，除了系统、严谨的学者论著之外，诗人、翻译家的谈论诗歌写作经验的文字，也值得重视。这里说的重视，不仅指它们为研究者提供背景性的资料。2014年10月在台湾"清华大学"举行的两岸诗歌研讨会上，我的发言谈到，由于诗歌这一"文类"的性质，诗歌批评、研究，包括诗歌史写作应该有多种方式。没错，寻找规律、条理化的研究论著自有它的价值，但是，更多基于诗歌写作实践的，能容纳并有效处理感性细节，呈现为抽象概括遮蔽的情景、思绪、精神氛围的著述，也十分重要。对于诗来说，我们解说的方向不仅需要聚拢，也需要开放扩散；不仅要谈论"必然"和"中心"，也需涉及众多的偶然和碎片。读着《彼岸之观——跨语际诗歌交流》，印象最深的就是鲜活的现场感，和不避偶然和碎片的独特发现。这个特点，既来自演讲、座谈、对话的方式，也来自参与者的诗人、翻译家的身份，他们那种"置身其中"的视角。比起小说等来，现代诗是一种特殊，甚至是更"专业"的手艺和知识；诗歌写作经验，是有成效的诗歌批评和诗歌史写作的重要条件；因此，出色的诗歌评论家和研究者，应该也是够格的诗人。这个想法很可能被认为是偏见，但它却既为历史证实，也是我在新诗研究上屡陷困境的自省。

第三，新诗自它诞生之日起，与外国诗歌就关系紧密，"跨语际交流"一直在进行。自然，由于情况发生的变化，交流的性质、方式也相应不断发生变化。从本书的交流实录可以看到，在当前，有两个方面的问题得到了诗人和学者的重视。一是在对话中发现差异的重要性，另一是诗歌翻译的位置。诗歌翻译在当前中国诗界得到特别关注，和中外翻译的不对等情况有了某些改善，也和对翻译性质的理解有关。王家新引述巴赫金的话说得很好："自我是一个礼物，他从他人那里得来。"而且，翻译不仅是沟通的媒介，也是创造。人们越来越认识到，戴望舒不只写有《望舒草》《望舒诗稿》，还写有《洛尔迦诗抄》。

至于说到交流对话，正如本书编著者孙晓娅说的，交流是一种融合；不同事物在"相遇"中互相发现，互相支持；因为交流创造了"空虚"和"饥饿"。卡夫卡说，"读一本非常重要的书，这本书在我们身上挖出了一个空虚"（本书中法国诗人克洛德·穆沙的引述）。"空虚"感是融合得以产生的前提。不过，在"全球化"的今天，交流也是在发现差异，以保护、发展文化、诗歌的多元性。了解陌生的对方，吸取滋养，同时返回"本土"，返回自身，返回自身的语言、文化传统，返回写作者内心，以认识我们生存、创造的可能与意义，"让生命在诗歌中重生"。斯洛文尼亚诗人阿莱什·希德戈谈到，欧洲看起来是一个整体，其实像马赛克一般，是由许多不同的小环境、小气候构成。首都师大诗歌中心这几年对东欧诗歌的侧重关注，对其中一些诗人的重点推介，体现了他们对诗歌一体化、同质化趋势的警惕，也体现了对哪些诗人、哪些诗歌传统能与当前的中国诗歌建立更有效对话的识见。我们从这里得到的启示还在于，当我们谈论、处理诸如"华文诗歌""现代汉诗""中国新诗"等范畴下的事物的时候，如何也能警惕某种同质化的思维方式，而细心发现、保护，并推动因地域、族群、语言、文化传统形成的特殊性的成长。

　　要感谢首师大中国诗歌研究中心，感谢孙晓娅，这些年来他们做了这么多扎实、有意义的工作。可以想见，组织这样的中外诗人、翻译家的讲座、交流对话活动，需要付出怎样的精力。而论题的设计，对话的引导、阐发，更体现了孙晓娅在深入把握中国新诗基础上，对诗歌现状的那种问题意识。"写自己的故事"与为集体发声之间究竟是怎样的关系；"象牙塔"的说法是否是一种"政治上的发明"而"在艺术上并没有价值"；主流社会追求赢利，崇尚迅速接受的知识，并非一目了然的诗歌对此是要抵抗，还是采取妥协；多媒体、视觉诗歌、跨界写作将给诗歌带来生机，还是让我们轻忽语言、文字的力量；网络导致的自立门户、自设标准的"文字共同体"的出现，是开拓诗歌多样性，还是破坏了建立共识的需求；在信息爆炸和交往频繁的今天，人是否还有属于自己的内心空间，又如何定义这个空间；沟通、传播的便捷，也加速语言陈旧化的速度，诗人将如何面对为"过时"写作的恐惧……讲座和对话中提出的种种问题，是当前我们所面对的，相信也是我们所关心的。

（作者单位：北京大学中文系）

多种声音的奇妙混合
——关于《彼岸之观——跨语际诗歌交流》

张清华

从1916年新诗的诞生至今,整整一百年了,诗歌在我们的时代,早已不再是天朝中土自我封闭的田园牧歌,而是不同文化互相激荡和吸纳的结果,诗歌的丰富与复杂,观念的互渗与穿越,早已成为一种无法回避的新常态。

在设想历史叙述的修辞构成时,米歇尔·福柯提出了一个"多种声音的奇怪混合"的说法,这一构想原本是要体现历史本身的具体性和多杂性,但其实用在理论和诗歌的总体性上,也同样适用。《彼岸之观——跨语际诗歌交流》便是这样一部著作,它几近为我们呈现了一个关于当代中国诗歌、关于世界和西方诗歌、关于诗歌史、先锋派、经典作家、诗歌翻译学、诗歌写作与交流等等在内的一个"奇妙混合"着的学术场和思想流的集合,汇集了众多中外诗人、翻译家、学者们的讲座、对话和交流的现场实录,可谓是今年诗歌界、批评和翻译界关于诗歌话题的一个思想的汇合。只消看一看这些名字,就知道它的丰富:凡尔日·佩、克洛德·让克拉斯、克里斯提昂·杜麦、克洛德·穆沙、弗朗索瓦·德布津、阿莱什·希德戈、贺麦晓、乔治·欧康奈尔……他们的声音几乎涉及关于诗歌和翻译的全部领域,共同构成了一个话语的棱镜,发散着丰富的思想光芒与艺术色泽。

《彼岸之观——跨语际诗歌交流》(北京大学出版社2016年1月第1版)一本书的来源,是青年批评家,首都师范大学诗歌中心的孙晓娅,作为学术的组织者和总策划人,在近年中组织的数十场中外诗歌交流活动的学术结晶,她开阔的国际视野和矢志不移的学术抱负,也已赢得了诗歌界和批评界的认可,以及高度的赞誉。当然,值得赞佩的还有她出众的学术调度能力,参与这些活动的树才、高兴、李金佳、明迪,还有王家新等,也都是重量级的诗人和翻译家,他们既是参与者,当然也是最好的媒介,可以将以往横亘着语言和文化沟壑的中外诗歌界,密切地联通起来。

进入这个棱镜的世界,我们会更强烈地感到,中国新诗已经可以

287

确证地获得了它存在和发展的逻辑。不同语际的思索与对话,正碰撞出更加宽阔的界面,和意想不到的启示,无论是契合还是反拨,我们都可以近距离地在对方的文化镜子中看到新的可能,并重新认识着我们自己。这种交流既是相遇和寻找,同时也是自我的再度发现和确认。除此,该书还给出了一个启示,即有关诗歌的理论和批评,可能最终都无法与写作脱节——书中几乎所有批评与翻译家都是诗人,而所有的诗人也都拥有着理论的见地与建树。这不止使得他们的见解更具穿透性和魅力,也使此书更具有话语的弹性、诗意与可信度。

几年前在一次访谈中我曾经提到,我们现在面临的是一种外观上真正的"大乱"局面,但不同层面和方向的写作者们,也正是在这样一种"失序"的状态中找到了自由,新诗在诞生一百年之后,终于迎来了多元和自在的生态,而且在语言、形式和内在的美学观念上都孕育着新的变化。我乐观地认为,一个汉语诗歌的繁盛时代就要来了。

这本书为当代汉语诗歌的创作与研究提供了新异的经验、丰盈的思想资源、流动的审视维度,对那些视野宽阔的人来说,《彼岸之观——跨语际诗歌交流》自然值得一读,对那些想了解诗歌的现状与边际的读者来,更不失为一个凭借和契机。

(作者单位:北京师范大学文学院)

无限启迪的张力
——关于《彼岸之观——跨语际诗歌交流》

罗振亚

中国新诗萌生的引发模式,和众多诗人汇入世界诗歌潮流的事实,双向证明全球化语境中"对话"的重要,如此也赋予了《彼岸之观:跨语际诗歌交流》集束式成果展示以非同寻常的价值。这本书关注到不同国家和地区、经历迥异的诗人个体的诗歌际遇、精神向度、深切的生命体验,所录讲座主题各有侧重并自成体系,涉及诗歌功能、审美旨趣、技艺策略、诗性机制、生产阅读、出版传播、实验革新等诸多方面。主讲人多立足此岸观瞻彼岸,从不同维度彰显了他们的主体情怀、宏富的诗学储备,对诗歌意涵与形式的理解与创造,对时代生活、哲学文化、地缘生态、民族宗教等焦点议题的探察，而讲座、交流、随笔等充满细节又极具现场感的蒙茸、鲜活状态，则使一个一个"问题"研讨落到了实处。

该书抓取的诗与传统、诗与语言、诗与翻译、诗与民族及地域等话题，均为中外诗学体系建构的核心之维，其中的一些观点虽非定论，有的还不无商榷的余地，却能够在观念和方法上进一步引发读者的思考，而这恰恰是学术研究最重要的魅力所在。

摆脱过度倚重西方的"移中就西"的研究立场，一改影响研究、平行研究为中外跨语际平等对话的交流方式，并在交流中坚持主体个性的自觉，与扩大汉诗研究的视角和疆域同步，力避中外对话时"失语"的思维，也使该书获得了无限启迪的张力。

（作者单位：南开大学文学院）

体验、对话与仰望
——读《冯至评传》

◇刘　剑

蒋勤国先生的《冯至评传》史料翔实，态度沉潜扎实，自由出入于中西古今哲学、艺术、诗学理论之间，实践了狄尔泰的"体验诗学"的研究方式；用印象批评的写法，文本细读的方式、充满感情的笔墨，对冯至诗歌及散文、小说等作品做出了颇具才华的解读，将文本看作传者与传主之间的一场精神对话；通过比较、鉴别与分析，厘清德国浪漫派、存在主义哲学以及中国古代儒家、道家学说对冯至诗歌及思想的影响；以学术知性阐释冯至诗歌的个性与特色，以敏锐的文本洞见推进了外界对冯诗的研究，具有开创性的价值。总体而言，这是一部很好地"重现"诗人一生经历，细心、广博、精到地解读诗人作品的诗歌评传，但并非一部在"大历史"（黄仁宇语）框架中正视诗人生存困境、深度解读启蒙一代知识分子精神世界的精神评传。传者对传主的态度"仰望"多于"审视"，在把诗人一生放进20世纪的历史长河里予以关照，作为一个精神样本和一种文化症候，探讨中国知识分子走过的精神历程方面，仍存在有待深入之处。

一、诗人传记：作为一种生命体验

苏格兰文豪卡莱尔有句名言：A well-written life is almost as rare as a well-spent one. 可以译成："写得精彩的传记几乎像活得精彩的一生那么难求。"① 文学家传记天然具有文学研究的性质，从一定意义上说，诗人评传就是一种体验诗学。主张方法论阐释学的德国哲学家威廉·狄尔泰在其名作《体验与诗》② 中，对莱辛、歌德、诺瓦利斯和荷尔德

---

① 傅孟丽：《茱萸的孩子——余光中传》，上海远东出版社，2006，余光中所作序文。
② 狄尔泰：《体验与诗》，胡其鼎译，北京：三联书店，2003。

林的一生进行评述,他把诗人放进他们各自的时代,以充满热情的笔触论述了几位启蒙之子不同的成长经历和精神面相,及其各自写作风格的成因与相互影响。狄尔泰认为,自然科学从外部说明可实证的世界,人文学科则从内在理解世界的精神生命。所以人文学科的落脚点在于通过"移入""模仿"和"重新体验",达至对客观精神的基本理解。因此写名家评传是生命与生命的对话,灵魂与灵魂的相遇,钱理群的鲁迅研究著作名为《与鲁迅相遇》,蒋勤国的《冯至评传》也可看作作者与冯至的精神相遇。传主与传者"生命的相遇"的基础往往是人格气质上的相投——而这又往往源于相似的生命经历。这种遇合不仅要有同情的理解,还要有深入对方灵魂的热情,将自己代入对方的生活之中,亲身经历那样的一生;同时需要传者有对诗歌的充沛理解,并且有与传主相差不大的精神体能和思想高度,才能达到将传主的一生写得如其所是。

  传记是对别人一生的"重写"与"再创造",要通过一种生命体验把别人的一生当作自己的一生来过,在别人的一生里照见自己的见识和才华。在《中国现代文学批评史》中,温儒敏将李长之的批评称为"传记批评",因为李长之擅长为作家写传,并且写得眼光独到而又文气纵横。蒋勤国先生写冯至评传,就像李长之先生写《鲁迅批判》和《司马迁之风格与人格》一样,在自己最好的年龄,投入了最大的热情,行文一气呵成,叙述节奏跌宕起伏,文笔朴实优美,布局疏密有致,诗人一生经历的童年孤独、青春浪漫、中年沉潜以及晚年的淡泊都让人读后历历在目。作者时刻注意评传"在地性"地贴近诗人思想的原貌,并不时加入自己的洞见和感悟。比如冯至先生在《昆明往事》中提到:如果有人问我,你一生中最怀念的是什么地方?我会毫不迟疑地回答是昆明,如果他继续问下去,在什么地方你的生活最苦,回想起来又最甜,在什么地方你常常生病,病后反而觉得很健康,在什么地方书很缺乏,反而促使你读书更认真,在什么地方你又教书、又写作,又忙于油盐柴米而不感到矛盾,我可以一连串地回答,都是在抗日战争时期的昆明。① 当代读者很可能不明白为什么最战乱最艰苦的西南联大时代反而诗人最追怀?在《冯至评传》中,作者拉长了这段

---

  ① 冯至:《昆明往事》,引自《白发生黑丝:冯至散文随笔选集》,北京:中央编译出版社,2012。

昆明时光,用优美的语言,丰富的想象,慢镜头地回放,为我们"重现"了这段烽火峥嵘中的流金岁月。作者精到地指出:一部《十四行集》,正是诗人为和他的生命"发生深切的关联"的人和事物所留下的感谢的纪念。"颇有田园风味的环境气氛,使秉有一颗宁静恬淡情怀的诗人能和尘世的喧嚣保持距离,而与尽情展露的大自然的风声雨声、云形树态保持直接的接触。观察山坡上的飞虫小草、鸟兽活动,缅怀自己所崇敬的圣哲名人,从书本上接受前人的智慧,从现实中体会人生的真谛,昔日的诸多经验与现实的复杂感受融合交叉在一起,使冯至或感念万物,或回味历史,感兴每富于沉思。"① 只有再次进入此情此景,读者才能体味诗人当年那种极佳的写作状态和生命状态。

诗人是时代之子,传记批评要很好地把诗人的一生放进时代的历史长河中予以关照,对诗人的成就和地位给予恰当的评价。《冯至评传》正是这样把诗人和时代看成鱼与水的关系,写出了诗人立体的、浮雕式的一生。传记式批评在西方的主张者是泰纳,他倾向于对诗歌做社会心理学的实证批评。作为一种古老的批评方法,它类似于中国古代的"知人论世"和"以意逆志"之说。尽管当下"作者已死"(罗兰·巴尔特语),"文本之外无物"(德里达语)的后现代新说红极一时,但在一定的常识范围内,任何读者都无法做到完全无视对"生蛋的母鸡"(钱钟书语)的关注,尤其是那些"抹去了诗与生命之界"(郑敏语)的诗人,如屈原、李白、杜甫、闻一多、徐志摩、冯至、海子、顾城等,"传记因素"显得尤为重要。诗评家陈超在论述食指、北岛这样的诗人时,就重申了这一维度:"因时代的特殊性使他们位于特殊的文学史坐标点,离开当时历史语境中的'传记因素',虽然无损于他们的作品本身的价值,但将无法对其理解透彻。"② 诗人冯至1930年代求学德国海德堡,曾经对克尔凯郭尔、雅思贝尔斯等存在主义大家的哲学产生浓厚的兴趣,存在主义的现实感作为他生活的重要维度,存在主义哲学对命运恭顺地聆听,包括存在主义诗人里尔克对万物与自然谦卑的态度,与德国浪漫派诗人诺瓦利斯诗歌中关于生命与宇宙和谐的体验,都对他的写作和人生产生了深远的影响。正如穆旦所说:"一个深刻的诗人的诗总是和现实相结合着;他的概念与感觉都必根植

---

① 蒋勤国:《冯至评传》,北京:光明日报出版社,2015,第124页。
② 陈超:《食指论》,文艺争鸣,2007年第6期。

于他的社会生活的土壤中。即使他受着某种哲学的影响,那最终原因也必是为他的生活感受所决定着的。"①

同时,诗人不仅是时代之子,也是上帝派来的精灵,他敏锐地捕捉存在的秘密,面对不可言说之物做出言说。这意味着艾略特所说传统与个人才能之间的辩证关系是存在的。诗中的"这种感情只活在诗里,而不存在于诗人的经历中,艺术的感情是非个人的"② 诗歌声音代表了一个时代的声音,响在过去,也响在未来。冯至的"我的寂寞是一条长蛇,静静地没有言语"、艾青的"为什么我的眼中常含泪水,因为我对这土地爱得深沉"、海子的"黑夜一无所有,为何给我安慰"等诗句,将20世纪20年代的迷惘、40年代的悲情、80年代的求索蔚然纸上。作者在《冯至评传》中不仅有声有色地再现了诗人的一生,也重新回顾了属于诗人的大时代,突出在时代的风云际会中,同道中人、阅读范围、时代精神以及个人经历对冯至诗歌风格形成的影响,其观察和辨识相当细微深刻。比如,他不仅看到德国浪漫派对冯至精神及风格形成的影响,也难能可贵地注意到德国浪漫派外围的诗人比如民主诗人海涅、匈牙利诗人裴多菲对诗人的感召力。作者通过翔实地考证指出:"尽管迄今为止尚无人提及过裴多菲对冯至诗歌的影响,但我们有充分的理由认为裴多菲是一个在冯至的诗歌创作历程上发生过一定作用的诗人。"③ 鲁迅译的裴多菲名诗《自由与爱情》中的牺牲精神,以及裴多菲早期抒情诗中的简练民歌风格,间接启迪了冯至从平淡的生活中发现诗意。

"我们的生命在这一瞬间,仿佛在第一次的拥抱里,过去的悲欢忽然在眼前,凝结成屹立不动的形体。"④ "什么能从我们身上脱落,我们都让它化作尘埃:我们安排我们在这时代。"⑤ 冯至写于1940年代的《十四行集》尽量在节制中隐约可现时代的风雨,当时不管是倾向左翼的艾青,还是有基督教文化背景的现代诗人穆旦,还是受德国浪漫派

---

① 高秀芹,徐立钱:《穆旦:苦难与忧思铸就的诗魂》,北京:北京出版社,2007。
② [英]艾略特:《传统与个人才能》,见《艾略特文学论文集》,天津:百花文艺出版社,1994,第11页。
③ 蒋勤国:《冯至评传》,北京:光明日报出版社,2015,第85页。
④ 冯至:《十四行集》,第一首《我们准备着》,转引自蒋勤国《冯至评传》,第125页。
⑤ 冯至:《十四行集》,第二首《什么能从我们身上脱落》,转引自蒋勤国《冯至评传》,第125页。

和存在主义哲学影响的冯至,都在产生于民族危亡之际的歌唱中不由自主夹杂了生命的浪漫与苦涩,他们都在那时在不同程度上变身为时代的思考者和预言家,这些诗歌看似咏物抒情,但字里行间却有某种的知性品质,矛盾和坚硬并存。可以说,在对十四行集的品评中,《冯至评传》做到了将"诗"与"人"双向关照并相辅相成,这不仅发掘出冯至诗歌的无限能量,也以诗人多彩的人生反过来佐证并补充了其作品。

二、印象批评:作为一种精神对话

《冯至评传》作为一种诗歌批评文本,对于大多数冯至作品的解读,采取的是印象批评的方法。印象批评是一种创造性地表现批评家的主观印象和瞬间感受的批评方法。它依据审美直觉,关注文学作品的审美特性;它否认作者"客观意图"的存在,强调批评家的阅读感受,印象批评重视阅读印象,是一种斯坦利·费什意义上的"强读者"批评模式。印象批评的提倡者法国作家法朗士很坦白地说:"批评家应该声明:各位先生,我将借着莎士比亚、借着莱辛来谈论我自己。"① 他认为:"好批评家是这样一个人:叙述他的灵魂在杰作之间的奇遇。"② 20世纪30年代中期,李健吾追随法朗士等人提倡的西方印象主义,也继承中国古典感兴式审美批评传统,强调批评中创造的心灵对文本的鉴赏和体味,主张批评是一种"自我发现"。《冯至评传》的作者蒋勤国先生也曾经写过《李健吾评传》(待出版),他对文本解读的印象主义风格无疑深受李健吾影响。

首先,评传中对大多数冯至诗歌的解读,基于朴素的阅读印象,推崇批评主体的创造性与个性色彩。作者的文本细读既基于文本,无一字无来历,又在阐释中融入了作者自己的感受和情思。比如在谈到为什么鲁迅称冯至是"中国最为杰出的抒情诗人"时,作者写道:"冯至那些哀而不伤、忧而不怨、温柔缠绵、格调清丽不俗的爱情诗,使鲁迅对新诗的感觉陡然一新。冯至诗作尤其是爱情诗中那种缠绕不去

---

① [美]卫姆塞特,布鲁克斯:《西洋文学批评史》,颜元叔译,北京:中国人民大学出版社,1987,第457页。
② 李健吾:《自我与风格》,《李健吾文学评论选》,银川:宁夏人民出版社,1983,第214页。

的深沉的寂寞,不被人理解和接受的苦恼、历经磨难而仍执着的追求深深地引起了鲁迅心灵的悸动和共鸣,更为曾切身体会到爱的寂寞和痛苦的鲁迅所深切的理解,这是鲁迅高度评价冯至的又一个原因。"①

其次,《评传》文本批评注重阅读的直觉印象和影响的精神溯源。作者认为,"冯至以自己真挚的情感、奇妙的想象通过环境和气氛的烘托,生动地表现出层次复杂而又分明的丰富感受。在文字上并不太加修饰,不欲明言而又想有所倾吐,比较冲淡、平和。语言看似直叙,诗境却是幽曲的,给人以沉重的仿佛挥之不去的沉重感,这正是冯至的爱情诗歌幽婉动人的重要艺术表现"②。从郭沫若的《女神》,到博士论文的诺瓦利斯研究,冯至的诗歌风格深受19世纪西方文学主流浪漫主义的影响。诗到浪漫主义不再素朴,开始感伤;内心也由古典的宁静和谐走向精神的分裂和迷狂。冯至早期叙事长诗《吹箫人的故事》《帷幔》《蚕马》《寺门之前》等有中世纪的颓废感伤,神秘幽暗,甚至有某些变态的情调,这无疑来自对德国浪漫派的翻译和模仿——浪漫派把诗看成是对神秘无限的追求,是作家天才灵感的产物,歌颂自然和人性。这无疑也影响到冯至《十四行集》的写作。冯至诗歌也受到晚唐诗和宋词的意境氛围影响,同时儒道两家哲学也给他在思想上以补充和纠正,因而总能在入世和遁世间寻找一种心灵的平衡,评传作者一一分析并厘清了这些影响源流。

再次,《评传》文字追求语言的优美,重视语言的审美特性,并将冯至的诗歌恰当地镶嵌在作者充满诗情的评说文字中,感悟与洞见并存,并使得两者相得益彰。最后,评传作者也像印象批评的大多数提倡者一样,注重不同时代、不同作品、不同作者之间的比较、分析和鉴别。比如作者将冯至的诗歌风格与同时代的诗人徐志摩、卞之琳、戴望舒等做对比研究。"冯至的爱情诗,既有别于郭沫若坦真率直、情烈如火的爱情诗,也不同于'真正专心致志做情诗'的'湖畔'诗人们的天真烂漫、稚气大胆;既不同于轻灵飘逸,在柔和的旋律中显露过多甜腻韵味的徐志摩,也不同于朦胧如雾、似真似幻复似真的戴望舒;既不似刘梦苇那样热烈而凄苦,更不像李金发那样伤感而至于颓废。"③ 他发现了冯至在写作上的克制,并将这种克制和德国浪漫派倾

---

① 蒋勤国:《冯至评传》,北京:光明日报出版社,2015,第97页。
② 蒋勤国:《冯至评传》,北京:光明日报出版社,2015,第43页。
③ 蒋勤国:《冯至评传》,北京:光明日报出版社,2015,第42页。

泻无度的感伤做对比；而在和海涅诗歌的比较中，则认为是冯至"更显痴迷，更见缠绵"①。

印象批评虽然是一种"强读者"的阐释模式，但并不意味着作者可以凌驾于传主及其作品之上，可以天马行空地任意理解、想象和评价作品。理解首先是一种"还原"。以狄尔泰为代表的方法论阐释学认为，我们能够通过恰如其分地理解，克服"时间距离"，重现生命的"原初之境"；而主张本体论阐释学的伽达默尔则认为，"时间距离"和"先在之我"无法回避，任何理解者对"生命"和"自我意识"并没有一个很清晰的把握，任何理解都具有有限性，包涵了"先入之见"。所有的理解都是一场对话，在对对象的理解里包涵了大量的自我理解。"理解其实总是这样一些被误认为是独自存在的视域的融合过程。"② 毋宁说，印象批评是在文本基础上和传主的精神对话。第一个层次是作者与传主之间的对话；还有一个层次是传主和时代之间的对话。传记大家朱东润先生认为"对话是传记文学底精神"，有了对话，读者便会感觉书中的人物如在目前。正如余光中所说："如果传记是作家的外传，则作品可谓作家的内传：作品应该更贴近作家的心灵。透过传记，我们看见作家的生活。透过作品，我们才能窥探作家的生命。"③ 因此，印象的批评本质上是一种隐喻性质的表述，是用一个文学印象去阐释与说明另一个文学印象。他绝不是一种武断的批评，而是作者以丰富的学识，自由出入于古今中西的艺术传统中间，以直觉的方式进入作品，以瞬间"妙悟"、"体验"和"灵感"，凝定成批评的神来之笔。在一个生命对另一个生命"恭顺聆听"（海德格尔语）的基础上，展开卓有成效的"精神对话"，扩大生命之间的彼此理解，从而增进人类整体的理解水平。

三、仰望还是审视：作为一种心灵史研究

就目前的诗人传记来看，主要存在着两种相对的传记叙述的角度：一种是仰望式的"树碑"立传，一种是采取旁观或审视型的"祛魅"

---

① 蒋勤国：《冯至评传》，北京：光明日报出版社，2015，第84页。
② [德] 汉斯·格奥尔格·伽达默尔：《真理与方法》（上），洪汉鼎译，第396页。
③ 傅孟丽：《茱萸的孩子：余光中传》，上海：上海远东出版社，2006，新版前言。

研究。① 仰望型传记往往着力选取诗人一生中的"正面"素材,夸大渲染,力求树立起诗人作为思想家、泰斗或者大师的光辉形象;审视型传记则常取材诗人生前不愿披露的一些亲历者见闻,做出一种路易·阿尔都塞意义上的"症候阅读",从而去掉笼罩在诗人头上的神秘光环,恢复诗人作为一个普通人平凡真实的一面。无论仰望还是审视,求真务实是严肃的传记文学的生命线。所谓评传,就是要求对作家的"传"与对作品的"评"并重,把作家的人生和作品当作一个整体来省察和观照,"做到'传'亲切、真实、全面、丰赡,'评'客观、公正、权威、系统,传与评相互协调,互相映衬,从而引领读者深入地认识作家及其写作的全貌,达到对作家的人生经历、行为方式、精神品格和艺术境界的深刻认识和准确把握"②。正像冯至所说:"诗人的人格是怎样养成的,他承受了什么传统,有过怎样的学习,在生活里有过什么经验,致使他、而不是另一个人,写出这样的作品?这些,往往藏匿在作品的后面,形成一个秘密,有时透露出一道微光,有时使人难以寻找线索。这秘密像是自然的秘密一样,自然科学者怎样努力阐明自然,文学研究者就应该怎样努力于揭开这个帷幕。"③ 诗人评传的内部要素既包括对诗人诗歌的细读,对其诗歌史地位与成就的定位,还包括对诗人生平与精神历程的理解。

总体而言,传记作者对冯至的一生做出了基本公正的评判,作为一个杰出诗人和知名学者,作为翻译家、教育家以及社会活动家,冯至先生的思想斑驳复杂。传记作者如实批评了作者 1950 年代诗歌的艺术性问题,也独具慧眼地看到是里尔克的榜样力量和雅思贝尔斯的生存哲学,使得冯至走出孤独中的个体,懂得人应该承担自己的命运,同时也注意到冯至思想在精神裂变过程中体现出的自我治愈力量,借助存在主义哲学,"冯至已经成熟为一个独立的生存者"。④ 杨义在读丁亚平的《浪漫的执着——萧乾评论》过程中,悟出"文学研究是讲究坚实的原始材料和新颖的现代观念之结合的,结合之道存乎感悟性之中"。《评传》的不足之处在于,在运用新颖的现代观念进行论述方面,

---

① 王永:《还原,想象,阐释——中国现当代诗人传记研究》,首都师范大学博士学位论文,2008。
② 谢有顺:《〈中国当代作家评传丛书〉的序言》,郑州:郑州大学出版社,2005。
③ 冯至:《山水斜阳》,哈尔滨:黑龙江人民出版社,1999,第 59 页。
④ 蒋勤国:《冯至评传》,北京:光明日报出版社,2015,第 115 页。

作者的思想知识视野稍显狭窄正统,比如作者对民国氛围的感受和认识、对民国人物评判多有教科书色彩。其次,在对冯至等诗人前辈的精神世界进行探究分析时,也大体采取了"仰望"而非"审视"的视角,传者对传主由衷的仰望由《冯至评传》结尾《献给冯至先生的歌》可见一斑。①

　　总体而言,这是一部很好地重现诗人一生经历,细心、广博、精到地解读诗人作品的传记,但并非一部在黄仁宇所言"大历史"框架中正视诗人生存困境、深度解读启蒙一代知识分子精神世界的精神评传。诚然,这是冯至先生较早的一部传记,在作者开始写作的1990年代初,出现这种情况也情有可原。首先,传记作者要避生者讳,作者同传主及其亲人保持联系是一柄双刃剑,一方面有亲炙之谊就像获得了一种写作上的郑重授权,同时传记写完获得传主首肯也是无上荣光;但另一方面也许就因此失去了恰当的审视距离,与传主接触过多容易使得"仰望"多于"审视",无法从旁观者的角度做出心灵史的研究。其次传者也要避时代之忌讳,因为不管是诗人郭沫若、何其芳还是冯至,学者冯友兰、朱光潜还是王力,这些"文革"后"归来"之人在面临人生重要选择时多半也是身不由己,我们不能把时代的问题完全归咎于个人,但也不能完全推诿置身其中的个体责任,不做任何追问和反思。尽管传者和传主往往有相似的精神气质和生平经历,但是在很多现代学界认为呈现出20世纪知识分子精神症候的地方,在传记作者看来也并非是不成问题的。比如作者直言了诗人《杜甫传》的缺失:"《杜甫传》也有一些不足和值得商榷的地方。由于过分强调'力求每句话都有它的根据,不违背历史',因而写得过于拘谨,远没有显示出冯至的学识、才情和笔力。至于受当时政治氛围的影响,结尾'画蛇添足'地加上一段与传记本身无关的文字,显也与全书游离和脱节。"②诗人写于"十七年"时期的一些充满热情但难免阿谀之嫌的政治鼓动诗,艺术上相当粗劣,对此传者也做了淡化处理,没对其中任何一首做文本细读,这也许本身就是一个态度。

　　1991年春天,87岁高龄的冯至总结自己一生的精神历程,曾写下了最后一份诗歌体的《自传》,相较于各种充满溢美之词的评传总结,

---

① 蒋勤国:《冯至评传》,北京:光明日报出版社,2015,第259页。
② 蒋勤国:《冯至评传》,北京:光明日报出版社,2015,第204页。

这个自传的心灵底色也许更真实些：

三十年代我否定过我二十年代的诗歌，
五十年代我否定过我四十年代的创作，
六十年代、七十年代把过去的一切都说成错
八十年代又悔恨否定的事物是这么多，
于是又否定了过去的那些否定。
我这一生都像是在"否定"里生活，
纵使否定的否定里也有肯定。
到底应该肯定什么，否定什么？
进入九十年代，
要有些清醒，
才明白，
人生最难得的是"自知之明"。

如此看来，冯至沉静、持重的外表，舒缓、优雅的文字后面，永远有一个多面相的分裂的自我，这个"自我"至今仍然未完成。[1] 对这些精神问题进行追问仍然有待于后来者，因为后来者不仅站在前人研究的基础上，而且面对的是传主身后这个更开放也将更开明的世界。

（作者单位：北京邮电大学数字媒体与设计艺术学院）

---

[1] 张辉：《冯至：未完成的自我》，北京：文津出版社，2005，第8页。

"现代汉诗"是如何发生的？
——读荣光启《"现代汉诗"的发生：晚清至五四》

◇刘　奎

　　1915年夏，也就是一百年前，即将转学哥伦比亚大学的胡适，与友人任叔永、梅谨庄、杨杏佛等在绮色佳（Ithaca）度假，他们常常讨论一些中国文学的问题。据胡适在《逼上梁山》一文中的追述，他"那时常提到中国文学必须经过一场革命"；而"文学革命"的口号，就是那个夏天他们"乱谈出来的"。不仅如此，该年9月17日，胡适还写了一首近于打油诗的长诗——《送梅谨庄往哈佛大学诗》，这被新诗史家认为是中国现代第一首白话诗。因为胡适日后提倡白话文，成为新文化运动的主将，这一幕日常场景，正如胡适《逼上梁山》一文的副标题"文学革命的开始"所显示的，也就具有了文学史的意义，乃至成为新文学的某种起点。

　　故事讲得越是完整，它所遮蔽的东西往往越多。胡适这种简明的叙述，无疑也将新文化运动的历史复杂性简化了。新诗的发生可能并不仅仅源于胡适等人在绮色佳湖畔的一次论争。如为胡适一笔带过的从语言文字问题转向文学问题，又是如何发生的？他所提倡的文学革命与晚清的"诗界革命"有何内在的历史关联？等等。这些问题也归结于一个问题，即新诗是如何发生的？这不仅是新诗研究无法绕开的问题，也是我们回顾新文化运动所不能回避的问题。对此，学界已有相关的论述成果，如姜涛的《"新诗集"与中国新诗的发生》便是极具代表性的著作。姜涛从文学社会学的视角，讨论了早期新诗集的出版、传播与接受，背后的问题意识则是"新诗"这一全新的文体内涵和审美空间是如何被塑造的。而与这种侧重外部研究相对应的，是荣光启的《"现代汉诗"的发生：晚清至五四》（中国社会科学出版社，2015年）。

　　必也正名乎，我们首要关注的，是论者用"现代汉诗"这一概念替代了学界通常所用的"新诗"。这看似一个简单的概念转换，背后其实蕴藏着论者的问题意识和方法论自觉。"新诗"是个历史概念，也是一个约定俗成的文学史概念，但它暗示了早期提倡者所赋予的文学进化论意义——"新"相对于"旧"的某种历史优越感；而"现代汉语诗歌"则不同，它是一个偏向诗歌结构的概念，如这一概念的提倡者王光明所指出的，它意指"现代经验""现代汉语"与"诗歌文类"之间的互动。这并非是要对"新诗"做去历史化处理，相反，他是要保持新诗的开放性和未完成性。荣光启继承这一概念的初衷，也正是试图在语言、经验与形式这个三维坐标下，重新检视晚清"诗界革命"与早期白话诗的"发生"理路。

　　作者花费了大量的篇幅，梳理了晚清以来的语言文字改革方案。这包括黄遵宪在《日本国志》中指出的汉语"言文不相合"现象、梁启超针对言文分离提出的"新文字"、裘廷梁在《论白话为维新之本》中提出的"崇白话而废文言"的主张、王照《官话合声字母》的拼音化方案、国语研究会"选定"国语的尝试，以及胡适、赵元任等新文化人的语言变革主张等。这似乎与现代汉诗的发生这一议题无关，但如果考虑到早期白话诗的最显著特征便是以白话替代文言，那么，这种历史性的分析就显得极为重要。而论者在梳理现代汉语变革的历史时，也极为语言变革背后的意识形态诉求，正如作者通过对裘廷梁的研究所发现的，"近代'文言'与'白话'的明确区分可能不是从语言本体的形态出发的，而是来自历史转型期意识形态对语言运用的要求，这只是一种'新'、'旧'意识形态对立的相对划分，突出的是'白话'所代表的演说方式和思想内容的'新'，反对的是'文言'所代表的演说方式和思想内容的'旧'"（《"现代汉诗"的发生：晚清至五四》，第40—41页）。而对这一论断形成支援的，是梁启超在《湖南时务学堂学约》中所提出的"传世之文"与"觉世之文"的语言二元观。在他看来，觉世之文旨在启蒙，而"不必求工"。因而，白话文在晚清士大夫看来，仅仅是承担着传播新知的功能。而这也是新诗发生的历史语境，胡适等人进一步提倡的以文言代白话，也并非是对晚清的反动，而是这一时代思潮的进一步要求。

　　接着的问题是，胡适等人关注的问题，是如何从语言文字的变革，转向文学革命的？胡适虽然主张以白话代文言，但他与章太炎一样，对废除汉文的激进主义始终保持距离。但与章太炎等从古汉语制定字母拼音不同，他是从西方语法的角度思考如何复活汉语，这主要是指以白话文激活汉语表达的精密性和准确性，使之具备传达西方思想和现代人复杂情感的能力。对于服膺实验主义的胡适，文学正是试验这一设想的最佳渠道，而对语言形式要求最严格的诗歌，也就成为首选。此后，在面对国语问题时，他进一步明确了要"建设"而不是"选定"一种国语，从而有别于同时期国语研究会的方案。而对于胡适来说，建设国语的最佳途径，便是文学。建设"文学的国语"是最终目的，创作"国语的文学"则是方法。充分重视文学、语言与历史之间的内在关联，而不仅仅是将白话文作为分担教育下民的功能，这是胡适与晚清士大夫之间的差别。而荣光启对这一问题的再思考，厘清晚清诗界革命与白话诗之间的关联，既突破了"现代文学"的学科限制，同时，他从胡适等新文化人那里看到的新象，也使他不同于一味以晚清消解"五四"的做法，而是有效兼顾了历史的连续性与差异性。

《"现代汉诗"的发生》的学术贡献，还不在对晚近以来语言文字变革与文学革命的意识形态解读，而在于从诗歌形式与现代经验出发对诗歌的本体论解读，从而揭示了白话诗诞生的历史必然性。晚清士大夫面对"三千年未有之大变局"，不仅主动吸纳新学，也试图对诗歌写作进行创新，这就是以黄遵宪、梁启超等人为代表的诗界革命。然而，当他们试图以旧风格容纳新词句时，却发现了形式与内容之间的某种龃龉，这就是如梁启超在《饮冰室诗话》中所指出的"新语句与古风格，常相背驰"的现象。这个问题的根源在于，梁启超等人注重的是"新精神新思想"的输入，目的指向的是民族国家的政治视野，而不是语言和形式的更新。但为他们所忽略的是旧风格所具有的强大的归化力量，它背后关联的美学准则和阅读程式可能会抵消新语句所带来的冲击力。这正如作者所指出的：

> 新的语言符号还被旧的诗歌"语法"和阅读"程式"所降服，成为旧的形式序列中的也慢慢陈旧的符号，那些"新名词"看起来是汉语里新的语言符号，但实质上可能在意义上是空洞的或模糊的。从这个意义上说，若不改变中国古典诗歌的内在"语法"和"程式"，冲击现成的诗歌形式秩序，仅仅依靠语言层面的意义更换要想获得"诗界"的真正"革命"是不可能的。（《"现代汉诗"的发生》，第199页）

"诗界"如果真要"革命"的话,风格的更新比语词的变化更为重要。因为风格不仅制约着人们对诗歌本体及其审美特征的认知,还具有一种归化的力量。此处作者借鉴了乔纳森·卡勒(Jonason Culler)结构主义诗学的方法,将文学看作某种特定的知识或机制,也就是卡勒所说的"程式",它使人们将某种文本当作文学。这种将文学看作具体历史语境中的"程式"的视角,一定程度上避免了对文学的本质化定义。从这个角度出发,作者重新评价了黄遵宪的诗歌成就,与梁启超等人对其新语句与旧风格较契合者的肯定不同,荣光启更注重其"粗犷瑕累、过欠剪裁",甚至有些"谬戾乖张"的作品,因为它们显示了黄遵宪"为了创作真正的'新意境'而在古典形式内部左冲右突的挣扎与牺牲"(《"现代汉诗"的发生》,第 227 页)。

晚清诗人的困境,正是胡适等新诗人的起点。他们从一开始就从语言与形式两个层面革新诗歌,不仅以白话替代文言,同时也以自由诗代替了格律诗传统。那么,"现代汉诗"的程式,也就是新诗的美学特征是什么,其诗本体又是如何确立的呢?在作者看来,晚清诗人所说的"新意境"很大程度上只是新思想新精神的输入,而且还要受制于旧风格的规约,因而,他们并未创造出如王国维所说的诗美学层面的新境界。而胡适等人倡导的白话诗,因诗体的解放,使现代抒情自我可以冲决既有形式而发声,这才真正创造了诗歌的现代新境界。胡适等人在提倡白话诗时,本来就意在语言变革,因而他们格外留意文法的严密性,这至少为诗歌注入了两个要素,一是相对古典诗词的"非个人化视角",新诗中的抒情主体最终得以出场,这使新诗从晚清输入新思想的工具,转而成为表现现代人复杂经验的形式,从而创造出了新的境界;另外,与近体诗多用隐喻修辞不同,白话诗多用分析性句法,这带来的是汉语表达的严密性,也是诗歌写作的"具体性"。诗体的这种解放,带来了现代汉诗的新质,正如胡适在《谈新诗》中所说,"丰富的材料,精密的观察,高深的理想,复杂的情感,方才能跑到诗里去"。但正如"现代汉语诗歌"这个概念所显示的,语言、形式与经验只有在彼此敞开、相互互动的向度上,"才能建设出自己的美学,真正走向诗歌感觉和想象世界的具体性"(《"现代汉诗"的发生》,第 365 页)。

对于一位新诗研究者,作者并未站在新诗的戏台里叫好,而是也看到了新诗建设的某些弊端,甚至对胡适等人的相关说法提出了质疑,如现代汉语以"欧化"为基本表征的"严密化",是否就是诗美学的必然要求,表意效果是否就更好,是否只是一种精密化的幻觉,因而作者认为"在现代性的语境中,'文法'的意义及其在汉语诗歌中的问题还有待我们审慎辨析"(《"现代汉诗"的发生》,第303页)。同时,对早期新诗人所拒斥的"用典",作者也认为这带来了诗歌意义生成的丰富性。而我们从卞之琳的创作也可以看出,典故也可为现代诗所用,而且能丰富现代诗的审美肌理。荣光启对新诗建设的这种审慎态度,对当前的新诗写作也不无借鉴意义。

(作者单位:厦门大学台湾研究所)

建构中的新诗地理学图景
——评张立群《新诗地理学》

◇孙 佳

在全球化的文化语境下,中国新诗理论研究正在开始突破文学的、时间的、线性的传统场域,以其强大的文化张力不断构建着文化的、空间的、非线性的"新诗场",这种"新诗场"要求诗人和理论研究者将新诗的基因编码打乱重组,并不断从文化研究、空间意识、文化地理学等多种现代视阈中重新发现新诗阐释的可能,而这种阐释的可能在标示着中国新诗理论研究转型的同时也暗合了文学自身发展的现代性要求。张立群的《新诗地理学》的问世,正是基于以上背景而做的一种自觉的努力和尝试。

《新诗地理学》是在现代视野下探索对新诗进行地理学阐释的可能,作者张立群从现代诗歌与地理的关系、现代诗歌地理区域的考察等方面入手,通过对新诗文本形式、地理区域特征、诗歌与诗人主体身份和创作心理的联系以及诗人个案等范畴的研究,全面呈现了现代诗歌创作与地理之间错综复杂的关系。本书的作者既是诗人又是诗歌评论家,身份的定位决定了作者在探索新诗理论建构新视角、新思维方面既有迫切的执着,又有宏大的企旨:一方面,作者对"新诗地理学"这一名字"心仪已久",这源于一个诗人感性而具体的创作体验;另一方面,作者也清醒地认识到,"在理论解构、研究纷纷转向批评的年代","新诗地理学"的提出难免会受到质疑,因此在示人时会因缺乏自信而紧张,这体现着一个理论家对新诗发展现状有着清醒的认识和理性的自觉。总体看来,"新诗地理学"中的"地理"既是一个历时性概念,又是一个共时性概念,"新诗地理学"的提出是基于作者在中国新诗创作和理论研究中发现的两个基本问题:"一、如何从今天化的角度介入'诗歌地理学';二、究竟包容怎样的文化阐释才会建构起

书 评

'诗歌地理学'。"①

首先,对于第一个问题的理解,应以对"今天化"的理解为关键。按照作者的观点,"今天化"不仅描述了20世纪90年代以来,中国新诗日趋边缘、收缩的发展现状,同时也呈现了全球化视阈下,中国新诗在理论观念、文化价值、语言政治以及民族性等方面的弱势地位以及由此引发的创作主体的时代性焦虑。90年代以来,汉语诗歌的发展不得不正视后现代语境对诗学话语的解构和重塑,"今天化"的含义早已逸出了单纯的"历时性"体系,"空间"、"话语"、"身份"、"权力"等"共时性"因素缠绕其中,从而呈现出明显的泛化倾向,导致汉语诗歌发展的历史经验对其未来发展走向的规约力量日益削弱。而就其自我发展的能力来看,"今天化"更是一个处于不断变化中的动态概念,体现着汉语新诗在自我建构和自我修复过程中潜藏着的巨大的包容能力和适应能力。《新诗地理学》在第一编中就尝试以"今天化"的视角切入新诗发展的现代视野,以"歌谣化现象"、"沈阳的穆旦"、"土地意象"为个案,从现象、资源、诗人活动、语言及主题意象等角度揭示现代诗歌关于地理问题的呈现。与此同时,作者特别强调了新诗地理学自身的"扩展能力",而这种"扩展能力"当然也是"今天化"的题中之意。

其次,从文化阐释的角度介入诗歌理论研究,不仅是当下汉语文学研究的一个必然趋势,更为后现代背景下的中国新诗理论研究寻求一个最佳的理论切入点。梳理中国传统诗歌发展的源流,不难发现诗歌风格呈现出明显的地域性文化特征,《诗经》与楚辞在艺术风貌上的差异正体现了长江流域与黄河流域在文化上的地理差异,再如南北朝时期的民歌风格的差异——南朝的民歌清丽温婉,而北朝民歌雄浑粗犷——也正是诗歌与地理之关联的最佳诠释。《新诗地理学》的理论视点也正在于此,作者充分认识到,完全可以通过考察"诗歌与地理"的关系,进而把握历史和文化因素影响下不同地域的文化心理,从具体操作的层面上看,就是要通过考察诗歌中的"文学景观"的地理投射来呈现其文化内涵,这种文学景观既包括自然类文学景观,如山水风景、自然风光等,又包括人文类文学景观,如城市光影、乡土风貌

---

① 张立群:《"诗歌地理学"及其可能的理论建构(代序)》,《新诗地理学》,辽宁大学出版社,2015,第3页。

所蕴藉的人文精神和文化底蕴。在《新诗地理学》的第二编中，作者选取"延安的诗学"为个案，以不同于常规"区域诗学"研究的视角考察这一特定时期、特定区域的诗歌现象，尝试从政治文化特征和创作主体身份特征的视角对延安诗学体系的理论构型进行文化学的阐释。

值得注意的是，《新诗地理学》中除了对地域、文化等客观因素进行研究之外，还将创作主体的自我意识和经验认知也纳入考察的范畴。毫无疑问，诗人个体的书写必然会染上民族和民间的底色，从社会学角度来看，自我概念通常是与公共身份一致的，甚至是为公共身份立言。例如，在对艾青的个案研究中，作者将其定位为"迟到的介入者"，并称其为延安知识分子群体中的一个典型，在对艾青诗歌进行文本分析的过程中充分考察了其主体身份的转变以及由此产生的诗歌创作上的转型，将艾青置于延安这一特殊的地理文化场域中，探讨艾青是如何在自我身份得到重新确认后，以诗的方式建立起个人与时代的联系的。一方面，从深层的人格心态而言，艾青的转变体现了中国传统知识分子固有的人格特征——对"知遇之恩"的反馈成为艾青这一时期创作呈现"亮色"的重要因素；另一方面，加入共产党、被评为模范等精神洗礼也帮助他最终完成了个人身份的确认，通过写作达到与当时生存环境之间的协调和适应，在政治话语编织的权力网络中迅速完成自我定位。作者认为，艾青在延安时期的创作转型既源于诗人思想心态的变化，又体现了延安独特的地域文化风貌对诗人的侵蚀效应。

耿占春在《诗人的地理学》中特别强调了地域文化的独特性对诗人主体身份及审美体验的塑造功能，他认为："诗歌的地理学一方面是关于情感（经验）的认知，经验的场所、经验自身所包含的地理因素为情感表达提供了修辞，另一方面，诗歌的地理学涉及空间、场所与事物的意义，它是关于地理对人的经验的构成作用，以及地理空间对主体意识的建构作用的认识。"①《新诗地理学》对诗人桑克的个案研究就充分体现了地理对人的经验的构成作用，作者通过对桑克的个人经历的考察分析桑克诗歌文本中的"地理意识"，全面阐述了桑克诗歌线性发展中的共性，强调"在穿越不同时间、空间之后，'地理意识'正以记忆留存的方式联系着桑克过去和现时的创作，这个涉及地域、环境、成长、经验及其内在转换的提法，很少触及诗人情感悸动的经历，

---

① 耿占春：《诗人的地理学》，《读书》，2007年第5期。

而事实上,桑克常常舒缓的、智性的叙述也摒弃了青春焦虑式的解读"①。

诚然,《新诗地理学》一书并没有呈现给读者一套全新的理论体系,这未免有些遗憾,但这在另一角度也正说明了以文化地理学阐释中国新诗不仅具有可能性,更呈现出开放性。这种开放性一方面源于文化研究自身强大的阐释功能,另一方面也说明了"新诗地理学"的理论体系目前正处于建构的动态阶段。当然,这种建构离不开诗人主体和批评家主体的合谋和共构。从这个角度出发,《新诗地理学》的附论部分就格外引人注目,摘取了作者自2006年以来以《中国诗人》编辑身份与其他诗人关于"诗歌与地理"问题的几次对话,特别是在与桑克、安琪两位诗人的对话中,充分显示了作者张立群对地域诗学研究的敏感度和对新诗理论建构的责任感。他认为,"在全球化文化语境下,'诗歌与地域'常常又与民族的、本土的、文化的身份权力问题有关,这是一个文化研究的命题,也是能够将'诗歌地理'进行拓展的话题"。② 显然,按照作者的理解,新诗地理学作为一个全新的文化研究命题,其理论体系仍处在建构过程中。

作为新世纪诗学理论建构的重要组成部分,"诗歌地理学"的提出无疑开辟了诗歌研究的一个新视角,尽管它并非原发性理论,而是从"文化地理学"③概念继发而来,但对中国新诗来说,以文化研究和地缘文化学的视角介入新诗理论建构,一方面可以通过诗歌文本中的地理"密码"打开诗歌文本空间性阐释的大门;另一方面,借助诗学想象的地理,可以将新诗创作主体置于更为广阔的文化场域中,以地域风情、文化景观来反窥创作主体的现代身份、民族记忆、民间体验和文化心理,并由此打开权力、身份、话语等传统线性研究中易被遮蔽的研究空间。

(作者单位:辽宁大学文学院)

---

① 张立群:《新诗地理学》,辽宁大学出版社,2015,第136页。
② 张立群:《新诗地理学》,辽宁大学出版社,2015,第302页。
③ 英国学者迈克·克朗在他的《文化地理学》中认为,"文化地理学研究人类生活的多样性和差异性,研究人们如何阐释和利用地理空间,即研究与地理环境有关的人文活动,研究这些空间和地点是怎样保留了产生于斯的文化"。参见迈克·克朗《文化地理学》,南京大学出版社,2003。

诗人与时代同在
——"张志民诗歌创作研讨会"综述

◇许敏霏

张志民（1926—1998）是我国当代著名诗人，1947 年即写出长篇叙事诗《王九诉苦》和《死不着》等解放区诗歌的经典文本。此后，他的诗歌创作一直持续了半个多世纪，先后出版《死不着》《西行剪影》《祖国，我对你说》《梦的自白》《自赏诗》《张志民诗百首》等多部诗集，深受读者喜爱。2015 年 8 月 21 日，在抗日战争胜利 70 周年到来之际，由中共北京市门头沟区委宣传部、北京作家协会、首都师范大学中国诗歌研究中心联合主办的"张志民诗歌创作研讨会"在平西革命根据地斋堂举行。高洪波、刘恒、王升山、骆英、吴思敬、杨匡汉、沈奇、彭利锋、张乐春、峭岩、马淑琴、王晓、刘琼、王珂、王巨川等著名诗人、学者和张志民亲属共 40 余人参加了此次会议。与会者围绕张志民诗歌创作的历史分期、写作资源、精神质地、美学风格及其所开创的诗歌道路等多个角度展开深入探讨。

一、瞩目时代的政治与诗情

纵观张志民的诗歌创作，时代、政治与人民始终是诗人思索的主题。诗人以真切而饱满的政治热情与质朴、诚恳的写作态度，揭示时代的困顿与忧虑，在深远的历史空间中反映人民心灵的深刻变化。张志民聚焦于时代的诗歌创作，不仅同步反映了社会现实与政治理念的真实变迁，又因诗人个体的生命实践及情感凝注而散发着纯挚的诗意与战斗的激情。高洪波（中国作家协会）结合张志民创作经历，认为诗人不同时期的诗作始终以人民为主题，展现历史与社会变迁，具有浓郁的民族和时代特色。具体而言，张志民十七年间的创作主要抒发一个革命战士在硝烟弥漫的年代萌生的感怀和情思，其中反映人民思想与心灵变化历程，展现社会风情、祖国新貌的短诗艺术成就较高。

诗歌整体风格单纯明快、风趣洒脱，感情热烈而质朴，生活气息浓郁。而新时期以来的诗作则显现出如下特质：第一，将笔端聚焦于声讨"四人帮"的罪行并思索造成这幕时代悲剧的历史渊薮，呈现出历史与现实、思辨与激情、痛苦与欢愉相交融的特点。第二，诗中主要人物由"社里的人物"转变为忍辱负重、以身殉国的民族精英。第三，力求与人民大众的心声共鸣，鲜明的人民性与坚定的党性相统一。刘恒（中国作家协会）从整体勘探张志民的诗歌道路，强调其作品的战斗力量，认为诗人在意识形态的风云变幻中，以笔为精神武器，矢志为民，投入民族复兴与民族觉醒的大战役中。宋宁刚（西安财经学院文学院）则通过对张志民长诗《梦的自白》进行细读分析，认为亦可将张志民纳入"归来诗人群"谱系，并以"正义之思"和"真情之诗"为其创作的两大显著特征。在历史与叙述的双重语境中，张志民的诗歌以正剧的历史身姿与时代政治"戏码"正面对决，同时显示出革命形态下个人意识的真实发声。

杨匡汉（中国社会科学院文学研究所）在发言中概括指出张志民的诗歌创作之于当今诗歌界的意义与价值所在：第一，关注民瘼国是，以民本意识，关天下安危。作为党的忠诚的战士，诗人始终歌颂光明，对黑暗给予坚实的敲打。第二，坚持向内发力，向灵魂深处开掘，诗作中蕴含着深刻的道德伦理主题。第三，信守美在质朴，质朴是其诗歌的基石。第四，以底层民众为根本，抒发日常生活的诗意。同样注意到张志民诗歌中所显现的民本意识的还有王永（燕山大学文法学院），他认为诗人将其文学根系扎根于底层，这构成其诗歌的民间性及为民立言、为民请命的底层立场。"变血为墨的赤子情"作为张志民诗歌的艺术根源，其间凝结着诗人深层次的生命思考与噬心的生命体验，诗人怀着强烈的政治动机与真纯的政治情怀，在纸上建立了一座"文革历史纪念馆"。

龙扬志（暨南大学文学院）深入揭示了张志民早期诗作（尤其是以农村人物为主体的系列创作）的价值与意义。他认为，张志民诗歌的历史背景由具备鲜明的实践功能的文艺大众化理念，以及以工农兵群体为预设的阅读对象此二者构成，其写作的政治性一定程度上影响了"重写文学史"对他的评价。通过考察张志民在"政治时代"所进行的个性化探索，龙扬志指出张志民的人物诗歌一方面显示出政治思想统领性格，个体在时代浪潮中实现道德进步的同质化特征；一方面又揭示了国家现代化历程中底层民众的现代化进程——尽管这种建立于集体想象基础之上的进步最终被简化为人的政治思想改造，而呈现出诸种困难和矛盾的抗争与渗透。其诗作展现了生命群体交织着光明与黯淡的景观，从而在一个同声时代发现了人的复杂性和脆弱性以及时代自身的困境。王士强（天津社会科学院文学研究所）则通过分析《王九诉苦》《死不着》两部作品的不同版本，具体揭示了其中内含的文学性考量以及更为重要的政治与意识形态建构。两首诗作的改写方向趋向一致：人物形象与性格趋于扁平化、类型化，阶级意识、阶级觉悟凸显，战斗性、斗争性增强，体现出从"苦难叙事"向"革命叙事"、"阶级叙事"的位移。这种书写策略所体现的核心为二元对立的"斗争哲学"，在特定的历史阶段发挥了一定的积极作用，有其历史的合理性甚或必然性，但其对生活本质的认知、对人性复杂性的删削与简化、对政治权力的无上崇奉以及对文艺功能过于功利化和简单化的理解等，也都显示了历史的局限。

二、民间风格的承继与创新

张志民早年浸润于京西独特的风土人情中，他的诗歌创作既得益于乡土经验，也切实受到民间文艺的深刻影响。这种精神滋养，使他将关注的对象自然地投向中国底层庞大的农民群体，反映农民的真实生活，叙写农村建设及变革中所呈现的各种问题。在诗歌形式方面，张志民也力图贴近农民大众，坚持民族化、群众化的创作道路，他的诗歌被视为是解放区文学的典范之作。围绕张志民诗歌中所呈现的民间风格与地域特色，在座学者纷纷发表了独到见解。吴思敬（首都师范大学中国诗歌研究中心）以"文革"为界对张志民的诗歌创作进行了阶段划分，其前期以《王九诉苦》《死不着》为代表的创作，凝聚了诗人对贫苦农民生活的观察，对底层民众的同情以及对中国农村前景的思考。诗作题材密切配合土改运动，与歌剧《白毛女》、阮章竞《漳河水》等红色经典互相呼应，在中国农村社会变革进程中发挥了巨大的推动作用。就诗艺而言，吴思敬认为张志民将旧诗的洗练、民歌的比兴与新诗的自由灵动有机地糅合在一起，语言则提炼自农民的口语，既通俗易懂又雅俗共赏，但其诗作存在人物的概念化倾向。马淑琴（北京市门头沟区文联）从地域特色这一独特视角切入张志民的诗歌创作,透过文本细读辨析其三方面地域特质。第一,京西生态决定了张志民诗歌淳厚、质朴、自然的艺术品格。其次,平西的地方特色和语言特色,大量的京西地域场景与意境,共同构成诗歌的地域属性。最后,叙事与抒情相结合,其诗作正如同一幅幅京西地域的风俗画。张立群(辽宁大学文学院)同样在发言中提及张志民诗歌源自乡土的经验与形式选择,诗人将生活经验与现实斗争经历相结合,生动而真实地叙述了一代农民的革命史。

冯雷(北方工业大学文法学院)通过对比赵树理与张志民作品的异同之处,具体揭示了民间文学与张志民早期诗歌创作的密切关联。他认为,民间文艺不仅使张志民完成了最初的文字训练,而且培养、塑造了他的道德与伦理态度,即关注底层农民的生活疾苦这一基本道德立场和情感基点。其次,张志民早期作品如《王九诉苦》《死不着》《野女儿》等借鉴民间叙事模式,将具象的个人置换为抽象的革命,将遥远的民间传说置换为现实的政治神话,因而使革命在诗歌中获得具体的形象与赞颂。第三,保留"信天游"两行建节的形式,形成较具辨识度的"两行体",语言亦接近农民。高洪波同样提及张志民诗歌的形式问题,诗人坚持民族化、群众化的创作道路,诗歌在形式上不拘一格,时而自由体,时而半格律体,更多是对古典诗词和五、七言民歌体的灵活运用,同时积极创新。

三、融现实主义与现代主义于一身

张志民"文革"后的创作,呈现出了与此前作品不同的精神风貌。具体而言,诗人以日益精进的诗歌技艺,将一以贯之的政治热情与对现实深凝冷峻的观察、真诚理性的反思结合起来,从而使诗歌成为时代的镜子,以诗鉴照现实,并融现实主义与现代主义于一身。在座研究者就张志民"文革"后创作中所蕴含的哲思、批判意识及现代性等问题展开讨论,并揭示了张志民诗作的当代意义。吴思敬认为,张志民的后期诗作从知识分子立场出发,兼容现实主义精神与现代主义手法,诗境既朝向外部世界又向内部进行开掘,充满反思精神与批判意识。围绕诗人主体形象建构问题,吴思敬还指出"文革"前张志民因受批判小资产阶级自我表现和鼓吹诗歌大众化的影响,很少在诗歌中表现自我形象,而其复出后的诗作则显示了诗人自我意识的回归以及对人的关注。黄怒波(中国诗歌学会、北京大学中国诗歌研究院)同样注意到张志民后期创作中"人"的凸显,并以此为主题探讨其诗作的美学特征与精神旨归:第一,张志民诗歌的美学生成始终以"人"为主线,美存在于对"人"的发现以及对人的异化困境的追问之中,并与社会的现代性进程相连。第二,展现了"文革"时期的时代美学。第三,张志民的诗作构成了人与诗歌文本的互文,即个体生命与时代的互文。

沈奇(西安财经学院文学院)认为诗人"文革"后的诗歌创作在艺术性上总体高于其前期创作,并以"倒长的大树"这一极为形象的譬喻概括其创作特征。他指出,张志民的诗歌取道左翼,表现出真、信、纯的美学特质,并终归于温润与悲悯。而卢桢(南开大学文学院)则将研究重点放置于张志民新时期诗歌创作所显露的哲思精神。第一,张志民的诗歌文本中蕴含大量对历史的反思,诗人以直刺骨髓般的锐利笔调恢复了现实主义创作应有的批判传统,从而在真实的层面上回归了诗歌的伦理内涵。"担当"与"批判"既显明知识分子的良心所在,也是诗人所追寻的价值中枢。第二,张志民的诗歌富有源于生活的灵智哲思,这体现于他能够有效处理浪漫抒情与朴素说理的关系,在生活与哲理间建立默契,并将诗歌引向趋向人类本质的哲理内涵,对人类精神的丰富性进行持续地探问。新时期以来,张志民受"求真"与"反思"的文学思潮影响,时刻调整诗思与笔法,以期使诗歌承担更多的社会责任,并在主观抒情风格的基础上,用"速写"的方式定格生活万象,使其作品兼具生活之美与哲思之趣。

王珂(东南大学人文学院)提出可以将新诗写作分为现代主义的"现代诗"和现实主义的"现在诗",两者都具备现代诗的基本理念——用现代语言抒写现代情感来表达现代精神。在此意义上,他认为张志民的诗作也具备现代性,即以现实主义完成了现代主义建设和创造,其诗歌内含现代人的平等意识和民主观念,晚期创作尤其显现出诗歌的"启蒙宣传功能"。但张志民部分诗歌中过多的启蒙现代性影响了诗作的抒情性,导致了审美现代性的缺乏。王巨川(中国艺术研究院)同样注意到作为现实主义诗人的张志民,其诗作中所透露的现代性意义,并以如下三点概括诗人的创作:第一,以生命经验为核心,诗歌语言在俚俗与雅致之间形成诗情的张力与理趣的魅力。第二,以在场的方式进入历史场域,以诗议史,以史鉴今。第三,诗作中内含深邃而犀利的批判意识,这种批判建立在对祖国、民族的自信与真情上。

峭岩(《华夏诗报》)以更为宏观的视角对张志民的诗歌创作及其当代意义做出评价。他认为,在当今诗歌秩序缺失的大环境下,张志民作为政治社会转型时期诗歌的领头人,他的创作为当代诗歌的发展指明了方向,以对传统的回归与对现代的批判而成为一个时代的诗歌符号。刘琼(人民日报文艺部)从文学的公共性与美学力量的互动角度,梳理张志民诗歌创作主题与时代变化的关系。张志民将个人的生命体验与时代、政治相结合并诉诸外部形成诗意表达,传统文化与口头文学亦对其创作产生深刻影响。

(作者单位:首都师范大学中国诗歌研究中心)

孙绍振诗学思想研讨会综述

◇王炳中

孙绍振先生是中国当代著名学者，其学术研究涉及多个学科领域，在我国文艺界、教育界有着广泛的影响。为了梳理孙绍振先生的学术贡献，由北京大学中国诗歌研究院、首都师范大学中国诗歌研究中心、福建师范大学文学院联合举办的"孙绍振诗学思想研讨会"，于2015年10月22至25日在安徽黄山市黟县隆重召开。来自全国各地多所高校及科研和出版机构的40多位学者出席了会议。北京大学谢冕教授、首都师范大学吴思敬教授、福建师范大学汪文顶教授分别代表主办单位在大会开幕式上致辞；王光明教授、陈晓明教授、谢有顺教授、郑家建教授主持了各场次的研讨。从大会发言和收到的论文来看，本次会议主要围绕孙绍振的文艺美学理论、孙绍振文本解读学、孙绍振其人其文三个方面展开讨论。

从20世纪80年代初卷入朦胧诗大讨论后，孙绍振就一直以颠覆性的姿态反抗传统和权威，孜孜不倦创设属于自己的文艺理论体系。孙氏文论思想的丰富内涵和原创意义，亦成了本次会议关注的焦点。阎国忠（北京大学）认为，孙绍振的"创作论"和"解读学"不仅意味着重新打开了一座通向文学美和魅力的大门，一些优秀的文学作品得以焕发出新的生机；而且意味着从文学实践上对"正统"与"新潮"的文学理论提出了挑战，为文学理论的重建提供了可能。张炯（中国社会科学院）认为，孙绍振在系列著作中，基于文体结构分析和文本解读，使文学理论与文学历史实践紧密结合。他的文艺观虽受过康德、黑格尔美学的影响，但更多接受了马克思主义的美学思想。他的文艺观和理论成果是我国改革开放时期思想解放的产物，也是反思历史正反经验的产物，受到广大读者的重视并非偶然。俞兆平（厦门大学）认为，孙绍振的文论是以感悟性、洞察力为特征的感性经验层面和以抽象性、逻辑性为特征的理性超越层面的融合，并认为孙氏文论在价值论、实践论和辩证法三个方面具有深刻的中西方哲学底蕴。庄伟杰（华侨大学）认为，孙绍振诗学体系是文学、美学、幽默学、写作学、文本解读学乃至文学教育等交相辉映而凝成的产物。伍明春（福建师范大学）认为，现象批评、文本细读和理论概括，构成了孙绍振新诗研究的三个向度。这三个向度相互勾连、相互补充，凸显出孙绍振新诗研究的鲜明个性和诗学价值。王国平（《光明日报》文艺部）通过检索、梳理《人民日报》关于孙绍振文学活动的记载，考察了孙绍振的学术地位、研究思路与研究成果。蔡福军（福建省艺术研究院）认为，孙绍振是一个逻辑美学的马克思主义者，他极其娴熟地运用马克思的辩证逻辑进行理论演绎和文本解读，但在辩证逻辑无法有效阐释文本的时候，他又引入了还原法、比较法，突破二元对立，提出形象的三维结构，充分显示了他在学术研究上的创新性和灵活性。散文研究是孙绍振较晚关注的领域，但却也成果卓著。陈剑晖（华南师范大学）认为，孙绍振的散文理论研究与他的新诗理论、小说理论、幽默理论和中学语文教学改革一样，都是独树一帜、不可替代的。他的研究，不仅预示着散文从文学理论的边缘向中心发出了一种生机勃勃的挑战，而且以观念、方法与范畴建构为引领，以其富于生命激情的原创性、独特性的研究，拓展了散文研究的视野，提升了当代散文研究的地位和声誉。王炳中（福建师范大学）认为，孙绍振的散文研究涵纳散文的本体特征：审美、审丑、审智范畴、文本细读，是一个自足的理论体系。由于散文理论的世界性贫困，相对于其他领域的研究，孙氏在散文研究上独辟蹊径的创获显得尤为重要。

　　《新的美学原则在崛起》一文的发表，成为当代诗学理论转向的重要推力，具有重大的历史意义。吴思敬（首都师范大学）认为孙绍振《新的美学原则在崛起》一文，在理论界开始了自觉的人性寻求，其价值在于呼吁人的自我意识的觉醒，体现了对抹杀个性、漠视人的价值的僵化的诗歌模式的反叛，体现了对心灵自由的呼唤，对当代诗歌史的发展具有深远的影响。骆英（诗人）认为，在该文中，孙氏展示出了扎实的学术根底，超前的学术眼光和探索者的勇气；"新的美学原则"崛起之后，中国诗歌创作才真正地融入世界诗坛。连敏（北京语言大学）认为，《新的美学原则在崛起》的发表及被批判的曲折过程，留下了当年看待诗歌的眼光和独特方式，反映出了特定历史时期作者、作品、读者、刊物、时代环境之间互相选择、规避的错综复杂的内在冲突，呈现了 80 年代初多种声音混杂、纠缠、博弈的诗歌生态。

孙绍振独树一帜的文本解读学也是本次会议讨论的重点。孙绍振认为，百年来的中西方文艺理论以哲学本源论和本体论为主导，缺乏对文本的特殊性和不可重复性的解释。因此，注重文本分析和还原，成为孙绍振一贯的治学之道，亦是他区别、超越同时代学者的显征。余岱宗（福建师范大学）认为，孙绍振的文本解读学特别关注文本中人物情感的特殊生成方式，是情感审美符号的微观诊断学。它对无声文字情感意脉的灵巧捕捉，对文学作品进行同类相比的超敏感辨析，最终都落实在审美符号对情感探查和书写的"唯一性"上。赖彧煌（福建师范大学）认为，孙绍振的"解读学"奠基于 80 年代以来构拟的审美价值论等美学创设，再假以近年来有针对性的、繁富且多角度的文本分析。在理论资源的援引上，孙绍振不仅以康德式的分区观念确定对象和范围，而且以黑格尔式的构型方式分疏和评判对象的具体展现。这一学说牵连着潜隐其间的作家的气质或精神，也折射着整个外部世界的多样性，它显现为物理和美学特征的错综构造。吴励生（冰心文学馆）全面评价了孙绍振细读著作《月迷津渡》一书，他认为该书虽然仍是围绕中学语文教育以及课本所选经典文本的话题展开，但该书从《诗经》的经典性表达讲起，也即从中国情感原则的源头讲起，尽管"典型的形态"分析仍是唐诗，但所做出的"全面超越"却是从历史和逻辑的双重视角，重新凸显中国人的情感表达方式并更彻底地贯通了他的情感逻辑变异原则，这在很大程度上打通了文学史、文学理论、文学评论领域之间的壁垒。孙彦君（福建师范大学）认为孙绍振的文本解读学受到朱光潜真善美差异论、叶圣陶作家经验论、朱自清理性化和经验论相结合的细读法的影响，但又大大超越了三家的文本解读理论，特别是孙绍振采用历史与逻辑相结合的思维方法，层层深入文本的内部，又时刻结合文本特征的解读思路，是三家所不能及的。值得一提的是，孙绍振的文本解读学不是一种抽象的理论，而是有着很强的操作性，孙氏本人也带着他的文本解读学强力介入当下的语文教学改革，产生了全国性的反响。赖瑞云（福建师范大学）指出，孙绍振在语文教学界的影响，不仅在于其以令人惊叹的精力和毅力作了近六百（部）作品的个案解读，而且还在于他的文本解读法，将作品中固有的美原原本本地展示给了学生，使作品分析摆脱了支离破碎的机械拆解，彻底结束了语文教学长期处于低效、无效、"负效"

的局面，语文教学也因此从"小儿科"变为"大学问"。

在一个据说无大师的时代，我们无意为孙绍振先生冠上"大师"的称号，但从其人之踔厉风发、其文之高论宏裁来看，孙绍振先生无疑是当代学者中最接近大师的一个。谢冕（北京大学）用诗意的语言形容孙绍振先生是"一个美丽的人"。他认为孙绍振思想前卫，敢于反叛传统和权威，在20世纪关于朦胧诗的大讨论中，他提出的"新的美学原则"能够成为三个"崛起"之一，并经受住来自各方面的批判，就缘于他的这一人格精神。王光明（首都师范大学）指出，孙绍振不仅是一个成功的文学理论批评家，还是一个出色的"文学教练"。从写作《文学创作论》开始，孙绍振就致力于文学创作规律和创作技巧的总结，使文学创作的技术训练充满了无限可能。南帆（福建省社会科学院）回顾了他与孙绍振的日常交往和学术交流，指出孙绍振能够建构起自己的文艺理论体系，缘于他的博学多思。他往往能从习焉不察的文本背后发掘令人意想不到的丰富意涵。他虽然清醒地认识到了西方文论的危机，但他的学术思想与符号学、结构主义却有着异曲同工之妙。陈晓明（北京大学）回顾了孙绍振对其学术成长的提挈，并指出孙绍振虽然敢于对各种理论权威和主流观念展开无情的批判，但对后辈年轻学者却充满了宽容和关怀。朱向前（解放军艺术学院）指出，孙绍振一直保持一种创新、探索的精神姿态，但他的创新和探索并不是盲目的，而是行于所当行，止于所当止。谢有顺（中山大学）指出，孙绍振是当代中国最有理论创见的学者之一，他的理论自成体系，是现代文艺理论界中不可多得的一座学术富矿，已成为一门值得深入研究的学问。管宁（《福建论坛》杂志社）指出，孙绍振精力旺盛、思维敏捷，他以一种开拓者的勇气引领了文艺评论和语文教改的新潮流，给福建师范大学及全国文艺理论界的学术氛围带来了诸多改变。陈希我（福建师范大学）从学生的角度谈及孙绍振先生的为人为学。他指出，作为学者，孙绍振敢于质疑，不信权威；但作为老师，孙绍振先生却充满了宽容，甚至是传统的：他的批判与颠覆武器是启蒙话语，他的手术刀是辩证法，他的美学结构是古典的，他的"危险美女"只在纸上。陈仲义（厦门城市学院）认为，孙绍振的为人为文，可归纳为"三气"：大气、锐气、霸气。这些品质使他立足本土，雄视西方，不仅"入乎其里"，更是"出乎其外"，始终对西学保持一种国内学者少有的扬弃态势，进而在趋同思维中摆脱惯性的向心力，获得越轨与出格的新意。郑家建（福建师范大学）指出，孙绍振先生的诗学思想是福建师范大学文学院的一笔宝贵财富，并勉励文学院的青年学者发扬孙绍振先生的学术精神，整理、总结孙绍振先生的学术思想，使之成为文学院的一个文化品牌。

会议临结束前，孙绍振先生也致辞作答。他对自己学术思想的渊源和构成做了阐述，并指出，与会专家学者对他的分析梳理和总结归纳，启发了他对自己理论的进一步认知。他特别感谢了与会人员对他理论中不足之处的指出，认为这是一种极大的鞭策和鼓励。

如今，孙先生已届八十高龄，却仍笔耕不辍，我们既要祝福他身体健康、永远年轻，也祈愿他的思想之树常青，为我国的文艺理论创新继续做贡献。

（作者单位：福建师范大学文学院）

"纪念新诗诞生百年：新诗形式建设学术研讨会"综述

◇许敏霏

2015年10月31日至11月1日，由北京大学中国诗歌研究院与首都师范大学中国诗歌研究中心联合主办的"纪念新诗诞生百年：新诗形式建设学术研讨会"在北京卧佛山庄举行。谢冕、孙绍振、洪子诚、吴思敬、杨匡汉、叶橹、陈仲义、陈晓明、简政珍、王光明、沈奇、翁文娴、郑慧如、朱西、李翠瑛、孙晓娅、刘福春、王泽龙、王家新、张桃洲、敬文东、张洁宇、姜涛等40余位来自中国大陆、意大利以及中国台湾地区的学者参加了此次会议。会议由吴思敬教授主持。本次研讨会以新诗形式建设为主题，立足于百年新诗创作与探索经验，围绕新诗的形式内涵与底线，新诗语言与诗体流变，对新诗发展史上新诗格律探索的再评议，新诗形式的现代性建设以及"跨文体"写作等核心议题进行研讨、驳难与对话。

新诗的形式内涵与诗体流变

在古典传统与西方文明的双重冲击下，新诗迄今已艰难走过百年历程。在取得诸多成就的同时，新诗内部也隐含着对于诗歌形式发展的焦虑。作为本次会议的核心议题之一，诸多学者就新诗的形式内涵及其底线展开讨论。谢冕（北京大学中国诗歌研究院）围绕"建设"和"形式"两个关键词就百年新诗发表意见。就"建设"而言，胡适主张"作诗如作文"，以挑战新诗底线为目标，试图取消诗与文的界线。此主张为新诗种下"病根"，使得口语无节制地扩张并侵蚀新诗文体，这已成为当前新诗的主要问题。谢冕认为，新诗应坚守两条底线，一是诗的经验，二是节奏感即音乐性，同时提及分行、押韵之于新诗形式的重要意义。孙绍振（福建师范大学文学院）在发言中指出，新诗未被普遍接受的内在危机，源于打破旧诗枷锁而来的新诗并没有建立稳定的形式,无法积累足够的审美经验以获得公众认同。相比诉诸外部视觉效果的外在形式,新诗应具备有别于小说、散文、戏剧的内在形式,即它在本质上与哲学最为接近,应具备普遍性、概括性及形而上精神。新诗形式应注重内部情绪的节奏,同时发展多样的亚形式。吴思敬(首都师范大学中国诗歌研究中心)从废名"新诗唯一的形式是分行"这一论断出发,阐明分行在确认与规范新诗形式中的重要性。从外部形态而言,分行使新诗与古诗形成有效区别,同时唤起读者的审美阅读期待。更为重要的是,分行既是传达诗人主观情思的有力手段,显现诗人"内在的情绪流",又能诉诸视觉,增强新诗的诗性与美感。杨匡汉(中国社科院文学研究所)认为当下新诗正处于新旧中西的交错地带,这既带来诗学革新的无限可能,也易致芜杂局面的产生。而如何保持语言的纯正,如何在思想与诗歌文体间建立有效关联,使形式与内容不致分割,是新诗自诞生以来一直需要面对的问题。他表明,新诗形式应坚守三个基本法则:第一,讲究节律,注重诗歌内部的情感逻辑。第二,重在"节约",要与传统文化资源建立直接/间接的有机联系。第三,要节制,应保持诗歌的抒情传统。黄怒波(中国诗歌学会)指出,在全球化语境下中国新诗正亟待突破既有诗歌形式,召唤新的变景。除对诗歌经验进行总结之外,我们还应为百年新诗寻找新的起点。张立群(辽宁大学文学院)亦对新诗形式的底线及其内涵发表看法。他认为,对于新诗形式的探讨无法完全与创作实绩相对应,同时应在动态整体中考察新诗形式问题,而非孤立地研究格律、声调等等。基于以上前提,他认同叶橹所言,新诗形式是个伪命题。并提出可以如下思路探讨新诗形式问题:(1)对于诗歌的命名与形式建设的关系;(2)摆脱古典阴影;(3)在各种文类及媒介的比较中,挖掘新诗形式的新的内涵。

　　新诗形式建设是一个复杂的话题,包含多个层面,在较具普遍性的内涵与底线探讨之外,亦有学者从语言及诗体角度入手,阐述对于诗歌形式发展的整体意见。在座学者首先就"诗体建设"问题发生讨论。叶橹(扬州大学人文学院)在这一问题上的核心观点是,诗体是流变的,而诗性是永恒的。他认为"诗体建设"是一个伪话题,讨论"诗体建设"面临着没有完整的设计蓝图,自由诗的形式具有无限可能等多重困境,因而他反对以"体"来规范新诗形式,而主张用"形式感"来判断诗歌形式的艺术含量。王珂(东南大学人文学院)并不同意新诗形式是伪命题的看法。他主张准定型诗体,同时提出应在现代性原则下建设八大诗体,即自由诗、格律诗、小诗、长诗、散文诗、图像诗、网络诗和跨界诗,并认为应以诗体建设引发诗情、诗意,激发诗歌写作的文体意识、技巧意识、政治意识和现代意识。陈仲义(厦门城市学院)打破内容与形式的二元有机论,在"形式化"的整体框架内讨论新诗的内形式与外形式。具体而言,新诗的外形式主要指诗形,包括诗体和诗歌的分行跨行排列两部分。新诗的内形式由诗质、诗语、诗意三部分构成,而其三大基本要素则是作为表层结构的意象、潜伏于文本深层的意蕴,以及联结意象和意蕴并使之获得诗意平衡的中介物——意脉。

李翠瑛(台湾元智大学中语系)通过考察新诗语言流变,揭示了新诗从早期多以"感叹修辞格"抒发情感到以意象、隐喻取代感叹,直至当下新诗语言呈现陌生化、游戏性与实验性等特质的发展脉络。师力斌(《北京文学》)认为,如何处理当前中国所产生的新经验,如何在自由的条件下挑战诗歌的难度,是诗人当下所面临的最大困难。诗人应该以更为"立体"的方式书写现实经验,使诗歌得以成为一个整体而非呈现为"蜘蛛网"的样态。冯娜(首都师范大学驻校诗人)以其独有的诗人身份指出,当代传媒语境下现代诗歌的固定范式已被打破,诗歌形式易于模仿、复制,与其探索诗歌"形式",更应寻找恰如其分的"秩序",而这倚赖于诗人独立、自律、积极的劳作。

新诗格律探索与诗艺探寻

从初期白话诗的建立到当代诗歌的多元取向,新诗的发展不是一蹴而就的。作为新诗形式建设的核心问题,要格律还是要自由一直是学界争论的焦点。相比自由诗而言,对于新诗格律的探索似乎具备更为直观的形式意味。张桃洲(首都师范大学中国诗歌研究中心)指出,无论是理论探讨还是创作实践、抑或学术研究,对于新诗格律的探索主要呈现为闭锁与敞开两种趋势。所谓闭锁,指"将格律视为诗歌的外部音响特征,着眼于对诗歌的音步、韵脚、平仄、建行乃至句法的斟酌与探究",而"敞开"则意味着"试图依据格律的内在化趋向,重视对诗歌的内在节奏与旋律的经营"。值得注意的是,格律探索不是无意味的,它所揭示的,正是作为一种文学样式,新诗不能缺少形式意识。张洁宇(中国人民大学文学院)认为格律并非一个历史性问题,而是内存于诗歌的本体性问题。她通过比较闻一多在古典诗歌脉络中确证格律的重要性,与梁宗岱以"世界诗歌"视野主张创造现代汉语的新格律诗两种观点间的差异,来探讨格律与语言的诗化间的关系,映射在新诗史的各个阶段格律之于语言的诗化的不同意义。邱景华(福建省文联海峡文艺发展研究中心)认为包括闻一多、卞之琳、冯至等在内的格律诗实践仍然未能建立完备的格律诗体,而新诗格律化的基本特点即不定型、不定体和不规范的"试验性",这是中国新诗发展的基本形态。也只有经过漫长的格律化的"不定型",才有可能达到最后的"定型"。

格律之外,在座学者还就众多具体的诗学技艺及诗歌写作样式进行研讨,这既是对百年新诗创作及理论实践经验的回顾与总结,又显示了时代语境下新诗寻求美学形式发展的迫切要求。王光明(首都师范大学中国诗歌研究中心)通过考察朱光潜《诗论》的形式观,为当下新诗形式建设提供可行的方向。他指出,与大多数崇尚自然的诗歌观念不同,朱光潜为20世纪中国新诗变革的迫切问题,从诗歌基本问题出发,指认诗歌作为一种人工艺术已进化至音义合一的阶段,追求说和写的切近。因而诗人应从语言的特性出发探索诗歌的节奏,读者也应改变阅读习惯,在声音之外发现诗歌的深刻蕴含。王泽龙(华中师范大学文学院)认为现代汉语人称代词在现代诗歌词汇语法系统中的出现,是中国现代诗歌区别于古代诗歌的一个突出标志。他从现代汉语人称代词入诗的历史语境、演变与表意功能,以及随之而来的诗歌形式的变化三方面,由隐到显地论述了现代汉语人称代词之于现代诗歌观念、艺术形式与审美风格重构的重要作用。敬文东(中央民族大学文学与新闻传播学院)认为叹词是抒情机制的浓缩与象征,他通过阐明由叹词所滋生的诗句在历史中被规训与反规训的过程及其在中国文学哀歌传统中的重要作用,打破古今之辨的壁垒,挖掘古典诗歌与新诗的共通

王家新(中国人民大学文学院)则结合自身创作经验,阐发他长期以来对诗学形式的思考,并重点谈及诗片段的诗学意义。他在发言中指出,诗片段作为一种写作样式,更具经验包容性,能使诗人个体的经验及想象力等获得更为开阔、自由的表达,并召唤着新的诗歌空间。孙晓娅(首都师范大学中国诗歌研究中心)从"跨文体视角"切

入这一话题,结合大量史料梳理了中国散文诗文体的起源与确立,散文诗是一种独立的文学形式,应置于"文体溢出"视野中考察。卢桢(南开大学文学院)主要从审美形式角度探讨都市文化形态对于现代新诗的建构作用,他在发言中指出,受城市文明影响,中国新诗现代性的一个重要特质,即新诗文本呈现出都市化特征,并逐步发展出与现代都市风貌、速度、节奏相对应的语体结构。

简政珍(台湾亚洲大学人文社会学院)以汪启疆诗作为例,通过考察诗歌的分行方式,探讨现代诗分行与思绪、转喻的对应关系,并由此揭示诗意在诗中的生成与回旋。刘洁岷(《江汉学术》)以余秀华《你说抱着我,如抱着一朵白云》为例,具体讨论了由词晕弥漫到语晕的诗歌形态。在刘洁岷的概念里,"词晕"存在两种差异状态:"公共性词晕"切近于一个词在词典中的定义,"个体性词晕"则因个体情感、经验的介入,而含有使用者附加其上的主观意义。这种由词晕、语晕构成的诗歌形态的形成过程具体表现为,通过语境营造使词再获词晕,词晕与超语法逻辑相链接生成语晕,而动作词晕和心理词晕可融为复合语晕。张光昕(首都师范大学文学院)试图以臧棣《燕园纪事》为引,以感觉性逻辑处理新诗中停顿的诗歌形象,并具体区分出两种停顿症候,一是释放言说信号,二是揳入关节词。他认为,停顿具有使诗歌"闪烁"的能力,并基于马丁·布伯思想指出,停顿促使诗歌抵达抽象的绝对的读者,同时虚位以待以召唤主体性或历史性内容。

古典传统的现代转型与新诗的欧化

新诗形式的建立与规范,既离不开古典诗学传统的深厚滋养,也切实受西方诗学影响而走向更为开阔的现代领域。如何转化传统诗学资源,使新诗具备更为鲜明的汉语性,如何有效汲取西方诗学思想,以期跨越形式建设的困境,也是此次会议中的重点议题。就此问题,在座学者对既往经验进行总结,并发表了不同看法。沈奇(西安财经学院文学院)以近于中国传统诗话的方式在发言中表明,中国汉语的诗性本质和非逻辑结构,汉字文化"道法自然"和"天人合一"的诗学观,使诗歌以"道"为本原,我们应"味其道"并"理其道"。一个时代之诗与思的归旨及功用,不在于其能量即"势"的大小,而在于其方向即"道"的通合。纵观百年新诗,人学大于诗学,观念胜于诗质,过去诗歌求时代之真理,现时则求日常之真切,二者同样疏于对诗体形式的建设与规约。新诗应内化现代,外师古典,融会中西,重构传统,以期达致更高境界。翁文娴(台湾成功大学中文系)试图将"赋比兴"这种古老的诗歌手法与现代思维相连,使之与三种语言风格即"叙事""变形""对应"相合,以处理当代诗歌问题,讨论"赋比兴"在现代诗想象形式中的转化与发展及其对于新的诗歌语法和景观的建构。孙基林(山东大学〈威海〉文化传播学院)在发言中指出,借助"诗文评"或称文学批评在五四后作为独立的文体进入正统文学的视域这一契机和文化语境,中国古代诗学中的核心命题"诗言志"获得了在现代诗中重述与转化的可能。以记事为主要特征的"诗言志"传统,在初期白话诗、闻一多及艾青等人的诗歌中得到了具备现代意义的实践。

来自意大利的朱西(意大利巴勒莫大学)认为单纯讨论诗歌的优劣并不能得出一致的结论,她所重视的是,诗人以何种方式展示他的生活与他所经验的时代。故而她由冰心、朱湘、戴望舒三位诗人的诗歌语言及诗歌形式入手,挖掘其背后所隐含的时代的内在危机。龙扬志(暨南大学中文系)认为欧化主要来源于历史之变中新诗试图自我调整与更新的焦虑。在他看来,欧化的终极目的在于促进民族国家文化的现代化转换,他从国语的改造、文学形式的变革及中西诗学的融合等层面,阐明新诗欧化的发生、发展及其局限。

关于新诗形式的个案研究

针对新诗形式建设问题,与会学者还从个案研究的角度,围绕诗人创作及理论实践展开讨论,从多个维度为新诗形式的发展提供了可能的路径。郑慧如(台湾逢甲大学中国文学系)将研究重点放置于洛夫《石室之死亡》一诗中形式与思维的互相织染,并发掘此诗如下特点:(1)以固定的形式反映生命的碎片;(2)以煞尾句为主的崭截语势;(3)似断若续的意象与思维边际;(4)淡薄的故事线索与紧张的意念发展。赖彧煌(福建师范大学文学院)以于坚、西川和臧棣的写作为例,讨论当代诗歌形式探索的三种路向,即拼贴、杂糅与分解。他在发言中指出,当代诗歌已从专注于外部视听发展至对于内部言说机制的重视与技巧更新,三位诗人均以含混的时间区构来应对破碎的美学世界。冯雷(北方工业大学文法学院)以何其芳为个案,揭示何其芳在五六十年代仍然关注诗歌本体问题,始终保持鲜明的诗歌意识,而非在时代浪潮中随波逐流。同时,何其芳对于诗歌本质的理解及其自身的抒情气质,使他在学术研究中也努力提炼诗性要素。冯雷试图以此提示当代诗人应具备基本的文体意识与诗性追求。亚思明(山东大学〈威海〉文化传播学院)对张枣"元诗"理论的诗学来源、理论内涵及其诗学实践进行了必要的梳理。叶琼琼(武汉理工大学政治与行政学院)并未将隐喻看作单纯的修辞手法,而是重点对隐喻在穆旦诗歌语篇中的建构功能进行研究。隐喻的使用使穆旦诗歌呈现出独特的"片段化"和"戏剧化"形式,并促成诗歌平行结构的生成。

罗小凤(广西师范学院文学院)指出,学界普遍将林庚的新诗创作分为自由诗与新格律诗前后两段,而事实上林庚在进行新格律诗体的尝试之前,针对自由诗的弊病提出了"自然诗"这一提倡韵律自然而内在自由的诗学概念。王永(燕山大学文法学院中文系)的发言主要围绕何其芳的现代格律诗理论展开。他指出,何其芳受40年代"为大众"、"艺术群众化"等文艺主张的影响,借助古典诗词传统与五四新诗传统两种资源,完成对"现代格律诗"的构想。现代格律诗理论是五四以来新诗自身自然演化的结果,但最终却成为一种"虚拟的诗学理想",这其中内含着何其芳等一代人的隐衷与时代的困感。王士强(天津社会科学院文学研究所)认为可被称为"现代格律诗"或"新格律诗"的食指诗歌,以"窗户"为其诗学特征,将内在激情包裹于外在的整饬之中,其中内含宏大叙事与个人情感两种不同的话语方式和价值体系。食指诗歌的成功是个人的成功而非"新格律诗"的成功,因而不能提供能够推广的诗歌范型。

此次研讨会,从理论研究到个案分析,与会专家以宏观、微观等多重角度探讨了百年新诗形式建设的得失以及可能的发展路向。会议闭幕式上,北京大学中文系洪子诚教授做总结发言。他认为此次会议对新诗形式问题进行了极为有益的探索,既打开了形式探索的边界,讨论涉及从新诗形式的外在标志到内部节奏等诸多具体问题,并强调诗歌形式与内容、情感的紧密关联,显现出新诗形式美学的深度转型;同时又注重对形式进行外部研究,透过历史现象与当下诗歌热点,表明新诗形式与时代、政治、文化的紧张关系及其所引发的道德伦理命题，亦对当下诗坛文体写作的界线进行有益反思。洪子诚教授还指出，研究者应注重探寻个体差异性问题，避免同质化的危险。最后，他在发言中表明对当今诗歌现象的"繁荣"的隐忧：诗歌从边缘化位置走向当前的"繁荣"，其中存在很多问题。应警惕这种"繁荣"的假象或使诗歌成为时尚的消费品，并削弱诗歌本身及批评的力量。与此同时，诗人也应在语言"加速"的今天，在诗中维护心灵的内在空间。

（作者单位：首都师范大学中国诗歌研究中心）

于明诠诗歌创作与书法艺术研讨会录音整理

主 持 人：欧阳江河、张清华
整 理 者：庄绪成、贺嘉钰
时　　间：2016 年 1 月 28 日下午
地　　点：京师学堂 2 层第四会议室

欧阳江河：今天的会议由我和张清华共同主持。我先介绍一下诗歌圈的几位批评家和诗人：商震先生，《诗刊》杂志的掌门人，常务副主编，也是非常著名的诗人。陈晓明先生，北京大学教授，长江学者，是中国当代文学理论、小说批评、诗歌批评的执牛耳者，著作等身。他现在是北京大学中国诗歌研究院的执行院长。唐晓渡先生，作家出版社编审，我们最近 30 年公认的诗歌批评教父，同时也是著名的诗人。西川先生，被国际诗坛誉为当代中国最伟大的诗人，中央美术学院图书馆馆长。他不但从事诗歌批评，在当代美术批评方面也非常有影响。张清华，北京师范大学文学院副院长，国际写作中心执行主任。孙晓娅女士，首都师范大学中国诗歌研究中心副主任，著名的文学批评家，她主持了许多国际交流活动。王士强先生，天津社会科学院文学研究所副研究员，优秀的青年诗歌批评家。下面请于明诠先生来介绍今天到场参加讨论的书法界和书法批评界、理论界的朋友。

于明诠：各位专家老师好！我先介绍刘正成先生，他是我们书法界 30 多年来领袖群伦的学者、书法家以及书法组织、活动家。他在学术研究、书法创作以及书法活动组织诸多方面都是这些年来的核心人物，现在是《中国书法全集》百卷本的总编，他自己也撰写了很多分卷，他还是国际书协的主席。王登科先生，《中国书法报》副总编辑、博士，最近刚刚调到荣宝斋出版社，是《艺术品》的执行主编。他在理论研究和书法创作以及国画创作方面造诣很深。寒碧先生，著名学者，诗词家，《诗书画》杂志的主编。这个杂志是一个高层次的、纯粹的学术型杂志，它不仅涵盖了诗书画几个领域的研究，还包括西方美术理论、西方哲学的一些研究，每期都有很重要的栏目专门介绍新诗创作的一些成果。韩军先生，我的大学同学，原来是清华大学附属中学的特级语文教师，现在是全国很有影响的语文教育专家，在语文教学界影响很大。他在 20 世纪 80 年代末提出了一个观点，就是限制科学主义、弘扬人文主义，应该说是对五四以来语文教学的深刻反思。高立民先生，我的大学同学，20 世纪 80 年代就职于山东省作家协会，优秀的青年文学评论家，后转行到山东电视台工作，现为领航传媒集团（北京）的董事长。包志国先生是西北电业局的总经理，当年他也写新诗，还参加过诗刊社的新诗培训班。王长涌先生，侯勇先生，还有到场的各位，都是我的朋友，侯勇还是刘正成先生的助手，是中国书法在线网的 CEO。

张清华： 各位好，我先简单介绍一下今天的主角，我们要讨论的对象，于明诠先生，还有今天这个会的缘起。明诠的创作起步于 20 世纪 80 年代，属于典型的双栖，但中间有一个置换：早期是立志成为诗人，兼修书法；后来则是专业为书法，诗歌辅之。如今明诠在书法界已是响当当的大家，而诗歌则基本成为他的精神暗线。近年来他忽然诗兴迸发，连续写了不少作品，出版了这部《单衣试酒》，我们都很兴奋，觉得他的诗歌激情再度焕发了。

明诠写诗起步于青年时代，可谓是童子功。论年纪，他与我同年，1963 年生，成长于 80 年代。似乎这个年代的人热爱文学、文艺是自然而然的事。但那时我们并不相识，我是在 90 年代初，通过我在山东的其他朋友知道明诠的大名的，但是那时还未曾谋面。朋友们经常谈论到明诠，每次谈到都是满怀钦佩，尤其对他的书法都是竖大拇指的。大概在 20 世纪末因某一个机缘认识了明诠，并且读到了他的作品，遂成了朋友。大约三年前，欧阳江河有一天突然问我，你知不知道山东有一个叫于明诠的人？我说那是我一个很好的朋友。他一拍桌子说，你得介绍我认识他。他说你可能不知道，这个人太厉害了，在我看来他是活着的书法艺术家里最优秀的五个人之一，活着的五个人之一！于是我马上给于明诠打了电话，哪知偏巧明诠也酷爱江河兄的诗。不久，他因事来京，我把他俩引见到一起。他俩一见面就打得火热——再没有我什么事了。

去年的夏季，明诠、江河兄和我三人有一次同行青岛的经历，三人在一起有一两天的时间一直在讨论诗歌与书法，但焦点最后都集中到了明诠的诗上面，于是就整理了一个对话记录，且被放到了这本《单衣试酒》中。诗集出来后，江河兄和我一直有一个心愿，就是我们俩一定要发起一个小小的活动，好好研讨一下明诠，请最好的朋友们来共同讨论一下他的诗歌写作和书法艺术。这就是今天活动的缘起。

今天我还非常惊喜、意外地见到我的"发小"高立民兄，他多年前是做文学批评的，90年代初已是很优秀的青年评论家。1992年以后，他非常敏锐地转行做了电视与传媒，今天见到他非常高兴。刘正成先生是十几年前我在山东时即有幸见到的大书家，今天能够来出席我们的活动，我们也深感荣幸。

闲话少说，今天在座的都是著名学者和批评家，刚才江河兄已介绍了，像陈晓明教授、唐晓渡先生、西川先生、商震先生等。他们随后肯定有更精彩、准确的谈论。我只是简单开个头。

明诠的诗在未成书之前，我曾认真研读过，但是还说不上深透。如果要谈一下看法，简单地可以归纳这样几点：第一，明诠是一直试图和古人实现一种"精神会通"的诗人，他一直有这样的抱负。我们看到他的诗里有很多和古人的对话，像和李白、白居易、苏轼等等，由这样的大诗人构成了诗歌流脉。他还有另一个谱系，诸多先贤或文学人物，他都试图与之寻找一种精神的交接。这对他来说首先是一种精神滋养和引领，同时也是给自己树立修习的对象和榜样。所以，诗集里面最前边的这些部分，其实是在修习古人的同时也在努力地建构自己，也可以视为是某种意义上的"自画像"，既是描画对象或主人公，同时也是在确立自己的精神坐标或是方向。他这方面的写作很明显是非常自觉的，从早期直到他最近的写作，他都一直在这个方向上努力，这是非常重要的。再一个，他能够成功把这些对传统文化、古典诗歌艺术的领悟做一种现代的处理和转接，比如，常常是从自己当下的生存境况和日常生活的经验当中生发出对古人的体味、缅怀、追慕、学习。而且，特别富有现代意识的是，他还总是能够通过诙谐、幽默、戏剧化或降解性的处理，表现他的一种哲学态度，这种态度可能是亦佛亦道的、若即若离的、似是而非的，或似非而是的，从中国传统的精神里面找到一种内在的、根本性的启悟。再加上他也从西方哲学里学习，比如关于存在主义的一些思想，两下结合得极有妙悟和心得。他的佛、道、禅与西方意义上的存在主义哲学方面的思索熔于一炉，而且以他自己的一种风格，表现出了一种类似"后现代"的感觉——就是诙谐的，轻松的，调侃的，解构的，在有和无之间的处理。所以我读他的诗总是觉得他思想含量丰富，但是他又处理得非常轻逸，非常具有当下感，永恒性的东西和当下性的东西结合得非常巧妙。

我想明诠的诗之所以让我们这个年纪的人读着有一种"心有戚戚"，确乎是因为有一种历史的会心。无论是诗歌中表达的经验本身，还是就表达的方式而言，都有一种历史感，一种亲历性。这是非常重要的，它表明了一种写作的意义，不只是在于文本的水准，同时还在于一种历史信息的全方位感，一种活在身体中的丰富性。虽然就语体来看，他的诗歌语言有可能是属于上一个年代的话语，从其话语的类型上，他可能和我们当下的诗歌写作，所谓"诗坛"的流行语调、现场感是保有距离的。换句话说，他的诗可能不属于我们现在这个诗歌场域的话语类型，是属于在他自己的内心世界里生长着的，盘桓在相对陈旧的时间情景当中的，但唯其如此才具有了别一种风神和价值。所以，我在与江河兄的对话中，也借用了他的一个词，叫"宿墨"，宿墨就是昨天的墨，隔夜之后叫宿墨，宿墨在书写中会有一种特殊的陈旧感，一种深度和老道，明诠在其书法艺术中运用宿墨可谓是得心应手、炉火纯青。而他的诗歌话语，似乎也给我们类似的感受，可以认为是接近于一种"宿墨书写"的风格——你说他的语言显得相对"陈旧"也没关系，恰恰是因为他带上了一点点怀旧的、淡远的、古老的色调，才与当下的写作保持了距离，让我们感觉他和我们整个所在的场域、流行话语之间保有一种有意思的距离。作为我的同龄人，我觉得他有他的合理性，虽然他的写作和我们当下的写作环境隔了一点，但是这种隔，我认为反过来有可能对于明诠是一种成全，是一种帮助。

所以，我尽管从阅读的感受上仍然有着某种不满足感，但是还是觉得他对于制度性的写作习惯的疏离是必要的，是反而获益的。当我们去细细品味、斟酌，会感到他的意外的合理性与妙处。

我想到的大概是这么几个方面。作为明诠的同龄人，我对诗歌的修习也是从80年代开始的，知道从这个年代开始写作的人，面对的是什么，背负的是什么，局限的是什么。当然像西川这样的大诗人——我们也是同龄人——是不断前进和超越的，但也有一种情况，就是从精神上依旧是固守，依旧是盘桓过去的一个氛围，一种情调，一种趣味。这可能就是60后这一代人，有志于写作的人的一个特点，不同方向，或是不同途径，其实都是殊途同归的。我觉得像西川这种不断前进肯定是领袖群伦的，是引领潮流的；但像于明诠这样守住自己过去年代的情志和语言的，我觉得也有他的特殊的价值。这样两种方向，刚好张开了60后的这一代人的经验空间与写作的空间。

我就简单先谈这么几点感想，期待各位更精彩的见解。

欧阳江河：今天的讨论时间比较有限，我不做更多的衔接和评论，哪一位开始先说？

唐晓渡：总听江河说于明诠的书法了得，很高兴今天终于见到了。不过，明诠的诗以前还真没读过，所以那天听清华说开他的诗歌研讨会，觉得会很有意思，一口就应下了。当然，收到寄来的四本书，我先看的还是明诠的书法，包括书论和相关对话，然后才读《单衣试酒》。没办法，他书法的魅力太大了。

不必说，作为书法家的于明诠和作为诗人的于明诠是一个整体，也可以说互相映照，成就重心在书法而已。说来20世纪80年代明诠就开始写诗了，我不知道收进集子里的是不是更多较早时期的作品？

于明诠：有一些80年代的，这个时间拉得比较长，断断续续的。

唐晓渡：总的说来明诠的书法很过瘾，太过瘾了，诗也足够棒，但相对要弱一些。其实讲这个没什么意义，因为出现这种情况很正常，不同的才能类型，投入时间、心力的主次等等，都是显而易见的原因，再者也不存在同一的尺度。这里说到，无非是一种感觉，并无分别高下的意思。

中国传统文化艺术中，诗和书法、绘画的关系较今远为紧密，甚至可以说一体共生，近代以来虽然都置身向现代转型的同一历史境遇，但日益分化的趋势和发展的不平衡，却又使得各自面临的问题情境不尽相同，应对的难点也大不一样。诗历来被认为是文学皇冠上的明珠，一部中国古代文学史，某种程度上就是一部诗歌史；而书法在中国传统艺术中的地位，如同音乐之于西方艺术，是最核心、最有代表性的。然而，诗和书法的这种传统优势，在以全球化为背景的现代转型中，却又成了其困境的重要导因，或不断变革的内在驱动。在这一点上，诗较之书法更早受到冲击，其"革命"的决绝程度，或者说"凤凰涅槃"的程度，恐怕也更加彻底。书法意识到自身的危机并由此获得变革的加速度更多是当代的事，相比之下，现代诗则可以说早已历经沧桑，是个"老运动员"了。这种由于历史处境不同而造成的差异，是否也影响到了明诠诗歌写作的心境？我注意到，尽管明诠在相关对话里谈到当代书法变革时也一再说到其困窘之处，但总的说来是一种神完气足、游刃有余的状态，而在谈到诗歌时似乎就远为谨慎和犹豫。他在为诗集所作的自序中用每每"一片虚空"来描述其诗歌写作的心态，用"不断拾起再不断放下……"来概括其与诗的因缘，最后归结为无非"自己和自己说说话"。如果这真的可以视为他基本的诗歌观，那么在如此低的姿态中，恐怕既有抓住根本的至诚大朴，也有不想过分为难自己、故作轻放语的成分。

说到明诠的诗，江河和清华二位在对话中分析得其实已经足够全面，足够充分了，本来大家都不必发言，把那个对话读一遍就挺好，但我觉得其中江河谈到明诠让诗歌经验和书法经验相互碰撞并彼此贯通这一点特别有意思，其意犹未尽之处，或许也对明诠的诗歌写作更上层楼有所助益。明诠有两首诗让我印象更为深刻，一首是《中秋》，一首是《点画呻吟》。《点画呻吟》是一首典型的令解构和建构混而不分的诗，汪洋恣肆而又妙趣横生，其中包含了明诠对书法史的看法。我们都知道中国素有"诗史互证"的传统，及至当代，尝试正面处理个人命运和大历史纠结的诗大有所在，在这种处理中历史不再是片面的题材或素材，而与个体的心史或精神发育史，包括对诗自身的领悟相互渗透，彼此生成。杨炼写于80年代中期的《yi》，前几年发表的《叙事诗》，都是这方面突出的文本案例，江河兄则前有《悬棺》后有《凤凰》。明诠的《点画呻吟》似乎也可以归入这一谱系，尽管他主要处理的是书法史。这首诗在形式上或过于随意，有点松散，视角也更为超然，但透过其中遍布的反讽和谐谑，还是能深切地感到一位当代艺术家在生存、精神和艺术本身多个层面上的"痛点"。这就是所谓"点画呻吟"的由来吧，恐怕也正是这些痛点，使明诠对诗欲罢不能。值得注意的是诗中不仅谈书法，也谈历史，而且多用轶事，涉笔成趣，这种写法是否也折射了明诠对历史和时间的诗性理解？当然也有一个框架，却无关编年；以节点式的大书家和书体的演变为结构要素，而以活泼泼充满讽喻的轶事解构正史的法相庄严，如此生成的书法史就更像是一种共时的存在，且更多具有心灵对话的性质，是另一种意义上的"诗史互证"。

这首诗的语言也很有特色，有点"异质混成"的意思：以当代口语,包括俚语、俗语为基调,同时混合了书面语和文言,有时干脆直接移用或改写戏曲唱词和古典诗词。在明诠的其他一些作品中也能见到这种特色。他曾在一篇对话里谈及这种语言实验,说得挺好,大意是30岁左右,尚不能确定自我,尝试在语言的镜像中进行自我融合。但打开来看,恐怕就不仅仅是自我确定的问题了。事实上,不同质的语言在融入同一文本时,其自身的意味在上下文的碰撞中都发生了变化:当下感性由此渗入了古典文化的深处并激活了后者;反过来,被激活了的古典内涵又丰富了当下感性。更重要的,是从语感到实质,生成了某种新的化合物。

这样来看明诠的另一些诗,就能从直接感受上明白其弱在何处。《点画呻吟》之所以能表现出那种信手拈来、左右逢源、无往而不自由的语言状态,肯定与明诠体悟更为透彻的书法经验有关,与他出入书法史如晤日常老友、彼此多有叩问盘诘的会心经验有关。技术层面上的因素尚属其次,关键是融会贯通之下形成的那个开放又包容的内在气场。必有此气场,然后有能量,有自由。而他某些处理当下经验的诗虽不乏妙句,气场却时见滞碍,显得能量不足,这种情况下就不免拘谨和单薄。

我说的"气场"当然和整体的历史文化语境有关,但更多是说一种个体的养成,其中包括从中国传统文化接气,又远不限于此。传统文化是个好东西,儒道释互补,但也有自己的问题,某种意义上甚至一直存在危机,说到底还是取决于我们怎么看,如何汲取。许多时候它就像明诠在《望真如草》里面写到的那个茶杯,其本身是一回事,如何鉴赏和品评是另一回事,后者更多牵动的是我们的文化态度。当代艺术的历史文化语境,其复杂性远非传统艺术可比,养气的难度也大。如今说到文化态度,多元、开放、包容什么的几乎已经成了共识。然而,对一个诗人、艺术家来说,着眼其中生长的可能性,创造的可能性才是最重要的。复杂性是一种挑战,挑战我们综合创造的能力,不仅是化合异质材料的能力,也包括从通常所谓的负面经验中汲取,化腐朽为神奇的能力。明诠在对话当代书法时曾谈到"展览体"的风行,让我想到新诗中曾被一再诟病的"翻译体"。对类似的现象,其实也有个怎么看的问题。"跟风"固然是艺术创造的大敌,但若追根溯源,又往往与求变以应对自身的危机有关,事情就不那么简单了。"展览体"的出现和风行,应该更多关系到市场经济对书法艺术的影响,但又不仅仅如此吧？我说不好。但"翻译体"我们都知道，在新诗的生长发展过程中起了非常重要的作用。也包括著名的"新华体"，那是我们这代人在语言上首要的"革命对象"。但回头看，其对当代诗歌，包括我们各自语言风格的影响，正如其对应的所谓"社会主义经验"一样，恐怕也还有不少值得探讨的地方，而并非一种纯然负面的东西。

是否可以认为，仅就对传统文化的应对而言，作为书法家的明诠比作为诗人的明诠要更强有力一些，也自由得多，而这表明他在诗中仍大有可为。有人把明诠归入"文人艺术家"，有道理，但要我说不如将其视为某种警醒。"文人"更多和传统文化联系在一起，在我则往往与趣味化的弊端联系在一起。传统文人确实容易流于此弊，技法可以非常好，但是精神世界萎缩，缺少问题意识，因而无从保持和不断获得新的活力。在这方面，高度形式化的书法甚至比诗歌更加脆弱。或许这只是个人的偏见，但无论如何趣味化都值得警惕。艺术家以美的发现和创造为能事，常人每每视为"野蛮"的，在他正是题中应有之义。就此而言，其更值得参照的镜像与其说是传统文人，还不如是葛兰西所谓的现代"有机知识分子"——当然不是要成为那样的知识分子，而是在从自己的问题情境出发，独立思考和判断，立足当下而广采博收这一点上与之相通。毕竟，所有的创造性劳动都首先依恃充沛的生命能量，而获取和积蓄生命能量的途径总是相似的。我就先说这么多，想到再说。

欧阳江河：真是说得非常好，非常到位。晓渡兄提出了一个问题，就是说于明诠作为一个双重身份的人，他用当代诗的一些经验和成果来面对书法这个古老的文化对象时，打开了一种什么样的可能性？上次和清华兄对话我简单提过，但是不够。清华刚才提到一个话题，就是他为什么把于明诠的诗歌和我们当下主流诗歌写作的创造性加以对比，指出之间的不一样。因为当下我们诗歌写作面对的诗歌经验、生活经验、人的处境以及新诗的语言如何表达时代、表达思想、表达人的处境所面临的挑战，和于明诠在诗歌里处理的是很不一样的，这个很不一样很有意思，大家能够感到这一点。刚开始清华就谈到，于明诠的写作不是在我们当下的诗歌写作场域里面展开的，而是置身其外。但某种意义上讲，他又在朝里面张望，还吸取里面很多的元素。

唐晓渡：还应注意明诠诗的一个基本特点，就是作者的形象，诗人自身的形象大过他文本的形象。

欧阳江河：是的，他的诗里有"人"。

唐晓渡：明诠在访谈里谈到书法家时，说书法家就是那些用书法说话的人，正如舞蹈家用舞蹈说话。顺理成章地，诗人是用诗说话。用诗说话和在诗中跟自己说话当然不是一回事，却也表明明诠是追求诗、人合一，书、人合一的，而追求这种合一，确实是中国传统文化很核心的东西。问题在于，在当代语境中要达成这种合一需要极高的修为，谈何容易。在书法这一相对封闭且高度形式化的艺术门类中可能还好些，在诗歌领域就更难了。那些言清行浊、浑身破绽的人我们见得还少吗？当然我们也不必把这个问题过于道德化。总之，明诠在这方面确实难能可贵，同时他也很节制。

张清华：就是他借助有限的语言，成功塑造了诗人的自我形象，自我形象大于文本。

欧阳江河：我同意这个说法，这个可能是非常有意思的。于明诠在诗歌文本里面作为一个人，呈现了人格和真实性的感受，所谓字如其人。

唐晓渡：说到作者的形象，现在多强调诗人要更多地向小说家靠拢，就是说你要隐藏在文本后面。但历来都认为诗，特别是抒情诗，首先塑造的是诗人的主体形象。

欧阳江河：塑造主体形象就是诗歌里塑造的文本抒情形象大于真实形象，抒情需要拔高，就得有神话，要夸张，要有戏剧性。悲哀要悲哀得多，喜感也要喜感得多。晓渡说于明诠的这个"节制"，和他对书法的微妙性、对禅意的理解有关。他的诗歌语言和人的关系跟很多抒情诗人不太一样，比如我最近两三年的诗和西川的一些诗。我深知某种意义上甚至在泯灭这个人，包括像写乡村诗的杨键，完全是用佛性在把人给泯灭掉，完全是从佛性里面的魔性理解这个时代，从恶的角度来理解善。中国诗歌对这些方面的呈现还有很多，比如我写《黄山谷的豹》这首诗，"我"希望豹出来把"我"吃掉，这个"豹"吃掉"我"以后自然获得生命。词没生命，吃掉"我"以后就有生命，因为展示了文字意义上的生命。这种泯灭自我也是另外的选择。

下面请寒碧先生谈谈。

寒碧：在书法界的朋友里面，我跟于明诠的交往特别深。刚才我听唐晓渡先生也提到了，可能他确实有这么一个特点，就是他的诗歌、他的人、他的书法，包括他的思考，都不是"两件事"，更不是"三件事"、"四件事",而是"一件事",是一个结构、一个整体。欧阳江河在这儿,他也是我的朋友。我上次在杭州开会的时候提到,我说他的诗和书法好像还是"两件事",但于明诠不是,他是"一件事"。我特别看了他诗集《单衣试酒》里面抄写自己新诗的书法作品,这个我以前没看到过,整个的感觉,形式、语言、气味不难受,诗书合一,很和谐。欧阳江河书法也很好,可以说具有专业书法家水准,但他似乎很少抄写自己的诗,较为多见的仍是用古人的诗句创作,因此我说他的诗与书还是"两件事"。于明诠的自书诗作给人的感觉不难受、很统一,这就很可圈可点。我觉得当下恐怕很少有人能到他这个水平,因为这个确实有难度。且不说当下写字又能诗文者本来就不多,能写新诗者更属寥寥。即使能写几首格律诗自书自作者,能做到风格韵味和谐统一者也很少。林散之、赵朴初、启功那代人真是好,之后则十分鲜见矣。因此说当下书法界能书而又能文者还是太少了,这是很遗憾的。今天若说书法的传统,这就是几千年书法艺术很重要的传统之一,若丢失了这个传统,恐怕书法的前景不妙。也正是基于此,我们创办了《诗书画》杂志,以作倡导。几年下来,做得很辛苦。于明诠是我们杂志初创时期的老作者之一,我也喜欢他的文字,他除了写诗,也写文章。他写文章也不是很理论化很学术类的,但很有意思。谈问题视角独特,也很有见地,读起来又让人感到轻松愉快。我认为他是很会写文章的,他的文章是典型的艺术家的文章,与他自己的创作理念、艺术观点十分契合。他的诗也是这样,你说他的诗有多大的深度我也没看出来,但是他比较诚恳地表达了自己的一点思考,一点趣味,一点情感。他特别生活化,包括他的书法,他特别诚恳地面对生活本身。至于你说其中蕴藏了多强多深的精神性,或者如诸位刚才讲的我也不懂那个场域是什么,但是我知道,一个艺术家、一个诗人,他诚恳地面对自己的生活,他争取把自己所做的事、才、学、行等,争取把它变成自身的人生的那种结构,而且他是"顺着""不呛着",是比较鲜活的,就可以了。我们都比较平庸,可能往深度开掘的时候就很难说清了,太复杂。我跟于明诠也说过,我这个岁数了,做这个杂志做得很累,老是想往深度开掘,但是后来发现往深度开掘不应该是我做的事啊。我们诚实、诚恳地面对生活,这一点真的很重要。在这里我不想说他现在就达到了怎样的高度,但可以肯定地说,他在当代书法家里面的确是有点另类的,诗书画印全面掘进,能诗能文,且又能做到风格趣味十分和谐统一，自觉地按照传统文人艺术家的修养修为默默地一直努力着，这在书法界甚至书画界、艺术界是不多见的。忽然想起，书法界还有一个人，也是我的朋友——邱振中，他的书法是理论、实践两兼，他也是新诗的作手，这真的非常少见。但他太理智了，太观念或者太学院了，最终生活的真谛，还是要蜕掉学院那张皮，先求协调与统贯，忠于自然与鲜活，讲那种活生生的感觉。所以，我还是佩服于明诠。诗歌与书、画、印里边这种活生生的、很鲜活、很统一的感觉，于明诠是有的。在我看来，这正是于明诠在当下的意义所在。

欧阳江河：说得很对。邱振中似乎更痴迷于当代艺术，那是另外一回事。寒碧这个发言非常集中。字、人、诗的一体化、存在感以及存在感所给出的生命的结构感，这一点我觉得非常好，准确地概括了于明诠无论书法创作还是诗歌写作的一个突出特点。

前几天，我读于明诠的书法和他的诗，有些感想，于是写了一首诗给于明诠，但他还没看到，这首诗题目是《字乃心香——写给于明诠》。在这里我读一下：

> 天下造字人中有一个不识字的
> 但他会写，把书卷的字写在木简上
> 把废字和哑字写入鸟嘴
> 又从鸟浮提炼出字的菩提
>
> 他提着众花的头颅去见世面
> 开败了字的花儿妙笔
>
> 他看不见自己身上的高山流水
> 因为所有的清水浊水
> 都与雾豹和经卷混在一起
>
> 人的一生中写了多少错字呵
>
> 星际之旅的念头挥之不去
> 一亿光年的直觉竟弯曲下来
> 一轮秦时月又别扭又顺从

古文课，以盲文去念皆是天文
而一个战国人牛逼就牛逼在
能以《易经》的字去说大白话
能把甲骨文写得如一只螃蟹

石碑里的鸟兽之身已非今世
童子手的字端坐在莲花上
童心也坐得端端正正

善，竟如佛骨一样盘卷坐起
又随日常万念化为无形
气息相吹，舞之蹈之
心之所是成为了它所不是的
但那并非心象，而只是个执迷

2016 年 1 月 12 日

这个诗里面的"他"当然不是仅仅指于明诠本人，甚至"他"并非某个具体形象，而是一个抽象的执笔人。存在感其实就是一种执迷，我们以为很高的东西，其实或许就是一个玩念，一个执迷，但这个执迷说是善、使者也都可以，只要活在你身上，这就是当代性与万古存在的沟通与传承了。

好的。下面北京大学陈晓明教授发言。

陈晓明：让我谈诗和书法，这实在是让我愧疚不安的事。尽管我对诗和书法都极为欣赏，甚至崇拜，但要放在一起谈，就更困难了。我一生为自己写不好字感到万分的愧疚，觉得作为文人这是非常羞愧的事。我经常给人家讲一个故事，实际上是为自己做一开脱。据说马克思找工作，曾经应聘一个公司，这个公司找一个誊写员。马克思就去了，他写了一页字，那个公司的老板说，马克思博士，对不起，我们只要聘请一个誊写员，而不是一个哲学博士。这份工作马克思丢了。马克思的字一生只有两个人看得懂，一个是燕妮，一个是恩格斯，所以他的手稿几乎是不能辨认。

我也经常为自己的手写稿潦草不好辨认感到非常惭愧，后来发现也有几个知名人物字写得不漂亮。1985年左右，李泽厚先生给我写过一封信，信封上我的名字写得较为潦草，那个"明"用草书写的，草书也不正规，抖了几下，他可能觉得不对，又打了一个叉，在旁边加上一个正楷的"明"字。很多年我都保留着那个信封，与其说是出于对李泽厚先生的敬重，不如说是包含了几分对自己字写得不好的开脱。这个信封让我感觉到一点宽慰，我的字可能还没有那么不好。所以我对书法家都有一种无上的崇敬，觉得你们是来自另外一个世界。能够把汉字写成这样，这不是常人能做到的，你们是来自火星，我来自土星。

读到于明诠先生的诗书合一，我感到太惊讶了，这对我是一个非常大的触动，我觉得这是另外的东西，诗和书。刚才寒碧先生说，写字、写书、为人，是一体的，这句话我觉得真的是说到一个点子上。尽管我和欧阳江河也是多年的朋友，对他能写字崇拜得不得了，我的书房里面挂的唯一一幅字就是欧阳江河兄给我写的条幅。寒碧先生刚才的发言给我一个很大的启发，包括刚才唐晓渡先生的见解。于明诠的诗书合一给我一个想法，就是文心的感觉。你谈诗也好，谈书法也好，你一直谈到心的问题，心事，你说诗要解决的是心事，书法要解决的也是心事的问题。在这个意义上我读你的诗，我确实感觉到你的诗中有古典的诗意，古典的诗意和心事是怎么结合得那么自然，那么纯粹，那么单纯！我谈诗只能触及皮毛，根本不敢深入。你的存在既是一个当下的存在，更有意义的是一种古典性存在，是古典时代和当下时代的重合。在你写当代的诗里面，我看到的是在呈现一种古典时代，古典的浪漫情怀贯穿在你的诗当中，是你诗的意境当中非常可贵的方面。你的诗集书名都非常有古典意味，翻开诗集，我会注意到那些写古典的作品，特别是像写李白、二王，这些诗都是非常精彩的。陶渊明、郑板桥、屈原、白居易，一路写下来，这个确实是很好的。我特别欣赏《李白》这首，写得非常自然，把李白的诗和对他的理解完全结合在一起，从他的白面额头写起，写到飘浮的三千尺，把他的名句和他的诗以及他的人品和性格，都写得很到位。在这里面复活的是性格，是古典文人的传统。对你来说，诗的书写是和古文及其文心的复活融合在一起的。特别是里边也偶尔运用一些当代的词语，像旧船票，这是余光中的。一张旧船票送给好友汪伦，在深不可测的桃花潭中……这些诗可以看到你对这个李白的理解确实是复活他完整的形象，他的诗的意境、完整的句子和文人的形象。还有一首《望真如草》，这首诗写得也非常好，因为你讲到书法真的问题，诗的问题，所以对你来讲，心事很真，真情、真性情的流露，也是自然地流露。真和自然，它所流露的语言的纯净，这些要素和过程都是结合在一起的。这个诗意非常有那种朴素的美，非常干净、利落、简洁。所以你的诗在某种意义上说，确实也显示出了你书法的干净利落。虽然说你写的也是草书，但是"真"是一笔一画非常的清晰，你要表现的是对汉字，对书法的点线，也是对汉字点线构成的空间，对一种生命意境的理解。所以用一笔一画，端端正正，把"心事梳理得井井有条"。这不只是符号形式表现出来的正楷，或者是篆书或是行楷的"叙事方式"，而是骨子里端正的书写方式。这一点确实可以看到你的诗和书是如此的真切，真、自然、纯粹，合在一起就非常好。我读你的《望真如草》这首诗突然想到一个问题，"望真如草"，你这首诗里面讲到茶，我这个人爱茶，从小喝茶，你这里面并没有讲到草书是什么，茶是不是与草书无缘？我想请教这个问题，有篆书是红茶，隶书是乌龙，楷书是绿茶与清茶的混搭，茶要人你这首诗，是不是能够加上这一句"茶与草书无缘"？

欧阳江河：有点道理。

陈晓明：《点画呻吟》这首诗，题记就很精辟。很多地方，"心"是关键词，这是文心的复活，古典诗意对你的诗和书来讲都是要解决这个问题，点画呻吟这句话就非常精辟。那是对历史的理解，对书家的理解，对书法的理解。那种诗性，那种灵魂、语言，诗的语言，诗的句法和诗人本身的艺术的某种特征，我觉得这首诗很值得分析。我还整理了一下你的相关的几首诗，我觉得你早年有一些诗，因为没有标明准确的时间，但是确实写得非常自然。刚才清华兄谈到，有一些诙谐，甚至有一种后现代的意味，像《一尾鱼和两尾鱼》很有趣。那些在追求诗的日常性书写的人，读读你的诗，那就觉得这是一种很自然、很高妙的感受。还有《白鱼在春天的睡姿》那首诗，也非常精彩，特别有一句，"那优美的草茎/纷纷走出麦田/和春天一起杀身成仁"。这是鱼生命的境界，最后杀身成仁，最后下油锅。你很喜欢写鱼，你一直在观察鱼，鱼是水性。我们说妇人水性，这个鱼和妇人确实是有某种命运的一种同构，和书法，他们是属阴的，诗也是阴性的。德里达在谈布朗肖的《白夜的疯狂》时曾说过,夜晚是阴性的,夜晚是女人,法律也是阴性的,法是阴性的,诗也可以等同于女人,他们同属阴性。水是养育雌性的,仁者乐山,仁者是远离女人的,智者乐水,智者是泡在女人中的。我认为,于明诠诗集里有很多这方面的诗句可以仔细分析。书法里面的诗真的是不一样的,同一首诗这样配在里面是不一样的。读了《屈原》这首诗,我觉得诗的文本和书法确实构成了一种关系,所以特别同意刚才寒碧先生说的,诗、书、文融合为一体。这是一种文心的一种复活,是古典浪漫的诗情和心事的关系。这里面精深又高妙,这个东西很难几句话说清楚,只能今后我再细读明诠先生的诗,体味你的书法的高妙,提高我做人的境界,也能乐山,也能乐水。

欧阳江河:晓明兄说得非常好,非常到位。他谈到于明诠的诗歌、人和书法的一个特性就是"人诗合一"的美学特性,这点让我很吃惊,说明晓明凭借他批评家的本能看到很微妙的东西,这些东西又深入到文化史里面,而且是东西方之间所共有的,他用了布朗肖的妙喻,我们知道法语的词分阴性和阳性,他对阴性非常敏感,还引入了"文心的复活"这个观点,很有意义。我们以"文心的复活"看待书法史的时候,《点画呻吟》那首诗非常重要,因为一般我们对待书法史若不从诗人和灵性的角度看,可能只是一堆死的东西,仿佛书法的描红。怎么才能把这个点画最后还原到肢体生命,让他们呻吟,让他们起舞,让他们走出春天的庄稼,春天的树,开始舞蹈,开始生命的茁壮,这个确实很有意思。中国的书法里面其实有一个很重要的概念就是"活字",把字通过书看成是活的生命,张旭、怀素都是这样,草书就是"活"起来的。晓明作为批评家,看到微观和宏大之间的日常性,这是我跟西川最近两三年特别重视的中国诗歌的一个根本特点,也是中国诗歌和其他语种诗歌特别重大的区别,就是反映在对日常性的提炼和引用上,但这个日常性不是指一个人活在自己身上那种意义上的日常性,而是另外意义的日常性。一个人可以把这个日常性活在自己的身上,如于明诠的"点画呻吟",跟我们讲的文化意义上的日常性不一样。

下面请咱们的书法界元老级的人物刘正成老师谈一下。刘正成先生的草书在我看来属于开天辟地意义的,蓊郁跌宕,恣肆狂啸。我认为如果从草书作为一个时代的开拓性意义上来讲,我甚至觉得刘正成先生所做的贡献和历史地位，近乎林散之之后第一人。林散之是我最崇拜的三位草书家之一，我看到刘正成的草书也非常喜欢，而且他的草书真的是开天辟地的。再者，刘正成先生多年连续主持全国中青年书法篆刻家作品展览，也就是当年影响巨大的"中青展"，其中六、七、八连续三届于明诠荣获一等奖，由此在当代书坛横空出世。刘正成先生恐怕对于明诠的字和人以及诗歌、书法、文章有更多的了解。我们请刘正成先生谈一下。

刘正成：本来今天开会我就想着来学习，听听当代诗坛大家对诗的问题是怎么谈的，我已经疏远诗坛太久太久。我借着陈晓明先生的话，他是北京大学中国诗歌研究院院长，他说他不懂诗，我也敢说我不懂诗。1981年我在《四川文学》杂志当编辑的时候，总编让我做诗歌编辑。我说我不懂诗，不写诗，我当诗歌编辑不合适，我说我写小说、写散文还可以，为什么让我编诗？当年诗歌可是火热，编辑部每天收诗歌来稿一大捆，一周一大箱，因为我当时很年轻，理应承担这个力气活。怎么选诗呢？我有文学理论基础，也搞过现代文学研究，研究过鲁迅，也知道我们判断诗歌的好坏可以不依靠理性的认知。所以，也从来稿箱里选发过顾城、叶延滨、吉狄马加、翟永明、廖亦武、李刚等青年诗人的诗。那个时代是属于诗歌和文学的，已经一去不复返了！

欧阳江河：我的处女作是1979年发的，可惜不是在《四川文学》上发的。

刘正成：基于这种经验，我能感觉到一些诗是好诗，所以我第一次见到于明诠的诗我就觉得写得很好。那个诗很清新，是一些哲理性的形象片断在逻辑和反逻辑之间铿锵作响。起码是在15年以前，我第一次见到他的诗时，我觉得这个诗写得好，情不自禁地称赞起来。我也知道他是学哲学出来的，我去年和他一起去剑桥大学参加活动，剑桥大学让我们与他们合作办一个徐志摩诗歌节，在翻译编辑诗歌节宣传集时，剑桥的诗人们公推于明诠的那首《一尾鱼和两尾鱼》最好。我说你们是不是没有把中文的作品弄清楚啊。中国诗歌和西方诗歌有什么是最大的差别呢？从"五四"到现在这100年是现代诗时代，作为诗的形式来说，最大的区别就是我们失去了传统的诗的语言、格律与音乐性。我们仍然有诗的生命，诗心，诗最核心的本质是没有变化的。翻译的诗，失去了语言的传统参照，怎么辨别你的诗的好坏呢？

这个就是抓住诗里面最好的核心部分。我问他们剑桥诗人，为什么你们说这首诗好？一个教授说，他说他们理解一尾鱼是男人，两尾鱼是女人，中国的八卦就是很形象的一尾鱼和两尾鱼构成的阳和阴的图形。这个剑桥的教授一下就看出了这个象征的意象，他们看到这个意象觉得既有趣又有深度，而且这个意象蕴含了他所能理解的象征主义的东西。我觉得这个形象赋予它的意义不是一个人，而是他们一群人所共同感觉到的。来开会的都是英国知名教授、著名诗人，公推这首诗好。于明诠在学校教过哲学，他们说《点画呻吟》把一些复杂的话用简单的语言把形象塑造出来，让人玩味。他的诗确实没有那种华丽的名词、形容词的堆砌，而是浓缩成一种简明意象，让你从哲思上去意会，这个是不是好事？所谓宋诗尚理趣，应该是这个意思。杨炼、舒婷都在，英国诗人公推于明诠的诗最好时他们也在场。路云给我朗诵过德里克·沃尔科特的一首诗叫《走向终点》，这几句如此简明而精彩：

> 生命之累。爱是顽石
> 沉睡于海床
> 幽暗的水下。现在，对于诗歌
>
> 我别无所求，除了真切的情感，
> 不求怜悯，不求声名，不求和解。沉默的妻，
> 让我们坐看幽暗的海水，
>
> 在平庸和琐碎
> 泛滥的生命里
> 像岩石一样生活。

这首诗的主旨就是我并不原谅，这是个自喻为顽石的鲁迅精神，不求对恶的和解，走向终极人生。这个是非常简单的，走向海边以后是孤身走到海边；作者是诺贝尔奖获得者。有些东西是简单，而且简单是一种抽象的意象被提炼后的语言形式。在这一点上诗人与书法家的身份在明诠身上统一起来了。书法是非常抽象的，作为书法家写这个诗，用点画形象归纳生活的百态，用点画的诗意挥洒，非常幽默地带着今天现实生活的评价，完成对艺术历史的批判性叙述。我读了以

后,觉得如果说是了解书法,读了《点画呻吟》就更能感觉到书法艺术的魅力。于明诠这个人非常有形象感,这一句句诗让我想到很多书法史上关于美的评价和生活,比如苏东坡、颜真卿等,他们有复杂的历史际遇,他找到单纯的统一的点画形式,用诗喻书,幽默而深,这是一个很好的现代诗的迁想妙得。他把书法史上顶尖的诗人和书法家,用简单的形式把复杂的审美心理融汇起来,成为"史诗",史诗般的书法史。经过时间的考验以后,也许这首诗的现代性会更为凸显。有这么一个说法:书法、绘画只有好坏之分,无新旧之分。我们把地球45亿年的历史比喻成一天的话,人类是这个一天里面最后一分钟才出现的。有一次在香港中文大学一个学术研讨会上,我发表论文,提出了中国文字和书法的历史可以从出土了甲骨文刻划符号的河南舞阳裴里岗文化遗址的年代算起,也就是说有8000多年的历史。当时有学者马上表示质疑,我正准备根据考古学的原理回答,因为除了明确的地层关系外,还有 C^{14} 测定和树轮曲线校正的科学数据结果。坐在我旁边的饶宗颐先生先代我回答说:旧石器时代研究以万年为单位,我们对古代历史还缺乏认识,不要低估古人的智慧。我们现在这茬人类是实际3万年到1万年之前,最多是10万年的小冰河时代存活下来的,因为现在地球上人类的遗传基因,无论黄种、白种、黑种人都是一样的,在我们之前还有尼安特立人。所以说,我们人类的文学经验在历史上会转瞬即去,所以值得仔细保存。从唐诗宋词而来的今天的现代诗的语言与结构,也是非常奇妙不可小视的,我觉得这种新语言虽然受西方语言影响,但也是有着很重要的意义的,值得珍视。语言是诗的羽毛,没有羽毛鸟也飞不起来。

今天我来开会最大的收获,就是见证了大家对于明诠的诗有着积极性的共识,我觉得有一些观念是与我这个门外人的想法相吻合的,于是增加我的一些诗歌审美的自信力。进而我问:明诠这个书法为什么好?是因为他用诗人的诗心在写字。他的诗歌也不是炫耀,而是幽默,用书法的点画结构,来品味书法的境界。不要只强调强烈的视觉刺激性,你今天看,或者明天看,这个真好,过两年看,还不错,很有一些东西值得品味,我们需要这样审美的过程来丰富认识。

我就谈这点浅薄感想,主要是想听你们的。这种诗与书的跨界活动非常好,这是谈诗、谈书法的双重观照。我当年在主编《中国书法》杂志时,20世纪90年代就搞过一次文学家谈书法的专辑,请了很多著名诗人、作家作为行外人谈书法,对书法界启发很大。对这个会我也同样非常感兴趣,这充分反映了诗歌界的前瞻意识。再说一次,通过对于明诠的诗的讨论,印证了我对他作为一个读者来说的审美没有多大的误差,这很庆幸。谢谢。

欧阳江河：刚才刘正成先生的发言非常开阔,谈到了于明诠的书法和诗,也谈到去年剑桥大学徐志摩诗歌节外国诗人对于明诠诗的高度评价。这个角度的转换也非常有意思,作为诗人的于明诠并不著名,他那首《一尾鱼和两尾鱼》却为著名的国际诗人所激赏。这个也让我想起中国当代书法界一种对书法好坏判断标准的讨论,比如王羲之的字,大家会认为那就是判断好字坏字的标准,这非常耐人寻味。但是,我们如果从王羲之的角度来看待草书的话,那包括正成先生、王冬龄先生甚至包括林散之先生的草书,他们都不是王羲之那个意义上的规规矩矩的好字。因此,要看判断的角度。我有这个感觉,书法到现在,没有说这个字是好字坏字,更多的是讲哪个字更有意思,更有创造性,更能够给人带来生命的发泄和创造。所以这个角度问题也是很有意思的一件事情。

刘正成：王羲之在东晋时代和南北朝的时代,曾经有论书者贬低他的创新,说他是"野鹜",但他在他的时代却是书法新风尚的引领者。清代文字学家阮元就曾经挑王羲之的错字,阮元他们认为最好的是北朝的按隶书原则写的字,而王羲之的简笔字是不规范的。所以,一代帝王唐太宗为王羲之作传时,为了说羲之的字好,也要说他"善隶",其实王羲之基本不写隶书。北魏、北周、北齐,完全的用隶书的方法写楷书,其实是落后于王羲之的保守主义。颜真卿现在看来已经是主流了,但是在当年,北宋初期不欣赏颜真卿的字。审美观念的超前,正是一代新艺术观念的规律所在。

欧阳江河：王羲之的字拿到现代书法史上就是一个革命,如果只是从字形的角度理解颜真卿,颜真卿的作用就会被大大低估。我们为于明诠感到高兴。当然,英国人认为好的不一定就真的一定好,英国人好比就是以王羲之意义的好来评颜真卿,他们觉得于明诠这首诗很好,可能就是因为这首诗里面复活了阴阳的文化意义,有语感。我估计译者是把语感翻译出来了。

欧阳江河：下面请《诗刊》杂志主编商震先生发言。

商震：这套书上午10点钟送到我的办公室,我是在路上看的。刚才听了几位老师的发言，说于明诠的书法和诗歌一样，我一想，我只能说我看到的他诗歌的一些看法，当然是作为一个老编辑的想法。我不懂书法，但是我从他的字上看到了两点，外面形式很规矩，内心很自由，这很像当下的诗人，必须在言行举止上符合规范，但内心要有自由。这个书我读了大概三分之二，叠了几首诗，我觉得于明诠先生的作品，比如刚才大家都在说的《点画呻吟》，我觉得是对中国书法史的梳理，个人觉得只能是自己个人的见解，如果离开个人的见解，诗人就不能为诗了，诗人不能把所有的判断都归于一个有很强共识度上面去，这一点很值得称道。看了你的诗，我觉得传统和现代的东西是并存的，从语言的表现力上看，传统的东西更多，你很注重你所使用语言的表现力，你很少注重这些语言再生成其他的东西。有一首除外，《一尾鱼和两尾鱼》。但是你又有很强烈的现代诗歌的表现欲望，我说的是欲望，没有形成表现力，所以在你的诗歌中，我看到更多的就是传统与现代并存，但传统占主要部分，就是对语言的程式的使用。你在诗歌当中表现的是你的心境，是你情绪的全部所要释放出来的那部分。我刚才说了，你不注重生成性。还有我更喜欢你诗歌里面的那种谐趣，这种谐趣是弹性的。一个诗人没有谐趣是不好玩儿的，我也不愿意跟没有谐趣的人交流，这种谐趣是情趣，是情怀，我们也可以说是小爱好。就是这种谐趣，在诗歌当中能让一首诗写得特透气。比如说你诗集中的几个部分"天地玄皇宇宙洪荒"，"天"的部分，我觉得很多诗是不透气的，对一个固有的概念，重新诠释，而这种诠释个人成分不多，那个属于不透气的。这首《白鱼在春天的睡姿》是非常好的一首，它就充满了谐趣，充满了现代感，还有就是你的生活经验的气息，你的情感经验的气息，在这里表现得很充分。其实读一首鲜活生动的、有谐趣的并不是很精粹的诗，和读一首很精粹但是理性很强的诗比，我更愿意读这种谐趣的、生动的、鲜活的诗。有些诗写得很完整，很严谨，内涵很丰富，甚至有时候需要借助很多工具书来把它完成，这样的诗我读来是有恐惧感的。相反，写得很轻松，在个人的情感释放上也更自由，而且更有可阐释的诗性，是我喜欢的。你的诗歌总体上看是依赖于理性，我所谓的依赖于理性是指你经常对那些固有的或者是约定俗成的概念性的、抽象性的事物、名词、人物进行重新地诠释。这时候我发现你的语言是被限制住了，这个被限制有个人能力的一部分，还有一部分就是你不敢去越雷池半步，你有禁忌感。

我能看到你在写作时有一种禁忌,这种禁忌作为一个诗人不是什么好事,但是你能去到那个边缘就躲开了。因为你更是一个书法家,这样做我们不能挑剔,但欧阳江河这么写我就要挑剔了,为什么到这儿就戛然而止了呢?作为一个书法家,很多时候确实像唐晓渡说的,关于书法有人把弊端集合起来当作一个健康体,这是一个事,还有人写的一定正确,写王羲之一模一样的字,或跟颜真卿一模一样,这样的字能不能叫书法?还得另说。所以这部分我觉得是理性对你的制约,是我看到的一个障碍。你感性的部分是非常鲜活、非常生动的。我还看到你写广场的诗,作为一个诗人,依赖感性是必须的,因为你书法家的那部分和写"天"里面的那些著名的、盖棺论定的经典化的事件时,你在压制你的感情,你在使用理性时大部分使用的不是自己,作为一个诗人来说这是一个弊端。看你那首《点画呻吟》的时候,我就觉得这是一个文青,也是个愤青,这种做文青和做愤青的人是诗人,只要稍加深邃,稍加有理性的支撑,应该是个好诗人。你在对"天"那部分理性的制约,我可以理解为你的敬畏。既然你已经对他重新诠释,干吗还要敬畏他?你心里的李白、陶渊明是什么样就是什么样,你说他像西川就是像西川,这个可以不加禁忌。我说的不是你的字,我觉得可以把自由的内心再放开一点,再大胆一点。

还有,你一直在强调文字有具体的表现力,你希望自己所使用的文字能正确或者准确地表现你的感性认识和你对现场感的认识。但是我们一般都强调你的语言,你所使用的文字要大于现场,有几首完成得很好,但是我还是得说"天"这部分,没有完成。要认真表扬一下《一尾鱼和两尾鱼》,这个不是说翻译成英文好,这首诗我一直叠在这儿,中文本身的语感就很好。更重要的是,它展开了一个很阔大的空间,它的生成性很强。从语言本身生成的那种意境,你的情怀,你对禅意、老庄的理解,和你情感经验的结合,都非常妙,这是一个很妙的层次。不同心理、不同情感经验的人读它,会获得不同的诗意,会获得不同的快感,我第一遍读完是一个状态,快到会场的时候我又重新读了一次,刚才大家发言我又翻阅了一次,反复翻阅这首诗,它的声音很强,是一首好诗。一首好诗是可以反复读的,每次读都会有一个新意的画面、新的境界、新的场景出来,这是《一尾鱼和两尾鱼》这首诗已经完成的,但是我觉得你写《一尾鱼和两尾鱼》时可能并没有很用力,不像你写"天"的时候那么用力。我当编辑出身,只是把好的坏的一起说。我更认为你的诗歌和你书法之间有互补的一部分，也有互相制约的一方面。当然，诗对书法互补的更多一点，书法对诗的制约更多一点。有一些很规矩的部分，有几首诗很讲究起承转合的，一二三四段，层次很清楚，这是一种制约。其实在历史上，一个诗人，叫秀才，一个秀才要诗书画印一个人完成，铺上一张宣纸，要写首诗上去，画上山，画上水，画上一老翁，可以涂上色，自己篆个章再印上去。你肯定是比我强，你等于诗书画印都能干，我只会编。

欧阳江河：商震谈得特别好的两点，就是他既从一个诗人角度，也从一个编辑的角度谈开来。所以他的看法就特别细致，进入到文本，而且他看到，于明诠诗集"天"的这一部分由于要追求它的完整度，反而费力了，深层性就不够了，等于给它贴上封条禁锢起来了。但是《一尾鱼和两尾鱼》这首诗，确实特别成功的一点就恰好在于它反而没有使太大的劲，在很放松的状态下感性的东西就释放出来了，反而具有了深层性。这首诗写完以后，就像花一样，还在长。不是说就已经变成了一个博物的史料，这就非常妙，有点像这首诗的创作状态和书写的瞬间，比喻也可能不是太恰当，但是有点像是什么呢？有点像王羲之写《兰亭序》，是有一种生命状态的，像苏东坡写《寒食帖》，都是把当时的生命状态放进去。商震的另一个比喻我非常同意，就是讲你的字里面的魏碑的感觉。刚才唐晓渡讲，说明诠人的成分，在诗里面大于文本的成分。他们讲的是同一个意思。

下面请西川发言。

西川：先说点跟于明诠没什么关系的话题，比如一个人在某一方面很有见地，但在另一方面很保守，好比有的人写小说非常有实践精神，但写起诗来恐怕非常糟糕。有的人写文章非常有实验性，但他的书法绘画有可能秉持很保守的趣味，这是我在很多人身上都看到过的现象。我们的种种工作，可能有一个是比较主要的，另一个是附带的。这种情况下，就有可能形成"激进的一面""保守的一面"共同构成一个人的平衡。这可能是许多人都遇到的问题，我自己也遇到了。

现在我们经常谈到现今的文化跟古代文化的关系，谈于明诠的书法会谈到古代，但今天跟古代的关系不是一个简单的话题。现在说起的"古代"是一个很笼统的概念，我想，即使是今天屋里的我们，虽然都坐在这儿一块儿讨论于明诠的诗歌和书法，但是每个人都是从不同的时代转生的，有的人从战国转生来，有的人从六朝转生来，有的人从宋转生过来，有的人是明清甚至民国转生过来。说起古代文化，其实每个人的所指都不太一样。刚才欧阳江河也在谈像王羲之这样的书法家。在王羲之那个时代，首先没桌子，所以他写字一定不像今天人这么写。王羲之是"旧时王谢堂前燕"，他是王家、谢家，我们都没有这种家庭出身，我们的书法带出来的家族历史也跟王羲之不一样，这里面处处都是陷阱。我看于明诠的诗歌，他写屈原，写白居易、李白、陶渊明，这些人是不分朝代的，但他写他们的方法是一样的，他的出发点是同一个出发点。你会不会有一个想法，当我写屈原的时候，我首先会想到他是战国的人，战国人是什么样的呢？按照李白讲，那是"正声何微茫，哀怨起骚人"的时候，在领会到这句话时，这个屈原和明清所理解的屈原就不太一样了。我从诗中于明诠身上看到的气质是宋以后的气质，不是宋以前。我在书里屡次看到他说到宋，虽然身上带着唐宋元明清的体温，但他实际上对宋以后的中国文化更有兴趣，我也听江河介绍过于明诠喜欢听戏，喜欢画。

刘玉堂先生也说，单就艺术家和作家，他崇尚一个最高的境界就是简单。刘正成老师也谈到简单，简单是个什么东西呢？其实是有戏曲以来，中国文化才强调简单。在此之前，你要是在汉，在六朝，没人强调简单。李渔的《闲情偶寄》非常有趣，跟今天的讨论有点关系，他是这样说的，"曲文之词采，与诗文之词采非但不同，且要判然相反"。是说写诗跟写词完全相反，"诗文之词采，贵典雅而贱粗俗"，要典雅，忌粗俗。"宜蕴藉而忌分明。词曲不然，话则本之街谈巷议，事则取其直说明言。凡读传奇而有令人费解，或初阅不见其佳，深思而后得其意之所在者，便非绝妙好词。"就是这种简单，浅显。实质上这更多强调的是曲的作用，这里面说头绪繁多，传奇之大病也。对于繁和简的看法，其实也有一个历史进程在里面。

书里面还有一段特别好玩儿，看到那儿时把我逗坏了。李渔怎么训练女人读书呢？训练他的小妾，他说所选之诗，"莫妙于晚唐及宋人，初中盛三唐，皆所不取"。你要是教小女孩读诗，一定要让她读晚唐至宋，三唐皆所不取。"至汉魏晋之诗，皆秘勿与见。"千万不能让这小女孩看到汉魏晋的诗。如果你让她看见了，"见即阻塞机锋，终身不敢学矣"。就是说你如果让她看了这首诗，她绝对就不学了。实质上现在好多人谈中国古诗，读的是晚唐，初宋你接不住，六朝诗就更别说了，再往前，战国到汉的那些，当代人根本接不住。所以当代人养成的趣味实际上是宋以来的趣味,更多数人所谓的传统文化,其实是明晚期,然后跳过一个清代,然后到民国,是这一段的文化趣味。这样的文化趣味可能会影响我们处理古文化和当下写作之间的关系。

我很喜欢于明诠的印。但是你那个陶印字还是古字,只有诗是新诗。我在考虑,一个古典文学修养非常好,整个地处在古典氛围当中,但又写新诗的人都有谁?古典修养非常好,同时写新诗比较出名的是废名,废名的修养和他的所谓的新诗是搭扣的。很多人古典的修养和新诗的语言方式之间实际上存在断裂,这是一个非常值得讨论的话题。

于明诠这些诗有些地方很有趣,刚才大家都提到了,刘正成老师刚才提到在英国大家对你的一致好评,我一猜就是《一尾鱼和两尾鱼》这首诗。这首诗写得很好,刚才商震说得也好,"写得不用力"。文学作品是这样的,用不用力不是评价的一个标准,我们看司马相如的《上林赋》《子虚赋》,那是非常用力,非常好。用不用力也是自佛教进入中国、变成妙悟以后,是宋以来的趣味。于明诠还有一首诗写敦煌,有些当代诗人写敦煌,他的敦煌的体量要跟敦煌本身对称,但于明诠写的敦煌,他不考虑要跟它对称,实际上是他要表达的是自己。敦煌不作为一个风格、语言的标准,敦煌本身,而成为他抒发的一个载体,是这样一个关系。欧阳江河的"广场"也是这样。当他写广场的时候,背后整个是一个时代,是这个人在这样一个时代当中的这样一个造就。读欧阳江河的《广场》的时候,也变成了没有风雨,也没有风雨,没有鸟,也没有鸟。我觉得特别好。

我觉得从文体上看,最有趣的是《高而》。其实很少有诗人能将语言写到这个份儿上,这是对语言本身有着非常独特的那种感受,那种小短句子,"改名叫锦云山／川,会流走。山,就会留下来。吉祥／其实,山不走,川也不走。水走／甚至水也不走,换个地方还是水／是人走。是人,都会走。分分秒秒地走"这种语言感受,对于语言本身的那种在当中的摸索,在语言当中的行走,我觉得很多诗人都没有,很多诗人是表达自己,表达完了就完了,很多诗人的问题就是他们不进入语言本身,他们进入的是语言的含义。这首《高而》真的是在语言里面开始做工作了。甚至写到后面,立刻让我想到韩愈,韩愈就这么写。我跟谁来到山间,韩愈就这么写。到最后人如川,山如川,时间如川,宇宙万物,这种写法挺危险的,一般人不这么干,但你在这里面就这么干了。这首诗还让我看到你和你书法的关系。你书法里的修养，同时又不按照一个非常正的路数来的方法，我在这首诗里已经清清楚楚看到了。

还有一首诗《领导》，可能很多人不喜欢。一般人理解的诗不是这样的，但是在《领导》这首诗里我看到，你敢这么写诗，说明你对艺术有非常独到的发现。我对于《领导》这首诗本身有个小意见，不是针对这首诗，而是对一般人们讨论领导时的一些观念，比如领导不懂行。领导不懂行现在成为抱怨了。古代也讨论过这个问题，这个王充的《论衡》也讨论过。他讨论了儒和吏之间的问题。你不能要求领导做吏，他是儒，儒和吏不是一回事。吏更多关注的是具体怎么"下单子"，怎么完成"定货"。这首诗写得很好，很有意思，但是在讨论领导和外行这件事上大家都这么说，实际上没那么简单。总之，读于明诠的诗，有时不是非要从中抠出诗意，阅读过程我很愉快，通过这些诗我也能够感受到自己的心态。

欧阳江河：西川讲了好几点。一来就非常深刻，就是保守和开放在同一个人身上，在不同的方面。下面是孙晓娅老师发言。

孙晓娅：记得于老师在一次访谈中说："我不是诗人，但是喜欢写诗。"这句话尤为让我肃然起敬，并很直观地想到闻一多的《口供》"我不骗你，我不是什么诗人/纵然我爱的是白石的坚贞"。我是带着一种尊敬的心情拜读他的诗集的。

首先，于老师是一个心智和气场强大的艺术家，在他那里，艺术和人生的境界融通而敞开。他的诗歌中融汇了儒释道的思想资源：具体而言，秉持着传统文人知识分子的形象，对历史、对传统文化和诗书画艺均颇为精深，他自身的人格形象也符合我们对传统文化人的想象。他的诗歌具有浓郁的人文情怀——知识分子的慎独、自嘲、自省精神以及开阔的历史观。其中，我最为看重的是他的批判和讽喻精神。比如《领导》一诗，对现世人际关系和集权思想极尽讽喻。此外《中秋》一诗将民族记忆和文化符号——中秋做了反向的拆解，《宋庄》则非常犀利地揭示出浮躁、悬空等当代艺术消费中的诸多问题。"释"于其诗体现为对佛理的了意，对空与色的感悟都极为精要。他的诗富有禅韵，比如《第五棵树》"山上有风/风里有石头//石头分娩/产下第五棵树//空活百年/空活百年//风伸长一万只耳朵/谛听一个瞬间"；再如《午夜有雪》"最后一盏灯/也熄灭了//弯弯曲曲的梦魇/爬满城市的老脸//街树交头接耳/云朵皱紧眉头//风行无痕/着一席黑衣//一场预谋已久的暴动/正冲决爬满蜘蛛的大网"。这首诗充满了现代禅诗的况味，它很直观地让我想到废名的诗，废名的诗常常写灯，写海，写镜子等，浸透着现时代的禅韵。刚才大家谈得很多的是于老师的《一尾鱼和两尾鱼》一诗，这首诗进入我的阅读视域源于一种张力：在我看来，一条鱼和两条鱼是一和二的相对性张力，一条鱼独存于个体的空间之中，两条鱼则具有不同空间维度的碰撞和交汇。诚然，这首诗的深层感受很丰富，从不同角度解读会生发出不同意涵——既有道家的一生二，二生三，无限而繁复的演绎，又有禅宗的参禅趣味。就儒释道精神在其诗歌中所占的比重而言，其诗歌得道家的精髓更多，道法自然给予其精神、书法和诗歌无所不在的洒脱洞达，诙谐风趣，《点画呻吟》体现得最为生动，在诗中，借苏东坡——融儒释道一身的大诗人形象，彰显出诗人所渴慕的洒脱的人生观和洞达的观念。从儒释道的角度对于老师的写作理路、精神格局和思想资源进行梳理，可以扩大其诗歌的阐释空间。

其次，于老师善于在创作中将古韵和现代精神调融一体。我在此所说的古韵，系从语言的特质方面讲。从文体风格方面看，他的诗更近于词，有词的味道，部分短诗的语言近于曹操的《短歌行》和《观沧海》。我们知道，曹操在文体实践上是一反前人并力主创新的，由此他首开建安诗风。于老师的诗有自觉的文化承载精神，他的诗不仅有禅境和禅悟，加上他多元的写作身份，颇具文化能量。他的诗时而采用戏拟的写法，在嘲讽与解构中，举重若轻地驾驭了沉重庞大的思想与主题，他的诗烙印着浓郁的现代感与传统精神，这极大地开阔了他诗歌的写作气场。

最后，他的诗歌创作是跨界的，他游走于诗、书、画多维的艺术空间，场域开阔，这一点别人无法模仿。他的诗与书法呈现出禅宗的回互体用之妙，通而合一，追求的是羚羊挂角无迹可求而又散淡自如的精神境界。于老师对鱼的意象情有独钟，鱼的意象表征着生命灵活的运转，而书法的最高境界就是一种运转，由是，鱼在其心中已经深层、内化为自己的感受，浸透了诗人对艺术和生命的深沉的思考。其诗风的独特性还体现在个性、幽默、暗藏生机的话语方式。于老师将书法和诗结合起来，犹如翼叠着翼，光覆着光，它们回互观照之中互相审视，互相映照直至完成重塑和再现。这样一种结合，恰恰能够完美地表达和阐释出二者的精义，如《望真如草》一诗。其代表性的诗作《点画呻吟》尤其不可复制，这首诗把书法史、文明史、中国历史以及知识分子的精神史融通演义，尤为侧重对知识分子的精神史的多重演绎。在这首长诗中诗人对书法的解读会见别趣，直击表象，直穿人心。其诗句中的书法字体富有生命感，这是诗人主体情怀的施展与独特的精神烙印。显见，于老师把诗歌和书法作为一种生命的学问来处理，为我们呈现出别样的审美世界和创造性的艺术观念。

欧阳江河：孙晓娅谈得特别透彻、深入，做了非常认真的准备，对我们是一个示范。

高立民：我和于明诠是同学，我们在大学的时候都是文学青年，经常交流，后来他的字越写越好。于明诠真正在这个圈子里面出名是因为书法。从我的角度，我一开始不理解，看不懂他的字，但是努力理解，同学嘛。实际上，在努力理解于明诠的字为什么会被那么多人推崇的过程当中，也有一个重新认识于明诠的过程。过去理解毛笔字就是书法，现在看好像会写毛笔字不一定都是书法家。那就是书法要是上升到艺术的话，比如像于明诠的字，如果从艺术的角度来讲，可能是一个独特的情感表达方式。如果没有情感情绪的表达，可能就不是艺术了。现在回过头来看，为什么那么多会写毛笔字的人不是书法家，就是没有情感，没有把情感情绪放进作品里去，或者说他们没有能力把自己的情绪情感放进作品里去。情感情绪人人有，变成艺术却是很难很难的事。实际上，于明诠这个书法里面想表达的东西、表达的情感，我有时候能看懂，有时候看不懂。但是有一点，我觉得他是对的，那就是书法作为一门艺术，一定是个人情感的一种表达方式，一种内心体验的外化形式。没有情感的书法就像没有生命的假人，再逼真也是死的，也是僵硬的。有一点可以佐证，那就是于明诠基本不在外面写字。在喧哗的外部环境下做书法秀本质上是一种技法秀，很难达到艺术创作所需要的状态。所以我觉得理解于明诠，就是在看他的字的时候，努力理解他的情绪和情感上的追求，理解他的内心波澜、内心追求。

大家常说，诗书画同源，我觉得对于明诠来讲，为什么他的诗书画是一体的？就是他表达的情感、情绪、情趣是一体的。发自内心的东西，很多东西是一体的。但是这里面也有分离，大家刚才讲到他的书法可能觉得更推崇，而诗有的很好，有的不那么好。我觉得这里面很大程度上就是于明诠作为一个书法家对书法的技法掌握得太纯熟了，可以说比较容易把那种情感的稍微薄弱的地方可以用技法掩盖过去，诗则不然。于明诠对于诗歌语言技巧的使用还不能像西川老师、像欧阳江河老师那样自如。好的诗一定是情感情绪和语言技法结合得比较好。这方面明诠还要努力。但我认为于明诠的作品，无论诗歌、书法还是绘画，只要他能用这么几种形式把他的情感表达出来，而这种情感又能够被大家理解和认可，就是作为一个艺术家身份和地位被认可。说到底艺术是艺术家和外部世界沟通的一种方式，沟通的成功也标志着艺术家的成功。再进一步，于明诠的诗和书法被大家认可，是因为他坚守自己内心的情感和情趣的推动并用高超的技法表现出来。但是另一方面，我感觉局限可能也在这儿。他不但追求艺术的完美，他还追求做人的完美。我是他的同学，太了解了。做人的完美啊，山东这个环境，要多累有多累。清华是山东的也能理解。山东这个地方很多时候人会被人际的道德框架框住。我原来在山东的时候几乎天天有这种感觉，每天下班回家以后，我就琢磨，今天说错什么话了吗？就反思自己所做的一件件事情，说过的一句句话。后来跑到北京做一个公司就不想这个事了，只想怎么把事情做好就行了。于明诠恐怕还没脱离出这个，我多次劝他到北京来，不要在山东。苛求自己人格的完美化，道德的完美化，制约了他艺术的个性，制约了他内心自由的状态。我想因为你和别人不一样，别人可能是更多地靠技法来存在，而你是靠内心。内心如果被约束，首先是被山东的地域文化约束，就很痛苦。我们这代人普遍追求道德的完善感。这两种东西，一个内心约束，一个外在约束，导致很多东西缺乏更强的穿透力。能不能放开一点，首先不想谁谁谁今天说对了，说错了，先不管。其实一定程度上，我觉得大艺术家是可以放下一切世俗包袱的。孔子说随心所欲而不逾矩，但作为艺术家你要敢于逾矩。你所有的东西都具备了，技法学养见识什么都具备了，就是做不到放开自己。明诠的诗书画印有些东西真好，特别那些带有一点禅味的作品就特别好。因为佛家精髓是让人放下的，修禅修佛就是要破除一个"执着"，放下的时候会好，会突然之间把能量释放出来了。放不下的时候有些东西觉得收着。这当然不只是需要换个环境的问题，但环境也非常重要。因为我已经感觉到他很累很累，在山东生活得非常累。所以我总是劝他，要跳出山东这个环境。

欧阳江河：到底是老同学，对明诠这么理解。讲得很好。下面请明诠的另一位老同学韩军先生再谈谈。

韩军：时间很紧了，我真的是带耳朵来听的。我说两句吧，我跟于明诠是交往时间最长的，高立民你们是大学同学，我们很早，十几岁读中学就在一块儿。于明诠的书法，我的感觉关键词是很深情、很柔媚，还有点风流。

西川：山东环境下还敢说风流啊？

张清华：很妖。

西川：回山东千万别这么说啊。

韩军：于明诠的画，非常稚拙，很有童心。我有一回带着他的画册，给陌生的孩子看，给一些不熟悉于明诠的成年人看。结果那些看画的人，既有孩子也有大人，把其他事都忘了，就一门心思、专注地看于明诠的画，就被吸引。他的画有一种抓人的魅力。

于明诠的诗呢，我觉得是特别有趣味，非常好玩儿。他写诗的过程中，我们交流得也特别多，我是学中文的，对诗有一种亲近感。过去我比较欣赏于明诠的《八大山人》那一类诗。于明诠以后的诗，我初读有点不习惯。但是逐渐的，我有所改变，觉得他后来的诗真的是比《八大山人》那个要好。我们这一代人，是读北岛、舒婷的诗过来的，养成了那种趣味。其实后来中国诗歌界的成长、发展出的有别于北岛、舒婷的诗，更加生活化，语言更松弛、更口语化、更散文化。于明诠的诗，也是这种风格，表明他后来越来越成熟了，越来越好。

我觉得字跟画是于明诠的专业，是职业，所以特别讲究。诗是写着玩儿的，消遣的。并且诗歌更加"形而上"，因此可能欣赏于明诠诗的人不一定非常多，社会上读诗的人，永远是少数。而欣赏他的画和字的人，非常多，越来越多。能够把诗、书、画、印集于一身，做得都那么出色的，引领风气的，我知道的当代中青年艺术家，可能只有于明诠一个。这非常了不起。

如果对于明诠说几句话，我建议于明诠，诗不一定要只写给诗评家看，只写给写诗的人看，要写给中学生、让中学生喜欢看才好。让那些陌生的、文化程度不高的人，读了，觉得挺好玩儿，那才好。但是这种写法一点不庸俗、不低级，松弛、自然的白话语言之中又非常讲究，意境又别开生面，耐人寻味，耐人咀嚼，让人流连，让人越咀嚼越觉得有象征意味，有暗喻，有所指，打通了、串联了、链接了我们人类的某种感受、心境、处境。这样，反而更难，是一种大境界。

研讨会之后，希望老于回到一种松弛、自由、自然的状态，不要被我们大家的发言束缚、捆绑,不要左右为难,而是要左右逢源,开合自如,自自然然。

王士强: 我是临时过来的,主要是听,其实不应该说话。我昨天才知道有这个会,今天到了会场才看到这个书,没时间认真读。我今天下午翻了一下这个诗集,听了各位老师的发言很有阅读兴趣,回去以后要认真读读这个诗集。于明诠老师是书法家也是诗人,欧阳江河老师也是,我觉得这两种身份在这两位老师这里可能还是有一些不同和侧重,两个身份的影响和重要性还是有区别的。在欧阳江河老师这里,可能诗人的身份是要大于书法家的,在于明诠这里书法家是大于诗人的。对于明诠老师来说,书法家的这个身份对他的诗歌创作还是有一些影响,比如说这里面我看他的诗,他很注重诗歌的形式,无论是诗歌的外在形式还是内在形式,注重诗歌的音韵、节奏、结构,我觉得这都跟他的书法家身份是有密切关联的。此外,他诗歌所体现的古典性、抒情性,其中古典意境的呈现,可能都是书法跟诗歌这两者之间互相滋养、互相成就、互相成全的关系的体现。当然这里面可能也有一定的制约或者是限制的关系,其中有很多很有意思、值得进一步思考和讨论的话题。从我自己来说,我希望以后能够有机会在对于明诠老师的诗歌进行认真系统的阅读之后再做正式认真的探讨。

王登科: 讨论到现在,我觉得我们这个讨论越来越深入了。刚开始写了这么多,我想怎么去讲,但是看来都觉得不大合适。尤其是几位老师从各个角度谈的都比较深刻了,我还是从我这个角度,从书法讲。大家对于明诠兄在书界的影响可能还不大了解,好在我和于明诠是同龄,我们一并都是从80年代初期写字,我个人也一直算是文学青年,学中文嘛,一路走来,我觉得30年来中国当代文学的发展的这样一个心路历程,我和于兄的感受是一致的。又都学习书法,值得一提的是刚才欧阳老师也在讲,说于兄是刘正成先生对他的一个发现,确实是这样。于明诠获得了全国六、七、八届中青展的金奖,这个对于一位书法家是不得了的一件事,而且那是非常值得怀念的一个时代。那个时代的书法活动也是刘正成先生主盟。于明诠一路走来,在书法界摘金不夺银,没有银奖,都是金奖,六届中青展我是银奖,八届我也是银奖。所以于明诠兄始终在引领着书法界的这样一个潮流。其实在三四年前才知道明诠兄书家本色是诗人,我也找到了他为什么会引领这个时代书坛的真正原因,他有诗心,他是用他的诗心来写字的。

明诠兄有什么样的窍门,为什么会频繁获奖,大家还会觉得刘老师对于明诠为什么那么偏爱?我今天才知道,刘老师也有一个文心,也有一颗诗心,这一点上我觉得可能是明诠兄引领了当时的时代。大家都在玩儿技法的时候,于明诠已经跳出了这个圈儿。昨天晚上我跟明诠兄在微信上讲,我说做诗人是一种宿命,我也觉得当代其实好多一些关键词都和刘正成先生、明诠兄有关。比如像流行书风,比如丑书。我记得是"展览体"这个概念,也是明诠兄率先提出来的,他直接指出当代书法的一些弊端。用我的话讲,就像T型台上女人的服装,好看,没有用。所以我一直在想,展览体现象的最早被关注也是刘正成老师,他当时就批评过所谓的书法美术化倾向。明诠兄几年前对展览体概念的提出与批评,也可看作是对刘老师理论的响应。我想说的好多好多,但是有一点,于明诠兄的身份又是书家又是诗人,但是我感觉其实它就是一体的,明诠兄写字也是在写诗,在平常的书写里发现了诗一样的美好,刚才哪位先生说,明诠兄其实人格气质是敛着的,但是里面还有一点灵光乍现,偶尔开一个玩笑,非常动人,非常美妙。我为我们所谓的书坛、书法家朋友里面还有这样一位诗人而倍感自豪。而且明诠兄也为沉闷的书坛带来了一线生机。其实我觉得刚才孙老师在讲,说于明诠其实一定是真心的未必想成为一个诗人,但是他会沿着诗的这样一个方向的指引来走。还有刚才一位嘉宾说到了人格,这个话题可以深入,究竟人生、艺术、人格是什么,是艺术成就人生,还是人生成就艺术,这个在明诠兄身上会有一个选择。还有一点我觉得诗歌和书法是最不能用语言描述的,古代的书法理论就是这样,他们觉得字是不能描述的,于是他们用诗一样的语言来讲书法。所以我觉得今天这个讨论也非常有趣味,大家本来不可以讲,我们还要尽量去讲,所以今天有一些东西在语言表述的时候就未必是内心想要表达的东西。

谢谢各位。

欧阳江河:由于时间原因,后面几位朋友的发言我就没有一一点评了,但是都说得非常好。最后,我们请于明诠先生说几句,我再拿三五分钟的时间说一下。

于明诠:我今天非常激动,因为圆了我一个文学的梦。我实际上最爱好的是文学,在1980年上大学的时候,读的是政治专业,我不愿意上政治专业课,就跑到中文系"鬼混",特别特别喜欢文学,喜欢小说，喜欢诗。那个年代可以说就是个文学的年代。在座的各位老师当时虽未谋面，但您们的文章和作品我却几乎都很熟悉。江河兄一见面就说他是我书法的粉丝，他说你不知道，我30年前可就是你的粉丝啊。想不到，今天各位老师、前辈、朋友、同道能给我这么多的鼓励和指导，而且是零距离哈。如果说我对书法稍微能够有点感悟的话，其实我很感激诗。我在80年代末读了一本很小的册子，就是叶秀山先生写的《书法美学引论》。我读了他这个小册子以后，一下子就觉得其实字是可以写成诗的。我的点画就是诗的语言、词句、意象，我可以用点画来写诗。我那个时候书法观发生了很大的改变。我这几年老是到各地讲课，我老说这个话，就是书法不是个"东西"，不是"物件"，书法是什么呢？书法就是书法家的心事，就像诗是诗人的心事一样。当下许多人讲书法，主张书法是一门视觉艺术，我不能苟同。我认为，说视觉艺术是对书法这个现象最表层、最表面的那个特点的一种描述。就比如人是什么，人就是高级动物，对不对？但这是最表层的描述，远不能触及人的本质。很多很多朋友对书法的理解就是我们把古人的碑帖拿过来，拆解开，一个点画一个部件地研究、分析并复制它，最后组装起来就叫书法创作，我是坚决反对的。

我在学书法的过程当中真的对诗对文学充满感激，我从80年代开始写，写过小说，更多的是写诗。这本诗集里面有很多是80年代写的，比如《敦煌》《八大山人》都是很早写的。但是我很少发表，我发表过，大家肯定不会注意到，因为发得太少太少，当时用了个笔名"于是乎"。1998年《星星》诗刊第8期，给我发表过"实力方阵"诗歌专题，比如《八大山人》《小宴》《霸王别姬》《白鱼在春天的睡姿》等，有七八首。后来这些年断断续续写得也不多，但很少再投稿发表。但是我越来越喜欢诗，越来越对诗感激，诗集前面写的就是自己和自己说话，这是我的真实感受。有的时候很憋闷的时候需要找一个气口，写字太熟悉了，我不愿意，想换个形式，自己哄着自己不哭。或许有人说，当下搞书画又有名又有利，写诗呢别人又读不懂，还挺穷酸，干吗弄那个？其实他们不知道，诗的妙趣，诗的含量，比点画线条更加妙不可言，更加丰富深刻。后来我为什么要出这个诗集？我是在想，我还是从骨子里面很喜欢。我说过我不想当诗人，当然也当不了诗人了，但是可以继续写诗，就像很多人不一定想当书法家，但喜欢写字一样，我就是这样一个状态。三年前，江河、清华两位老兄鼓励我，说你别这样,正儿八经写呀,别自己总定位当业余,他们鼓励我,所以敢印一本诗集出来,圆自己一个年轻的文学的梦想。

欧阳江河:刚才你的老同学韩军先生建议说,你的诗如果能够写给孩子们看,那不得了。我觉得我就没这个境界,我没办法写给孩子们。

于明诠:我经常跟我的学生说,学习书画的同时一定关注文学,而文学当然包括现当代文学。今天来了两位,刘彭和庄乾亮,他们都是我的书法的学生。他们都喜欢诗,受我的影响。我们学书法专业的许多同学都受我的影响,喜欢文学,喜欢诗歌。我一直有个想法,精挑细选100首现代诗,再编配一些赏析文字,印一本小册子,专门印给学书法绘画的学生,一定让他们知道,在今天你不读现代诗,你不能算今天的一个文化人。好比在宋代的时候,你天天写平平仄仄仄仄平,对词很隔膜,就不是宋代文人。或者在唐代天天写骈体文,不懂不写五绝七律,就不算唐代文化人。当下呢,你读不懂欧阳江河,你读不懂北岛、西川,你说你读懂《诗经》我就不信,因为你现代人的情感不懂,真能读懂《诗经》吗?我很怀疑。

欧阳江河:这句话很厉害,说得很正确。

西川:把我都震住了。

于明诠:有些书画圈的朋友,他们对诗歌不仅隔膜,对新诗,是非常有偏见的。他们觉得只有平平仄仄仄仄平才叫诗,其实聂绀弩、杨宪益之后律诗写得精彩的真的不是很多,当然也有。为什么呢?我想,毛泽东当年说的,格律诗限制太多,而当代生活中人们的情感世界又是这样丰富,律诗远不如现代诗的形式更为适合,这一定是其中一条很重要的原因。律诗,太讲究格律形式,很容易把形式技巧的锤炼代替诗歌中的诗意本身。一旦沉浸在形式花样里边,就完全变成了一种空洞的文字游戏,就像古人偶尔玩玩"回文诗""回文词"那样。他们那是玩儿花样。但是当下因为书画圈里很多人对现代诗不了解,是隔膜的,而且有偏见。所以又往往把能否拼凑出几首律诗看得太过神圣,甚至看作是书画家有无文化修养的象征。我想,若是古人如苏黄米蔡活到当下,讲讲诗书画印,其中诗这一条也应该包括现代诗,或者说主要应该是指现代诗的。我力所能及地在我这个教学当中要让我那些朋友们、学生们喜欢诗,特别是现代诗。我经常在课堂上背诵一些现代诗的经典之作,好多时候我背诵完以后,很多人很惊讶,甚至从来没有接触过、理解过现代诗的同学，他们都非常喜欢，说还有这么好的东西啊！我说因为你们太隔膜了，你们没关注这个。有个别大学者说新诗是一个失败，我当时看了这个观点之后就非常非常的不理解，那么大一个文人，怎么会说出这样无知的话来呢。若论一百年来现代文学成就，论到诗歌艺术，当然把郭沫若、徐志摩、艾青、北岛、海子等等甚至包括在座的你们几位诗人的作品当作标杆，不会把毛泽东、柳亚子、鲁迅、聂绀弩等等的律诗作为标杆，尽管他们写得也真好，也真精彩。

我对学生们提出这样的口号作为共勉："做半个文人，养一颗文心。"做一个文人在今天真的活得很艰难，你可能四处碰壁。但是我们不妨打一点折扣，做半个文人，但是要养一颗文心。我在书法圈里老提倡这个，说书法家不一定要学者化，但是一定要文人化。书法家不文人化，你天天讲技术，天天讲毛笔尖上的那点事，这个已经不是三千年历史的书法了。你们把我看成一个老木匠，带着一帮小木匠，四年出徒做仿古古典家具，这样下去书法就没了，三千年的书法艺术就没了。今天很感谢诸位，大家给我很多的鼓励，特别是给我提出了许多真诚的建议和意见，真的太好了！这些问题我都仔细记下来了，回去好好思考，我很愿意继续写诗，虽然我继续不想当诗人。像清华、江河他们两位所鼓励的，既然写就正儿八经写，用用功夫写。今天特别感谢诸位，给大家鞠躬了。

欧阳江河：今天这个讨论会开得超出我的预期，通常这种会，因为大家都是朋友，肯定在一起说说好话，吹捧吹捧，但是今天，表扬说得很真诚，不虚假，问题谈得也同样真诚，很深刻。这不光是对于明诠本人的诗歌写作，也是对我们当下整个诗歌界现状做了梳理。问题的提出，都会有所启发和帮助。

再说几句对书法的看法，书法和个人情性、情感的关系值得我们再思考。我们一方面强调这些，另外还要考虑到当代艺术的另一面，就是个人性完全从书写中泯灭掉，那也是一条路，完全只从艺术表现，把书法作为一个材料来使用。我们不要把对书法的理解完完全全规范化，还是要有一种开放的心态。今天没来得及讨论书法的问题，所以我补充几句，大家可以完全不同意我的看法。一方面我特别推崇于明诠，特别喜欢他的字，尤其是大字对联，太好了。我有的时候说话有点夸张，这个文无第一、武无第二，字也是这样，字没有第一的。比如王羲之、颜真卿和张旭谁是第一？全是第一，但没有一个人是第一。最后，韩军说你别给诗评家写，你应该给小孩子写，给中学生写，我觉得，你可以给小孩、给中学生写，但你要有这个信心，我认为可以给诗评家写，甚至给诗歌史写。

北岛诗歌创作研讨会综述
◇王　颖

　　北岛在中国当代诗歌发展史上是位有重要影响的诗人。作为朦胧诗派的代表人物，他是新时期现代主义诗风的开启者，为中国新诗的现代转型起了重要的推动作用，他的作品构成了当代中国的一种重要的文化现象。为了对北岛的诗歌创作进行充分的研究，总结他的创作经验，以推动和繁荣当代诗歌创作与诗歌理论建设，中国当代文学研究会、廊坊师范学院文学院、首都师范大学中国诗歌研究中心联合举办的"北岛诗歌创作研讨会"，于2016年5月21日在河北廊坊师范学院召开。北岛和来自全国各地的学者、诗人等40余人参加了会议。法国汉学家、北岛诗歌的法文翻译者尚德兰女士和北岛诗集的出版者、北京活字文化有限公司总经理李学军女士也应邀莅临。与会者围绕北岛诗歌创作的时代内涵、文化精神、美学风范、艺术特点、文学史定位等多个角度展开了探讨。

一、对历史感与美学价值的观照与探讨

　　北岛的诗歌在时代重大转折的关头，以孤绝的生命姿态进行了历史的反思和个人体验的自审，从而传达了从迷惘到觉醒的一代青年人的心声。同时以反叛传统的新异的话语修辞，开启了中国新诗现代性的潮涌。直面现实的勇气、独立的人格力量和觉醒者的先驱意识，他诗中凝结的一代人的痛苦经历与思考，使他理所当然地成为朦胧诗派的代表人物。**谢冕**（北京大学）通过回顾中国新诗的百年历史，肯定了北岛诗歌的时代感、美学价值和在新诗发展中的里程碑意义，认为北岛和《今天》代表的新诗潮的崛起标志着中国新诗的复兴，代表了中国诗歌自由精神的回归。**孙绍振**（福建师范大学）结合北岛诗歌作品《无题》，分析了它的意象特质、个性的话语构成，以及潜隐的内在

运思,阐述了北岛诗歌创作所确立的新的美学原则,强调北岛的诗歌是深邃的、精英化的、个人化的"审智型"诗歌,通过一系列陌生的意象,在奇特的想象中,用个性化的语言表达了一种冷峻的思考。**尚德兰**(法国巴黎第七大学)从语法学的角度切入北岛的诗歌文本,来关照诗歌中的节奏语法,以此把握北岛个人的诗歌话语方式。她具体分析了北岛诗歌的动词与名词的使用,认为名词的扩展是北岛诗歌常有的现象,通过累积、重复,形成了独特的语法节奏,诗人让读者看到了一种封闭的诗学,感觉到历史的重压。**吴思敬**(首都师范大学中国诗歌研究中心)认为北岛是一位有独立审美品格的诗人,他结合北岛的人生经历、生存境遇,以及他"冷静而多思"的独特的个性,对北岛的生命体验、诗艺生成、在诗歌发展史上的影响进行了综合考察。他重点分析了北岛1970年代后期到80年代的诗歌创作,总结了北岛这一时期诗歌创作的美学特征,将象征基调与超现实的手法结合起来,突破了事物的正常逻辑,超越了特定的时间和空间,并将瑰丽的想象和深邃的哲理紧密结合在一起,在诗中展示了一个独特的艺术世界。他指出北岛直面现实的勇气、独立的人格力量和觉醒者的先驱意识,诗中凝结的一代人的痛苦经历与思考,使他理所当然地成为朦胧诗派的代表人物,他的作品也构成了当代中国的一种重要的文化现象。同时北岛作为新时期现代主义诗风的开启者,为中国新诗的现代转型起了重要的推动作用。此外,吴思敬以为只有把北岛还原成为一个诗人,摆脱对北岛诗歌的泛政治化阅读,才有可能对北岛这一重要的诗人做出准确而公正的评价。

李润霞(南开大学)以北岛创办民刊《今天》的宗旨,即办成一份"纯文学"刊物为基本参照,探讨了北岛"文革"时期的诗歌创作。她指出1973年是北岛诗歌风格转变的分界线,风格变化的背后是生活的变故和世界的变化:1973年(包括之前)的作品多书写青春、理想、爱情、友谊,诗风清新秀丽,是抒情性很强的浪漫主义诗歌;1973年开始北岛从"浪漫的写作"逐步转向"冷酷的写作"。她还分析了这一阶段北岛诗歌创作的两大主题"探求"与"怀疑",认为探求与怀疑显示了北岛诗歌对苦难的承受和对人性的救赎力量,否定中的肯定、绝望中的希望为他的诗歌带来一种极端的张力和矛盾的和谐,从而使得他的诗歌获取了一种感动人心的力量,同时也获得了一种深沉的现实感与历史感,使他的诗歌超越了纯粹政治性的解读。同样把研究的目光对准北岛20世纪70年代的诗歌创作的还有**王士强**(天津社会科学院文学研究所),他考察了北岛1970年代的诗歌创作,认为北岛个体化的风格在这一时期已基本形成,也可以看到一位处于艺术学步期的写作者从稚嫩走向成熟之成长、转变的过程。他以北岛1978年10月的自印诗集《陌生的海滩》和发表在老《今天》杂志(1978—1980)上的诗歌作品为主,概括出北岛1970年代诗歌创作的如下特质:第一,从浪漫主义向现代主义过渡、转化与共存;第二,实现了话语体系的更新,以更为自然、个人化、生活化的语言代替了主流的革命、政治话语。但是,由于成长在特定的意识形态环境中,北岛的诗歌与作为主流意识形态的革命话语还有千丝万缕的联系,形成了"个人"与"革命"的双声话语。北岛诗歌影响较大的是社会性比较强、充满怀疑与反叛精神的一类。这些诗具有鲜明的特点,自成一体,一定意义上可以称为"北岛体"。这些诗歌采用了"宣言"、"宣告"的发声方式,诗中的主体具有启蒙者的角色,有着理想主义、精英主义的成分。"北岛体"的诗句极端、绝对,斩钉截铁,直截了当,简洁而有力。这些高声调、强对抗、外向型,注重社会关切与人文关怀的写作,塑型了北岛的主体形象,并在新诗潮中大放异彩。

部分研究者从诗歌文本细读的角度入手,对北岛诗歌美学特征做了具体细致的关照。**张桃洲**(首都师范大学中国诗歌研究中心)对北岛早期创作的经典作品《回答》做了重新细读分析,梳理了《回答》经典地位确立的历程和目前一些重要的诗歌研究者对《回答》的解读,认为对《回答》的评析不仅关乎诗作本身,而且涉及对北岛诗歌价值的整体估定,《回答》的经典地位确立后,北岛的诗人形象也被"符号化"了;正是《回答》所代表的朦胧诗充满"抗议"的政治美学,催生了1980年代"对抗"诗学格局及由此带来的具有紧张感的活力。回到《回答》诗歌本身,他不仅将诗歌还原为一种个人化的姿势,更指出了诗歌形式方面存在的问题。**王珂**(东南大学人文学院)从新诗的现代性建设的角度出发,通过对《回答》和《一切》诗歌功能的分析,论述了北岛诗歌的现代性,认为这两首诗在建设现代情感和现代政治方面做出了较大贡献。两首诗具有鲜明的现代性,既有意识形态性也有诗性,既有启蒙功能也有治疗功能。它们在特定时代唤醒了中国人的现代意识,参与了中国的现代建设,促进了中国的思想开放,加快了中国的民主进程。北岛被"神化"成"启蒙诗人"甚至"政治诗人",与这两首诗被时代误读和被政治利用有关。它们具有现实主义的"真实"和现代主义的"颓废",应该高度肯定两首诗的虚无主义色彩,尤其是《一切》中的"颓废"的价值。它是北岛"现代诗人"的重要标志,也是他在诗题方面对新诗现代性建设做的一大贡献。**王永**(燕山大学文法学院)通过对北岛系列《无题》的文本细读,认为细读《无题》可以管窥北岛的思维方式以及其修辞手法与笔下意象的意蕴。北岛之所以被称为"诗界的鲁迅",是因为他的诗歌体现出的鲁迅式的怀疑与绝望。对于绝望的直面与承担,使得北岛的诗歌悲壮而崇高。

二、对去国后诗歌的考察与评价

北岛从20世纪80年代末始置身海外,身处异域的旅居经历为他构筑了一个全新的写作语境,他的诗歌创作逐渐展露出不一样的质素与特征。一些研究者就北岛的海外诗歌创作进行了梳理与解读。**孙晓娅**(首都师范大学中国诗歌研究中心)从主体自觉、诗歌理念、语言感受的"漂移"美学维度对北岛去国后的诗歌进行了解读,认为北岛在海外近20余年的创作可以纳入"流散写作"的范畴。东西方思想碰撞与交汇,漂移的居所、文化和语言环境对其思想和创作影响深刻。与大多数流散作家一样,北岛与异域文化之间始终保持着一定的距离,对本土的经验和记忆占据着诗人的灵魂,他的诗歌中充满着浓重的忧伤和对祖国刻骨铭心的思念,在"怀乡"、"孤独的言说"、对命运漂泊与时间动荡的感悟中,其诗歌呈现出"漂移"的美学特质。漂泊与孤悬的"漂移"状态使诗人认识到前期诗歌的缺陷与困境,并在对这些要素的坚守中进行必要的调整。这种常与变之间的平衡构成了北岛后期诗歌内在的张力,使这些诗作具有了特殊的魅力,于是"漂移"也就成为透视北岛海外创作所发生的变化的一把钥匙,同时也是解读北岛后期诗歌的一个有效的途径。**龙扬志**(暨南大学文学院)认为将流寓时期的北岛作为考察对象,通过关照他的流寓书写,能够呈现出一个重要诗人被遮蔽的写作状况,通过审视地理与文化空间变迁考察其写作在海外的展开维度,揭示跨越时空的主体呈现与写作意图的诗学旅行,追踪思想者在不同生存环境的思想轨迹及其符号化过程。对于北岛这样一位参与当代中国诗歌建构并具有世界影响力的诗人,有必要超越诗歌本体研究的维度,尤其是突破从文本角度展开的平面化格局,使相关北岛研究呈现出视觉与方法的多元性。

刘波（三峡大学文学与传媒学院）指出北岛为当代诗歌建立了启蒙的传统。经过了激昂的"回答"时代之后，北岛选择了一条苦吟之路，在创作上更加注重诗艺本身，可谓是从灵魂写作回到了技术写作。在海外，北岛对中国诗歌传统有了新的认识。中国古典诗歌对意象的重视，深深影响了他的写作。他晚近的作品，已然没有了当年那种呐喊和宣言式的诗歌，更多的则是平和的思索，在艺术上也更为纯粹，尤其是去国离乡后诗歌转型的写作境界更注重对诗艺的探求，意象的罗列和变形的书写，生命的平实与心境的平和，使其诗越发显得纯粹。
李文钢（河北科技师范学院文法学院）对1989年北岛去国后的诗歌创作研究进行了梳理，指出北岛旅居海外的诗歌创作目前在评论界大致有三种意见：一、负面评价，代表有王家新、宇文所安、程光炜等；二、正面意见，代表有欧阳江河、陈超、唐晓渡等；三、保留意见，代表有吴晓东、张桃洲等。这些观点的互相交锋之激烈，即便是同持赞赏或贬抑态度的观点之间，也常常是相互矛盾纠缠着。而且，因为上述这些评价大多都是建立在宏观观察的基础之上，缺乏具体诗篇的细致而深入地剖析，因此该信服其中的哪些评论，仍需要我们在深入阅读诗歌文本的基础上再去得出自己的结论。他还指出北岛去国后的诗歌创作存在的问题，希望对于此类诗歌的研究能够从文本的自足性出发，从诗艺的角度进行细读分析，再以此为基础深入思考相关的汉语诗歌的基本建设问题。

三、对文学史价值的重估与定位

北岛自1980年代初期获得中国文坛认可，逐步走进中国当代诗歌史和文学史，成为中国当代诗歌史上的一座里程碑。部分学者将研究的目光投注到北岛诗歌在当代诗歌史的定位与价值方向上，对北岛诗歌的文学史价值进行了重新评价与定位。**沈奇**（西安财经学院文学院）回顾了2010年春天《钟山》杂志举办的评选三十年十大诗人的活动，《钟山》在全国甄选了十二位评委，评选结果是北岛以唯一全票获得者，位列"十大诗人"（1979—2009）"排行榜榜首。沈奇教授评析了十二位评委对北岛的评语，并对十二位评委的推荐语做了一个归纳：北岛一直是当代汉语诗歌伟大复兴最杰出的代表和最重要的灵魂人物之一。北岛开创了两个非常重要的传统,即以《今天》所开创的民刊传统和自身的诗歌实践所开创的反抗与介入的诗学传统。但他也认为,目前,对北岛还不能下定论,在当下历史语境,面对北岛这样的重要而优秀的历史人物作为历史书写的热点所在,还应该保持清醒与冷静,以免无意之间,落入商业社会与消费文化共谋而虚构的"荣誉空间"与"交流平台"之陷阱,从而留下新的遗憾与尴尬。**苗雨时**(廊坊师范学院文学院)认为北岛是主流意识形态反转时的最后一位诗人,同时也是新的历史时期现代性诗歌建构的第一位诗人。对个人主体性的关注,是他诗歌的一个核心问题。个人主体性于历史省思中在诗歌中的确立和生命体验对现代话语修辞的召唤,使他成为真正意义上的现代诗人。他从中国新诗百年的流变中,指出朦胧诗继承了新诗传统的优秀部分,而剔除了其弊端。他总结了北岛诗歌的文学史价值和意义,主要表现在两个方面:其一,冲破艺术禁锢,使诗歌得到解放,它挣脱了政治桎梏,变诗的政治学为"人"学,让诗从虚假和欺骗,走向真诚与真实;其二,打开文学封闭,让诗歌实现开放,它改变了与世界阻断的状态,重建了新诗与世界诗歌的联系。

陈卫(福建师范大学文学院)梳理了近年中国当代文学史(包括诗歌史)对北岛的描述,认为文学史对北岛的书写应该做一定的补充,也就是重估北岛。而重估北岛,需要使用美学的方法,而不是社会学方法,通过分析北岛诗歌的意象,得出了北岛诗歌主题多针对形而上的问题,带有强烈的思辨性;意象相对选择与政治、哲学、社会有关的词语,组合的时候很容易让人看出光明与黑暗、正义与邪恶的对抗,借助意象,通过意象构成画面展开形象的思索构成了北岛意象诗歌的特色。**张立群**(辽宁大学文学院)对多年来北岛研究做了详细的述评,他认为北岛自1980年代初期获得中国文坛的认可之后,围绕其创作的研究就开始了漫长的旅程。时至今日关于北岛的研究无论从数量还是内容上看,都已形成相当的规模。在此前提下,总体上以时间为线索、以研究对象为门类,梳理北岛现有的研究成果,不仅可以总结北岛研究的动向与趋势,而且还可以发现若干问题的同时适度实现"研究之研究"的意义和价值。

此外,个别诗人从生活中自己与北岛的交往出发,谈了自己对北岛其人的认识。**林莽**(诗人、《诗探索》作品集主编)回顾了与北岛的交往以及《今天》杂志的创办,从生活细节等方面补充了北岛的性情。

如今在美中基金会任职的当年的青年批评家**李黎**,出示了北岛在美国时送给他的《北岛的诗》的最初版本,也回顾了当年他对北岛的评价。诗人**西川**则讲述了他所认识的北岛,北岛的人格"硬度"和在国外生活的"孤独感"。女诗人**梅尔**谈了自己对北岛作品的感受。

此次研讨会,与会学者与诗人从宏观与微观等多个角度探讨了北岛诗歌的特征。吴思敬教授在大会总结发言中提到,大家围绕北岛的历史感和使命感,他的深层的灵魂的诘问,他的独特的智性人格的魅力,他的现代诗歌美学,以及当代诗歌史的定位与价值,展开了较为广泛、充分的研讨,这是此次会议的重要收获。但也应看到,在北岛的划时代的诗歌经典面前,我们的理论、概念和思考,仍存在着巨大挑战,因此希望大家以此次会议为契机,对北岛诗歌进行更为广泛、更为深入的探讨和研究。

(作者单位:廊坊师范学院文学院)

"穆旦与百年中国新诗：21世纪中国现代诗第九届研讨会"综述

卢 桢

为全面阐释穆旦的为诗为人之道，梳理穆旦研究的学术脉络，对穆旦研究这一"显学"进行学理估衡，同时深入总结百年新诗的经验和教训，进而为繁荣当下诗歌创作提供助益，中国当代文学研究会与南开大学穆旦新诗研究中心于2016年6月18日至19日在南开大学举办了"穆旦与百年中国新诗：21世纪中国现代诗第九届研讨会"。来自北京大学、北京师范大学、武汉大学、福建师范大学等高校和科研院所的40余位专家齐聚南开，围绕穆旦创作与百年新诗所涉及的诸多理论问题进行了深入交流与广泛探讨。开幕式由罗振亚教授主持，教育部中文教学指导委员会主任、南开大学学术委员会副主任陈洪先生、中国当代文学研究会副会长吴思敬先生先后致辞。在随后展开的六个单元学术讨论中，学者们就"穆旦与中国新诗"、"百年新诗经验与教训"以及"新诗中的知性写作研究"三大论题展开具体讨论，进一步拓展了该话题的言说空间，其交流和争鸣主要体现出以下特点。

宏观考量与微观透视并重

穆旦研究的学术活力，正在于我们可以通过穆旦的诗文，洞悉穆旦的创作与他所处时代之间的文化联系，进而站在宏观视角考量穆旦与现代中国文学的对应关系，以及他对后世诗学的持续性影响，这是一个不断向外延展的话题。同时，穆旦诗文中的现代主义修辞、富含宗教意识的人文哲思以及内化在诗文中的"丰富之痛苦"，又如同一座富含多种元素的宝矿，可供一代又一代的读者进行创造性悟读。因此，穆旦研究既需要宏观意义上的、文学史层面的整体扫描，同时也需要对其内部诗文语言、形式、情感、哲思实现定点透视，而本次会议的与会学者大都能观照到这种"内部"与"外部"的统一，其论述既有面的覆盖、线的梳理,同时还包括诸多学术创新"点"之突破。

作为穆旦诗学研究的关键词,"现代性""生命意识""宗教性"等理论视角为诸多学者所关注,而如何以更加宏观的视野考察穆旦诗学命题的多重表现,成为这次论坛讨论的一个焦点。诸多专家结合各自研究专长,从多角度阐发观点。**李怡**(北京师范大学)发掘和反思了穆旦抗战时期诗歌的基本主题及其文学史意义,认为这些文本凝结着诗人的痛苦的智慧,穆旦本人深深地将这些苦难铭刻在了自己的记忆里,成为他人生思考与艺术追求的重要的支点。战争受难、成长受难与追问生命是抗战时期穆旦诗歌的三大基本主题,这些主题充分体现了诗人创作之于文学史的现代价值与民族意义,也包含着诗人对汉语诗歌传统的创造性推动,是对中国现代诗歌的重大贡献。王珂(东南大学)从现代性视角出发,认为穆旦在新诗现代性建设上的贡献主要在现代主义和颓废上,为诗题及新诗功能的现代性建设做出了巨大贡献。他的青春期"快感"甚至"肉感"写作,即"情色写作"具有较大的抒情价值和治疗价值。**段从学**(西南交通大学)将"三千里步行"与穆旦的"转变"联结一身,指出从长沙到昆明"三千里步行",不仅没有让穆旦从浪漫主义诗歌文化的影响中解脱出来,而是让他在"看风景"的过程中,"转变"成更为纯粹的浪漫主义者,一个拥有无穷的"野力",并且能够凭借这种"野力"推动"新时代"来临的行动者,一个能够有能力征服世界和控制世界的能动主体。

文本细读与作家心态、交往研究,虽分属不同的研究路径,但其都在微观基础上对作家的创作与心理进行了深入挖掘与细腻呈现,表现出于微观中见整体的研究思路。关于穆旦的诗文细读,学界较多观照的是《诗八首》《冬》等篇章,**吴投文**(湖南科技大学)则将视角移向《春》,认为它的"诗歌艺术精神"似乎具有某种孤立的性质,在后来者的写作中很难找到比较清晰的对应和传承线索。通过《春》的文本,我们或许可以由"在生命的限制中对自由的张望"这一视角带动对穆旦诗歌相关问题的探讨。**陈卫**(福建师范大学)选择1945年与1976年两个节点,对比穆旦在公开发表与私下写作时所呈现的内容与精神状态、写作特色,认为穆旦的诗歌表现出战争给人带来的生存分裂感和对权威说教的怀疑,其智慧的灵光无处不在,给崇尚知性写作的当代诗人提供了宝贵的经验。**王士强**(天津社会科学院)注意到1957年穆旦曾有一次短暂的诗歌复出,这在当时高度政治化的环境中无疑有着重要的政治意味。穆旦的这几首诗可以作为一种症候来进行解析,其中包含着复杂、微妙、独特的文化、心理信息。**李润霞**(南开大学文学院)将"解放话语中的'不合拍'诗人"称号赋予穆旦,用以解析诗人处理时代话语与个人心灵之间的精神矛盾,以及其文本隐含的话语张力。**子张**(浙江工业大学)抓住穆旦与郭小川在"反右"前后的交往这一小话题,就二人交往和时代主流政治之间的关系深入透析。**冯雷**(北方工业大学)则从当今学界较多使用的"日常生活"概念入手反观穆旦,认为穆旦在艺术上反对"以风花雪月为诗",表现出逃离日常生活的特征。

"史料研究"与"启发式研究"互动

文献整理与史料研究始终是现代文学研究的重要向度,中国现代作家文献的整理工作已取得丰厚的成绩,但仍具有较大的辑佚空间,较多集外文的存在意味着作家的既有形象面临着新的调整,而辑佚成果的较多出现则孕育了文献学工作的新动向。就此问题,**易彬**(长沙理工大学)围绕新见穆旦集外文进行了探讨,指出近年来发掘的较多穆旦集外文既能揭示地方性或边缘性报刊之于文献发掘、时代语境之于个人形象塑造与文献选择的特殊意义,也能凸显文献权属、历史认知等方面的话题,值得深入探究。**张立群**(辽宁大学)以穆旦在沈阳期间的活动为背景进行史料考察,认为不仅"沈阳的穆旦"需要做深入的研究与考证,所谓《穆旦全集》的编选(包括诗、文、日记、通信等)也必将任重而道远。同样是研究"沈阳的穆旦",**姜涛**(北京大学)则从穆旦"报人"与"诗人"的视野同构穆旦在1946—1948的形象,对穆旦"思、想"之视野如何重构,其主体形象有何变化,其诗歌写作有何内在的转变,在这一过程中"办报"与"写诗"两种实践之间有何关联等问题进行了探讨,并以此视角审视内战背景下现代诗歌自身"装置"的重构。

作为诗人和翻译家,穆旦的重要性现已得到学界的普遍认可,但放到文学史的实际进程看,穆旦属于曾经被忽略、被压抑的作家,其诗名不彰,译名倒是在新中国初期即得到广泛认可,如易彬所说:"穆旦是中国新诗史和翻译史上的重要人物",遗憾的是,穆旦的翻译思想仍是穆旦研究中的薄弱环节。有鉴于此,**熊辉**(西南大学)从语言意义、语体色彩、句法结构和形式艺术等几个方面论述了穆旦的译诗文体观念，突出了他的翻译思想对他本人和现代译诗的积极影响。**常金秋**（天津科技大学）则认为穆旦在1950—1970年代的俄诗译介并不是简单的外国诗歌译介。穆旦的"翻译体"诗歌对于中国新诗甚至于汉语写作都有潜在的影响，穆旦将自己的诗学主张以"翻译"的方式呈现出来。

能够将穆旦的诗人、报人、翻译者身份建立关联，探析其间的内部转化关系，已为学界打造出穆旦研究的新学术增长点。还有很多学者注意到，本次会议的论题"穆旦与百年新诗"本身就透射出关系研究的思路。穆旦既是一个研究的终点，同时还可成为一个学术升发的起点，它可以化为诗学研究的一个视角，启发我们对当下诗歌的多维认识与多元解读。如**马知遥**（天津大学）批评了当下诗歌的不良趋势，认为很多诗歌过度消解日常生活的诗意，代之以粗鄙和暴力的刺激，或者段子手的调笑和滑稽。应该回归穆旦的传统，以高贵的人格探求世界的真实，在理智的判断和情感的贴近中完成诗歌的平衡。**钱文亮**（上海师范大学）富有创造性地将穆旦与海子两位诗人并列比较，认为这种比较的基点并非完全因为他们同属一个古老的姓氏，而是因为他们恰巧都处于历史的特殊时期。一个是在1940年代写出了一生中最具价值的代表作，一个是在1980年代完成了他辉煌的诗歌事业。这两个时期也都是20世纪文学史上极为重要的转折期，他们的代表性因此就具有很高的文学史层面的解读意义。**周军**（贵州民族大学）指出以穆旦为代表的新诗人在汉诗写作上集体出现的"非中国"化的倾向，但有意味的是，当下少数民族诗人的某些汉诗写作却在新文化的洗礼下出现了返归旧体诗写作的现象。其间诸多问题，值得我们比较与反思。

发掘新诗研究中的"诗学"问题

关于穆旦以及百年新诗中的"诗学"问题，与会学者也做了较为深入的论述与探讨，特别是在"知性诗学"问题上形成了集中的呈现。1937年，由金克木提出的"智的诗"是中国现代诗歌知性理论的起点，徐迟的"放逐抒情"、穆旦的"新的抒情"和袁可嘉的"新诗现代化"等理论都对其做出了发展与完善。与会学者从这些现代诗学理论家的著述出发，对知性诗学的研究持续扩容。**吴思敬**（首都师范大学）将唐祈视为 20 世纪 40 年代知性写作的出色代表。袁可嘉和唐湜的理论主张，代表了包括唐祈在内的"中国新诗"派诗人的知性写作的共同追求。唐祈这一时期的创作深受艾略特的影响，很多诗作尽管题目上没有点明时间，却同样充满了一种对时间的焦虑。诗人从艾略特诗中所借鉴的主要是艾略特对单纯的时序交替的时间观的打破，至于各自独立构筑的时间框架，以及在时间框架中展开的背景、意象、诗情与思维，却是截然不同的。**程国君**（陕西师范大学）从知性美与"新诗现代化"的角度介入穆旦与"九叶"诗人的创作，指出"九叶"尽管有过度沉溺于繁复意象，有将新诗重新引向少众的精英化的隐喻之途之嫌，但其诗美探索与创造的贡献却是不能抹杀的。**王巨川**（中国艺术研究院）认为西南联大诗人群对现代新诗创造性的工作，使中国现代主义诗歌走入了成熟阶段并形成中国式的现代主义新诗范式。在这些创造性工作的内核，"自我启蒙"是支持他们创作的核心命题。**张大为**（天津社会科学院）从中国现代主义诗歌的"诗歌心智"的角度对穆旦进行考察，认为在穆旦的诗歌心智当中必然积淀着超出其个体与偶然因素的普遍性的文化内容与文明基因，显示着中国新诗的过去与未来，因此通过穆旦这个经典性的标本，这种考察或许对于整个中国现代主义诗歌传统都具有一定的涵盖性。**杨亮**（大连理工大学）将知性诗学的视阈移植 20 世纪 90 年代，指出 90 年代诗歌对现代"知性诗学"发出了历史的"回响"，并通过诗歌的叙事性质素得以展开。

"百年新诗的经验与教训"是本次会议的核心论题之一，一些学者从"国际视野"的角度展开讨论。所谓百年中国新诗研究的国际视野，是指国际眼光或者国际视角，它要求研究者能站在更广阔的角度上观察华文诗歌创作的运行。就此，**古远清**（中南财经政法大学）强调：具有国际视野的学者，应明确三个问题，即中国新诗不一定要中国诗人所写、中国新诗不一定要用中文书写、中国新诗用中文书写不等于说一律要用北京话写。这种国际眼光，正有助于我们拓宽视野，更好地从事海外新诗交流，同时可更好地整合分流出去的世界各地华文诗歌。**陈仲义**（厦门城市大学）论及新诗的审美规范问题，认为新诗的一个重要参照物是文言诗，文言诗强调字思维、单音节、典型意境、起承转合等超稳定结构，这反衬出新诗自身规范建构的薄弱，这是由新诗自身"新"与"变"的特点所决定的，而任何成熟的艺术都需要时间的打磨，从这个意义上说，新诗之路才刚刚起步。**罗振亚**（南开大学文学院)整体观照了中国新诗,认为以诗歌个人化奇观与多元审美形态的无形打造,引渡出一批优秀诗人和形质双佳的文本,为后来者设下了丰富的艺术"借鉴场"。新诗那种立足现实自觉结合传统与现代、横的借鉴与纵的继承的选择,大胆调解平衡先锋探索与读者接受、个人心音与时代意向等尝试,也积累了独特的艺术经验。**邓程**(华北电力大学)重新反思现代主义诗歌,以批评态度介入诗学建构,进而推衍至对现代主义文学哲学基础的探问。**陈爱中**(哈尔滨师范大学)认为汉语新诗没有主动地从诗歌经验、现代汉语的语言媒介特点以及受众心理等方面建构汉语新诗的主体意识,这给新时期的汉语新诗带来了深深的焦虑。**刘波**(三峡大学)考察了现代意识如何对接传统美学,认为诗人们在对接传统的过程中,发现境界也是现代诗歌诗意生成的重要标准,而境界的生成,又关联到诗人在继承传统时对历史感的认知。**龙扬志**(暨南大学)探析语言改造与早期新诗的欧化问题,指出20世纪20年代新诗欧化提供了一种从白话汉语到西方诗学语言过渡的想象。

在会议讨论中,与会学者各抒己见,踊跃发言,在观点和视角的创新上做文章。如方长安(武汉大学)梳理考察了近百年来不同时期的文学选本收录郭沫若《凤凰涅槃》的情况,从选本角度还原了《凤凰涅槃》由民国选本的"缺席者"到共和国选本的"宠儿"之经典化过程;王学东(西华大学)以诗歌《吻》的发表与争鸣作为个案,探析《星星》诗刊在50年代的生存状态;柴高洁(中原工学院)对台湾现代诗的超现实经验的揭示;还有赖彧煌(福建师范大学)、卢桢(南开大学)、罗麒(天津师范大学)等从语言层面、想象视野层面和"及物"美学层面对新世纪诗歌的论述,都从不同角度深化了学界对当代诗歌的理解。学者们能够在一些学术热点问题上展开交锋,仁智各见,既包含相互的呼应与认同,又不乏质疑和商榷,彰显出强烈的问题意识和诗评者的主体精神。在会议闭幕式上,吴思敬先生进行了会议总结,他回顾了穆旦研究的历史,从中国诗歌现代化特别是诗歌知性表达的角度梳理了穆旦诗歌创作对新诗发展的贡献,从文学史角度全面总结了穆旦诗歌的艺术成就,对本次会议在关于穆旦的史料整理、穆旦的翻译家与诗人双重身份之关系研究上取得的突破给予了肯定,并对穆旦研究的未来做出了展望。同时,吴思敬教授还对诗歌评论者提出了建议与忠告,指出研究者应当强化自身的历史意识,与研究对象保持一定的距离，这才是诗歌研究的正确姿态。南开大学文学院副院长罗振亚教授致闭幕词，认为自 1946 年王佐良发表《一个中国诗人》起，穆旦研究经历了 70 年的风雨，这一学术话题还有充分的延展空间，也昭示出穆旦研究的前景依然广阔，本次会议当为穆旦研究和新世纪新诗的创作与批评提供有益的参考。

（作者单位：南开大学文学院）

首都师范大学驻校诗人慕白诗歌创作研讨会在京召开

◇晓 芒

2015年7月8日上午，首都师范大学第十一届驻校诗人慕白诗歌创作研讨会在北京紫玉饭店举行。吴思敬、赵敏俐、雷宇、王国健、朱向海、商震、刘福春、孙晓娅、臧棣、胡军、蓝野、陆健、谷禾、王巨川、杨志学、叶坪、爱斐儿、娜仁琪琪格等著名学者、评论家、诗人，《文艺报》、《中国艺术报》、凤凰网等媒体以及首都师范大学中国诗歌研究中心部分研究生共40余人参加了此次会议。会议由首都师范大学中国诗歌研究中心副主任吴思敬教授主持。

研讨会开始，吴思敬教授首先简要介绍了与会嘉宾，对各位嘉宾的到来表示感谢，随后由诗歌中心主任赵敏俐教授致辞。赵敏俐教授回顾了驻校诗人制度缘起，肯定了慕白在驻校期间取得的丰硕成果。随后，蓝野代表著名诗人、"驻校诗人"制度发起人之一林莽先生发言，他鼓励慕白开拓诗歌视野，持续写出更优秀的诗作。浙江省文学院院长朱向海先生以及浙江省文成县副县长雷宇先生在发言中肯定了慕白驻校期间诗歌创作的进步与审美境界的提升，并对慕白表示祝贺。其后，慕白汇报了自己一年来的驻校收获，他将驻校经历认作生命中一笔无形的财富，并充满深情地感谢诗歌中心诸位老师的帮助。

在发言环节，与会嘉宾围绕慕白诗歌创作的成就与局限进行了深入探讨。《诗刊》副主编商震从驻校之于慕白自身建设的意义出发，指出其诗歌从简单叙事与轻浅的沉郁走向对深度的美学意义的发掘。北京大学教授、诗人臧棣则从三个角度阐发慕白诗歌特色，即语言的朴拙表象与内在诗情间的巨大张力，面向古典的瞻望以及从风物角度出发的地方性体验，平淡中见超越。此外，叶坪、郑翔、罗广才、谢幕、康桥、薛梅、谷禾、王巨川、陆健、爱斐儿、王永、张立群、冯雷等学者、诗人也就慕白诗歌的故乡风物、自然诗学、悲悯情怀及诗意批判等风格特点先后发表了看法。

研讨会在热烈融洽的氛围中持续了三个多小时。最后，诗歌中心副主任孙晓娅教授总结发言。她代表首都师范大学中国诗歌研究中心对所有与会嘉宾以及长期以来支持驻校诗人制度的师友表示衷心感谢，并预祝慕白在今后的"行走"中气象万千，在山水乡情中寻访、构筑其别具一格的精神家园。

首都师范大学第十二位驻校诗人冯娜入校仪式在京举行

◇郭建超

2015年9月17日下午，由首都师范大学中国诗歌研究中心主办的"2015年首都师范大学驻校诗人入校仪式"在北京金龙潭大饭店举行。赵敏俐、吴思敬、刘福春、孙晓娅、杨克、林珂、王巨川、林喜杰、谷禾、北塔、安琪、邰筐、王士强、冯雷等著名学者、诗人、评论家、媒体界人士以及首都师范大学中国诗歌研究中心部分硕士研究生共40余人参加了此次会议。

冯娜，云南丽江人，白族，毕业并任职于中山大学，中国作家协会会员。作为首都师范大学的首位"85"后驻校女诗人，冯娜的诗歌创作成果是丰硕和优秀的，著有《云上的夜晚》《寻鹤》《彼有野鹿》《一个季节的西藏》等诗文集多部，在多家报刊开设专栏；先后在《诗刊》《中国诗歌》《天涯》《星星》《山花》《广州文艺》《中西诗歌》等杂志发表过多篇诗歌作品，并荣获"2014年度华文青年诗人奖""第二届奔腾诗人奖"等重要奖项。

本次会议由首都师范大学中国诗歌研究中心副主任吴思敬教授主持。会议伊始，首都师范大学的本科生及研究生为欢迎冯娜入校精心准备了诗歌朗诵表演。会议中，先后由诗歌中心主任赵敏俐教授、广东省作协副主席杨克先生、中国社科院研究员刘福春先生、诗人林珂、邰筐、安琪、北塔、谷禾等人发言，与会者纷纷对冯娜的驻校生活寄予期望和祝福。会议最后，由首都师范大学中国诗歌研究中心副主任孙晓娅女士总结发言，并向在座的各界朋友对首师大驻校诗人制度的支持表示由衷的感谢。

《张枣译诗》发布暨研讨会在首都师范大学召开
◇吴昊　张凯成

2015年9月20日上午，《张枣译诗》发布会暨学术研讨会在首都师范大学中国诗歌研究中心会议室举行。该研讨会由首都师范大学中国诗歌研究中心和人民文学出版社共同主办，张桃洲、孙晓娅、王家新、孙文波、陈育虹、西渡、夏可君、姜涛、冷霜、夏汉、陈家坪、吴情水、颜炼军、王东东、张光昕、冯娜等诗人、学者，《张枣译诗》责任编辑、人民文学出版社脚印、梁康伟等及张枣生前任教的中央民族大学的部分研究生参加了此次研讨会。研讨会由首都师范大学中国诗歌研究中心张桃洲教授主持。

张枣（1962—2010），湖南长沙人，当代著名诗人、翻译家。1986年出国，常年旅居德国，曾获得德国特里尔大学文哲博士，后在图宾根大学任教，归国后曾任教于河南大学、中央民族大学，2010年3月8日因肺癌在德国图宾根大学医院去世。张枣生前身后出版了诗集《春秋来信》《张枣的诗》，《张枣随笔选》和译作《最高虚构笔记——史蒂文斯诗文集》（与陈东飙、陈东东合译），童话绘本《暗夜》等。《张枣译诗》是人民文学出版社出版的第三部张枣遗作，收录张枣所译的保罗·策兰、马克·斯特兰德、西默思·希尼、乔治·特拉科尔、勒内·夏尔、华莱士·史蒂文斯等诗人的作品近70首（篇），以及《月之花》《钓云朵的人》两部绘本作品中的文字部分。

据该书编选者颜炼军介绍，《张枣译诗》囊括了目前所能收集到的张枣全部译作，其中一个重要来源是张枣1990年代初兼任诗歌编辑的

《今天》杂志。有着丰富译诗经历的诗人王家新结合自身的译诗实践，分析了《张枣译诗》中保罗·策兰诗歌翻译的某些细节问题，他认为诗人译诗有如"圣徒"，充满了艰辛与奉献。来自台湾的诗人、翻译家陈育虹用两个形象的比喻说明诗人译诗的特点，她认为译诗就像刺绣的背面，也如同结婚，其目的是寻求相似性或互补。诗人姜涛提出，对诗人不同阶段诗歌翻译的语境和动因进行研究，是值得进一步探讨的话题。批评家张光昕回忆了张枣在中央民族大学进行诗歌教学的情况，丰富了张枣作为诗人及教师的形象。此外，该书责任编辑脚印介绍了该书的出版情况，特别说明该书的装帧设计由"中国最美图书"获得者陶雷完成，力求形式与诗意的完美统一。

经过两个多小时，会议在热烈、融洽的氛围中结束。最后，孙晓娅副教授做了总结性发言，她代表首都师范大学中国诗歌研究中心对所有与会嘉宾长期以来对中国诗歌研究中心的支持表示感谢，并指出张枣的翻译与创作之间的关系有值得继续深入研究的价值。

日本著名诗人、女性学批评家水田宗子在首师大举行讲座

◇周素子

12月23日，日本著名诗人、女性学批评家水田宗子应邀在首都师范大学作题为"关于现代诗普遍性的文本形成"的讲座。首都师范大学中国诗歌研究中心主任赵敏俐教授、日本城西大学副校长杉林坚次、日本城西大学理事北村幸久、东北大学王秋菊教授、大连理工大学杜凤刚教授等知名学者，诗人田原、潇潇、爱斐儿、娜仁琪琪格、苏笑嫣以及首师大部分本科生、研究生聆听了此次讲座。讲座由诗歌中心副主任孙晓娅主持，中国国际广播电台日语节目主持人王小燕、诗人田原担任翻译。本次讲座由中国诗歌研究中心主办。

水田宗子（Mizuta Noriko，1937—），日本著名诗人和女性学批评

家。东京女子大学文理学部毕业后,赴美国耶鲁大学留学并取得文学博士学位。先后在美国多所大学任教,1992年创建城西国际大学,现为日本城西大学理事长。著有诗集《归路》《圣塔芭芭拉的暑假》《绿藻之海》等,评论集《从女主人公到英雄——女性的自我与表现》《20世纪的女性表现——朝向性差异的外部》《现代主义思潮与"战后女性诗歌"的发展》等,以及英文专著《埃德加·爱伦·坡的世界——罪与梦》《近代日本文学中的现实与虚构》等。曾获得瑞典驻东京大使馆主办的马丁松国际诗歌奖。被匈牙利政府授予共和国文化勋章,并被世界数十所大学授予名誉博士和名誉教授。

讲座开始前,诗歌中心主任赵敏俐教授发表致辞。随后,水田宗子以广阔的学术视野,从社会、历史、文明等多角度透析现代诗的文本生成,以及现代主义思潮影响下女性意识与主体的确立。她指出,现代主义文学主要显现出以下特质:第一,质疑、反叛旧有政治、经济体制;第二,在更大规模上,质疑文明本身以及文化形成机制;第三,语言形态变化,更为偏重意象、联想、隐喻等在创作中的重要作用;第四,体现多文化性与多语言性。同时,现代主义的文明变革使女性逐渐脱离惯有定义,打破"家""里"间一系列既定规范,直面内心世界的觉醒,自与男性的对峙状态转向由哲学领域思考自我认同问题,并与自身进行搏斗。随后的互动环节,水田宗子先生就女性学研究现状、诗人与世界的关系问题与在场嘉宾及同学进行了交流对话,部分学生代表朗诵其代表作。最后,孙晓娅副主任作简要总结。她认为,水田宗子此次讲座以综合历史观与"他者"视域研究现代文学与现代诗歌,极具学术视野与创见,充分揭示了现代诗歌的语言及文化多元性,并衷心感谢水田宗子及各位嘉宾的到来。

首都师范大学驻校诗人冯娜对话会在京举行

◇李 扬

2016年3月28日上午,首都师范大学第十二位驻校诗人冯娜对话会在首都师范大学中国诗歌研究中心召开。吴思敬、张桃洲、王巨川、孙晓娅、欧式林、王士强、冯雷、张光昕、卢秋红等著名学者、诗歌评论家以及诗歌中心部分研究生参加了本次对话会,会议由首都师范大学中国诗歌研究中心副主任孙晓娅副教授主持。

对话会一开始,诗歌中心副主任孙晓娅副教授先对冯娜在首都师范大学担任驻校诗人期间所做的工作予以肯定,随后指出冯娜的诗歌因其强大的心智支撑而具有超越年龄的超拔与成熟,并因此彻底敞开了写作空间。她期待与会嘉宾和研究生通过此次会议,经由自己审美维度的测量发掘出冯娜诗歌中更丰富的精神向度。

接下来,冯娜就其近期创作进行简要介绍。从云南到广州再到北京,在迁徙与景物转换中,地缘的改变引发了心境的转变,人如何面对时间的流逝构成了她思考的诗学命题之一。随后,与会者围绕冯娜的诗歌文本展开了深入细致的对话。中国艺术研究院副教授王巨川指出,冯娜的诗歌冷却了主体情感,个人经验最终转化为人类共同体的信仰。北方工业大学讲师冯雷就日常生活经验和理论资源如何转化为诗歌,以及性别对诗歌创作的影响等问题与冯娜展开对话。北京教育音像报刊总社编辑卢秋红从思想力度、精巧的语言和诗歌画面感等方面感受到冯娜诗歌的独特视角。诗歌中心研究员张桃洲教授提出,冯娜以哲学思辨超越了性别与地域的限制,但同时还应淬炼诗歌结尾艺术。首都师范大学文学院讲师张光昕谈及当下青年诗人的创作时坚持"一时代有一时代之文学",并提出诗人精神结构建立的问题。首师大博士研究生景立鹏称,冯娜通达的诗学观念使诗歌呈现生长性,诗人以敞开的姿态与书写对象对话共生。另外,与会者还就地域写作、诗歌中的神性存在以及艺术提纯与转化等问题与冯娜进行了互动交流。

研讨会在热烈融洽的氛围中持续了三个小时。最后，吴思敬教授总结发言，他认为冯娜的诗歌接续的是20世纪40年代九叶诗派的"智性写作"一脉，在表现自己与隐藏自己之间呈现出恰到好处的分寸感，如此反拨了口语化写作对现象世界的直接展示，并鼓励冯娜在人性深度的挖掘上走得更远。

"诗的互文性"对话交流会在京举行
◇李　扬

2016年5月23日下午，"诗的互文性"对话交流会在北京紫玉饭店召开。尚德兰、北岛、欧阳江河、西川、翟永明、王家新、树才、蓝蓝、从容、梅尔、安琪、娜仁琪琪格、罗广才、徐俊国、王桂林、江山、花语等诗人和首都师范大学中国诗歌研究中心部分研究生共40余人参加了这次交流对话会。本次会议由首都师范大学中国诗歌研究中心主办，诗歌中心副主任孙晓娅主持会议。

会议开始，孙晓娅老师对法国著名汉学家尚德兰教授及诗人北岛的到来表示热烈欢迎。诗歌中心副主任吴思敬教授致辞，他认为尚德兰为人为学都展现了大家风范，希望在座的研究生能在尚德兰比较文学的翻译实践中开拓视域，在新的研究角度下展开探索。

尚德兰教授的主题发言围绕"诗的互文性"，以她在研究和翻译实践中的实例为切入点，在"形式意义"和文本的开放性两个指导原则下，从两个方面展开：一、通过探讨北岛诗歌节奏语法的"历史"指向、多多诗歌中的张力以及李清照《声声慢》中慢词与入声的反差性及其折射出的词与音乐的关系，回答了有关"形式意义"的存在问题。二、结合翻译实践具体阐发了几个与互文性相关的话题：其一，以王国维将"古雅"一词提升到概念地位的努力为言说基础，考察西方概念系统与中国古代美学的互文性和相异性。其二，认为宋琳有意将古典意象激活为时代文本,由此探讨在翻译中转换古典诗歌的多义意象而不使用注解的可能性。其三,以多多诗集《追问》与海德格尔思想之间的互文性指涉了翻译过程中词语转译问题。随后,与会嘉宾纷纷就此议题在诗歌的声音、翻译与批评的关系、诗歌翻译的有效性等多个角度进行了多方位讨论。

诗人北岛回忆了与尚德兰长达近 30 年的友谊,感怀二人在诗歌翻译上的合作已内化为他的生命经验,他认为尚德兰敏锐的语言感受力与丰富的人生阅历相碰撞促使她在诗歌翻译上充满力度。诗人欧阳江河指出,尚德兰的研究视角朝向诗歌内部,为在"声音"的向度上处理诗歌声音美学与声音政治学、声音考古学的关系提供了启发。诗人西川将翻译视作文学批评的手段,认为翻译的过程亦即源语与目标语转换中发现文学问题的过程。诗人翟永明评价,摄影、舞蹈等艺术活动造就了尚德兰综合性的美学感受并影响了她对翻译的认识。诗人王家新结合自己的翻译实践指出,翻译指向语言本身,但也应思考两种不同的语言传统如何对接。翻译家树才将翻译者称作"劳作者",称声音是翻译中最难处理的部分。此外,蓝蓝、吴康茹、王桂林等诗人也就诗歌的音律性等问题与尚德兰进行了交流对话。

最后,诗歌中心主任赵敏俐教授对本次对话交流会进行了简要总结,他高度评价了尚德兰为中国当代诗歌走向世界做出的巨大贡献,对以尚德兰为桥梁的中法诗歌对话及进一步的学术交流表示了信心与期待。